깊은 뿌리는 땅을 끌어안고

굳센 가지는 하늘을 품으니...

김영현 <u>2012. 4</u>

박상연 ...!

뿌리깊은나무

3

작가판 대본집

뿌리 깊은 나무 3

초판 1쇄 인쇄 2012년 4월 25일
초판 1쇄 발행 2012년 4월 30일

지은이 | 김영현 · 박상연
펴낸이 | 金滇眠
펴낸곳 | 북로그컴퍼니
편집부 | 김옥자 · 이혜경 · 태윤미 · 김재은 · 문정현
마케팅&디자인 | 고현경 · 김승지 · 김승은 · 박연수 · 윤수진
경영기획 | 김형곤 · 서범철
주소 | 서울시 마포구 서교동 408-27 라꼼마빌딩 4층
전화 | 02-738-0214
팩스 | 02-738-1030
등록 | 제300-2009-30호

이 책에 도움을 주신 분들
드라마 연출 | 장태유, 신경수
드라마 제작 | IHQ
IHQ | 장진욱, 황기용, 김지운, 김진희, 박은미
SBS콘텐츠허브 | 김휘진, 김경수, 노정현, 이정하, 최승화

ISBN 978-89-94197-36-4 04810
      978-89-94197-37-1(세트)

작가판   대본집

뿌리 깊은 나무

대본집

김영현 · 박상연

3

북로그컴퍼니

나의 호기심은 아직 살아 있다

작가로서 나의 힘은 호기심이다. 기계에 대한 호기심은 제외한다. 난 기계에는 호기심이 없다. 그래서 늘 포기하고, 늘 패배한다. 따라서 아무런 도전의식도 없다. 그러나 호기심의 대상이 사람, 사회, 사건이라면 달라진다. 역사 속 인물이든 현실의 사건이든, 한번 호기심이 발동하면 남들 모르게 혼자 좋아한다. 혼자 탐사하고, 홀로 도전한다. 그 호기심의 대상이 이번엔 세종 이도였다.

"3, 4시간만 잤다." "책벌레여서 통달하지 않은 분야가 없었다." "하루도 백성을 생각하지 않은 적이 없었다."

세종 이도에 관한 책들에 공통적으로 나오는 내용이다. 심지어 집현전 학사들을 모아놓고 같이 일하다 죽자고 한 적도 있었다고 한다. 나는 생각했다.

'왜?' '도대체 왜 이렇게 성실한 건데?' '왕이 무엇 때문에 이렇게 목숨 걸고 일을 하는데?'

이 질문에 대한 작가로서의 나의 답이 드라마 〈뿌리 깊은 나무〉다.
왕의 의무여서도 아니었고, 천재여서도 아니었으며, 원래 위대해서도 아니었다고 나는 생각했다. 위대해지지 않으면 자신은 아무것도 아님을 일깨워준 아버지, 천재가 되지 않으면 일을 하지 못하게 할 정도로 강력한 사대부, 그리고 왕의 의무를 이행하는 정도로는 절대 해결되지 않을 욕망을 품은 백성. 목숨을 걸고 일하는 이도는 이들이 만들었을 것이라고 생각했다. 그들이 바로 이방원, 정기준, 강채윤과 소이다.

　대본집으로 나오는 〈뿌리 깊은 나무〉의 독자들께서 나의 질문과 나의 답에 대해 잠시나마 생각해주시기를 간절히 바란다. 나의 답이 그럴싸해서라기보다는, 세종이 아직도 더 탐구하고 싶은 인물이기 때문이다. 다음에 기회가 있다면, 다른 시각으로 세종과 세종의 시대를 탐구해보고 싶다. 왜 그렇게까지 성실하고, 왜 그렇게까지 위대해져야 했는지 더 알고 싶다.

　영상으로 소비되는 드라마의 내용이 잊히는 것은 당연하다. 드라마 작가로서 그에 대한 서운함도 이제는 거의 없다. 배우분들의 혼이 담긴 연기와 두 분 감독의 빼어난 영상이 시청자들의 뇌리 깊은 곳에 들어앉는 것이 작가들에게는 더 영광이다. 그럼에도 대본집의 형태로 세상에 남아 있도록 해주신 분들께 감사의 말을 전하고 싶다.

　　　　　　　　　　　　　　　　　　　　　　　　　김영현

세상을 느끼는 방식에 대한 이야기

당연한 일이지만 나는 내 인생에서 6, 7년의 세월 이상을 문맹인 채로 보냈다. 다른 사람도 비슷하겠지만, 난 내가 문맹이었던 시절에 대한 기억이 명료하지 않다. 기억해보자. 우리는 문맹일 때, 어떻게 사고했을까? 지금과 다름이 없었을까? 문맹인 우리 눈에 비친 이 세상은 어떤 모습이었을까? 지금 당장 주위를 살짝 둘러보아도 우리 시야에 들어오는 시각 정보의 상당 부분이 문자인 것을 알 수 있다. 그 문자들이 단지 기하학적인 도형이던 시절, 우리는 어떻게 세상을 느끼고, 어떤 방식으로 사고하며 삶을 살았을까?

드라마 〈뿌리 깊은 나무〉의 기획은 내가 문맹이던 그 시절을 상상하는 것으로 시작되었다. 우리가 내뱉는 말들이, 입 밖으로 나가면 그저 속절없이 허공으로 흩어져야 했던 시절의 이야기. 어떤 좋은 생각을 하든, 어떤 예쁜 이름을 갖든, 그것을 세상에 남길 방법이 없었던, 600년 전 이 땅에 살던 사람들의 이야기……

그 세상을 TV 드라마 안에 그려야 하는 나는, 대부분이 문맹이었던 그때의 백성들을 상상했고, 그 시절을 살았다면 필시 그저 백성이었을 내가, 평생을 문맹으로 살아가는 것을 상상했다. 그런 나에게 갑자기 내 혀를 닮고 내 입을 닮은 글자가 던져졌다면 그 충격은 얼마나 황홀했을까? 아니, 아닐 수도 있지. 과연 신나고 좋기만 했을까? 고단하기 그지없는, 단지 오늘만 살기에 급급했던 백성의 삶에 그것이 대체 무슨 의미란 말인가? 상상은 꼬리에 꼬리를 물고 뻗어 나가는데, 생각이 깊어질수록 기분은 이상해졌다. 그러자 원작소설 〈뿌리 깊은 나무〉로부터 내가 어떤 이야기를 해야 하는지 알게 되었다.

어둠 속에 살면서도, 자기가 사는 곳이 어둠 속인지도 모르는 사람들에게 빛을 준 누군가의 이야기. 또 난생처음 빛을 본 세상의 혼란과, 그 혼란을 딛고 자신이 믿는 대로 앞으로 나아가려는 사람들의 이야기. 그래, 내가 하려는 이야기는 이것이었다.

작가는 자신 안에 수많은 사람들을 품고 있다고 늘 생각해왔다. 이제 내 안에 있던 이도, 채윤, 소이, 정기준 등의 인물들은 내 안에서 해방되어 훌륭한 배우들의 현신으로 세상의 것이 되었고, 내가 하려는 이야기는 작은 컴퓨터 모니터를 넘어 영상이 되어 세상으로 멀리멀리 흘러 나갔다. 누군가에겐 기억되고 누군가에겐 벌써 잊혀졌을 것이다. 그리고 우리는 이제 우리 것이 아닌 이야기와 우리 안에 있지 않은 인물들을 이렇게 대본집이라는 기록으로 남긴다. 작품을 끝낸 직후의 허탈한 작가로서보다는 드라마 〈뿌리 깊은 나무〉의 이야기를 좋아했던 한 사람의 독자로서 이 책을 간직하게 되어 기쁘다. 이 대본집을 읽는 다른 누군가에게도 기쁜 일이길 바란다.

박상연

주연들

이도(송중기 · 한석규)

조선 4대 임금이자 훗날의 세종대왕. 어린 시절부터 아버지 이방원이 측근을 학살하고 숙청하는 모습을 보고 자라나, 치명적인 콤플렉스와 트라우마를 가지고 있다. 희대의 천재임에도, 가장 지위 낮은 백성과 수많은 보통 사람을 이해해야만 하는 아이러니를 안간힘을 쓰며 견디는 의로운 군주다. 지독한 일중독에 불면증을 앓았으며, 성질이 급하고 다혈질적인 면을 갖고 있다. 형식적인 것을 싫어하는 실리주의자이나, 성리학 국가인 조선의 군주로서 많은 것을 참고 감내한다.

강채윤 = 똘복(장혁)

이도의 장인인 심온 대감의 노비였으나, 심온 대감이 이방원에게 숙청당하면서 아버지 석삼과 오누이처럼 지내던 담이, 이웃들을 모두 잃고 만다. 아버지와 담이의 죽음이 이도 때문이라 생각한 똘복은 일생을 걸고 복수의 칼날을 갈다가, 신분을 세탁해 강채윤이라는 새로운 이름을 만들고 겸사복 직책을 얻어 이도가 살고 있는 한양 궁내로 들어오게 된다.

소이 = 담이(신세경)

똘복의 소꿉친구로 심씨 집안의 노비였다. 비운의 그날 아버지를 잃었으며 똘복도 죽었다고 생각하고 있다. 자기 때문에 아버지와 이웃들이 죽었다는 죄책감에 시달리며, 그 충격으로 실어증에 걸려 말을 하지 못한다. 이도의 중전인 소헌왕후의 도움으로 가까스로 목숨을 건진 담이는 소이라는 새 이름을 얻고 궁녀로 살아가게 되며, 이도를 도와 한글을 창제하기 위한 비밀 임무를 수행한다.

정기준 = 가리온(윤제문)

성균관 유생들과 이도에게 고기를 공급하는 반촌의 백정 가리온. 애교스럽고 사람 좋은 아저씨처럼 보이지만 그 정체는 정도전의 동생인 정도광의 외아들이자 비밀 결사 밀본의 3대 본원인 정기준이다. 어린 시절 자신의 경솔한 행동으로 밀본의 2대 본원이었던 아버지를 잃고, 아버지의 뒤를 이어 밀본을 재건하기 위해 백성 속에 숨어든다.

이도 측 사람들

무휼(조진웅)
이도의 호위 무사이자 내금위장. 조선 제일검으로 불린다. 출중한 무예 실력으로 이방원의 눈에 떠어 처음에는 이방원 아래에 있었지만, 이방원의 명을 받고 이도를 섬기게 된다. 이도와 가장 가까이 있는 사람이며, 호위무사 이상으로 이도를 가장 깊이 이해하는 사람이다.

정인지(혁권)
집현전 대제학으로 이도와 함께 훈민정음을 만들고 있다. 침착하고 진중한 성격. 다혈질에 성질이 급한 이도를 억눌러주고, 집현전 신진 학사들의 충동과 분노를 통제한다.

성삼문(현우)
집현전의 젊은 학사 4인방 가운데 하나. 집현전 학사 중 가장 어려서인지 산만하고 장난도 심하지만 비상한 머리로 답을 척척 내놓는 천재 캐릭터다. 제일 먼저 한글의 정체를 알게 되는 인물이며, 한글 창제에 깊숙이 관여하고 있다.

박팽년(김기범)
성삼문과 단짝으로 다니는 젊은 집현전 학사. 가볍고 유쾌한 성삼문과는 달리 과묵한 원칙주의자이다. 역시 한글 창제와 관련된 일을 하고 있다.

광평대군(서준영)

이도의 다섯째 아들로 한글 창제 조직의 핵심 일원이다. 이도의 자식들 중 유일하게 한글 창제에 깊숙이 관련하고 있는 인물이다.

조말생(이재용)

태종을 측근에서 모시는 지신사 벼슬을 지냈으며, 세종 시기에는 숭록대부(종1품 문관의 관등)를 역임했다. 태종 때부터 치밀하게 밀본을 수사해왔으며, 밀본에 대해 누구보다 방대한 정보를 가지고 있다.

밀본의 핵심원들

심종수(한상진)

집현전 직제학으로 밀본의 핵심원이다. 학문은 물론 서예, 무예에도 뛰어나다. 무예로는 무휼 다음이라는 말이 있을 정도로 문무를 겸비한 야심가다. 사람을 다루는 기술이 뛰어나고 행동력과 자신감이 있지만 잔혹한 면도 있다. 밀본에 대한 충성심이 깊은 인물.

도담댁(송옥숙)

반촌의 수장으로 반촌 노비들에게는 어머니 같은 존재다. 하지만 그녀의 정체는 비밀 결사 밀본의 핵심원으로 오래전부터 밀본의 일원이었다. 반촌이 관군도 함부로 드나들 수 없는 장소라는 점을 이용해 밀본의 여러 은밀한 일을 수행한다.

한가놈(조희봉)

번번이 과거에 낙방해 고향에 돌아가지 못하고 반촌에 눌러앉아 살고 있는 퇴물 양반. 양반이라는 허영심과 입담만 살아 있어 많은 사람들이 비웃지만, 사실은 정기준의 측근에서 밀본의 지략가 역할을 맡고 있다.

윤평(이수혁)
정도광의 호위무사였던 윤서진의 아들로, 정기준의 호위무사다. 정기준의 명이라면 무엇이든 수행한다. 말이 없고 차가운 인상에 실제 성격도 잔인하다. 이방지에게 무술을 사사받아 무공이 뛰어나며, 채윤과 마찬가지로 출상술에 뛰어나다.

이신적(안석환)
우의정이며 의금부 도제조. 젊은 시절 밀본에 들어갔으나, 정도광이 죽으면서 밀본이 와해되었다 생각해 자신의 입신양명에 충실한 인생을 살아왔다. 뒤늦게 3대 본원인 정기준이 등장하자, 세종과 밀본 사이에서 자신의 이익을 놓고 고민하게 된다.

개파이(김성현)
가리온의 조수로 일하는 연령 미상의 인물. 소문은 무성하지만 그의 정체를 제대로 아는 사람은 없다. 그의 진짜 정체는 옛 원나라 정예 무사로, 정기준의 옆을 지키며 윤평과 함께 밀본의 암살자 역을 맡고 있다.

cut   장면을 중지한다는 의미. '한 장면'을 뜻하기도 한다.

cut. to   한 장면에서 다른 장면으로 특별한 효과 없이 넘어가는 것을 의미한다.

dis   디졸브(dissolve)를 의미하며, 하나의 화면이 사라짐과 동시에 다른 화면이 점차로 나타나거나, 블랙이나 화이트 화면과 기존 화면이 겹칠 때 사용된다. 시간 경과를 나타내거나 씬을 마무리할 때도 자주 쓰인다.

E   효과음(effect)의 줄임말로, 등장인물은 보이지 않고 소리만 나는 경우에 쓰인다.

F. B   플래시백(flash back)의 줄임말로 과거 회상을 나타내는 장면이나 기법을 말한다.

ins   인서트(insert)의 줄임말로, 연결되는 한 장면에 다른 장면이 삽입되는 것을 말한다.

ins. cut   인서트 컷(insert cut)의 줄임말로, 삽입 장면을 의미한다. 주로 한 장면이 짧게 삽입되는 경우를 가리킨다.

N   내레이션(narration)의 줄임말로, 장면을 해설하는 목소리나 등장인물이 말로 하지 않는 목소리를 말한다. 등장인물의 생각을 표현할 때 자주 쓰인다.

O. L   오버랩(over lap)의 줄임말로, 앞 장면에 겹쳐서 다음 장면이 나오는 기법. 대사에서 O.L은 호흡을 주지 않고 앞사람의 말을 끊고 말을 할 때 쓰인다.

몽타주   따로따로 촬영한 화면을 적절하게 떼어 붙여서 하나의 긴밀하고도 새로운 장면이나 내용으로 만드는 일, 또는 그렇게 만든 화면을 의미한다.

틸다운   카메라를 위에서 시작해 밑으로 움직여 나가는 기법.

틸업   카메라를 밑에서 시작해 위로 움직여 나가는 기법.

팬   카메라 높이는 고정시킨 채 좌우로 움직여 촬영하는 행위. 광장 등 넓은 광경을 포착하거나 움직이는 피사체를 포착할 때 자주 쓰인다.

페이드아웃   화면이 처음에는 밝았다가 점점 어두워지는 상태를 말한다.

프레임인   촬영 대상이 화면 바깥에서 안으로 들어오는 것을 말한다. 화면을 부드럽게 연결시킬 수 있고 시간과 장소를 생략하거나 비약할 수 있다.

플래시컷   화면과 화면 사이에 삽입하는 빠르게 움직이는 화면. 화면의 속도를 높이거나 시각적인 충격 효과를 만들려 할 때 사용된다.

클로즈업   피사체를 크게 찍는 근접촬영을 의미한다.

| 차례 |

제
17
부

世宗御製訓民正音
御製ᄂᆞᆫ 님금 지ᅀᅳ샨 그리라 訓은 ᄀᆞᄅᆞ칠 씨오 民ᄋᆞᆫ 百姓이오 音ᄋᆞᆫ 소리니 訓民正音ᄋᆞᆫ 百姓 ᄀᆞᄅᆞ치시논 正ᄒᆞᆫ 소리라

國之語音이
國ᄋᆞᆫ 나라히라 之ᄂᆞᆫ 입겨지라 語ᄂᆞᆫ 말ᄊᆞ미라

異乎中國ᄒᆞ야
異�"ᄂᆞᆫ 다ᄅᆞᆯ 씨라 乎ᄂᆞᆫ 아모그에 ᄒᆞ논 겨체 ᄊᆞᄂᆞᆫ 字ㅣ라 中國ᄋᆞᆫ 皇帝 겨신 나라히니 우리나랏 常談애 江南이라 ᄒᆞᄂᆞ니라

與文字로 不相流通ᄒᆞᆯᄊᆡ
與ᄂᆞᆫ 이와 뎌와 ᄒᆞᄂᆞᆫ 겨체 ᄊᆞᄂᆞᆫ 字ㅣ라 文ᄋᆞᆫ 글와리라 不ᄋᆞᆫ 아니 ᄒᆞ논 ᄠᅵ디라 相ᄋᆞᆫ 서르 ᄒᆞ논 ᄠᅵ디라 流通ᄋᆞᆫ 흘러 ᄉᆞᄆᆞᆺ 디라

나랏말ᄊᆞ미 中國에 달아

文字와로 서르 ᄉᆞᄆᆞᆺ디 아니ᄒᆞᆯᄊᆡ

故로 愚民이 有所欲言
故ᄂᆞᆫ 견ᄎᆞ로 ᄒᆞᄂᆞᆫ 겨체 ᄊᆞᄂᆞᆫ 字ㅣ라 愚ᄂᆞᆫ 어릴 씨라 有ᄂᆞᆫ 이실 씨라 所ᄂᆞᆫ 배라 欲ᄋᆞᆫ ᄒᆞ고져 홀 씨라 言ᄋᆞᆫ 니ᄅᆞᆯ 씨라

#1. 반촌 내 도축소(낮)
16부 59씬 연결.

가리온   (위기감 가득한 얼굴로 벌떡 일어나며) 이도와 거래를 해서는 안 된다.
         이신적을 막아야 해! 당장 중지시키거라, 당장!!

         심각한 가리온. (16부 엔딩 지점)

가리온   (더욱 단호한 어조로) 이 글자는 절대 세상에 나가선 안 된다.
         지금 당장 이신적에게 연통을 하거라.

         #2. 경회루 앞(낮)
         비장하지만 의욕에 찬 이신적, 황희가 가고 있다.

         #3. 향원정 일각(낮)
         역시 비장하지만 의욕에 차서 오는 이도, 무휼, 정인지.

         #4. 길 일각(낮)
         죽어라 뛰는 막수. 그 위로

집사 　(E) 우의정 대감은 이미 입궐하셨네.
한가놈 　(다급한 E) 무슨 일이 있어도 전해야 한다. 알겠느냐?

죽어라 뛰던 막수, 앞의 무엇인가를 보고는, 놀라

막수 　(크게 부르며) 나으리!! 나으리!!

#5. 궁문 앞 일각(낮)
내금위 경비병의 인사를 받으며 들어가고 있는 장은성.
그 뒤로, '나으리'를 부르며 뛰어오는 막수.

장은성 　(돌아보며 놀라) 어쩐 일이냐?
막수 　(의미심장한 눈빛으로) 급한 전갈입니다.
장은성 　…….

#6. 강녕전 앞(낮)
이신적, 황희, 강녕전 앞에 다 왔다.
이제 막 전각 안으로 들어가려는 황희와 이신적, 신발을 벗으려는데…

장은성 　(E) 대감!!

돌아보는 황희와 이신적. 보면 급히 오는 장은성.
황희에게 예를 취하고는.

장은성 　(긴박하게) 저…, 우상 대감…. 잠시만…
이신적 　……?

#7. 다른 궁 일각(낮)
장은성과 이신적이 있다.

장은성 　(다급하고 은밀하게) 다 중지하라는 본원의 명입니다.

이신적	(쿵! 놀라) 그게 무슨 소리야?
장은성	(은밀하고 급박하게) 이 모두가 전하의 계략이랍니다.
	결코 거래에 응하시면 아니 되옵고…
	관원들에게도 등청을 하라는 명이 내려진 듯하옵니다.
이신적	어허! 이 사람이! 무슨 소리냐는데두! 무슨 계략이란 말인가?
장은성	저도 아는 것 없사오나, 급한 명이라고만….
이신적	(심각하게) ……?

조금 떨어진 곳에서 둘이 대화하는 모습을 미심쩍게 보는 황희.

지밀	(E) 전하, 영의정 황희, 우의정 이신적 입시이옵니다.

#8. 이도의 방(낮)
이도가 있고, 황희와 이신적이 들어와 앉는다.

황희	전하, 전날 신료들의 뜻을 전해드렸사옵니다.
이도	…….
황희	… 어찌 결정하셨사옵니까…?
이신적	(난감한 표정으로) …….
이도	… 어젯밤 잠도 이루지 않고 깊이 생각을 해보았소….
이신적	(보는데)
이도	그리고… 과인은…,
이신적	(급히 말 끊으며) 전하….
이도	(보면)
이신적	소신 또한 어제 잠을 이루지 못하고 깊이 생각을 해보았사옵니다.
이도	(불안으로) ……?
황희	(이신적이 왜 이러나 싶어서 보면) ……?
이신적	관리들이 글자에 대해 반대하는 이유에 대하여…
	소신은… 설득할 자신도….
이도	(마음의 소리 E) 무슨 소리를 하려는 것인가?
이신적	그들을 설득할 명분도 제게는 없다는 것이

소신의 결론이었사옵니다.

이도   ……!!! (쿵 하는 효과음이나 음악)

황희   ……!!!

이신적 허니 소신은… 곧 있을 과거시험에 소홀함이 없도록 관리들을 다독여,
       입직하도록 노력하겠사옵니다.

황희   (그런 이신적을 보고) …….

이도   (불안하고 의아한 표정으로) ……?!!!

#9. 궁 일각(낮)
이신적, 급히 온다. 장은성이 기다리고 있다.

장은성 (다급하고 긴박하게) 어찌 되셨습니까?

이신적 일단은 그리했네만, 대체 무슨 일인가?

장은성 자세한 것은 저도 모르옵고… 다음 명을 전하라고 했습니다.

이신적 다음 명?

장은성 내일 있을 과거의 시제를 빼내오라 하셨답니다.

이신적 (놀라며) 과거 시제라니?!

영문을 모르겠다는 표정의 이신적.

#10. 이도의 방(낮)
이도, 황희 있고.

이도   (불안하고 초조한 마음으로) 왜 우상이 갑자기 태도를 바꾼 것이오?
       대체 어찌된 것이야?

황희   저도 영문을 모르겠사옵니다. 왜 갑자기…?

이도   … 밀본인가…? 밀본이 이 상황을 조종하는 것인가?

황희   지금 사대부와 밀본의 이는 일치해 있사옵니다.
       사대부가 밀본을 대변해도, 밀본이 사대부의 이를 대변해도
       그걸 구분해낼 수는 없사옵니다.

이도   (미치겠는데) …….

#11. 밀본 아지트 일각(낮)
걸어오는 정기준. 윤평과 도담댁, 나온다.

정기준 지금 즉시 말을 달려 함길도로 가서, 이방지를 찾아라.
        내 말대로 하면 나타날 것이다.
윤평   스승님은 어찌…?
정기준 이방지의 힘이 필요하다.
도담댁 (의아하여) … 이방지가 우리와 함께하겠습니까?
정기준 강채윤이 우리와 함께하고 있지 않느냐?
도담댁 ……?
윤평   ……?
정기준 이방지가 제자를 거둔 것부터가 신기한 일이다.
        그럴 자가 아니질 않느냐?
도담댁 …….
정기준 분명 강채윤에게 남다른 애착이 있는 것이다.
        그러니… 자신의 수하를 강채윤에게 보낸 것일 테고….
윤평   …….
정기준 강채윤이 우리와 함께한다 전하거라.
        허면 우리와 함께하진 않아도 찾아는 올 것이야.
도담댁 … (의아하고 놀라는데) …….
정기준 강채윤은 어찌 되고 있어?
도담댁 강채윤의 말이 사실인지… 여러 경로로 확인하고 있는 중입니다.
        아직까지는 별달리 이상한 점은 없구요.
정기준 그놈… 목적이… 임금을 죽이는 것이라 했느냐?
도담댁 예, 그놈 입으로 그리 말했습니다.
정기준 …….
도담댁 (의아한 느낌으로 보는데)
정기준 (마음의 소리 E) … 이도.

#12. 글자방(낮)
문이 확 열리며 들어오는 무휼과 이도.

이도   (들어오면서부터 우다다) 나의 집현전을 포기하면서까지 하려던
        글자 반포다!

책상에 둥그렇게 앉아 일하던 정인지, 소이, 근지, 목야, 덕금.
놀라 이도를 보는데….

정인지   어찌 그러십니까?
이도   (무시하고 불안한 듯 왔다 갔다 하며) 광평이 죽을지도 모르는 상황….
        그 최종 순간에 광평을 포기하면서 생각한 것이었어!!
소이   … (이도의 불안감이 느껴지는데) …….
이도   나의 집현전을 포기하면서 글자 반포를 취하겠다!
궁녀들   …….
이도   내 일생일대의 승부수였어!
소이   …….
이도   헌데 저쪽에서 받질 않았다! 거부했어!
무휼·정인지   (그런 이도를 보는데)
소이·궁녀들   (그런 이도를 보는데)
이도   어째서지? 왜지? 이유가 뭐지? 무슨 노림수지?
        (알 수 없는 불안과 공포로 어떻게든 이유를 알아내려는 느낌이다)

        #13. 폐사찰 내 방(낮)
        정기준, 이신적, 심종수, 한가놈 있다.

이신적   (시제를 쓴 서찰을 주며) 내일 과거의 시젭니다.
정기준   (펼쳐서 보는데)
이신적   막 성사될 찰나였습니다.
        글자를 반포시키고, 우린 집현전을 철폐한 뒤 의정부서사제를
        할 수 있는 절호의 기회였습니다. 헌데, 왜 중지시켰습니까?
정기준   그것이 주상의 술수였다.
이신적   술수라뇨?
정기준   글자를 반포하기 위한 술수….

이신적   (속 터져서) 본원!!

정기준   사대부가 왜 사대부냐?

이신적   그것은 갑자기 왜 묻습니까?

정기준   답해보아라, 이신적. 사대부가 왜 사대부야?

이신적   (왜 이래? 하는 듯이 보는데) …….

한가놈   한자와 유학을 아는 선비가 관료가 되었기에 사대부 아닙니까.

심종수   예…, 그들이 권력의 핵심이 된 것은 중국 송나라 때였구요.

이신적   (지금 뭔 소리를 하고 싶은 거야? 분위기로 보는데)

정기준   선비들이 관료가 되어 나라를 지배하게 된 데는
         유학을 아는 것이 중요했다. 한자를 아는 것이 핵심이었어.

모두   (보는데)

정기준   그래서 우린 전조 고려 귀족들처럼 세습으로,
         혈통으로 나라를 지배하는 것이 아니야.
         과거를 통해! 실력으로 뽑힌 사대부들이, 조정을 운영한다.
         그것이 조선의 이상이야!

이신적   (답답해서) 예. 그런데요? 그래서요?

정기준   모르겠는가? 글자와 권력은 뗄래야 뗄 수 없는 것이야!
         중화에 속해 있는 나라의 지배층은 모두 그렇게 형성이 된 것이고, 헌데!!

이신적   (보면)

정기준   (다시 나지막이) 헌데… 글자가 반포된다면!
         그 뿌리가 흔들리는 것이다. 주상은 그것을 흔들려고 한단 말이다.

이신적   (마땅찮은 표정으로 보는데)

정기준   주상이 그토록 애지중지했던 집현전을 없애면서 아무것도 요구 안 할 거
         같은가?

심종수   (그런가? 싶은)

정기준   글자를 빠른 속도로 유포시킬 각종 관청은 물론이요…
         과거시험에조차도 그 글자를 쓰게 했을지도 모르는 일이다.

한가놈   (그건 그럴 거 같아 고개를 주억거리는데)

정기준   이는 관료체제 자체를 흔드는 일이다. 모르겠느냐?
         글자라는 권력이 모두에게 나누어지고
         질서는 무너지고 나라는 혼돈 속으로 들어가는 게야!!!

이신적	(바로 받아치며) '팔사파어를 봐라!' '아무도 쓰지 않을 거다!'
	'모두가 글자를 쓰는 세상?' '그건 해가 서쪽에서 뜨는 것과 같다!'
	본원께서 그리 말씀하시지 않았습니까?
정기준	(역시 바로 받아) 해가 서쪽에서 뜨게 하는 글자다!
심종수	(의아하고 놀라 보는데)
이신적	(정기준 보는데) …….

#14. 글자방(낮)
(12씬 연결) 이도, 정인지, 무휼, 소이, 덕금, 목야, 근지 있는데….

이도	(계속 이유를 생각해내려 모두에게 혹은 자신에게 질문해대는)
	밀본이…, 아니… 정기준이 정도전의 뜻을 이어받으려 했다면…
	그 목표는 당연히 집현전이어야 한다!
정인지	(보는데)
이도	헌데! 헌데 왜? 그들은 이 기회를 포기한 거지?
무휼	…….
이도	대체 무엇을 위해? 그들에게 다른 뭔가의 목표가 있단 말인가?
소이	…….
이도	(도저히 생각해도 알 수가 없는 듯)
	난 기본적으로 밀본이 지향하는 것을 반대하지 않는다.
	어차피! (끊었다가)
	조선은… 왕과 신하가 서로 견제하고 대결해나갈 수밖에 없는 나라야.
	또한 그게 옳아! 밀본이 지하로 숨어들 수밖에 없었던 것은…
	아바마마의 강경함 때문이었다.
정인지	무슨 말씀을 하시는 것입니까?
이도	(간절하게) 오로지… 글자만을 위해 집현전을 포기하려 한 게
	아니었단 말이다.
정인지	…….
이도	동굴 속에 있는 밀본을… 밖으로 끌어내려 했던 게야.
	나의 집현전을 포기하고서라도 조선을 그들과 함께 만들어갈 수 있다면
	포기하리라!!

나의 학사들을 죽인 자들만 가려내고… 나머지는 품으리라!!

소이   …….

이도   그런 다짐이었던 것이다!!
        헌데 정기준은 왜 이것을 차버린 것이냔 말이다!!

무휼   전하…, 진정하시옵소서. 그냥 힘겨루기일 수도 있사옵니다.

이도   (불안함으로 고개를 가로저으며) 무휼아….

무휼   (보는데)

이도   (나지막하게 불안으로) 칼싸움을 할 때 말이다….
        회심의 일격을 날렸는데 그 일격이 빗나가면, 어찌 되느냐?

무휼   … 엄청난 반격이 오겠지요.

소이   (보는데)

이도   그래… 회심의 일격이 빗나간다는 것은, 그것으로 생사가 갈린다는 것이다.

정인지   (이도의 위기감이 전이되며) …….

이도   지금 내 일격이 빗나갔다. 무엇일까? 어떤 반격이 오겠느냐?

        하며 위기감에 휩싸이는 이도.
        그런 이도를 보며 역시 불안한 무휼, 소이, 정인지.

        #15. 폐사찰 내 방(낮)
        (13씬 연결) 정기준, 이신적, 심종수, 한가놈 있고…

이신적   해가 서쪽에서 뜨게 하는 글자라니요?

심종수   예…, 그게 무슨 소립니까, 본원?

정기준   모두가 불가능하다고 생각하는 망상을 실현시키는 글자다.

이신적   그리 대단한 글잡니까? 어떤 글자길래요? 보여주시지요.

정기준   (고개를 가로저으며) 이 글자는 어느 누구도 알아선 안 된다.

한가놈   (무슨 의미인지 아는 듯 보는데)

정기준   누구든 안다면 역병처럼 번질 수 있는 글자야.

심종수   (더욱 궁금하고 의아한데)

이신적   (큰 한숨을 쉬며) 좋습니다. 모든 백성들이 다 글자를 안다고 하지요.
        그런다고 그들이 관료가 됩니까?

심종수	(이번엔 이신적을 보는데)
이신적	성리학의 나라요 사대부의 나라인 조선에서…
	한자도 아닌 글자 좀 안다고… 국정을 운영할 수 있냔 말입니다!
정기준	이 글자를 배운 자는 한자를 멀리하게 되고, 한자를 멀리하게 되면
	성리학을 멀리하게 될 것이다.
심종수	…….
정기준	허면 당장은 아닐지라도… 몇백 년 뒤에는 모르는 일이지.
	한자도, 성리학도, 삼강도, 오륜도 모르는 것들이 관료가 되는 세상이
	올지도 모른다.
한가놈	…….
정기준	뿐인가? 글을 알게 되면 자연히 읽는 즐거움을 알게 되고,
	읽는 즐거움을 알게 되면 깨이게 되고,
	깨이게 되면 글을 쓰는 즐거움을 알게 된다.
이신적	(보며 답답해) 본원 대체!!
정기준	(더욱 강조하며) 또한 인간은 쓰는 즐거움을 알게 되면 세상을 향해
	자신을 드러내고 싶어 하는 것이지. 그렇게 권력이 움직이는 것이다.
	모르겠는가!
심종수·한가놈	(놀라 보는데)
정기준	이도는 지금 모든 백성들에게 권력을 넘기는 것이야!
	이도는 지금 그런 무책임한 짓을 하려는 것이란 말이다!
	이도가 백성을 사랑한다고? 웃기지 말라고 해.
	왕과 관료들은 잘못을 하면 책임을 진다.
	백성이 잘못을 하면 어찌할 것이냐?
	백성에게 책임이 있다 하여 그들을 모두 갈아치울 것이냔 말이다.
이신적	과장도 비약도 심하십니다!!!
심종수	…….
이신적	아니, 실제로 그런 일이 일어난다 한들,
	본원이나 저나 50년을 더 살겠습니까? 백 년을 더 살겠습니까?
	일어난다 해도 몇백 년 뒤의 일입니다!
정기준	몇백 년 뒤엔 조선과 성리학이 사라져도 된단 말인가?
이신적	너무 오래 야인 생활을 하셔서 현실감을 잃으신 것이 아닙니까?

	대체 왜 이러십니까?
정기준	모든 사람이 글 쓰는 세상이 오면 사대부는 권력을 잃어.
	사대부가 권력을 잃으면 성리학이 조선을 이끌지 못한다는 것이고,
	성리학이 조선을 이끌지 못한다는 것은…… 조선이… 망한다는 것이다.
심종수	…….
정기준	글자를 막아야 한다!
이신적	허면… 본원께선 정녕
	이 글자를 막는 일이, 재상총재제의 이상보다 우선합니까?
정기준	선후의 문제가 아니라… 이는 생사의 문제다.
이신적	(현실에 대해 전혀 모르는구나 싶은 느낌으로 보고) …….
심종수	(정기준과 이신적을 번갈아 보며 혼란스럽고) …….
한가놈	(본원의 말을 이해하지만 현실적으로 이 힘의 구심점이
	흐트러질지도 모른다는 불안으로 보는) …….
정기준	… (그러나 단호한) …….

#16. 글자방(낮)
이제 불안하게 왔다 갔다 하는 이도와 이를 보는 소이만 있는데…
왔다 갔다 하던 이도, 멈춰서 소이를 보며.

이도	소이야…. (하고 보면)
소이	(보다가는) 그들이 글자의 정체를 알았다 판단하시는 것입니까?
이도	… (극도의 위기감으로 고개를 끄덕이며) 만약… 그렇다면…
	… 앞으로 어떤 일이 벌어질 것인지….
소이	(역시 그런 이도를 위기감으로 보는데) …….

#17. 반촌 내 지하 아지트(낮)
정기준, 한가놈 들어온다.

정기준	(분개해) 어찌 저런 놈들이 사대부란 말이냐!
한가놈	(눈치 보며)
정기준	(앉으며) 한 치 앞도 보지 못하는 놈들이 감히 조선을 이끌겠다?

	그리 개념 없는 놈들이 무슨 성리학자랍시고, 조선을 이끌겠다는 것이야!
한가놈	(눈치 보며) 허나… 지금으로선 본원께서 모두 끌고 가셔야 하는
	자들입니다.
정기준	(보면)
한가놈	(빠르게) 밀본의 많은 이들은 자신의 이와 밀본의 대의가 일치하기에
	함께하는 것입니다.
	헌데, 재상총재제보다 글자를 막는 일이 먼저라 하시면….
정기준	(OL로) 네놈도 모르는 것이냐?
한가놈	예?
정기준	개파이와 연두가 단 이틀 만에 글자를 익혔을 때,
	네놈은 어찌 그리 놀랐느냐.
한가놈	그것은….
정기준	아이들에게 한자를 가르칠 때, 어찌하여 천자문을 먼저 떼게 하고,
	그다음으로 소학과 명심보감까지 떼게 한 후, 작문을 가르치느냐?
한가놈	(보면)
정기준	소양이 없는 자가 글을 써선 안 되기 때문이야!
	글자는… 무기니까!
한가놈	……!
정기준	소양을 갖추지 못한 자들이 함부로 글을 쓰면, 어찌 되겠느냐?
	글로 사람을 죽일 수도, 살릴 수도 있게 되는 것이야!
	글자란 그만큼 무서운 것이다! 헌데!
한가놈	(보면)
정기준	(탁자 위에 놓인 소이의 치맛단 보며) 이도가 만든 이 글자는…
	소양이 없는 자라도 단 이틀이면 배울 수 있다.
한가놈	(그제야 공포감이 확 밀려오고)
정기준	(그런 한가놈 보며) 그래…. 네놈은 개파이와 연두를 보며…
	본능적으로 그 공포를 느꼈던 것이다.
한가놈	(충격으로 보면)
정기준	이도는 그런 어마어마한 것을 세상에 내놓으려는 것이야….
	(하다간 분통) 헌데, 사대부란 놈들이 어찌 그것을 모른단 말이냐!!!

#18. 이신적의 방(낮)
이신적, 심종수 있고.

이신적   (흥분) 오래도록 야인으로 살아, 현실적인 감을 잃은 것이 아닌가?
        대체 글자 따위가 뭐라고, 우리가 그것 때문에 권력을 잃을 것이란 말인가!
심종수   (심각하게) 멀리 내다본다면… 틀린 말도 아닙니다.
이신적   뭐라?
심종수   우리가 백성을 이끌 수 있는 것은…
        본원의 말씀대로 글자의 힘 때문이 아니겠습니까.
이신적   해서?
심종수   글자를 알기에 입신하여 권력을 누리고, 백성들보다 우위에 서는 것이지요.
        헌데, 양민, 노비, 천민… 모두가 글자를 알게 된다면…
        결국 우리가 가지고 있던 힘을 나눠 갖게 되는 것이고, (하는데)
이신적   (답답해하며 버럭) 권력이 무엇인지 모르는 겐가?
        권력이란! 무언가를 바꿀 수 있기 때문에 권력인 것이야!
심종수   (보면)
이신적   재상총재제를 실현만 시킨다면!
        글자 문제는 우리 뜻대로 바꾸면 그만이네!
심종수   (보는데)
이신적   고작 그런 글자를 막기 위해, 우리의 이를 포기하는 어리석은 짓을
        할 이유 따윈 없는 게야!
심종수   (보는데)
이신적   권력을 갖기를 주저하는 자는 결코 권력을 가질 수 없고,
        결국 그 권력에 당하는 법이네!
심종수   (보면)
이신적   삼봉 선생께서 밀본을 만든 이유 또한,
        사대부가 권력을 계속 유지하도록 하기 위함임을… 알지 않는가!
심종수   (심각하게 보는데)

#19. 궁 일각(밤)
채윤, 소이 있고.

채윤   (놀란 얼굴) 거래가… 중지됐다니?

소이   (불안 초조) 아무래도… 밀본이 글자에 대해 안 것 같아.

채윤   (놀라) 글자를? (하다간 이해 안 가는 듯) 그래서… 진짜루
      그 글자 때문에 중지했다구?

소이   알았겠지…. 전하의 글자가 세상에 나오면 어떤 일이 벌어질지….

채윤   (보면) …….

소이   백성들한테 자신들의 힘을 빼앗긴다 생각하겠지.

채윤   (이해 안 가) 아니…, 백성들이 글자 좀 아는 거 가지고
      무슨 힘까지 뺏긴다는 거야?

소이   (보면)

채윤   그렇잖아. 우리가 글자 안다고, 양반이 되겠어, 사대부가 되겠어?
      글자를 알든 모르든, 천것은 그냥 천것이야.

소이   사대부들은 그렇게 생각지 않는 것 같아.
      해서, 어떻게든 반포를 막으려 들 거구.
      전하께서도… 이대로 끝나지는 않을 거라 하셨어.

채윤   (도저히 이해 안 가는 얼굴로 보는데)

#20. 이도의 방(밤)
홀로 있는 이도. 불안한 얼굴로 서성이는데….

#21. 반촌 내 지하 아지트(밤)
장문의 글을 쓰고 있는 정기준.
다 쓰고는 서찰을 접어, 문양이 있는 청록색 봉투에 담는다.

#22. 성균관 전경(낮)
성균관 팻말이 걸린 문으로 들어가는 선비들.
갓 똑바로 쓰고 복장 갖춘 한가놈도 들어가고….
뒤이어, 누군가 문양이 있는 청록색 봉투를 들고 들어간다.
위로 징 소리 울리며.

#23. 소편전(낮)
이도, 무휼 있고.

이도   (여전히 불안한 듯) 과장에선 별다른 일이 없었느냐?
무휼   예, 아무런 보고도 올라온 것이 없사옵니다.
이도   (그럼에도 불안한 듯한데)
지밀   (E) 영의정 황희 대감 입시이옵니다!

하며, 들어오는 황희. 뒤로 정인지, 조말생, 장은성, 대신들 들어온다.
장은성은 답지들을 들고 있다.
이도, 모두의 표정을 살피는데, 다들 아무 일 없는 듯 편안한 얼굴들.

이도   (계속 살피는데)
장은성   (가져온 답지를 임금에게 올린다)
황희   이번 소과는 총 만 칠천스물다섯 명이 응시하였습니다.
        그중에서 선별한 답안들이옵니다.
이도   (답안지들 보고)
정인지   전하께서 장원을 낙점해주시옵소서.
이도   그래….

이도, 내가 괜히 걱정을 했나 싶어, 답지들을 하나하나 읽는다.
모두 그런 이도 보는데.
이도, 답지 중 하나를 읽더니 점점 흥미로워지는 얼굴.
근심이 조금은 사라지는 듯한데.

이도   어느 가문의 자손인지는 모르겠으나…
        참으로 학식도 깊고, 통찰 또한 뛰어나구나.
        조선에 이런 인재가 있다니…, 참으로 기쁘도다.
모두   (미소로 보면)
이도   내 이자를 장원으로 낙점하노라.

미소 짓는 이도의 얼굴 위로,

정인지   (E) 장~~~원~~~!!

#24. 수정당(낮)
정인지, 최만리, 이신적, 조말생, 황희, 심종수, 장은성 등 서 있고,
이도, 가운데 서 있다.

정인지   (두루마리 들고 호명) 서~~~용!

하면, 대신들 사이로 나오는 선비. 누추한 선비 차림.
이도, 미소로 바라보고…
대신들, 모두 본다.
선비, 이도의 앞으로 와 절을 하면,
정인지, 선비에게 백패(합격증서)를 내린다.
그리고 이어 어사화를 하사하고, 어사주를 내리는 이도.
선비, 예를 취하는데….

이도   (흐뭇하게 보며) 가히 명문이더구나. 그래…, 어느 가문의 자손인고.
선비   소인….
모두   (보는데)
이도   (미소로 보는데)

갑자기 갓을 벗는 서용.
이도, 뭐지 싶어 보고, 모두 뭐지 싶어 보는데.
서용, 도포까지 벗기 시작한다.
그러자 점점 경악하는 얼굴의 이도.
경악하는 대신들의 얼굴.
도포를 모두 벗은 서용. 누추한 노비 차림새다.

선비   소인…, 반촌 사는 노비… 서용이옵니다.

이신적	(경악해서 보고, 쿵 하는 음악)
조말생	(경악해서 보는데)
이도	(믿기지를 않아) … 무어라? 어디 사는?
선비	반촌 노비… 서용이라 하옵니다.
이도	(경악)
이신적	(경악)
정인지	(경악)
최만리	(경악)
조말생	(경악)
황희	(경악)
장은성	(경악)

대신들, '노비라니! 노비가 장원급제를 했단 말인가?!' 술렁이는데….

서용	(차분하게) 어려서부터 글을 배웠으나… 나아갈 길이 없었습니다. 헌데, 전하께서 글자를 만드시어, 모두가 글자를 아는 세상을 만드신다 하기에… 나왔습니다.
이도	(더욱 경악, 쿵 하는 효과음이나 음악)
모두	(경악한 채로 이번엔 이도를 보고)
심종수	(본원의 뜻이 이거구나 싶은 듯한 얼굴)
서용	저의 재주를 전하께 모두 보여드렸으니… 이제 죽어도 여한이 없사옵니다.

그런 서용을 보는 모두의 리액션. 컷들 컷, 컷, 컷, 컷….

이도	(경악한 얼굴로 서용을 보며 마음의 소리 E) 이것이구나…. 정… 기… 준…!

#25. 겸사복 집무실(낮)
채윤, 정벌감, 초탁, 박포 있는데.

정벌감	(흥분) 조선 개국 이래 이런 일은 없었어! 아니, 있어서도 안 되는 일이구!

감히 노비 따위가! 자기가 글자를 알았음 알았지!
어딜 과장에 난입해서, 뭐? 장원?!

채윤   (반응을 보는데)

박포   장영실이 대호군에 오를 때도,
         노비 출신이 어찌 대호군까지 오를 수 있냐고 궁이 생난리였는데!

초탁   그니까…. 나도 노비가 장원했다니까 기분이 좀 안 좋긴 하다야.

정별감   안 좋구말구. 내가 여기까지 오르는데 얼~~마나 힘들었는데!
         노비 놈까지 글자 안다고 설치면,

박포   그러니까유! 암튼 한동안 시끄럽겠어유.
         벌써 유생들은 들고일어날 분위기던데.

         채윤, 그런 정별감과 박포, 초탁을 심각하게 보는데….
         ins. cut - 19씬.

소이   전하께서도… 이대로 끝나지는 않을 거라 하셨어.

채윤   (마음의 소리 E) 글자…. 그게 정말 이렇게… 큰일인 거야…? (심각한데)

         #26. 대신 집무실(낮)
         이신적, 장은성, 정인지는 말없이 앉아 있고. 조말생, 대신 1, 흥분….

대신 1   노비라니요! 대체 조선이 어찌 되려고 이런단 말입니까!

조말생   국법엔 양인까지 과거에 응시할 수 있고,
         성균관 사성 윤상처럼 양인 중에도 합격한 이들이 몇몇 있다 하나,
         급제한 예는 없소!

대신 1   헌데, 노비가! (분개) 그것도 장원급제라니요! 있을 수 없는 일입니다!

조말생   (정인지 보며) 전하께서 노비인 장영실을 대호군까지 올려주신
         전례가 있으시니, 이런 일까지 벌어지는 것이 아니겠는가!

정인지   (아무 말 없는데)

황희   (들어오며) 이리 떠들 일이 아니니… 조용히들 하시게.

정인지   어찌 처리하실 것인지요?

모두	(황희 보는데) …….
황희	노비 서용은, 국법에 따라 죄를 물을 것이니…
	의금부는 오늘 밤 바로 탐라의 사역장으로 보내게.
모두	(이신적 보는데)
이신적	(대답 없이 생각에 잠겨 있다)
황희	이대감! 어찌 대답이 없는가.
이신적	(그제야 보고는) 아, 예…. 신속히 처리하겠습니다….
황희	또한 떠들어 좋을 일이 아니니…
	제정신이 아닌 노비가 과장에 난입한 일로 마무리 짓게. 모두 알겠는가?
모두	…….
이신적	(마음의 소리 E) 대체 무슨 일을 벌이려는 것이냐…, 정기준….

#27. 집현전(낮)
최만리, 심종수, 성삼문, 박팽년, 이순지 등 학사들 있다.

최만리	(이해 안 가) 대제학! 그게 무슨 소립니까?
	이번 과거의 차등(2등)을 장원으로 올린다니요!
정인지	의정부의 결정이네. 또한 노비 서용은 탐라의 사역장으로 보낼 것이니,
학사들	(순간 웅성웅성)
정인지	이에 대해서는 모두 함구해야 할 것이다. (하는데)
최만리	눈 가리고 아웅 하겠다는 것입니까!
정인지	(보고)
모두	(보면)
최만리	이미 궁내에 노비 서용에 관한 얘기가 파다합니다!
	이번 일로 분개한 사대부들과 유생들의 분노는 어찌 다스릴 것입니까?
	그놈으로 인해 문란해진 국가 기강은 어찌 바로잡을 것입니까!
정인지	(보고)
최만리	이것은 공의의 문제입니다! 전하께서 글자를 만드신다 하니!
	한낱 노비까지 나서, 조정을 유린하는 것이 아닙니까!
정인지	(보고)
성삼문·박팽년	(보고)

심종수   (보는데)

최만리   (정인지 노려보며) 이는 바로, 전하의 글자는
          노비도 벼슬을 할 수 있게 하고,
          노비도 영의정으로 만들 수 있다는… 경고입니다!

정인지   (보고)

성삼문·박팽년   (보는데)

최만리   (노려보며) 글자 반포는 결단코 아니 될 것입니다!

#28. 이도의 방(낮)
이도, 황희 있다.

황희   전하…, 노비 서용을 오늘 밤 즉시 탐라의 사역장으로 보내고
          더는 이 일이 확대되지 않도록 처리할 것이옵니다.

이도   (심각하게) …….

황희   이제 이 사안에 대해서는 잠잠해질 것이니, 심려 마시옵소서. (하는데)

이도   (OL) 아니. 이것이 끝이 아니오.

황희   (쿵! 해서 보면)

이도   분명, 그들은 여기서 멈추지 않을 것이오.
          (하고 불길한 표정으로 마음의 소리 E) 정기준… 어디까지 갈 것이냐….

박세명   (버럭 소리 지르며 E) 정녕, 네놈이!!

#29. 반촌 민가 방(낮)
성균관 유생 박세명(18세) 있고,
그 앞에 겁에 질린 남자노비가 무릎 꿇은 채 앉아 있다.
방 안에 어지럽게 널려진 서책들.

박세명   (독기 어린 눈빛으로 서책 하나를 들고 흔들며) 네놈에게 책을
          모사(模寫 : 원본을 베껴 씀)하라 한 것이지, 학문을 익히라 한 것이냐?

노비 1   (벌벌 떨며 보면) 아이구, 저는 아닙니다요….

박세명   (노려보며) 네놈도 노비 서용처럼 사대부를 능멸하려는 것이 아니냐!

노비 1   (머리를 조아리며) 아닙니다요. 서용이 그놈은 눈이 헤까닥 돌아….

박세명   (모사한 책을 북북 찢으며) 고얀 놈들!

#30. 민가 마당(낮)
유생 둘 서 있고, 그 앞에 노비들 무릎 꿇고 있는데
문 벌컥! 열리며 나오는 박세명과 노비 1.
박세명, 잔뜩 책을 들고 나와 타고 있는 장작불에 집어 던진다.
불길 속에 타들어가는 서책들.
노비들, 꿇어앉아 눈물 흘리는데….
ins – 이때 민가 앞을 지나가던 채윤과 초탁, 멈춰서 본다.

유생 1   (노려보며) 네놈들 또한 이따위 책을 보며,
         노비 서용처럼 양반을 능멸하려는 것이 아니냐?
박세명   네놈들이 성균관 노비라 하여,
         성균관을 들락거리며 감히 그런 역심을 품었단 말이냐!
채윤   (보는데)
박세명   성리학이란… (야멸차게) 천한 노비 따위에게 익히라 만든 학문이 아니다!!

'천한'이란 말에 초탁, 불안해서 채윤 보면,
채윤, 멍하게… 유생의 눈을 보고 있다.

채윤   (멍한 채) 초탁아, 너… (유생의 독기 품은 눈 보며) 저런 눈빛 본 적 있지?
초탁   (그 말에 유생 눈 보면)
채윤   (작게) 저거… 우리 전쟁터에서 보던 눈빛이잖아.
         동료들 다 죽고, 혼자 미쳐서 날뛸 때… 그 눈빛.
초탁   (작게) 맞아…. 딱 그거네….
채윤   (이해가 안 되는 듯, 작게) 노비가 글자 좀 아는 게… 그게…
         저렇게… 양반들 분노하게 할 일인 거야? (하는데)

#31. 궁 전경(밤)

#32. 이도의 방(밤)
이도, 정인지 있다.

정인지   밀본은… 이런 혼란을 노린 것일까요…?
이도   (심각한 채) …….
정인지   이번 사건은, 유생들은 물론이고 전 사대부의 분노를 일으켜, (하는데)
이도   (OL) 분노가 아니다. 공포다.
정인지   (보면)
이도   아마 자기 자신들도 분노로 들끓고 있는 줄 알겠지.
          허나… 이번 일은….
정인지   (보고)
이도   글자가 자기들만의 것이고,
          권력은 자기들만의 영역이라 생각했던 자들이
          본능적으로 공포를 느껴 일어나고 있는 것이다.
정인지   (역시 같이 느끼는지 불안해지며) … 허면…
          여기서도 끝나지 않을 거라는 말씀이시옵니까?
이도   (긍정으로 침묵하는데) …….
정인지   (걱정으로) 허면, 반포는… 불가능한 것이옵니까?
이도   … 다음 계획을 세워야겠지….
          허나… (뭔가 의미심장하게) 마음의 준비가 필요하구나.

#33. 반촌 내 지하 아지트(밤)
정기준과 유생 박세명, 마주 보고 앉아 있다.

정기준   (미소 지으며) 이번 일에 대해 어찌 생각하는가?
박세명   (비탄스럽게) 조선이 망했습니다.
          절대 있을 수도, 있어서도 안 되는 일입니다.
정기준   (눈빛 빛내며) 각오는… 돼 있는가.
박세명   (비장한 표정) 물론입니다.
          (결연하게 눈 빛내며) 본원의 명이 없어도, 나설 생각이었습니다.

#34. 길 일각(밤)
채윤, 초탁, 박포 걸어가고 있다.

초탁　(무섭다는 듯 고개 절레절레 흔들며) 야, 무섭다, 무서워.
　　　전쟁이라도 일으킬 기세 아니네? (하는데)
채윤　(생각에 잠긴 채) 모두가 글자를 알게 되면 말이야….
박포　그런 날이 어떻게 와?
채윤　온다면 말야. 온다면… 정말 노비가 과거에 급제할 날도 올까?
초탁　노비야 국법이 허락치를 않으니… 안 되겠지만…, 양인들은 되지 않갔네?
채윤　… (진짜 그럴 수 있을까?) …….
박포　뭐…, 공부 좀 한다는 놈들은 시험 보고 싶을 테고….
채윤　…….
초탁　그럼 지금보다야 양인들이 훨씬 많이 붙지 않갔어?
채윤　(혼자 중얼거리듯) 그럼 정말… 엄청난 건가…?

하는데 멈칫하는 채윤, 초탁. 살기를 느낀 듯 멈칫하고.
박포는 얘들 왜 이래 하며, 멀뚱멀뚱.
둘이 시선 마주치더니 모퉁이를 향해 발걸음을 빨리한다.
모퉁이 도는 순간, 누군가와 확 부딪치는데…
보면… 낮에 보았던 성균관 유생 '박세명'이다.

채윤　(놀라) 송구합니다.
박세명　(채윤 쪽 보고 급히 가는데)
초탁　(가는 박세명 보며) 좀 전에 느낀 그 살기가… 저 유생이었던 거네?
채윤　유생이 어찌 저런…. (하는데)

F. B - 30씬. 노비 혼내던 유생 박세명의 살기 띤 눈빛.

채윤　(쿵…! 뭔가 생각한 듯) 니네 먼저 가 있어. 금방 갈게.

하고 박세명을 뒤쫓아 뛰는 채윤. 보는 초탁, 박포.

#35. 나루터 근처(밤)
급히 걸어가는 박세명. 몰래 그 뒤를 따라가는 채윤.
가던 박세명, 기다리고 있던 유생 두 명과 만나는데…
멈칫하고 유생들을 바라보는 채윤.
채윤, 의아하여 떨어져서 본다.
이때 한쪽에서 관군들이 노비 서용을 포승줄로 묶어 나타난다.
서용 쪽을 보며 살기 띤 눈을 빛내는 박세명과 유생 2, 3.
채윤, 양쪽 번갈아 살피다가, 박세명과 유생 2, 3 움직이자,
쫓으려고 하는데…
그때, 채윤 앞을 가로막으며 나타나는 유생 1(30씬에 나온)과 유생 4.

유생 1 왜 우릴 쫓는 것이냐?
채윤   (당황한 채) 그게 아니라…
      (대충 둘러대며) 전 그냥 갈 길을 가고 있었을 뿐인뎁쇼. (cut)

#36. 나루터 근처 다른 일각(밤)
나루터로 서용을 연행해 끌고 가는 관군들.
이때 옆으로 다가서는 누군가. 박세명이다.
(긴장되는 음악)
박세명, 눈에 살기를 띠며, 한 손으로 단도를 꽉 움켜쥐는데…
서용과 스쳐 지나가는 찰나에, 서용의 복부에 칼을 꽂는 박세명.
광기 어린 눈으로 빠르고, 미친 듯이, 몇 차례 찌른다.
(영화 '친구'에서 장동건 씨가 사람을 찌르는 장면처럼)

#37. 나루터 근처(35씬과 같은 곳, 밤)
유생 1, 4와 실랑이하던 채윤.
이때 들려오는 서용의 비명 소리.
쿵!! 놀라는 채윤에서… cut.

#38. 반촌 내 성균관 앞(낮)
'성균관' 팻말 아래 서 있는 유생 두 명과

실랑이하는 채윤, 초탁, 박포.

채윤   (흥분해서) 제가 노비 서용을 죽인 유생을 봤습니다!
       (막무가내로 밀어붙이며) 추포하여야 하오니 들여보내주십시오!

하며 채윤, 초탁, 박포 안으로 들어가려고 하는데… 이때!!!

박세명 (큰 소리로 E) 대저, 조선이란!!

놀라 소리 나는 쪽을 돌아보는 채윤.
놀라 돌아보는 초탁, 박포.

#39. 반촌 입구 맞은편 성곽 앞(낮)
성곽 앞에 옥떨, 연두모, 연두, 개파이, 끝수, 가리온 등 모여 있다.
다들 놀란 얼굴로 성곽 위를 보고 있고,
달려오는 채윤, 초탁, 박포. 놀라서 성곽 위 보면,
유생 박세명이 목에 포승줄을 건 채, 결연한 눈빛으로 서서,
손에 든 성명서를 읽고 있다.
서너 명의 유생들, 결연한 표정으로 박세명 뒤를 둘러싸고 있는데….

박세명 성리학의 나라다!
       이 나라의 사대부는 조선을 떠받치는 뛰어난 관료가 되어,
       조선을 이끌어나가라는 가르침을 받는다!
채윤   (놀라 보면)
박세명 또한 '유리일치(선비와 관리가 일치되어야 한다는 사상)'가 사대부의 이상이며,
       소양을 갖춘 자만이 관리가 될 수 있다 배운다.
       헌데 지금 우리 조선은 어떠한가!
채윤   (놀란) ……!
박세명 중화를 거스르는 글자를 만들어, 모두가 글자를 쓰는 세상을 만들려고
       한다! 이는 곧, 조선의 근본인 성리학과 관료체계를 뒤흔드는 것이다.
반촌민 (불안한 표정들)

채윤   (박세명의 살기 어린 눈빛 보며 놀란) ……!
관군1   (E) 멈춰라!!

이때, 달려오는 관군들.

박세명   (아랑곳하지 않고, 이어서) 해서, 나 박세명은… 조선의 유생으로서!
          조선의 전 사대부와 유생들 모두를 대표하여!
          과거를 치른 노비 서용을 처결했으며!
          도(道)와 의(義)를 위해, 목숨을 바칠 것이다!!
          만세 무궁하라, 조선이여!

하고 박세명, 성곽 아래로 뛰어내려 자결한다.
목매달아 죽은 박세명을 보며 경악하는 반촌민들과 초탁, 박포.
경악하는 채윤. 아수라장이 된 가운데…

채윤   (충격적인 표정으로 넋 나간 듯, 옆에 있는 가리온에게)
          모두가… 글자를 안다는 것이… 유생들에게는 저리도 분한 일이야…?
          자기 목숨을 바칠 만큼…?
가리온   그렇지요. 글자만이 오로지 힘인 분들이시니….
채윤   (충격적인 표정) ……!
가리온   (채윤의 표정을 살짝 살피면서) 저에게 있어서는 검안이고…
          겸사복 나리께 있어서의 칼 아니겠습니까?
채윤   …….
가리온   가리온이 가리온인 이유는 검안을 잘하기 때문 아닙니까.
          제겐 그것밖에 없습죠. 저 양반네들은 더하지 않겠습니까?

채윤, 충격이 가시지 않은 듯… 멍하니 성곽 위를 보는 데서….

#40. 반촌 거리(낮 → 밤)
채윤, 충격 받은 듯 멍하게 걷고 있다.
ins – 30씬. 유생의 눈빛.

ins – 39씬. 성명서 발표하고 자결하는 유생 컷.
ins – 16부 50씬.

이도   우리가 만든 글자의 정체를 절대로 알게 해선 안 돼!!

ins – 16부 50씬.

이도   저들이 글자의 정체를 알게 되면…
        반포하는 데 어떤 장애가 생길지 가늠할 수 없다.

#41. 궁 일각(밤)
궁을 걷는 채윤.
ins – 15부 5씬.

광평   (버럭) 아바마마께서도 목숨을 거신 일이다!
소이   맞어. 우리보다도 훨씬 더 무겁게… 거신 일이야.

채윤, 생각에 잠겨 걷는데… 다시
ins – 13부 54씬.

소이   오빠가 오빠 인생을 임금 죽이는 데 걸었듯이…
        난 글자 만드는 데 걸었어.

채윤, 생각 깊어지는데….

#42. 근정전 마당(밤)
채윤, 생각에 잠겨 오는데 멈칫한다.
보면, 텅 빈 근정전 마당에 이도가 근정전 쪽을 바라보며 서 있다.
이도 옆에 무휼 있고.
채윤, 그런 이도를 보는데….
ins – 14부 3씬.

이도	글자를 알면… 백성도 힘이 생길 수 있다!
	밥이 생기지는 않지만… 더 많은 밥을 만드는 법을 알게 될 것이고…
	양반이 되지는 않지만… 양반들에게 힘없이 당하지만은 않아!!

이도를 바라보는 채윤.
ins – 14부 3씬.

이도	파옥하고 도망가던 너를 구해내면서 아바마마에게 맞았고
	그 일로 나 이도의 모든 게 시작됐다!
	그리고 이제 이도의 끝은 글자를 만드는 것이다.

채윤, 지금까지와는 조금 달라진 눈빛으로 이도를 바라보는데….

#43. 궁 다른 일각(밤)
정자에 앉아 있는 소이와 채윤.

채윤	이렇게… 어마어마한 거였어?
소이	(보면)
채윤	전하께서 만드신 글자…. 그 글자가 세상에 나오는 일….
소이	…….
채윤	(소이 보며) 담이 넌… 처음부터 알고 있었어?
소이	(보다가) 처음엔 몰랐어.
채윤	(보면)
소이	처음에 전하께서 쉬운 글자를 만들겠다 하셨을 땐…
	될지 안 될지도 모르고 그냥 너무 좋았어.
채윤	(보면)
소이	상상만 해도… 너무 좋았어.
	근데 전하께선 정말 쉬운 글자를 만들어내셨고…
	막상 그 글자들이 완성돼가는 걸 보면서… 불안해지기 시작했어.
채윤	(보고)
소이	그 글자가 내가 생각했던 거보다 훨씬 더 쉬운 글자가 되니까…

	가슴이 벅차면서도 한편으로는 막… 불안했어.
채윤	(보고)
소이	아랫것들이 상상만 해도 그렇게 좋은 일….
	아랫것들한테 좋고 편한 일….
	윗사람들이 좋아할까…?
채윤	난 정말 이런 어려운 일인 줄 몰랐어.
	글자 만들었으면 반포하고 쓰게 하면 그만인 줄 알았는데….
소이	(보고)
채윤	글자 나오기도 전에… 벌써부터 때려잡고 죽이고 그 난리들이니….
소이	이제… 정상적인 반포는 어렵게 됐어….
채윤	밀본이겠지….
소이	(고개 돌려 보면) …….
채윤	밀본이 이 상황을 조종하고 있는 거겠지.
	밀본을… 정기준을 잡아야… 이 상황이 끝나는 거겠지.
소이	정기준이 어디 있는지도, 그 얼굴을 아는 자도… 아무도 없으니….
	조말생 대감도 20세 전후의 얼굴밖에는 모르신다잖아.
채윤	(혼잣말로) 조말생… 대감….

하다가, 쿵…! 뭔가 떠오른 듯한 채윤.
ins - 11부 37씬.

조말생	무휼도 한 수 접어주는 고수가 있었네.
조말생	이방지…. 그 조선 제일이었다는 정도전의 호위무사 말일세.

채윤, 생각에 잠겨 있는데…

소이	(그런 채윤을 보다가) 근데 오라버니…, 그 소원이라는 거 말이야….
채윤	어? 뭐라고? 아…, 소원….
소이	(보면)
채윤	정기준 잡고… 잡고 얘기해줄게.

하고 급히 달려가는 채윤. 가는 위로

조말생   (E) 사라진 이방지를 추적해, 무휼이 쫓았으나…
          크게 패하고 돌아왔었네.

채윤   (달려가며 마음의 소리 E) 스승님… 스승님이 열쇠야!

          #44. 북방 함길도 어느 일각(몽타주, 밤)
          윤평의 수하, 암쾌를 그린 벽보를 붙이고 있다.
          다른 곳에도 암쾌 그린 벽보를 붙이고.
          또 다른 곳에도 붙인다.

          #45. 함길도 다른 일각(밤)
          윤평의 수하, 쾌로 된 벽보를 또 붙이고 있는데…
          갑자기 뒤에서 잡아채며 쓰러뜨리는 누군가.
          쓰러진 윤평 수하 목에 칼이 확 들이밀어지는데….

이방지   (E) 윤평의 졸개구나.

          보면, 갓을 쓴 이방지다.

이방지   (칼 들이댄 채 무표정하게) 윤평은 어딨느냐.

          #46. 어느 민가 방(밤)
          윤평, 무릎 꿇고 있고 그 앞에 이방지 있다.

윤평   본원께서 명을 내리셨습니다. 전해드리러 왔습니다.
이방지   (차갑게) 난 밀본이 아니다.
          한 번 더 명이라고 했다간… 넌 죽는다.
윤평   스승님…!
이방지   (OL) 한 번 더! 스승이라고 했다간 그때도 죽는다.

윤평	…….
이방지	서로 평생 안 보고 살기로 한 것이 아니냐.
	정기준이나, 네놈이나.
윤평	(보다가) … 본원의 전언을 말씀드리겠습니다.
이방지	(보면)
윤평	본원께서… 함께하시길 원합니다.
이방지	(픽 냉소 지으며) 어림없는 소리.
	그딴 소리를 하려고 지난번에도 나에게 사람을 보낸 것이냐?
	썩 물러가거라…. (하는데)
윤평	(보며) 강채윤을… 아시지요?
이방지	(멈칫해서 보면)
윤평	(눈 빛내며) 강채윤 또한… 밀본과 뜻을 함께하고 있습니다.
이방지	(경악하며) !!! (쿵 하는 음악)

#47. 궁 전경(낮)

무휼	(놀라 E) 이방지?

#48. 무휼의 집무실(낮)
놀란 무휼과 채윤 있고….

채윤	예. 예전 정도전의 호위무사였던 이방지 말입니다.
무휼	(놀라) 네놈이 어찌하여 이방지를 아는 것이냐.
채윤	(보다가) 제… 스승님이셨으니까요.
무휼	(쿵! 경악하며) 뭐라…? 네놈이… 이방지의 제자란 말이냐?
채윤	예.
무휼	(놀라 마음의 소리 E) 이런 인연이…. 아니, 악연이겠지.
채윤	이방지는… 밀본이겠습니까, 아니겠습니까…?
무휼	네놈의 스승이니 네놈이 알 거 아니냐.
채윤	전 아는 것이 없습니다. 정도전의 호위무사였다는 것도
	얼마 전, 조말생 대감께 듣고 안 것이니까요.

무휼	(보고)
채윤	또한, 무인정사의 그날 밤…
	어떤 일에 휩쓸려 정도전을 호위하지 못했다는 것… 정도입니다.
무휼	… 그 이후의 행적은 묘연하다. 밀본에 가담했는지 아닌지는 알 수 없어.
	밀본이든 아니든, 이방지는 무인정사 때 살아남은 삼봉의 잔당인 역적이다.
	행적을 감춘 것이 당연하지.
채윤	학사들을 죽인 그 윤평이란 자객놈이…
	스승님의 무술을 씁니다.
무휼	(쿵! 놀라) 뭐라?
채윤	무슨 이야기겠습니까? 스승님께선… 정기준을 안다는 것이 아니겠습니까?
무휼	해서?
채윤	스승님을 뵐 수만 있다면, 정기준에 대해 여쭐 수 있습니다.
무휼	이방지의 소재를 아느냐?
채윤	실은 얼마 전… 스승님이 제게 사람을 보냈습니다.
	그자의 호패를 추적하면… 방법이 생길 수도 있지요.
무휼	(생각하는데)
채윤	허나… 그 전에 제게 중요한 것은,
	스승님이 정말 밀본과 어떤 인연이 있느냐는 것입니다.
무휼	(보면)
채윤	스승님이 정말 밀본에 깊숙이 가담하고 있다면…
	제가 스승님을 만나는 것이 오히려 일을 그르칠 수 있으니까요.
무휼	…….
채윤	허니 말씀해주십쇼. 저희 스승님에 관한 것…, 과거 밀본에 대한 것들….
	내금위장께서 알고 계신 모든 것을 말입니다.

무휼, 고민스런 표정으로 cut.

#49. 반촌 내 지하 아지트(낮)
정기준에게 보고하는 윤평.

윤평	강채윤에 대한 얘기를 듣고 놀라시는 듯은 했으나…

함께 오시진 않았습니다.

정기준   (씩 웃더니) … 올 것이다.

윤평   (보면)

정기준   이방지는… 반드시 올 것이야. (하고 의미심장한 표정인데)

무휼   (E) 무인정사의 그날 밤….

#50. 무휼의 집무실(낮)
무휼, 채윤 있고.

무휼   태종대왕께서 당시 역적 정도전이 있던 남은의 집을 쳐,
          모두 주살한 사실은 알고 있을 것이다.

채윤   예. 허나 호위무사였던 스승님께서 그 자리에 없었다고 들었습니다.
          그 이유를 아십니까.

무휼   (회한에 잠기는 듯하더니) … 한 여인이 있었다.

채윤   (여인? 싶어 보면)

무휼   이방지가 사랑한 여인이었고…, 또한… 정도전의 여인이기도 했지.

채윤   (놀라) 주군의 여인을… 사랑했단 말입니까?

무휼   그런 셈이지.

채윤   (놀란 채 보고)

무휼   태종대왕께선 그날 밤, 정도전을 치려 할 때,
          가장 문제가 되던 것이 바로 조선 제일검 이방지의 존재였다.
          해서, 이방지를 잠시 빼돌렸어야 했지.

채윤   (보고)

무휼   그 여인을 납치하고, 이방지에게 그 사실을 알렸다.
          이방지는 그 소식을 듣고 정도전 옆을 떠나, 그 여인을 구하러 간 것이야.

채윤   (보는데)

#51. 산 일각(회상, 밤)
(컷 별로, 흔들리는 화면으로 어지럽게 찍어주세요.)
어떤 여인의 목에 들어온 칼. cut.
그 앞에서 울부짖는 매우 젊은 이방지. cut.

그 위로, 얼굴이 보이지 않는 누군가(조말생)의 목소리.

누군가 (E) 칼을 버려라, 이방지!
이방지 (누군가에게 칼 겨눈 채 잡아먹을 듯이 노려보며) …….
누군가 (E) 일이 끝날 때까지, 잠시만 여기 있으면 된다.
       허면 이 여인을 해치지 않을 것이야.
이방지 (일촉즉발의 느낌으로, 핏발 선 눈으로 여인과 누군가를 번갈아 보는데)
누군가 …….
이방지 (미치겠다. 망설이며 어쩌지? 싶은데) …….
여인   (간절하게 이방지 보며) 어서 가세요! 가서 삼봉 선생을 구하세요!!
이방지 (핏발 선 눈으로 미치겠는 듯이 보고)
여인   (목에 칼 바짝 들이밀어지는데) 어서요!!
이방지 (어쩌지? 눈동자 마구 흔들리며, 이러지도 저러지도 못하고 미칠 듯한데)

       화면 위로, 이펙트.

채윤   (E) 해서 어찌 됐습니까?
무휼   (E) 정도전을 구하러 가지도 못하고 그 자리에서 망설이고만 있던
       이방지를 보며… 그 여인이 어찌했겠느냐.
채윤   (E) 허면…?!

목에 겨눠진 칼에 스스로 뛰어드는 여인. cut.
'안 돼!!!' 하며 절규하는 이방지. cut.

채윤   (E) 해서요, 어찌 되었습니까?

       #52. 무휼의 집무실(낮)
       (앞 씬 연결)

무휼   그 여인은 이방지의 품에서 죽었네….
       죽어가면서도 마지막 남긴 말은….

	어서 가서… 삼봉을 구하시라….
채윤	…….
무휼	이방지는 뒤늦게 삼봉을 구하기 위해 달려갔으나, 역시 그쪽도 일이 끝나 있기는 마찬가지였네. 자신의 주군인 정도전도, 여인도 지키지 못했지. 그 자책감에 사라진 것이라 알고 있네.
채윤	내금위장 영감께서 어찌 그리 자세히 아십니까?
무휼	(채윤 천천히 보며 빙긋이 미소 지으며) 무인정사의 그날 밤… 난 무엇을 했을 것 같은가.
채윤	…….
무휼	난 당시 새파란 소년 무사였지. 내 첫 출정이 그날 밤이었네.
채윤	……! 해서… 조말생 대감보다 훨씬 더 잘 알고 계시는군요. 조대감께선 그냥 이방지가 갑자기 사라졌고, 사라진 이유도, 어디로 갔는지도 모른다고 하셨는데….
무휼	조말생 대감께서?
채윤	예….
무휼	그럴 리가 있는가. 좀 전에 얘기했던 그 여인에게 칼을 겨누고 이방지를 잡아두는 임무를 맡았던 사람이…, 바로 조대감이야.
채윤	(쿵) ……!

ins. cut - 앞 회상에 이어서,
여인의 목에 칼을 겨누고 있는 조말생의 핏발 어린 모습.

#53. 반촌 채윤의 방(낮)
어딘가로 떠나려는 듯, 짐을 챙기고 있는 채윤.

채윤	(마음의 소리 E) 스승님에게 그런 과거가 있었단 말인가…? 정도전을 지키지 못한 자책감으로… 그리 사셨단 말인가…? 허면 밀본과의 관계는 무엇인가…?

하는데, 들어오는 초탁, 채윤이 짐을 챙기고 있자, 놀란다.

초탁	야, 너 어데 갈라 그러네?
	또 어디로 떠날라고 그러네? 기냥은 못 보내지! 말하라우!
채윤	호들갑 떨지 마. 내금위장 영감한테 다 말해놨어.
	누구 좀 찾으러 갔다 올게. 며칠 비울 거다.
초탁	어데? 누굴 찾을라고?
채윤	이방지.

#54. 무덤(밤)
비석도 없는 초라한 무덤이 보인다.
그 앞에 나타나는 누군가(이방지).
행장에서 술병을 꺼내, 따르더니, 세 번 돌리고, 무덤에 뿌린다.
그 광경을 보고 있는 듯한 누군가의 시선.

#55. 조말생의 방(밤)
조말생, 자려고 베개를 놓고 누우려는데, 밖에서.

산지기	(E) 주무십니까요?
조말생	무슨 일이냐…?
산지기	(들어오며) 대감마님….
조말생	아니… 얼마 만이냐…. 이 야심한 밤에 어쩐 일로…?
산지기	나타났습니다요!
조말생	나타나다니…, 뭐가?
산지기	아이구… 하두 오래 전에 명을 내리셔서 잊으신 모양입니다요.
	그 무덤에… 술을 따르고 슬피 우는 자가 드디어 나타났습니다요!
조말생	……! (쿵 하는 효과음이나 음악)

#56. 반촌 전경(밤)

#57. 도축소 앞(밤)
이방지가 걸어오고 있다. 키 작은 노인네 같다.
도축소 앞에 이르러 들어가려는데,

갑자기 정무군 두 명이 휙 하고 나타나 가로막는다.

정무군   누구쇼?
이방지   …….
정무군   반촌 사람 같지 않은데 여긴 무슨 일이오?

이방지, 대답 없이 그냥 밀치고 들어가려한다.

정무군   (거칠게 잡으며) 이 노인네가!

하는데, 이방지 정무군 팔을 꺾어 던져버린다.
다른 정무군이 칼을 뽑아 목에 겨눈다. 차가운 미소를 짓는 이방지.
이때, 나오는 가리온과 윤평.

가리온   (미소로) 이게 누군신가…. 대체 이게 얼마 만이야?
윤평   (이방지를 향해 고개를 숙여 예를 취한다) …….
이방지   (그런 윤평 물끄러미 한 번 보고) 이것들은 다 뭐냐. 치워라.
가리온   에이… 그 말뽄새하고는…. (다가서며 귓가에 대고)
         내가 밀본… 본원인데….
이방지   내가 자네 업어 키웠어. 몰라?
가리온   (웃으며) 그래, 그래…. 내가 아저씨, 아저씨 하면서 잘 따랐지.
         들어가서 얘기 좀 하지. 얘기하려고 온 거잖아?

이방지, 칼을 뽑은 채, 당황하고 있는 다른 정무군을 본다.

이방지   치워라. 괜히 디지지 말고.
가리온   (역시 미소로) 어서 칼 넣어. 잘못하면 우리 다 디진다. (하며 웃는다)
         자, 자…. (하고 이방지에게 들어가길 재촉하며) 어서….

들어가는 이방지와 가리온, 윤평.
그때, 한쪽 구석에서 그걸 지켜보고 있던 개파이의 무표정.

그리고는 도축소 뒤쪽으로 돌아간다.

#58. 도축소(밤)
들어와 앉는 이방지. 그 앞에 선 정기준.
앞서서 둘러보다가 한쪽 벽에 시선을 고정하는 이방지.

이방지   저 벽 뒤에 뭐가 있는 거지? 맹수라도 키우나?
정기준   (실실 웃으며) 오올… 역시 이방지 안 죽었어…. 다 느껴…. 그치?
이방지   …….
정기준   (실실 웃으며) 차라도 한잔 내올까? 아니면 술 한잔?
이방지   집어치우고… 본론을 얘기하자.
          강채윤이 밀본과 함께한다는 게 무슨 소리인가?
정기준   (실실 웃으며) 말 그대로지. 강채윤이 우리 밀본의 대의와 함께한다는 거지.
이방지   (버럭) 정기준!! 저 벽 뒤에 있는 걸 믿고 이러는가? 똑바로 대답해라.

          ins. cut - 벽 뒤에 무표정하게 눈을 빛내고 있는 개파이.

정기준   (웃음 멈추고 진지하게) 그 강채윤이라는… 니 제자놈….
          그놈은 너처럼 헛되이 살게 하지 않을 수 있겠다 싶어서.
이방지   …… 칼 잡은 놈들은 윗것들 일에 얽히는 것이, 가장 헛된 삶이다.
정기준   가장 비겁한 삶이지. 재주와 학식을 가지고도,
          세상을 버리고 고고하게 은둔하는 거…. 그게 가장 비열한 삶이 아닌가.
          (싸늘하게) 너처럼.
이방지   니가 어떤 조선, 어떤 정치체제를 만든다 해도, 누군가는 빼앗고,
          누군가는 빼앗긴다. 누구는 짓밟히고, 누구는 짓밟지.
          윗것들은 대의를 말하지만… 다 그게 그거야, 결국. 개헛소리….
정기준   (다시 미소로) 주인의 여인을 탐해,
          주군을 저버린… (싸늘하게) 배신자가 할 소리가 아닌 거 같은데….
이방지   (아픈 정곡을 찔렸다) ……!

#59. 반촌 채윤네 마당(밤)
짐 들고 나오는 채윤. 따라나오는 초탁.

초탁   기래서 언제 돌아올 생각인데?
채윤   가봐야지. 못 찾아도, 일단 사나흘 안에 돌아올 거야.
      먼 길 갈라니까… 출출하네. 뭐 없지?
초탁   기래? 긴데 뭐, 사내놈들 사는 집이 먹을 게 있어야디.
      안성댁두 다 잘 테고…. 깨워볼까?
채윤   아냐, 됐어. 가리온한테 가서, 말린 고기나 좀 얻어가야지.
      (돌아서며) 간다.
초탁   항상 몸조심하라우.

#60. 검안소(밤)
앞 씬 연결.

정기준 (씹어뱉듯) 이방지…. 당신이 그날,
       여자에게 홀려 자리만 비우지 않았다면,
       삼봉은 위기를 벗어날 수 있었어!
       남은 대감 댁을 탈출할 수만 있었다면…
       다시 힘을 모아, 얼마든지 전세를 역전시킬 수 있었어…!!
이방지 …….
정기준 (부릅뜬 눈으로) 당신이… 역사를 바꿨다…. 네놈이…!
       조선의 역사를 망쳤어…!
이방지 (떨리는 목소리로) 그에 대해선 할 말이 없다.
       너의 앞에서 목을 내놓겠다고, 죽여달라고도, 했어….
       헌데 넌 거래를 원했다…. 윤평, 저놈을 살인귀로 만들어달라고….
       해서 그렇게 했어…. 거래는 끝난 것이 아닌가?
정기준 그 정도 거래로 당신 죗값이 치러질 수 있다고
       진정 그리 생각하는 것인가, 이방지….
이방지 내게 무엇을 원하나…?
정기준 강채윤과 함께, 우리 밀본과 함께하자.

이방지	진정 채윤이가… 밀본이 되었는가?
	자네가 정기준임을 아는가?
정기준	아…, 아직은 모르지… 그리고 밀본이 된 것도 아니고, 아직은.
이방지	결코 알게 하지 말라, 껴들게 하지 마라.
	온갖 강한 척… 독기를 내뿜지만… 약하디 약한 아이다.
	정치의 일에 관여해선 안 되는 아이야.
정기준	정치의 일? 강채윤이 칼을 겨누고 있는 곳이 이미 궁이거늘!
	이미 관여한 것이 아닌가? 목표가 같으니, 함께하는 것이다.
이방지	무슨 소리인가? 궁이라니!
정기준	(그런 이방지의 진지한 말을 듣다가 깔깔 웃으며)
	…… 정말로 모르는 것인가?
	강채윤은, 지난 수십 년간 복수를 위해 칼을 갈아왔어.
	그 칼이 어딜 겨누고 있는지 정말 모르는구나, 이방지!
이방지	(어리둥절) …….
정기준	(웃음 멈추며 싸늘하게) 이도다. 강채윤은 주상을 죽이러 왔어.
이방지	(쿵) ……! (쿵 하는 효과음이나 음악)
정기준	(결연하게 보며) …….

그때, 밖에서 소리가 들린다.

| 채윤 | (E) 가리온! |

놀라는 가리온, 급히 나간다.

#61. 도축소 밖(밤)
가리온, 급히 나온다. 채윤이다. 놀란다.
급히 표정을 수습한다.

가리온	아이고, 이 야심한 시간에 웬일이십니까?
채윤	내가 오늘 말야, 밤길에 먼 길을 가야 하는데,
	출출해서 말야…. 거…, 말린 고기 같은 거 좀 있나 싶어서… 왔지.

가리온, 살짝 표정 굳으며, 고민하는 듯한 느낌이다.

채윤   아…, 뭐… 소고기 없으면 그냥 돼지 뒷다리 살이라도… 어떻게 좀….
가리온 (뭔가 결심한 듯) 아, 있습니다요. 잠깐 들어오시죠.

가리온 눈빛을 빛내며 들어가고, 강채윤도 따라들어간다.

#62. 도축소 안(밤)
이방지, 탁자에 어두운 표정으로 앉아 있다.
가리온과 강채윤 들어온다. 보지도 않고 그냥 앉아 있는 이방지.

채윤   어? 손님이 와 계셨네?
가리온 아, 예전에 알던 형님인데, 오랜만에 들르셨어요. 잠깐 앉아 기다리십쇼.

채윤, 이방지의 맞은편에 앉는다.
이방지, 고개 숙이고 상관도 않는다.

가리온 (이방지에게) 형님, 그래도 인연인데 인사하십쇼.
        겸사복에 있는 강. 채. 윤. 나리십니다.
이방지 (강채윤이라는 말에 경악하여 고개 들며) ……!
        (쿵 하는 음악)
채윤   (웃으며, 이방지에게) 나… 궁궐 겸사복에 있는 강가요…

하다가 이방지 고개 들자 알아보고 경악!
이방지, 강채윤 보며 경악!
그런 둘을 보며 싸늘한 미소를 흘리는 정기준!
3분할 엔딩.

제
18
부

世宗御製訓民正音

國귁之징語ᅌᅥᆼ音ᅙᅳᆷ이

나‧랏:말ᄊᆞ미

異ᅌᅵᆼ乎ᅘᅩᆼ中듕國귁ᄒᆞ‧야

與文字로不相流通ᄒᆞᆯᄊᆡ

中듕國귁‧에달‧아

與영文문字ᄍᆞᆼ‧로不ᄫᅮᇙ相샹流륭通통ᄒᆞᆯᄊᆡ

文문字ᄍᆞᆼ‧와‧로서르ᄉᆞᄆᆞᆺ‧디아‧니ᄒᆞᆯᄊᆡ

故공‧로愚ᅌᅮ民민‧이有ᅌᅮᇢ所송欲욕

#1. 도축소 안(밤)
(앞부분 생략)

가리온 (이방지에게) 형님, 그래도 인연인데 인사하십쇼.
   겸사복에 있는 강. 채. 윤. 나리십니다.
이방지 (강채윤이라는 말에 경악하여 고개 들며) ……!
채윤 (웃으며, 이방지에게) 나… 궁궐 겸사복에 있는 강가요….

   하다가 이방지 고개 들자 알아보고 경악!
   이방지, 강채윤 보며 경악!
   그런 둘을 보며 싸늘한 미소를 흘리는 정기준! (17부 엔딩 지점)
   당황한 채윤, 얼른 가리온의 눈치를 살피며

채윤 (마음의 소리 E) 스승님이… 여길… 왜…?
가리온 (몸을 돌려 말린 고기를 몇 점 챙기며 능청) 아주 좋은 분입니다요.
이방지 (무뚝뚝한 표정으로 채윤을 본다)
가리온 (뒤돈 채 계속 능청 떨며) 제 목숨도 한 번 구해주신 적이 있지 뭡니까요.
채윤 (그런 가리온과 이방지를 번갈아 보며 마음의 소리 E)
   가리온은 스승님이 대역죄인인 걸 아는 거야, 모르는 거야?
가리온 (말린 고기 싼 것을 채윤에게 가져오며) 여기 있습니다요.

하며 채윤과 이방지를 재밌다는 듯 보는 가리온.

가리온　(채윤에게) 어디 멀리 가십니까요?
채윤　(받으며) …아니… 뭐… 알 거 없어.
이방지　(무뚝뚝한 채 있는)

채윤은 서둘러 나간다.
남은 이방지와 가리온. 이방지는 노려보고, 가리온은 빙긋 웃으며

가리온　안녕히 가십시오.

#2. 도축소 밖(밤)
당황하고 혼란스런 얼굴로 나오는 채윤. 그 위로

채윤　(마음의 소리 E) 대체… 어찌 된 거지?

하며 혼란스러운 얼굴로 도축소 돌아보는데….

#3. 도축소 안(밤)
이방지, 차갑게 정기준을 보며.

이방지　악취미는 여전하군.
가리온　(조롱하며 가볍게) 곧 우리 셋 모두 한배를 타게 될 테니…
　　　　미리 안면이나 익혀두자는 게지.
이방지　결코 그리되지는 않을 거다.
가리온　(진지한 표정으로 바꾸며) 자넨 배신자고 죄인이야.
이방지　이미… 너와의 거래로 끝났다.
가리온　무사가… 배신의 죄를… 거래로 끝낼 수 있는 것인가…?
이방지　…….
가리온　이방원과 그의 아들에 의해 아비를 잃은 강채윤이 자네의 제자가 되었다.
　　　　이게 우연이라고 생각되는가?

이방지	…….
가리온	자네의 업보는 결국, 자네의 주군도… 여인도 모두 **뺏어간** 이방원…
	그 집안에 대한 복수로 끝을 내야 한다는 생각이 드는데… 나는.
이방지	…….
가리온	이방원의 아들 이도 옆엔 무휼이 있다.
	자네가 맡아. 그리고 이도는 자네 제자가 맡는 거지.
	아니면… 자네는 또… 그들에 의해 채윤을 잃게 될 거야.
이방지	…….
가리온	이번 한 번이야. 도와주게.
이방지	(노려보며 강한 의지로) … 결코… 그런 일은 없어. 나도… 채윤이도….

하고는 나가는 이방지. 그런 이방지를 보는 가리온.

#4. 도축소 밖(밤)
채윤은 이방지가 나올 때를 기다리며 기웃거리다가는
다시 도축소로 다가가는데… 이때 나오는 이방지.
놀라움으로 서로 본다.

#5. 산 일각(밤)
채윤과 이방지 앉아 있다.

채윤	가리온과는 어찌 아시는지요?
이방지	(무심하게) 내 유랑 다닌 세월이 얼마냐.
	그 길에서 알게 된 백정놈이다.
채윤	… 예에…. (하고는) 스승님…, 여쭐 것이 있습니다.
이방지	(끊고 OL로) 네놈이 죽이려는 자가 임금이냐?
채윤	(당황하고 놀라) … 어찌… 그걸 스승님께서… 아시는지요?
이방지	사실이냐?
채윤	(그런 이방지를 보다가는) … 밀본이십니까?
이방지	(보는데)
채윤	밀본이셔야 알 수 있는 사실입니다.

	진정… 스승님께서… 정도전의 호위무사이셨습니까?
이방지	(보는데)
채윤	(간절하게) 알아야 합니다. 밀본이십니까? 정기준을 아십니까?
이방지	아니다. 모른다.
채윤	… 허면… 어찌…?
이방지	알려고 하지 마라. 밀본에 대해서도, 정기준에 대해서도, 관심 두지 마라.
채윤	…….
이방지	또한 채윤아…. 니가 하려던 일도… 그만두거라.
채윤	…….
이방지	난 네게 무술을 가르친 것을 후회한다.
	네놈 눈물에 흔들려, 누군가에게 칼을 잡게 한 것을 후회해.
	그것이… 임금이었다니….
	더욱… 더더욱… 뼈에 사무치게 후회한다.
채윤	…….
이방지	그러니… 그만두거라.
채윤	…….
이방지	넌 나처럼 살지 말고…
	제발… 잊고… 그냥 흰옷 입고… 땅 파는… 그런 사람으로… 살아.
채윤	(보다가는) … 예…, 스승님. 그리 살려는 것입니다.
이방지	(버럭) 임금을 죽이려는 자가 어찌 그리 살 수 있어?
채윤	이젠 아닙니다.
이방지	(의아하여 보면)
채윤	이제 제가 노리는 것은 임금이 아닙니다. 정기준입니다.
이방지	(놀라서 보면) … 무슨 소리를 하는 게야?
채윤	… 소원이… 생겼습니다.
이방지	(무슨 소린가?)
채윤	소중한 여인과… 흰옷 입고… 땅 파며… 사는… 그런 백성….
이방지	(보며) … 소중한 여인…?
채윤	… 예…. 담이가 살아 있습니다.

#6. 반촌 지하 아지트(밤)
정기준 있고, 도담댁, 한가놈 놀라고 있다.

도담댁   정말… 이방지가 나타났단 말입니까?
정기준   나타날 거라지 않았느냐?
          지금쯤… 이방지와 강채윤이 만나고 있을 것이다.
한가놈   (불안한 듯) 본원의 생각을 알고 싶습니다.
정기준   ……. (보는데)
한가놈   과거장 사건… 유생의 자결…
          강채윤에다가… 이방지까지… 우리 편으로 불러들이시려 하는 거….
도담댁   (불안하게 보며) 예…. 더구나 정무군 증강까지… 명하셨습니다.
한가놈   (그 얘기까지 듣자 더 놀라고 불안하여) … 본원…, 생각이 바뀌신 겁니까?
정기준   …….
한가놈   재상총재제로 가는 방법을 바꾸시려는 것입니까?
정기준   이도에게 달렸겠지.
도담댁   (보고)
한가놈   (보는데)
정기준   허나… 이도는 이미… 아들도 포기하고… 글자를 반포하려는 의지를
          내게 보였다.
한가놈   …….
정기준   허니… 나도 준비를 해야지. 이제 난 이 글자를 막기 위해서라면
          역적이 되길 주저하지 않을 것이다.
도담댁   …….
정기준   역사에 가장 파렴치한 자리가 내 자리라고 해도 난 멈추지 않을 것이다.
한가놈   (두려움에) … 허면… 설마… 대급수(大急手 : 칼로써 왕을 시해하는 것)…?
정기준   …….
이방지   (E) 그렇다면 더욱더 안 된다!

#7. 산 일각(5씬과 같은 곳, 밤)
이방지, 채윤 있는데… 이미 채윤의 사연을 들은 듯….

이방지	그런 것이라면… 더욱더 그들과 얽혀선 안 돼.
채윤	스승님….
이방지	지금 당장 그 여인을 데리고 도망가거라. 우물쭈물 주저하지 말고 떠나.
	어느 쪽에도 끼지 말고… 그냥 떠나거라.
채윤	…….
이방지	그래야 네 소중한 것들을 지킬 수 있다.
채윤	그럴 수 없습니다.
이방지	왜? 대체 왜?
채윤	… 제게 소중한 것이 담이이듯…, 담이에게 소중한 것은… 글잡니다.
이방지	이런!! 그따위 것이 다 무어라고?
채윤	(바로 OL로) 그리고 이젠! 제게도 소중합니다.
이방지	……?
채윤	담이와 함께… 제 아이들에게… 글자를 가르치고… …제 아이들은…
	남의 글을 읽고… 더 많은 걸 알게 되고… 그걸로… 자기 글을 쓰고….
이방지	(채윤의 헛꿈이라 생각하니 미칠 것 같다)
	그러기도 전에… 니 소중한 것들을 다 잃어도 말이냐?
채윤	…….
이방지	여인도… 글자도… 지키지 못하고…,
	자신의 주군에겐 배신자가 되고….
채윤	(OL) 스승님의 과거 때문에 그러십니까?
이방지	(그 말에 멍하니 채윤을 보는데) ……!
채윤	저는 스승님과 다릅니다.
이방지	무엇이 다르냐? 죽이고 죽어야만 하는… 무사로서의 삶이 다르더냐?
채윤	…….
이방지	내가 살던 때의 윗것들과… 니가 사는 때의 윗것들이 다르더냐?
채윤	…….
이방지	아니면 주군의 여인을 사모한 나와…
	왕의 여인인 궁녀를 사모하는 네놈이 다르더냐?
채윤	…….
이도	(E) 이방지를 찾아 떠났다고?

#8. 이도의 방(밤)
이도와 무휼, 소이 있는데….

무휼   … 예….

소이   …….

무휼   유생들의 반응을 보고… 분노한 듯 보였습니다.
반드시 정기준을 알아내겠다며 이방지를 찾으러 갔습니다.
그놈 눈빛으로 보아 반드시 해낼 것입니다.

이도   (고개를 끄덕이며) 그래…, 그놈은 해낼 것이다. 소원이… 있으니….

하며 소이를 본다.
소이도 소원이 무엇인지 짐작하는 듯 이도의 눈을 피하는데….

#9. 산 일각(5씬과 같은 곳, 밤)
이방지와 채윤 있는데….

이방지   평생을 자책하며… 나는 버러지만도 못한 놈이라 생각하며 살아왔다만…
너는 다를 거라 생각하지 마라.

채윤   …….

이방지   '소중한 이의 소중한 것은 지켜줘야지…'
'무사로서의 임무는 하고 가야지…'
무사로서, 남자로서, 다 쓸데없는 자존심이다.

채윤   …….

이방지   그 순간… 치사하고 비겁하게 살아.
백성은 말이다…, 오로지 자기의 기쁨을 위해 자존심을 버리고 살아야
소중한 것을 지킬 수 있다. 그러지 않으면 잃는다.

채윤   (버럭) 어찌 백성은 비겁해야만 소중한 것을 지킬 수 있단 말입니까!

이방지   …….

채윤   …….

이방지   (한심하다는 듯) 그런 것도 모르면서 어찌 백성으로 살겠단 말이냐….
그래 좋다…. 허면 한 가지를 묻겠다.

채윤	…….
이방지	이 일을 하다가 너의 소중한 것을 잃어도 좋으냐?
채윤	…….
이방지	그래도 상관없다면 도와주마. 정기준을 알려줄 것이다.
채윤	……!

#10. 반촌 지하 아지트(밤)
윤평이 정기준에게 보고하고 있다.

윤평	오랜 시간 얘기를 나누고 있는 듯합니다.
정기준	그러겠지…. 강채윤이 이방지를 설득하는 게… 그리 쉽지는 않을 것이다.
윤평	…….
정기준	너는 이방지가 어디 거하는지나 확인해두거라.
윤평	예.

#11. 길 일각(밤)
생각에 잠겨 혼자 걸어가는 채윤.

이방지	(E) 치사하고 비겁하게 살아. 백성은 말이다…, 오로지 자기의 기쁨을 위해 자존심을 버리고 살아야 소중한 것을 지킬 수 있다.

채윤, 생각하며 가는데….

#12. 궁녀 처소 앞(밤)
나오는 소이. 보면 채윤이 멀찍이 서 있다.

소이	(얼른 달려와) 이방지를 찾으러 떠났다고 들었는데… 어떻게 된 거야?
채윤	응…. 다른 방법이 생겨서.
소이	(반색하며) 그래? 근데 이방지라는 사람을 찾으면 정기준을 찾을 수는 있는 거야?

채윤	응. (하며 고개를 끄덕이는데)
소이	(생긋 웃으며) 다행이다. (하고는) 나 부엌에 가봐야 해.
	내가 밥해야 하는 날이야.
채윤	알았어. 얼른 가봐.
소이	(가다가는 다시 돌아와) 좀 기다려봐. 내가 밤 좀 삶아다 줄게.
채윤	아냐….

하는데… 소이는 부엌으로 달려간다.

#13. 처소 옆 부엌(밤)
(수라간 아니라 일반 부엌이면 됩니다.)
소이가 이리저리 왔다 갔다 하며 두부 자르고
된장 풀고 하며 찌개 끓이는 모습들 컷컷.
멀리 떨어져 그런 소이를 보고 있는 채윤. 그 위로

이방지	(E) 이 일을 하다가 너의 소중한 것을 잃어도 좋으냐?

여전히 소이는 요리조리 움직이며 상을 차리고 있는데….
보고 있는 채윤. 그 위로

채윤	(마음의 소리 E) 소중한 것을 잃어도 좋을 만큼의 그 무엇이…
	내게 있을 수 있을까?

#14. 궁 몽타주(낮)
궁 벽 곳곳에 붙은 벽서들. 컷컷컷. 그 위로

박팽년	(E) 유생 박세명이 자결하기 전 돌린 격문을, 유생들이 궁 곳곳에 붙이고
	다녔습니다.

#15. 수정당(낮)
이도, 조말생, 황희, 이신적, 장은성, 심종수, 이순지, 박팽년, 성삼문 등 있고….

이도   읽어보아라.

이후의 연설 내용, 박세명의 이펙트와 인서트 장면을 교차로 구성.

성삼문   중화를 거스르는 글자가 조선의 질서를 무너뜨리는 이때,
           조선의 신료들은 야합으로 이를 묵인하고 있다!
이도   ……
박세명   (E) 조정 신료들도 이 나라 조선의 사대부이며, 선비다.
           헌데 어찌 자신들의 근간을 무너뜨리는 글자에 동조하며,
           이(利)를 취하려 하는가! 이는 사대부 스스로를 부정하는 행위다!
이신적·장은성   ……
박세명   (ins) 또한! 궐에 사찰이 창건되어 이단이 창궐하니,
           성인께 예를 드릴 수 없도다.
조말생·황희   ……
박세명   (E) 뿐인가! 노비를 대호군에 올려 신분질서를 뒤흔들고,
           학문을 연구하는 집현전에서는 경학보다 잡학을 장려하고 있다!
심종수   ……
박세명   (ins) 학문은 고문에 대비하지 못하고,
           말은 천의(天意 : 임금의 뜻)를 돌리지 못하니!
성삼문·박팽년·이순지   ……
박세명   (E) 이에 우리 조선의 유생들은 책을 덮고 탄식하지 않을 수 없도다!

모두 침통한 분위기 속에서 침묵하고 있는데….

이도   벽서를 붙인 유생들은 어찌하였소.
이신적   의금부에 하옥하였으나…, 성균관의 다른 유생들의 움직임도 심상치 않고
           지방 유생들까지 연대할 기세이옵니다.
이도   하옥한 유생들은 모두… 풀어주시오. (하고 일어서려는데)
조말생   (간곡하게) 전하…! 사태를 수습하기 위해서라도,

글자 반포를 포기하겠노라 선언하심이 옳은 줄 아뢰옵니다.

황희   예, 전하. 일단은 그리하시고 차후를 보시옵소서. (하는데)

최만리   (밖에서 E) 전하…!

#16. 수정당 마당(낮)

이도, 밖으로 나오면 최만리가 바닥에 엎드려 있다.

착잡한 표정으로 보는 이도.

#17. 이도의 방(낮)

이도, 최만리 있고.

최만리   (결연하게) 소신을 밀본이라 오해하시어 목을 베신다 해도 좋습니다.

이도   (보고)

최만리   (결연) 너무나 명백한 대역당. 밀본이라도 그들의 행위에 진의가 있다면,

           그것을 배척하는 것 또한 선비가 아니기에… 그 진의를 말씀드리고자 합니다.

이도   말해보거라.

최만리   밀본은… 노비 과거 급제 사건을 통해…

           모두가 글자를 아는 세상이 야기시킬… 혼란을 보여준 것이옵니다.

이도   (보고)

최만리   전하께서 만드신 글자가 불러일으킬 수 있는 혼란 말이옵니다!

이도   (보다가) … 진정… 그것이 혼란이기만 한 것이냐?

최만리   (놀라 보며) … 설마… 신분질서가 어지러워질 것을 아시면서도….

이도   그것이 진정 어지러워지기만 하는 것이냔 말이다!

최만리   … 전하…!!

이도   백성이 글자를 알게 된다면…

           배우고자 할 것이고…, 잘살 방법을 찾고자 할 것이고…,

           그렇게 삶의 즐거움을 찾기 위해 꿈틀댈 것이다.

최만리   (OL) 예. 바로 그것! 그 '꿈틀'이 신분질서를 무너뜨릴 것이옵니다!

이도   (OL) 어차피 언젠가는 무너진다! 영원한 것이 어디 있더냐?

최만리   (경악해서 보면) !!

이도   전조 고려를 보아라!

고인 채로! 정체되어 썩다가! 사대부들에 의해 귀족들은 멸했다.

최만리 지금의 조선은 고려와는 다르옵니다! 고려의 폐단을 반복하지 않기 위해,
세습이 아니라 시험을 통해 관료를 뽑는 것이 아니옵니까!

이도 그 시험을 무엇으로 보느냐!
너희만 아는, 너희만 배울 수 있는 한자로 시험을 본다!

최만리 (보고)

이도 양인이면 누구나 시험을 보고 관리가 될 수 있다 하지만,
정작 한자를 아는 사람들만 관리가 되도록 해놓은 것이 아니냐!

최만리 (보고)

이도 이대로라면… 백 년 뒤엔, 서얼들의 과거가 금지될 것이고,
2백 년이 지나면, 양반들만 과거를 보게 될 것이고!
3백 년이 지나면… 양반을 사고파는 지경이 될 것이다.

최만리 전하!

이도 조선은 그렇게 경직될 것이다. 또한, 폐해는 날로 심해지겠지.
역사를 보아라. 어느 나라의 역사든… 다 그렇지 않느냐?

최만리 ……

이도 하여 난! 그 폐해를 이겨낼 수 있는 작은 수단으로서,
희망으로서! 글자를 만든 것이다.

최만리 (단호하고 결연하게) 하오면… 양반을 없애실 수 있사옵니까?

이도 … 아니. 하지 못한다.

최만리 노비를 없애실 수 있사옵니까?

이도 … 하지 못한다.

최만리 사농공상의 층위를 없애실 수 있습니까?

이도 하지 못한다.

최만리 헌데… 그 글자라는 희망만… 백성에게 내리시오면…
그 희망으로 고신당하는 백성들은 어찌하옵니까?

이도 그것 또한… 역사에 있다.

최만리 (보면)

이도 그들은… 스스로… 길을… 모색한다…!

최만리 ……!

이도 그렇게… 스스로 찾고 찾는 중에… 서로 싸우고… 타협하며…

이뤄가야만… 조선은 천세 만세를 갈 수 있다.

최만리   (보면)

이도   그러지 않으면!
          사대부는 결국 고려의 귀족들처럼 썩어… 사라지게 될 것이다.

최만리   (그런 이도를 경악해서 보며) ……!

#18. 글자방(낮)
이도, 무휼, 정인지 들어오는데…
이도, 괴로운 얼굴로 들어오다가는 한쪽에 있는 함을 본다.
함을 향해 천천히 다가가는 이도.

이도   (함을 보며) 열두 살 때… 정기준이 내게 물었다.

정인지·무휼 (보면)

이도   삼봉의 이상을 훔친… 이방원의 조선과 다른 조선이란 무엇인지.

정인지·무휼 (보고)

이도   아바마마 또한 내게 물으셨다.
          나의 조선은 어찌 다를 것인지. 어찌 다르게 할 것인지.

정인지·무휼 (보며)

이도   강채윤 또한 나에게 물었다! 백성을 향한 임금의 대의란 무엇인지!

정인지·무휼 …….

이도   늘 시달려왔다! 단 하루도 그 답을 고민하지 않은 날이 없어!

정인지·무휼 …….

이도   하여… 마침내 찾았다. 그리고 이제 난 당당히 말할 수 있다.
          이것이 나의 답이다! 이것이 이도의 조선이다!

정인지·무휼 …….

이도   (함에서 시험지 꺼내 들고는) 헌데… 헌데 왜 이러는 것이냐….
          정작 나에게 질문을 던졌던 정기준… 네가…
          왜 사람을 죽이고… 폭력을 행하며… 아바마마의 방식을 취하는 것이야….

정인지·무휼 (보며)

이도   내가 틀렸다고 말하고 싶은 것이냐?
          폭력을 써서라도 바로잡고 싶을 만큼, 잘못됐다고 말하고 싶은 것이야?

정인지	전하…!
이도	(시험지를 물끄러미 보며) … 만나고 싶다.
정인지	(설마 싶어 놀라 보고)
무휼	(놀라 보는데)
이도	(왜 이 생각을 못했지 싶어 눈 빛내며) 그래, 만나야겠다!
	정기준을 만나야겠어!
무휼	전하, 어찌…!
이도	(흥분하며) 누구보다 나의 행보 하나하나를 지켜보고 있었을 정기준이다!
	허니 글자가 나의 최종 답임을, 정기준도 알 것이다!
정인지	전하, 하오나…!
이도	(그렇게 생각하니 더 흥분되어) 이 글자에 대해 얼마나 많은 생각을 했겠느냐.
	만일, 나와 다른 생각을 하고 있다면 내가 정기준을 설득할 수 있다!
무휼	(미치겠고)
이도	아니! 내가 정기준에게 설득당할 수도 있겠지!
	그만큼 글자란 토론하고 쟁명할 만한 주제가 아니더냐!
정인지·무휼	(보는데)
이도	(생각에 빠져) 이신적일까? 아니면 황희? 최만리?
	(무휼 보며) 누구를 통하면 정기준을 만날 수 있는 것이야?
무휼	전하! 정기준은 보는 즉시 추포하고 참해야 할 역적이옵니다! (하는데)
이도	(OL) 모두가 말하지 않느냐!
	이 글자가 역사를 거스르고 조선의 질서를 어지럽히는 것이라고!
정인지·무휼	(보면)
이도	진정 그러한 것인지… 정기준의 생각을 알고 싶다!
	(하고 눈 빛내며) 지금이야말로… 만나야 할 때가 아니냐….
무휼	(보는데)

#19. 궁문 앞 일각(낮)
조말생, 관복 차림으로 나오는데 산지기가 다가온다.

| 조말생 | (보고 나지막이) 어찌 됐느냐. |
| 산지기 | 사람을 붙여 쫓았으나 놓쳤습니다. 헌데…. |

조말생	(보면)
산지기	사대문에 사람을 배치해놓았으나 본 자가 없습니다.
	도성 안에 있을 겁니다.
조말생	(생각하며 마음의 소리 E) 어찌하여 한양에 나타났단 말인가, 이방지…

#20. 장터(낮)
고민하는 얼굴로 걷고 있는 선비복 차림의 조말생.

조말생	(계속 고민하며 마음의 소리 E) 아직도 밀본과 관계하고 있는 것이냐?

하는데, 반대편에서 걸어오는 누군가. 삿갓 쓴 이방지다.
조말생, 생각에 잠겨 모른 채 가고… 스쳐 지나는 두 사람.
이때, 지나치자마자 뭔가 느낀 듯 놀라 돌아보는 조말생.
가는 이방지의 뒷모습을 보더니 경악한다.
급히 뒤쫓는데….

#21. 민가 전경(낮)
산중에 있는 민가.

#22. 민가 방 안(낮)
이방지, 두 눈을 감은 채 깊게 고민하고 있다. 그 위로

조말생	(다급히 E) 이방지가… 이방지가 나타났네!

#23. 무휼의 집무실(낮)
무휼 앞에 막 달려 들어온 조말생 있고….

무휼	(놀라) 예? 한양에 말입니까?
조말생	그렇네.
무휼	안 그래도 강채윤이… 이방지를 찾을 방법이 있다 했습니다만….
조말생	지금 그자가 기거하는 곳을 확인하고 오는 길일세.

무휼	(보며) 허면…?
조말생	잡게.
무휼	…….
조말생	그자는 밀본이고… 정기준의 소재도 분명 알걸세….
무휼	…….
조말생	내금위를 움직이게! 지금 당장 이방지를 잡아야 해!
무휼	(급히 일어서며) 알겠습니다. (하고 나가려다가는)

벽장으로 가 천에 싸인 칼을 꺼내는 무휼. 비장하고 긴장된 표정인데…

#24. 민가 방 안(낮)
이방지, 고민에 잠긴 얼굴로 앉아 있다.
ins – 3씬.

가리온	이방원의 아들 이도 옆엔 무휼이 있다. 자네가 맡아. 그리고 이도는 자네 제자가 맡는 거지. 아니면… 자네는 또… 그들에 의해 채윤을 잃게 될 거야.

ins – 5씬.

채윤	이제 제가 노리는 것은 임금이 아닙니다. 정기준입니다.

이방지	(픽 웃으며 E) 밀본을… 또 배신한다…?

하며 그건 도저히 있을 수 없는 일인 듯 고개를 가로저으며…

이방지	(자조적으로 마음의 소리 E) 어찌… 난 평생을 버러지같이 사는 것인가?

#25. 회상 몽타주
이방지 망설이는데 목에 겨눠진 칼에 스스로 뛰어드는 여인. cut.
조말생의 칼에 뛰어드는 여인. cut.

놀라 칼을 던지고 뒷걸음치는 조말생. cut.
피 흘리며 이방지의 팔 안에서 죽어가는 여인.

여인   (간절하게) 삼봉 선생을… 구하세요…. (cut)

절규하듯 우는 이방지. cut.
일각. 달려오는 이방지, 죽어가는 수하를 본다.

수하   (피 흘리고 죽어가며) 삼봉 선생께서… 돌아가셨습니다….
              (밀본지서 내밀며) 이것을… 정도광 어르신께…!
이방지   (수하의 멱살 잡고) 삼봉 선생께서… 돌아가셔…? 돌아가셨다고?!!

절규하는 이방지에서 cut.

#26. 조말생의 방(회상, 밤)
벌컥 열리는 문. 피 묻은 칼을 들고 들어오는 젊은 이방지.
앞엔 차를 마시던 젊은 조말생이 있다.
이방지, 당장이라도 내리칠 듯 다가오면,

조말생   (오히려 당당하게) 죽여라! 여인을 이용하여 일을 도모하려 한 것은
              나 또한 무인으로서의 수치다.
이방지   (노려보며 칼을 들어 올리는데)
조말생   허나, 그 전에 하나는 확실히 해두어야겠구나!
이방지   (보면)
조말생   삼봉과 그 여인이 죽은 건… 나 때문이 아니라….
이방지   … (보는데) …….
조말생   너의 망설임 때문이다.
이방지   (순간 멈칫하며) ……!
조말생   너의 망설임이 그 두 사람을 죽게 만든 것이야!
이방지   (파르르 떨며 보면)
조말생   삼봉이 죽길 바란 것은 아니냐?

| 이방지 | ……! |
| 조말생 | 그리되면 그 여인은… 네 차지가 될 수 있다 생각한 것이 아니냐! |

그 말에, 칼을 잡은 손이 부들부들 떨리는 이방지.

#27. 민가 방(현재, 낮)
생각에 잠겨 있는 이방지.

| 이방지 | (회한에 잠긴 듯, 마음의 소리 E) 난 또… 이렇게 망설이다가…
일을 그르칠 것인가…. |

#28. 민가 방 밖(낮)
정득룡과 내금위 군관 네 명 있고,
정득룡 은밀히 수신호하면, 군관들 민가를 둘러싼다.
한쪽에서 보고 있는 무휼.

#29. 민가 방 안(낮)
이방지, 바깥의 인기척을 느낀 듯하더니, 씁쓸한 표정으로 씨익 웃는다.

| 이방지 | (혼잣말로 자신을 비아냥대며) 우물쭈물하다가 내 이리될 줄 알았다…. |

#30. 민가 방 밖(낮)
방문 앞으로 살금살금 접근하는 정득룡과 군관 네 명.
숨죽여 은밀히 다가가고, 방문 앞에 서는 군관 2.
정득룡의 수신호 보고, 방 안으로 들어가려 하는데
그때, 창호지를 뚫고 쑥 나오는 이방지의 칼.
군관 2, 칼에 맞고 쓰러진다.
그 순간, 방문 열어젖히고 나오는 이방지.

| 정득룡 | 잡아라! |

군관들, 이방지 앞을 가로막는데…
날렵하게 칼을 휘두르며 군관들을 순식간에 제압하고, 도망가는 이방지.

무휼   (뛰어나오며) 쫓아라!

#31. 산 중 몽타주(낮)
산길을 뛰는 이방지.
이방지를 쫓는 정득룡과 군관 네 명. 뛰어가는 무휼.

무휼   (마음의 소리 E) 이방지…. 절대 놓치지 않는다!
정득룡 (휘리릭, 휘파람 소리 나고 E) 여깁니다!
무휼   (돌아보는 데서) ……!

#32. 산 일각(낮)
산기슭 앞에 선 이방지.
정득룡과 군관 네 명이 이방지를 포위하고 있다.

이방지 (여유 있게) 내가 누군지 알고도 오다니…. 용기는 가상하구나.

군관들, 겁먹은 표정으로 긴장해서 보는데…
이방지, 군관들 너머를 보며,

이방지 오랜만이구나.

군관들 사이로 이방지를 향해 걸어오는 무휼. 칼을 뽑는다.
그러자, 씩 웃는 이방지. 자세를 바로잡고…
무휼과 이방지, 달려가 붙는다. 번개같이 두 합을 나누고는, 떨어지는데….

무휼   (자신의 칼을 보며 여전하구나 싶고) 드디어 만났구나, 이방지….
이방지 (보는데)
무휼   (군관들 향해) 너희들은! 백 보 밖으로 물러나라!

정득룡   (놀라, 다급히) 안 됩니다!

이방지, 그런 무휼과 군관들 보고,
군관들, 계속 이방지에게 칼을 겨누고 있다.

무휼   (단호하게) 물러나라니까!

정득룡과 군관 네 명, 어쩔 수 없이 주춤대며 뒤로 물러서는데…
ins. cut - 이방지와 무휼을 예사롭지 않게 보는 군관 1의 표정. cut.
이제 이방지와 무휼만 남았다.
무휼, 이방지를 보고, 이방지, 무휼을 보는데.

무휼   …… 밀본의 본원, 정기준은 어디 있는가?
이방지   (보면)
무휼   알고 있지 않은가?
이방지   나보고 또다시 배신자가 되라는 것인가?
무휼   (보면)
이방지   난 더 이상 윗것들의 싸움에 휘둘리고 싶진 않다.
무휼   정기준을 잡아, 죽이려는 것이 아니다.
이방지   (픽 비웃으며 보는데)
무휼   …….

ins. cut - 18씬. 글자방.

이도   지금이야말로… 만나야 할 때가 아니냐….

무휼   전하께서… 정기준을 만나고 싶어 하신다.
이방지   … (그럴 리가 있나 싶은) ……!
무휼   네가 원치 않는 윗분들의 싸움….
         그 싸움이, 전하와 정기준이 만나는 것만으로도… 끝날 수 있다.
이방지   (순간 눈동자 흔들리다가는 픽 비웃으며) 네놈도 정치를 하더니…

거짓말도 할 줄 아는구나!

무휼　(버럭) 나를 모르는가, 이방지! 내 말에… 술수가 보이는가?

이방지　(흔들려서 보는데)

무휼　오랜 세월 도성을 떠나 있었다 해도, 전하에 대해선 들었을 것이 아닌가!

　　　정도광이 죽던 그날도… 전하께선 그와 정기준을 구하라 명하셨다.

이방지　(고민스러운) …….

무휼　(간절히) 전하께선… 그 어떤 분과도 다르시다!

이방지　…….

무휼　나를 믿어라, 이방지!

이방지　(잠시 생각에 잠겨 있다가) 이 일이 끝나면….

무휼　(보면)

이방지　채윤이와 나인 소이를 보내줄 수 있느냐?

무휼　……!

이방지　그 어떤 분과도 다른 전하께서는… 그리해주실 수 있는가…?

무휼　전하께서 그리하시지 않는다면… 내가 할 것이다!

이방지　……!

무휼　(결연하게) 무사로서의 약속이다. 또한….

이방지　(보면)

무휼　목숨을 빚진 자로서의 약속이다….

이방지　(보다가, 결심한 듯) … 시간을 다오.

무휼　(그런 이방지 보는데) …….

옥떨　(E) 아니 이거, 무서워서 어디 살겠나….

#33. 반촌 주막(낮)
채윤, 초탁, 박포, 연두모, 연두, 옥떨이 밥 먹고 있다.

옥떨　유생들이 만날 여기저기서 들고일어나니….

연두모　정말… 요즘엔 장터 돌아다니는 것도 무섭다니까요.

채윤　(생각에 잠긴 듯)

박포　(닭다리 뜯으며) 나라 꼴이 이게 뭐여? 내 걱정돼서 요즘 잠도 안 온다니께!

초탁　(황당한 듯 보며) 아새끼래, 걱정된다면서… 벌써 몇 개째 처먹는 기니….

이때, 들어오는 도담댁. 채윤, 도담댁과 눈이 마주치고.
채윤, 슬그머니 일어나 도담댁에게로 간다.

채윤   (가까이 다가가, 작게) 너들이지?
도담댁   (보면)
채윤   이번 일 말야. 너들이 벌인 거지?
도담댁   (보며 그렇다는 듯 고개만 끄덕한다)
채윤   (다시 작게) 스승님이 오신 건 알고 있나?
도담댁   (작게) 물론. 우리가 불렀으니까.
채윤   (작게) 왜?

이때, 유생들. 우르르 도담댁과 채윤 앞을 지나쳐 가자,

도담댁   (주위 살짝 살피고는 씩 웃으며) 네놈이 나설 자리를 마련하려고.
채윤   (무슨 소린가 해서 보면)
도담댁   (의미심장한 눈빛) 니가 하고 싶어 하는, 그 일 말이다.
         본원께서… 결심을 하실 듯하다.
채윤   (그 말에 놀라, 마음의 소리 E) 임금을… 죽이려는 거야…?
심종수   (E) 뭐라?

#34. 궁 일각(낮)
군관 1(32씬에 나왔던), 심종수에게 보고 중이다.

심종수   (놀라) 무휼이… 이방지를 그냥 보내줬단 말이냐?
군관 1   예. 한참 얘기를 나누더니, 그대로 헤어졌습니다.

#35. 반촌 내 지하 아지트(낮)
정기준, 도담댁 있다.

정기준   (놀라) 강채윤이… 이방지의 얘기를 제 입으로 꺼냈다?
도담댁   예. 예상보다 더 적극적이어서 놀랐습니다.

정기준   (핏 웃으며) 그래…. 강채윤 그놈은… 그럴 만하겠지.

        이때. 급히 들어오는 심종수.

심종수   본원, 무휼이 이방지의 처소를 덮쳤다고 합니다.
정기준   (놀라…?) 해서…? 추포라도 되었다는 것이야?
심종수   싸우지도 않고 그냥 헤어졌다고 합니다.
도담댁   (놀라) 그냥 헤어졌다니 무슨 소리입네까……?
정기준   ……?
심종수   (불안) 이상하지 않습니까? 이방지를… 그냥 둬도 되겠습니까?
        만에 하나, 무휼에게 본원에 대한 이야기를 했다면…?
        아니, 애초에 무휼과 이방지가 같이 일을 꾸민 것이라면….
무휼   (E) 시간을 달라 했습니다.

        #36. 글자방(낮)
        이도, 무휼 있다.

이도   (뛸 듯이 기뻐하며) 그럼, 드디어! 정기준과 만날 길이 생기는 것이냐?
무휼   … 수십 년간 비밀결사를 이끌어온 인물입니다.
        조심스럽겠으나, 이방지가 정기준을 설득할 수만 있다면…. (하는데)
이도   (들뜬) 아니다. 잘했다, 잘했어.
무휼   (보면)
이도   모든 안전을 보장해서라도 만날 것이다.
        그쪽에서 우리를 믿고 만날 수 있도록, 만날 방법을 입안해서 올리거라.
무휼   예, 전하.
이도   (약간 흥분된 듯한 표정에서)

        #37. 민가 방 안(낮)
        생각에 잠겨 있는 이방지. ins. cut - 32씬.

무휼   전하와 정기준이 만나는 것만으로… 싸움이 끝날 수도 있다.

이방지 (마음의 소리 E) 그렇게만 될 수 있다면, 모두에게 좋은 일이 아닌가….
       채윤에게도, 그 계집에게도….
채윤   (E) 스승님!

들어오는 채윤.

이방지 생각해보았느냐?
채윤   아직… 결론을 내리진 못했습니다.
이방지 (보면)
채윤   (보다가) 헌데… 어째서 스승님은 제가 이 일을 하면, 소중한 걸 잃을 거라
       하시는 겁니까.
이방지 네놈은 나와 사주가 같다. 별자리도 같지.
       해서, 나와 같은 길을 갈까봐 이러는 것이다.
채윤   …….
이방지 항상 그렇듯이, 윗것들 싸움엔 아랫것들만 죽어나가는 법이다.
       난 니가… 그런 일에 엮이지 않길 바란 것인데….
채윤   (보면)
이방지 만일… 그 윗것들이 싸우지 않는다면 아랫것들이 얼마나 좋겠느냐?
채윤   그게 무슨 말씀이십니까?
이방지 어쩌면, 그럴 길이 생길지도 모르겠구나.
채윤   (놀라 보며) 그럴 길이라뇨?
이방지 주상이 정릉암에 가끔 들러 술을 붓는단 얘길 들어본 적 있느냐?
채윤   (의아) 예?
이방지 삼봉 선생의 넋을 위로하는 의식 말이다.
채윤   (놀라 보면) ……!
이방지 (의미심장하게) 지금의 주상에겐… 여지가 있을지도 모르겠구나….

#38. 반촌 지하 아지트(밤)
정기준, 도담댁, 심종수 있다.

심종수 이방지와 만나기로 한 시각이 다 돼갑니다.

도담댁	… 아무래도 불안합니다. 혹시라도 무휼과 뭔가 얘기가 있었던 것이라면….
심종수	예! 나가시지 않는 것이, (하는데)

이때, '본원!' 하며 급히 들어오는 한가놈. 손에 서찰 들고 있다.

한가놈	함길도 관찰사 이치성이 급히 파발을 보냈습니다!!
정기준	(놀라) 이치성이 파발을?
도담댁	(놀라고)

심종수, 역시 놀라, ins. cut – 11부 58씬.

심종수	(놀란 듯, 마음의 소리 E) 저자는 함길도 절제사 이치성? 밀본이었단 말인가?

심종수	(심상치 않아) 이리로 직접 파발을 보냈단 말인가?
	그것은 금지되어 있는 것이 아니오?
한가놈	그럴 만한 일입니다!
정기준	(보면) ……?
한가놈	강채윤에게… 우리가 다 속았습니다!!
도담댁·심종수	(뭐?!)
정기준	(놀라) 그게 무슨 소리야!
한가놈	(서찰 주며) 보십쇼!

정기준, 빠르게 서찰 읽는데, 그 위로

한가놈	(E) 함길도 감영에, 내금위 무사 몇 명과 누군가가 비밀리에 왔답니다!
	절대 비밀로 하라는 어명을 가지구요! 그게 누군지 아십니까?!
정기준	(서찰 보다가 경악) ……!
심종수	그게 누군데 그러는 거요!
한가놈	광평대군입니다!!! 광평대군이 살아 있습니다!!

경악하는 심종수와 도담댁.

서찰을 보는 정기준, 분노로 서찰을 확 움켜쥐는데.

#39. 민가 전경(밤)

#40. 민가 방(밤)
생각에 잠겨 있는 이방지. 결심이 선 듯 삿갓과 칼을 들고 일어서는데,
밖에서 들려오는 인기척.

#41. 민가 방 밖(밤)
나오다 멈칫하는 이방지.
정기준이 혼자 서 있다.

이방지	(그런 정기준 보다가) 그렇잖아도 가려 했는데.
정기준	내가 마음이 급해서 말이야….
이방지	…….
정기준	(성의 없이 빠르게) 그래, 생각은 해봤나? 우리와… 함께할 텐가?
이방지	(보다가) …… 주상이 널 만나고 싶어 한다.
정기준	(그 말에 뭐? 하듯 보면)
이방지	무휼이… 그리 전하라고 했다. 주상이 널 만나기를 원한다고.
	주상에겐 밀본과 화합할 여지가 있는 듯하다.
	허니, 너의 안전을 보장한다면,
정기준	(갑자기 깔깔대고 웃는다)
이방지	(보면)
정기준	(웃으며) 이 버러지 같은 놈….
이방지	(뭐? 하듯 보면)
정기준	너의 그 말이 진심이든… 네가 그놈들 계략에 빠졌든…
	(웃음기 싹 거두며) 넌 밀본을 두 번 배신한, 한심한 버러지다.
	최강의 무예를 가지고도, 쓰이지 못하고 그냥 썩어갈 버러지다.
	강채윤… 이방지… 너희들과 함께하려 한 나의 어리석음이…
	길지 않아… 다행이구나.
이방지	……!

정기준	(싸늘하게, 씹어뱉듯) 두 번 다시⋯ 보지 못할 것이다, 이방지.

하고 확 돌아서 가면.
이방지, 당황한 채로 보는데. 정기준 가고 나니, 갑자기 싸늘해지는 기운.
쿵 하는 음악과 함께 칼을 들고 나타나는 개파이.
이방지, 개파이의 범상치 않은 기운에 긴장해 보는데.

이방지	벽 뒤에 숨어 있던 그 맹수로구나⋯.
개파이	⋯⋯.
이방지	이름이 무엇이냐.
개파이	⋯⋯ 카르⋯ 페이. (cut)

#42. 이도의 방(밤)
이도, 무휼 있다.

무휼	내일 신시(申時 : 오후 3~5시), 연음사에서 이방지와 만나기로 했습니다.
	(서찰 올리며) 정기준 측의 안전을 보장하고자 입안한 것이옵니다.
이도	(서찰 보고는) 그래. 내일 이방지에게 일러, 이를 정기준에게 전하라 하거라.
	우리가 정기준에게 최대한 믿음을 주어야 한다.
무휼	예, 알겠습니다.
이도	(약간 설레) 정기준이 날 만날 의사가 있다면,
	내 모든 걸 감수하고 만날 것이다.

곧 정기준을 만날 수 있을 거란 생각에 들뜨는 이도.
무휼, 그런 이도를 보는데⋯.

#43. 산 일각(밤)
피투성이로 장명등(長明燈 : 무덤 앞에 세우는 등)에 기대어,
숨을 몰아쉬는 이방지.
이방지의 시선으로 보면, 개파이 역시 피 흘리며 헉헉대고 있다.
주위에 버려진 불상들과 비석들이 보이고⋯.

이방지	(숨을 헉헉거리지만 미소 지으며) 그냥… 북방의 전설인 줄 알았는데… 정말로 있구나…. 대적… 불가…. 맞지? 맞는 게지?
개파이	(헉헉대며 무표정하게 보며) …….
이방지	아쉽구나…. 아쉬워…. 이 나이가 돼서… 이제야 만나다니….
개파이	넌… 정말… 강… 하다….

이방지, 차가운 미소를 띠며, 자세를 잡고,
개파이도 무표정한 얼굴로 자세를 잡는다.
그리고 서로를 향해 돌진, 1합! 에서 cut.

#44. 반촌 전경(낮)

정기준	(E) 뭐라?!

#45. 반촌 지하 아지트(낮)
놀란 얼굴의 정기준, 한가놈, 도담댁 있고.
웃통을 벗은 개파이, 여기저기 상처 있고, 가슴에 붕대 감은 채로 있다.

한가놈	해서, 이방지가 절벽으로 떨어졌단 말이냐?!
개파이	…….
정기준	시신은? 확인한 것이냐!
개파이	난… 물에… 들어갈 수가… 없다….
정기준	(빌어먹을! 싶은데)
도담댁	어찌합네까?! 만약 이방지가 죽은 것이 아니라면. (하는데)
한가놈	(OL) 호랑이의 수염을 건드린 겁니다! 한때, 조선 제일검이었던 절세의 고수가 아닙니까!
도담댁	더구나 본원의 정체를 알고 있는 잡네다! 무휼과도 만났으니, 당장 이곳으로 들이닥칠지도 모릅네다!
한가놈	본원! 피하셔야 합니다! 당장 피하셔야 합니다!
정기준	(입술 깨무는데)

#46. 민가 앞(낮)
채윤, 생각에 잠겨 온다.
그러다가는 뭔가를 보고 놀라는 얼굴.
여기저기 부서지고 깨진 흔적들이 보인다.
채윤, 놀라서 서둘러 들어가는데.

#47. 민가 마당(낮)
들어오는 채윤. 어지럽혀진 흔적들 보다가 방문을 확 여는데.
ins. cut - 방 안. 아무도 없다.
어찌 된 거지 싶은 채윤.
마당을 살핀다. 그러다 뭔가 발견하는 채윤.
바닥에 있는 핏자국.
놀라는 채윤. 대체 무슨 일이지 싶은데….

#48. 산 일각(낮)
무휼과 정득룡 평복 차림으로 있다.

정득룡   신시가 넘었습니다.
무휼   … 정기준이 거절했다 한들… 이방지는 반드시 나왔을 것인데….
정득룡   무슨 일이… 생긴 것일까요…?
무휼   (심각, 마음의 소리 E) 어찌 된 것인가…, 이방지….

#49. 다른 산 일각(낮)
뭔가를 찾으며, 주변을 살피며 오는 채윤.
그러다 발견한 듯 달려와서 보면, 바닥의 핏자국.
얼른 주위를 살피는데, 버려진 불상들과 비석들 보인다.
비석들 위로도 군데군데 핏자국이 있는데.
그러다 뭔가를 보고는 경악하는 채윤.
장명등 하나가 세로로 갈라져 있다.
경악한 채로 쪼개진 장명등을 살피는 채윤. 절단면을 보며,

채윤	(마음의 소리 E) 마모된 정도로 봐서… 그리 오래되지 않았어…

그러다 장명등 옆에서 새끼손톱 반만 한 크기의 쇳조각을 몇 개 발견하는 채윤. 놀라.

채윤	(놀라움으로 마음의 소리 E) 칼로… 가른 거야…? 이걸…?

위기감이 확 이는 채윤. 불길한 얼굴에서.

#50. 경복궁 일각(낮)
심각한 얼굴로 급히 오는 채윤.

채윤	(마음의 소리 E) 대체… 어찌 된 거야….
	(걱정으로, 마음의 소리 E) 스승님….

이때, 그런 채윤을 잡아채는 누군가.
채윤, 놀라 확 돌아보면, 박포다.

박포	뭔 생각을 그리하는 겨? 불러도 대답도 없구.
채윤	… 어…. (하다가) 너, 알아보라는 건 어떻게 됐어?
박포	아니, 뭐…. 내가 궁에서 일어나는 일을 다 아는 것도 아니구…
	니가 알아오란다고 딱딱 알아올 수도 없는 거지, 내가 뭐… 알아내라믄
	다 알아내는 그런 사람인가? 하지만 다 알아냈지! (씩 웃으면)
채윤	(급히) 그래서 뭔데?
박포	(조용히) 어제 말여. 내금위가 출동했대.
	내금위장 무휼 영감이 직접 지휘해서!
채윤	내금위장이?
박포	그뿐이 아녀. 무휼 영감이 출동하심서, 벽장에 숨겨뒀던 검도 갖고 나가셨대!
채윤	검? 무슨 검?
박포	나도 잘은 모르는디, 사연 있는 검인가벼.
	진정한 적이 나타나지 않는 이상 뽑지 않는 검이라던가… 뭐라던가…?

순간, ins. cut – 49씬. 갈라진 장명등 옆에 있던 쇳조각들.
채윤, 쿵…!
설마… 하며 확 뒤돌아 뛰면.

박포   야! 채윤아! 아니, 이번에도 그냥 가는 겨?
           저 자식은 만날 알아오라고만 하고, 고긴 대체 언제 주는 겨!

#51. 강녕전 근처 일각(낮)
채윤, 급히 뛰어오는데, 저 앞에서 무휼이 급히 오는 것이 보인다.
무휼도 채윤을 보는데.

채윤   (달려가) 내금위장! 드릴 말씀이! (하는데)
무휼   (OL) 이방지는 어디 있느냐!
채윤   (놀라) 제가 드리고 싶은 말입니다! 어제 스승님을 만나셨습니까?!

#52. 무휼의 집무실(낮)
채윤, 무휼 있고.

채윤   (완전 심각) 내금위장께서도 모르는 일이란 말씀이십니까?
무휼   (심각) 나도 그곳이 그리 사단이 나 있는 것을 보고 놀랐다….
채윤   (심각하고)
무휼   … 대체… 어찌 된 것이야….
채윤   … 제가 살펴보니… 한 곳에서 싸운 흔적이 있었는데….
무휼   (보는데)
채윤   장명등이… 세로로 갈라져 있었습니다. 검으로 가른 겁니다.
무휼   (놀라) 뭐라…?!
채윤   엄청난… 고수가 있습니다….
무휼   …… 허나… 조선 땅에 그만한 실력을 가진 자가 어디….

하다가 동시에 놀라는 무휼과 채윤.
무휼, ins. cut – 15부 65씬. 말뚝이탈을 쓴 개파이와의 1합.

채윤, ins. cut – 11부 32씬. 나뭇가지가 가슴을 관통해 죽은 수하 1.

채윤   설마… 그놈이…!
무휼   (위기감으로 생각하다) 혹 이방지가 네놈 말고 찾아갈 만한 자는 없느냐?
채윤   (생각하다) 가리온…! 가리온을 만나고 계셨습니다.
무휼   (놀라) 가리온을? 어찌 아는 사이라더냐?
채윤   예전에 유랑하시다 만난 사이라고….
무휼   허면, 넌 일단 가리온을 만나 아는 것이 없는지 물어보고,
        반촌 쪽을 뒤지거라! 난 산 일대를 다시 수색해보겠다.
채윤   예!

하고 급히 나가면.

#53. 반촌 일각(낮)
옥떨 얼굴 클로즈업.

옥떨   가리온 아재요? 글쎄요…, 오늘 계속 안 보이던데….

듣고 있던 채윤, 급히 뛰어가면.

#54. 도담댁의 집 마당(낮)
채윤이 '도담댁'을 외치며 급하게 온다.
문을 열어보는데, 아무도 없다. 뭔가 이상한 느낌.
연두모가 오다가 본다.

채윤   (연두모에게) 도담댁, 도담댁 어디 갔어? 못 봤어?
연두모   저도 행수 어른 뵈려고 왔는데, 아까부터 안 보이시네요.
채윤   (뭔가 이상한 느낌으로) …….

#55. 문성공 사당 앞(낮)
문성공 사당 앞으로 뛰어오는 채윤.

문도 열어보고, 여기저기 살핀다. 아무도 없다.

채윤   (마음의 소리 E) 대체 어찌 된 거야….

#56. 반촌 지하 아지트(낮)
정기준과 도담댁, 한가놈 있다.

정기준   (한가놈에게) 나와 도담댁은 오늘 밤 은밀히 반촌을 빠져나갈 것이다.
한가놈   예, 본원. 이방지의 생사도 확인되지 않고,
         강채윤, 그자 또한 믿을 수 없는 상황입니다.
도담댁   예, 앞을 가늠할 수 없는 상황이니, 일단 거점을 옮기는 것이 맞습네다.
정기준   (한가놈을 보며) 자넨 일단 남아 있게.
         남아서, 상황을 잘 가늠해서 연통해야 하네.
한가놈   여부가 있겠습니까. 걱정 마십쇼.
정기준   (심각한 얼굴로) …….

#57. 반촌 일각(낮)
채윤, 왔다 갔다 하다가 미치겠다.

채윤   (마음의 소리 E) 대체… 가리온이고, 도담댁이고 어디로 간 거야?
         밀본이 스승님을 친 것이라면…?

         채윤, 심각한 얼굴로 하늘을 보면, 해가 지는 느낌이다.

#58. 궁 전경(밤)

이도   (E) 그게 무슨 소리야?

#59. 이도의 방(밤)
무휼이 이도에게 보고하고 있다. 소이와 정인지가 옆에 있다.

이도	이방지라는 자가 사라졌다고?
무휼	예. 구달산 일대를 모두 수색했으나 행적을 찾을 수가 없습니다.
이도	정기준과의 회합이 성사되지 않는다 해도, 연통이 있어야 할 것이 아니냐?
무휼	예, 그리했사옵니다만, 기거하던 곳에 싸움의 흔적이 있고…
	아무래도 무슨 일이 생긴 것 같사옵니다.
소이	……!
이도	(실망으로 나지막이) 이런…, 빌어먹을….
정인지	혹시 밀본이, 이방지를 친 것인가?
무휼	파악 중이옵니다. 그럴 가능성도 있습니다.
이도	이방지라는 자가 누군가에게 당했다…?
정인지	허나, 그 이방지는 엄청난 무술의 고수라 하지 않았나?
무휼	…… 예, 누구에게 쉽게 당할 인물이 아니니,
	무사하다면, 다시 연통이 올 수도 있습니다.

이도, 옛날 초동유사 때 정기준의 시험지가 들어 있는 함 앞으로 간다.

이도	(보며, 마음의 소리 E) 정기준….
	너에게 할 말이 있고, 들어야 할 말이 있다.
	그날 사당의 토론을 이어가야 하지 않겠나….
정인지	(실망한 이도 보며) 전하, 일단 기다려보시옵소서.
이도	정기준을 만나, 논쟁하고, 토론하고, 그를 설득하고 품을 수 있다면,
	과인이 구상한 조선을 이루는 데 있어,
	얼마나 많은 시간이 단축될 것인가…?
소이	전하, 이방지는 절세의 고수라 하지 않았사옵니까?
	또한 겸사복 강채윤에게 듣기로는 워낙 바람 같은 인물이라 하옵니다.
	다시 연통이 올 것입니다.
이도	(실망과 괴로움으로 크게 한숨 쉬며)
	대취하지 않고는 잠들 수 없는 밤이로다.

정인지, 소이, 무휼 그런 이도를 보는데….

#60. 길 일각(밤)
선비 복장 하고 걷는 이도. 뒤에 따르는 무휼과 장옷 입은 소이.

무휼　　전하…, 유생들의 분위기가 험악합니다.
　　　　이런 때에 내금위도 모두 물리시고 잠행을 하시는 것은, (하는데)
이도　　가슴이 너무 답답하여 그런다.
무휼　　(한숨 쉬면)
이도　　자네와 함께하는데 무슨 일이 있겠느냐.
소이　　…….

#61. 도축소(밤)
정기준 있는데, 끝수가 들어온다.

끝수　　행수께선 채비를 마치시고, 반촌을 나가셨습네다.
정기준　…… 그러하냐….
끝수　　본원 어르신께서도 나가시디요.
정기준　그래…, 가야지. 한가놈의 말을 잘 따르고 있거라. 알겠느냐?
끝수　　예, 본원 어르신.

하는데, 밖에서 인기척.

무휼　　(E) 가리온 있는가?

경악하는 정기준과 끝수.
들어오는 무휼. 금세 표정 바꾸는 정기준.

가리온　아이구…, 내금위장 영감께서… 이 야심한 밤에… 어인 일이시옵니까?
끝수　　(고개 숙여 예를 취하며) 오셨습니까요?
무휼　　거…, 좋은 고기 들어온 거 있으면 좀 챙겨서, 따르게.
가리온　허, 허면… 또…?
무휼　　정륜암으로 갈 것이야.

끝수	(긴장하여) …….
가리온	(긴장하여 생각하며) …….
무휼	무얼 하는 게야?
가리온	(표정 바꾸며) 예, 알겠사옵니다.
	그렇잖아도 오늘 아주 좋은 고기가 들어왔습니다.
	전하께 진상하려고 했는데, 아직 손질을 못해서….
	그냥 통째로 들고 가서, 육회로 떠드리면 어떨까요?
	아주 맛이 기가 막힐 텐데요.
무휼	그래, 그거 좋겠구나.
가리온	(고개 돌려) 야, 개파이!

하자, 개파이가 들어온다.

가리온	오늘 들어온 고기랑 찬 좀 챙겨 가지고 따라와라.
	(무휼에게) 가시지요. 예, 예…. (하면서 의미심장한 눈빛)

#62. 반촌 일각(밤)
채윤, 박포가 있다.

박포	도담댁이 없어졌다고?
채윤	낮부터 계속 안 보여.
박포	오겠지. 반촌 행수가 가면 어딜 가겠어? 잠깐 마실 갔나부지.
채윤	너, 구달산에 심마니나… 뭐, 산지기 이런 애들 알아, 혹시?
박포	한 다리 건너믄 알 수 있는디, 왜 그려?
채윤	목격자 좀 찾을라고.
박포	목격자. 또 뭔 비밀수사여? 아님 도담댁이 구달산 들어갔댜?
채윤	그니까… 왜 그러냐면, (갑자기 성질) 설명을 꼭 들어야 돼?
	내일 밝는 대로 좀 부탁한다, 응?
박포	알았어! 근데 부탁하는 놈이 왜 승질이랴? 웃기는 놈이여.

하는데, 어떤 남자아이가 돌에 나뭇가지를 꽂아 만든

말 모양 장난감을 들고 도망가고, 뒤에서 연두가 울상을 하고 쫓아온다.

연두   (우는 목소리로) 줘. 내 거야, 달란 말야….

채윤과 박포 있는 쪽을 빙빙 돌며 장난치는 남자애, 쫓는 연두.
박포가 남자애 뒷덜미를 잡는다.

박포   왜 남의 걸 뺏어 갖고 그려. 쬐그만 게 못된 거부터 배웠어. 내놔!

남자애 마지못해 말 모양 장난감을 박포에게 건네고는,
박포의 발을 꽉 밟고 도망간다.

박포   (빼앗은 장난감 손에 든 채로) 저놈의 새끼! 하여간 반촌 것들은….

채윤, 그냥 신경 안 쓰고 보다가, 박포 손의 장난감을 보고 놀라
낚아채서 자세히 살핀다.

연두   주세요…. 빨랑 주세요. 제 거예요.
채윤   (장난감 말 살피며, 놀라는 마음의 소리 E) 이… 이건…,
        정을 깨서 꽂은 게 아니야. 그냥 나뭇가지로 꽂았어…!

ins. cut - 11부 32씬. 나뭇가지에 꿰뚫린 수하 1의 시신.
ins. cut - 49씬. 갈라진 장명등.

채윤   ……! (연두에게) 이거… 어디서 났어?
연두   훔친 거 아니에요. 선물 받은 거란 말이에요.
채윤   선물…? 누가? 누가!
연두   카르페이가… 떠난다고… 선물로… 준 거예요.
박포   카르… 뭐? 그게… 누구여? 아…, 개파이! 가리온네 심부름하는 애?
채윤   ……!

이때, 초탁이 달려온다.

초탁   야…, 가리온 왔어! 내금위장이랑 같이 있어!

채윤, 놀라더니 초탁과 함께 뛰어간다. 박포와 연두 남아서 멀뚱히 본다.

박포   하여간 바뻐. 쟤는 북방에서 온 이래… 항상 바뻐.

#63. 도축소 안(밤)
들어오는 초탁. 뒤이어 들어오는 채윤, 단도를 들었다.

초탁   어… 없네. (하고 돌아보다 채윤 칼 든 거 보고 놀라)
       아이고…, 깜짝이야. 칼을 왜 들었네…?

채윤, 칼을 들고 스캔하듯 주위를 살피다가 칼을 내려놓는다.

채윤   없어…. 어떻게 된 거야?
초탁   그새 나갔나보다야. 긴데 좀 이상해….
채윤   뭐가…?
초탁   내가 계속 이 앞을 지키고 있었거든. 가리온 들어가는 건 못 봤드랬어.
       긴데 내금위장이 가리온… 하면서 들어가니까,
       그 안에서 가리온 목소리가 들리는 기야?
       들어간 적이 없는데, 어케 안에 있는 거이네?
채윤   ……!

#64. 정륜암(밤)
정륜암에 상을 차리고 고기를 써는 가리온,
그 2미터 앞쯤, 방석에 앉아 있는 이도.
그 옆에 서 있는 소이.
그리고 호위하는 무휼이 칼을 찬 채, 서 있다.
그리고 가리온의 5미터 뒤쯤에 개파이가 짐짝을 옆에 두고,

무릎을 꿇고 있다.

이도	막상… 나와보니, 밤바람이 차구나. 소이야, 괜찮으냐?
소이	예, 전하…. 시원하고 좋습니다.
이도	그래…, 시원하구나…. (가리온 보고) 가리온아….
가리온	(고기 썰어서 접시에 놓으며) 예, 전하….
이도	나 때문에 고생이다. 너까지 자지도 못하고….
가리온	아이구…, 당치도 않습니다요. 어인 말씀이시옵니까….
이도	내 오늘 복잡하고… 속상한 일이 있어서… 또 이렇게 나와봤느니라.
	난 말이다…, 다시 태어나서 무엇을 해도 잘할 자신이 있는데,
	임금만큼은 안 하고 싶구나.
가리온	(그냥 일하며) …….
소이	허면 무엇을 하고 싶으시옵니까?
이도	글쎄…. (하다가 무휼 보고) 아, 그래. 내금위장을 하면 잘할 것 같다.
무휼	……?
이도	가만 보면, 별로 하는 일이 없어. 거저 먹는 거 같애.
무휼	(울컥) 전하…, 그렇지 않사옵니다. 소신이 얼마나 고달픈지
	전하께서 모르시옵니다.
소이	(슬쩍 웃고) …….
이도	이봐라, 소이가 다 웃질 않느냐. (하고 웃는다)
무휼	예, 전하. 부디 내세에 내금위장으로 태어나셔서,
	전하 같은 주군을 한번 모셔보시옵소서.
이도	아니, 자네… 지금, 감히 임금한테 악담을 하는 것이야? (하고 웃고)

역시 무휼도 이도의 농담에 웃음을 보이는데,
이때, 무휼의 시선에 들어온 무언가.
웃는 얼굴이 확 굳는다.

#65. 도축소(밤)
초탁과 채윤이 있다.

초탁	뭐? 개파이가 그놈이라 했네…???
채윤	처음 만났을 때부터 범상치가 않았어….
초탁	그놈이 뭐 하는 놈이길래, 그런 고강한 무예를….
	아니…, 그게 아니지….
	밀본이라는 이야기잖네. 그럼 가리온은…?
채윤	(혼잣말처럼) 가리온… 네놈이 밀본이었단 말이냐….

채윤, 갑자기 여기저기 뒤지기 시작한다.

초탁	뭐 하는 거네?
채윤	아까 니가 그랬잖아. 가리온이 들어오는 걸 못 봤는데,
	안에서 나타났다고…. 분명 이 도축소 안에 뭔가 있을 거야.
초탁	……!

같이 뒤지는 채윤과 초탁, 그러다 바닥의 거적을 확 치우는데.
바닥에 문이 있다. 긴장하는 채윤과 초탁.
천천히 그 고리를 들어 올려 바닥 문을 연다.
밑으로 공간이 보인다.
(꼭 보이지 않더라도 공간을 발견한 듯한 리액션을 보여주시면 됩니다.)
놀라는 채윤과 초탁. 탁자 위에 있던 호롱불 하나를 집어 들고 들어간다.

#66. 지하 통로(밤)
긴장된 표정으로 호롱불을 들고 걷는 채윤과 초탁.

#67. 정륜암(밤)
앞 씬 연결.

이도	(웃으며) 그렇지 않느냐? 과인 같은 임금을 섬기라니!
	내금위장이… 주상을 능멸한 것이 아니야?
소이	영감께서… 워낙 고달프시다보니….

하는데, 무휼은 웃음기가 싹 가시며 경악한 표정으로
한 곳을 보고 있다. 무휼의 시선을 따라가면, 뒤에 무릎 꿇고 있는
개파이의 손에 풀잎반지.
ins. cut - 15부 65씬.
말뚝이탈을 쓴 개파이와의 1합. 그때의 풀잎반지!!!
드디어 깨닫는 무휼!!
무휼, 기합과 함께 번개처럼 칼을 뽑으며, 개파이 앞으로 뛰어든다.
(이도와 가리온이 마주 앉아 있는 지점과,
가리온 5미터 뒤에 무릎 꿇고 앉아 있는 개파이 사이 지점)

무휼   전하!! 위험합니다.

갑작스런 상황에 놀라는 이도! 놀라는 소이!
개파이 또한 칼을 뽑으며 일어난다.

이도   (놀라) 어… 어찌 이러는 것이냐…?

하는데, 그 앞의 가리온, 차갑고… 슬픈 표정이다.
이도, 칼을 뽑은 무휼과 칼을 들고 있는 개파이를 번갈아 보다가,
그제야 바로 앞의 가리온의 표정에 시선이 멈춘다.
뭔가 이상한 이도. 그때….

정기준   날… 어찌 만나자고 했는가…? 이. 도.
이도   (경악하여) ……!!!!

#68. 반촌 내 지하 아지트(밤)
문 열고 들어오는 채윤과 초탁. 호롱불을 다른 불에 붙여 밝히면,
아지트 내의 모습이 드러난다.
삼봉의 서적들과 알 수 없는 책들이 보인다.
초탁, 책 하나를 집어 넘기다가 놀라….

초탁	이거… 정도전이 쓴 책 아니네?!
채윤	(긴장하여 놀라) ……!

놀라움으로 하나하나 들여다보다가, 뭔가를 찾는다. 경악하여 보는 채윤.
글자가 쓰여 있는 소이의 치맛단이다.

채윤	여기가… 밀본의 은신처였어!
초탁	(놀라) ……!
채윤	… 가… 리온!!

#69. 정륜암(밤)
무휼과 개파이는 서로 칼을 뽑아 겨누고 대치하는 상태.
무휼, 이놈을 잡는 것보다, 이도의 안위가 우선이다.
잔뜩 긴장한 필사적인 표정.
개파이는 무표정하나 흥분한 듯, 숨을 몰아쉰다.
文에 있어 조선 양대 천재인 이도와 정기준!
武에 있어 조선 양대 고수인 무휼과 개파이!
양쪽의 대치를 번갈아 보며 경악하고 있는 소이.
넷이 이곳 정륜암에서 투기를 발산하고 있다.
이도, 경악하여, 그 앞의 가리온을 보고 있다.
가리온, 아니 정기준…. 그런 이도를 보며, 그 앞의 술잔을 들이켠다.

정기준	아무것도 못할 줄 알았는데… 너무 많은 것을 한 것이 아닌가, 이도?
이도	(놀라움과 기쁨과 긴장과 공포로) 저… 정… (지지 않는 차가운 미소로) 기준인 것이냐…?

이도와 정기준 2분할로 원 컷!
무휼과 개파이 2분할로 원 컷!
그리고 4분할되는 네 명의 모습에서 엔딩.

제
19
부

世宗御製訓民正音

國귁之징語ᅌᅥᆼ音ᅙᅳᆷ이

異ᅌᅵᆼ乎ᅘᅩᆼ中듕國귁ᄒᆞ야

나랏말ᄊᆞ미

中듕國귁에 달아

與영文문字ᄍᆞᆼ로 不부相샹流륭通ᄒᆞᆯᄊᆡ

文문字ᄍᆞᆼ와로 서르 ᄉᆞᆺ디 아니ᄒᆞᆯᄊᆡ

故공로 愚ᅌᅮᆼ民민이 有ᅌᅮᆷ所송欲욕言언ᄒᆞ야

#1. 정륜암(밤)

무휼과 개파이는 서로 칼을 뽑아 겨누고 대치하는 상태.

무휼, 이놈을 잡는 것보다, 이도의 안위가 우선이다.

잔뜩 긴장한 필사적인 표정.

개파이는 무표정하나 흥분한 듯, 숨을 몰아쉰다.

文에 있어 조선 양대 천재인 이도와 정기준!

武에 있어 조선 양대 고수인 무휼과 개파이!

양쪽의 대치를 번갈아 보며 경악하고 있는 소이.

넷이 이곳 정륜암에서 투기를 발산하고 있다.

이도, 경악하여 그 앞의 가리온을 보고 있다.

가리온, 아니 정기준…. 그런 이도를 보며, 그 앞의 술잔을 들이켠다.

정기준	아무것도 못할 줄 알았는데… 너무 많은 것을 한 것이 아닌가, 이도?
이도	(놀라움과 기쁨과 긴장과 공포로) 저… 정…
	(지지 않는 차가운 미소로) 기준인 것이냐…?

이도와 정기준 2분할로 원 컷!

무휼과 개파이 2분할로 원 컷! (18부 엔딩 지점)

정기준	오랜만이구나…, 이도….

이도	네가… 정기준이란 말인가?
	정도전의 혈육이… 반촌의 백정으로 있었단 말이냐?
정기준	(미소로) 그 심정을 상상이나 할 수 있겠는가?
이도	(역시 미소로 보다가) …… 내 글자를 보았는가?
정기준	그래, 봤다…. 그 무엇에 비견할 수 없을 정도로…
	훌륭한 글자더구나.
이도	헌데…?
정기준	해서 나 정기준…, 목숨 걸고 그 글자를 막으려 한다.
이도	(토론할 수 있다는 생각에 좋아서) 좋아, 좋구나…. 그래…,
	우리 어디 한번… (차가운 미소로) 그에 대해 얘기해볼까?

소이, 이도의 태도에 놀라 본다.
그때 무휼과 대치하고 있던 개파이가 움직이려 한다.
무휼, 칼을 경계하듯 겨누며,

| 무휼 | 네놈은 나와 얘길 해야지. |
| 개파이 | (무표정하고 차갑게 본다) ……. |

#2. 반촌 내 지하 아지트(밤)

채윤	여기가… 밀본의 은신처였어!
초탁	(놀라) ……!
채윤	… 가… 리온!!

초탁, 여기저기 뒤지기 시작한다.

채윤	가리온이 밀본이었어…. 가리온이!
	(자책으로) 이런 빌어먹을…. 내 손으로 그런 가리온을 풀어줬어….
초탁	(뒤지다 뭔가 찾은 듯) 채윤아, 여기 보라우.

채윤, 가서 보면, 초탁이 들춘 바닥의 거적 가마니 밑으로, 문이 보인다.

긴장하는 채윤과 초탁. 문을 연다.

채윤   지하 통로…?

채윤, 책상 위에 있던 호롱불을 잡더니, 밑으로 들어가려 한다.
초탁 역시, 따라들어간다.

#3. 정륜암(밤)
(앞 씬 연결)

정기준   대체 왜… 글자를 만들려는 황당한 생각을 한 것이냐?
이도   너의 백부이신 삼봉 선생과도 통하는 이유다.
정기준   삼봉 선생과… 주상의 글자가 통한다…?
이도   너희들이 그토록 원하는 재상총재제만이, 삼봉 선생의 이상이 아니었다.
            삼봉 선생은 언로의 개방을 말씀하셨어.
정기준   물론이다.
이도   삼봉께서 말씀하시길, '요순시대에는 간관이란 직책이 없었음에도,
            사서, 상공, 백공, 천인에 이르기까지, 간하지 않는 자가 없었다.
            헌데 간관이란 직책이 생기면서, 오히려 언로가 막혔다'고 하셨다.
정기준   해서?
이도   언로가 막히고, 백성은 위정자에게 간할 방법이 없으니,
            지금이 어찌 요순에 비견할 태평성대라 하겠는가?
            하여… 나의 글자로써, 언로가 아닌 자로(字路)를 열려 한다.
정기준   (놀라) ……! (마음의 소리 E) 자로…? 글자의 길!
이도   간관을 통한 소통이 아니라, 글자로써, 직접 소통하려 한다.
            이것이 성리학적 이상에 어찌 위배된다는 것이냐.
정기준   …… 삼봉의 사상에서 새로운 글자와 자로를 떠올렸다니,
            참으로 엉뚱하지만… 참으로 대견하구나….
            허나 말이다. 내가 새로운 글자를 반대하는 것은 그 때문이 아니다.
이도   무엇이냐?
정기준   무엇일 것 같으냐?

이도	중화의 질서를 거스르기 때문이냐?
정기준	삼봉 선생께선 요동까지 치려 하셨던 분이다. 그 적통인 내가…
	중화의 질서 따위로 반대할 것 같은가?
이도	…….
정기준	사대와 모화(慕華 : 중국의 문물이나 사상을 우러러 따르려 함)는
	현실적인 조선의 생존 전술일 뿐이다.
이도	허면 무엇인가? 노비 서용을 과거장에 난입시켰듯이,
	신분질서의 혼란 때문인가?
정기준	…….
소이	(집중하여 보며) …….
이도	결국 그것은… (미소로) 너희 사대부들의 기득권 문제가 아니더냐?
정기준	(버럭) 기득권이 아니다!!
이도	……!
정기준	기득권이 아니라! 질서다! 기득권이 아니라! 조화다!
	기득권이 아니라! 균형이다! 기득권이라 쉽게 말하지 마라!
이도	어째서인가?
정기준	우리 사대부는 고려의 귀족과는 다르다! 아니!
	이 땅에 있어왔던 어떤 지배층과도 다른 집단이다!
이도	(보며) …….
정기준	이도…, 당신은 어찌 왕인가? 당신이 왕인 이유는 무엇인가?
	당신은 이성계의 손자이기에, 이방원의 아들이기에 왕이다.
무휼	(개파이 경계하나 집중하여 듣는 듯) …….
정기준	고려의 썩은 귀족들도 마찬가지였다.
	그들이 귀족인 이유는 아비가 귀족이기에, 할애비가 귀족이기에,
	그저 귀족으로 태어난 자들이었어. 헌데 말이다…,
	사대부는 아비가 사대부라 해서 사대부가 되는 것이 아니야.
	마음을 갈고닦아 수양하고, 공부하고, 과거라는 제도를 통해,
	자신의 능력을 인정받아 될 수 있는 것이 사대부다.
이도	(맞는 말이다) …….
정기준	사대부는 사대부로 태어나지 않는다.
	사대부는 신분의 이름이 아니다!

	사대부는! 자질과 수양과 능력의 이름이야!
	그리 쉽게 기득권이라, 매도하지 마라….
이도	(그런 정기준을 보며) …… 인정한다….
	또한… 이 조선은 이씨가 세운 것이 아니라,
	신진사대부와 성리학자들이… 이씨를 옹립하여 세운 나라인 것도 인정한다.
정기준	……! (왕이 이런 말을 하다니 놀랍다) …….
이도	하지만… 너희 사대부도… 결국 부패하게 될 것이다.
	사대부는 그들의 능력만큼 욕망을 갖게 될 것이고,
	결국 기득권을 가지게 될 것이다. 그리고
	그 기득권을 세습하고 싶어 하게 될 것이야. 이해한다. 인간이니까….
정기준	(진지하게 들으며) …….
이도	내기를 해도 좋다. 사대부는 훗날, 고려 후기, 자신들의 손으로 깨부순…
	그 더러운 음서제도(蔭敍制度 : 고려시대에 중신 및 양반 신분을 우대하고 출신을
	고려하여 관리를 뽑는 제도)를 부활시키게 될 것이고,
	고인 물처럼 냄새를 피우며, 썩게 될 것이다.
정기준	…….
이도	사대부가 그리되지 않도록 누가 그 욕망을 견제할 수 있겠는가?
	임금은 견제당해야 하는 존재이기에 한계가 있다.
	하여, 백성으로 하여금 그 역할을 하게 하려 한다.
	백성이 힘을 가지고, 권력을 나누게 되는 새로운 질서,
	새로운 균형! 새로운 조화다!
	글자는 작은 시작이 될 것이다.
정기준	……!
소이	…….
무휼	…….
정기준	(무겁게 보다가 차갑게 간신히 입을 뗀다) 사대부의 욕망이라…….
	허면… 백성의 욕망은…?
소이	……!
무휼	……!
이도	……! 백성의… 욕망…?

#4. 지하 터널(밤)
좁은 지하 통로, 호롱불을 들고 걷고 있다.

초탁 (놀라움으로) 이 종간새끼들⋯. 반촌 아래,
      이런 지하 통로를 만들어두고 있었단 말이네⋯.
      우린 기런 것도 모르고⋯.
채윤 (심각한 표정으로) ⋯⋯.

길 따라가는 채윤과 초탁의 모습.

#5. 정륜암(밤)
(앞 씬 연결)

이도   백성의 욕망이라 했는가?
정기준 그래. 백성의 욕망. 그 거대하고도 무서운 군중의 욕망⋯.
        그걸 어찌할 것인가?
이도   (진지하게 보며) ⋯⋯.
정기준 누구라도 권력의 정점에 서면, 만나게 된다.
        거대한 백성⋯ 바다와도 같은 거대한 백성 말이다.
        더 정확히 거대한 백성의 욕망이지.
이도   ⋯⋯!

ins. cut – 11부 61씬.

이도   거대한 바다를 만나기 때문이다.
        인간이란 원래 거대한 벽을 만나면 무언가에 기대고 싶은 법이니라.
        나도 만났느니라.

이도   (혼잣말처럼) 그래⋯, 나도 만났지.
정기준 백성의 들끓는, 거대한 욕망⋯. 그걸 만나면⋯
        공포에 질리게 된다. 왜? 그 욕망들이 모두 이루어질 순 없으니까.

	왜? 그 욕망들이 모두 한꺼번에 풀어지면 세상은 지옥이 될 테니까….
이도	…….
정기준	(아랑곳 않고) 그걸 제대로 만난 것이 바로 진시황….
	그는 강력한 법률로 천하를 다스리려 했다.
	하지만 그걸로는 되지 않아….
	(소리 높여) 해서! 공자와 맹자가 필요한 것이고, 또, 주자가 나온 것이다.
	그 무섭고도 거대한 백성의 욕망을 다스리기 위해!
이도	(진지하게 보며) …….
정기준	서역 대진국(로마)이 기리사독교(基利斯督敎 : 기독교)를 국교로 삼은 것도!
	삼한과 고려가 불교를 통치이념으로 삼은 것도!!
	(나지막이) 모두… 그 욕망 때문이었어.
	불교도! 유학도! 서역의 기리사독도! 모두!!!
	이름만 달리했을 뿐, 욕망 통제체계에 다름이 아니었다.
소이	…….
정기준	헌데… 너의 글자는… 그 욕망 통제체계를 무너뜨리려 한다.
	지옥문을 열고 있는 것이야.
이도	그것을 어찌 지옥이라고만 하는가?
	백성이 글을 배워, 그 글로 삼강을 알고, 오륜을 알게 되면,
	인간의 도리를 알고, 성리학적 이상에 더 가까이 다가갈 수 있다.
	그것이 지옥인가?
정기준	백성이 글을 알면, 읽게 될 것이고, 쓰게 될 것이다.
	그리고 알다시피 그것은 즐거운 일이다. 그 즐거움을 알게 되면,
	결국 그들은 지혜를 갖는다. 누구나 지혜를 가지면, 쓰고 싶어진다.
	무엇을 위해 쓰겠는가? 욕망이다.
이도	그것이 왜! 지옥이란 말이냐!
정기준	모르겠는가!!! 그들의 욕망은 결국 정치를 향하게 되어 있어!
	국가의 정책에 관여하려 할 테고, 나아가서!
	…… 그들의 지도자를 스스로 선출하려 들 것이다.
이도	그들이 그들의 지도자를 뽑는다…? 그것이 지옥인가?
정기준	(버럭) 이도!!! 동서고금에 그런 무책임한 제도가 어찌 있을 수 있단 말인가!!
	정치는 책임이다! 유사 이래 정치의 본질은 한 번도 바뀐 적이 없어!

정치는 오직 책임이야!

헌데 그들이 그들의 지도자를 뽑는다???

허면 그 지도자가 실정을 한다면, 누가 책임져야 하지?

그 지도자를 뽑은 백성을 모두 죽여야 하나?

이도   …… 어찌 너에겐 백성에 대한 신뢰가 이리도 없단 말인가?

어찌 그리된 것인가? 정기준….

정기준   내가 백성으로 살았으니까….

저들에겐 희망이 없다.

역사를 발전시키는 건, 저 무지몽매하고 변덕스럽기 짝이 없는!

군중이 아니라! 책임을 질 수 있는 몇몇이다.

이도   정말 그리 생각한다면 측은한 일이로다….

정기준   측은이라…. 난 당신이 더 측은하다. 왜? 당신의 진심을 아니까….

이도   ……?

소이   ……?

정기준   주상의 진심을 말해볼까?

백성과 권력을 나누려 한다…, 그리 말했느냐?

아니다…. 주상의 속마음은… 책임을 나누고자 하는 것이다.

이도   (완전 정곡을 찔린 느낌) ……!

소이   (역시 놀라) ……!

#6. 도담댁네 뒷마당 일각(밤)

장독대 뒤 바닥의 문을 열고 나오는 채윤, 초탁.

나오면서 놀라는 표정.

초탁   여기 도담댁네 집 아니네?

채윤   (어이없다는 듯) 이렇게 연결이 돼 있었다…?

#7. 도담댁의 집 앞(밤)

채윤, 초탁, 나온다. 황당하고 망연한 표정이다.

초탁   어서 빨리 가서 보고를 하고, 가리온 아새끼래… 잡아야 하지 않가서?

채윤   (심각하게) …….

앞에서 옥떨이가 오는 게 보인다.

옥떨   어? 여기 계셨네. 가리온 아재 아까 왔다 다시 나가던데요?
채윤   ……!
초탁   어디네? 어디로 갔네?
옥떨   (장난스럽게) 어디로 갔는지는 비밀인데….
초탁   (멱살 잡으며) 이 새끼래! 죽고 싶네!
       빨랑 말하라우!
옥떨   아… 알았어요, 알았어요…. 말씀드릴게요.
       (캑캑거리다) 정륜암에 가셨어요. (주위 두리번거리고 작은 소리로)
       전하랑… 내금위장 영감이랑… 소이 항아님이랑… 술 한잔 하신다나?
채윤   ……!!!

채윤, 초탁, 서로 보며 놀란다.

채윤   그렇게 넷만?
옥떨   개파이가 짐짝 하나 끌고 따라갔죠.
채윤   (경악) ……! (초탁한테) 난 정륜암으로 갈게.
       넌 빨리 궁으로 돌아가서 군사를 보내라고 해! 어서!
초탁   어… 어…, 알았어!

하고는 뛰는 초탁, 반대로 뛰는 채윤.

#8. 정륜암(밤)
(앞 씬 연결)

정기준   권력을 나누려는 것이 아니라, 책임을 나누려는 것이 아닌가…? 이도….
이도   (그런 생각이 있던 것 같다) …….
정기준   글자를 몰라서 이유도 모르고 억울하게 죽는 사람이 없도록 하겠다…?

	(비웃듯) 너의 그… 쉬운 글자를 모두가 알게 되면 말이다…
	정확히 이유를 알고, 억울하다는 말도 못하고 죽게 될 것이다, 백성은.
이도	……．
정기준	역병이 생기면, 힘이 닿든 닿지 않든…,
	그 한 명 한 명을 찾아가 약을 먹일 수 있는 체계를 만들어야 하는 것이!
	위정자가 해야 할 일이다.
	글을 만들어, 글자를 배우게 하고, 글을, 아니, 이제부터
	스스로를 구원하라!? 이것이 임금의 태도인가!!
	백성이란 오직 보살피고, 끌어안아야 하는 것이다.
이도	……．
정기준	진짜 주상의 본심을 하나 더 이야기해주랴?
소이	……?
이도	……?
정기준	넌! 이제…,
이도	(긴장하여 보며) ……．
정기준	백성이…,
소이	(긴장하여 보며) ……．
정기준	귀찮은 것이다…!
이도	……!

#9. 정륜암으로 오는 길 일각(밤)
뛰어오고 있는 채윤.

#10. 정륜암 근처(밤)
윤평이 정륜암에 접근하고 있다.
약간 먼 소리로 이도와 정기준의 토론 소리가 들린다.

#11. 정륜암(밤)
(앞 씬 연결)

정기준	아니냐? 백성이 귀찮아져서… 글자를 만들려 했던 것이 아니냐?

이도   (입술이 떨린다, 애초의 글자에 대한 발상이 떠오른다) ·······.

          ins. cut – 13부 23씬.

이도   넌··· 니 인생을 위해 아무것도 하지 않는다!
          너희들은 세 살배기 아기처럼 세상을 향해 떼를 쓰고 있을 뿐이야!

소이   (걱정으로, 마음의 소리 E) 전하···.
정기준   백성을 사랑하는 애민군주라 한다지?
          사랑? 넌 백성을 조금도 사랑하지 않는다.
          한 사내가 여인을 사랑하여, 그 여인과 만나고 집에 바래다준다.
          넌 그것이 귀찮아, 칼을 하나 사서 쥐여주며,
          이젠 스스로 지켜라···, 이리 말하는 것이다.
이도   ······!
정기준   그것이 어찌 사랑이라 할 수 있는 것이냐?
소이   (마음의 소리 E) 사랑이옵니다. 사랑이라고 하시옵소서.
이도   (벌떡 일어나며 필사적으로) 난 백성을 사랑한다!
정기준   아니! 귀찮아하는 것이야! 자! 글을 알았으니, 이제 다 스스로 해결해라.
          이러고도 불행하다면, 그건 다!!! 네놈들 책임이야!!!
          (차갑고 나지막이) 이게 너의 본심이다.
이도   ······! 네 이놈!!!

          하는데, 번개같이 나타난 윤평, 이도의 목에 칼을 겨눈다.
          경악하는 모두들. 힘의 균형이 깨지는 순간이다.
          무휼, 개파이와 대치하며, 어쩔 줄 몰라 한다.
          경악하는 소이!

윤평   본원, 괜찮으십니까?

          이도, 의외로 윤평의 칼을 손으로 밀어내며, 앞으로 다가가며 외친다.

이도	끝나지 않았다! 나와 더 얘길 해야 해!
	난 아직도 할 말이 많이 남았다!
정기준	헌데 어쩐다 말이냐? 힘의 균형이 깨졌으니….

개파이와 대치하는 무휼이 보인다. 미치겠는 무휼.

무휼	(개파이와 이도 쪽을 긴장되게 번갈아 보며) 전하…, 자중하시옵소서!
정기준	난 말이다…, 이제 이 글자를 아는 모두를 죽일 것이다.
	그리고… 이 글자의 해례를 찾아 불태워 없앨 것이야.
이도	(노려보며) …….
정기준	너의 글자는 역병과도 같은 무서운 글자다.
	어떤 대가를 치르더라도 막아낼 것이다.
	(윤평에게 눈짓하고 손을 올린다) 잘 가라…. 이도….
이도	……!
무휼	(악을 쓰듯) 전하!!

정기준이 손을 내리려는데, 그때, 출상술로 정륜암으로
튀어 올라오는 채윤, 바로 정기준의 목에 칼을 겨눈다. 놀라는 모두들.

채윤	(씨익 웃으며) 그렇게 안 될 것 같은데…?
	다시 힘의 균형이 맞네…, 그치?
이도	다시 토론하자…, 정기준.
채윤	(놀라 가리온 보며, 마음의 소리 E) 정기준? 가리온이…?
정기준	윤평…, 이도를 죽여라….
무휼	(놀라) ……!!
윤평	(역시 놀라) ……!!
채윤	(정기준의 목에 더 칼을 깊이 대며) 허면 네놈 목도 바로 떨어진다….
	가리온…, 아니 정. 기. 준.
정기준	상관없어. 여기서 이도와 내가 죽으면 많은 것이 해결된다.
	죽여라, 윤평.
윤평	(이도를 보지만 주저하며 못한다) 안 됩니다…, 본원 어르신….

정기준	죽여라….
윤평	(정기준의 목에 있는 채윤의 칼을 보며 망설인다) …….
채윤	…….
이도	…….
윤평	(채윤의 칼을 보며 역시 안 되겠다는 듯) 안 됩니다… 못합니다…!
정기준	한심한 놈….
채윤	한심한 건 나네. 네놈이 정기준인 걸 모르고 내 손으로 풀어줬으니….
정기준	강채윤…. 역시 천것은 다르구나. 어찌 임금 편에 붙는단 말이냐?
채윤	……! (칼을 더 깊이 대며) 더 지껄여봐.
무휼	(외친다) 강채윤! 전하의 안위가 최우선이다! 경거망동하지 말거라!
정기준	네놈 신분이 천해서 천한 것이 아니라,
	그 천한 애비의 천한 핏줄에, 노예근성이 천한 것이다.
	(여유 있게 비웃으며) 그리 아비의 원수에게 복종하고 싶은 게냐?
채윤	정기준!! (하며 칼을 세우는데)
소이	(OL) 오라버니! 안 돼!
채윤	…….
소이	모르겠어? 자길 죽이게 해서, 전하를 죽이게 하려는 거잖아.
윤평	(긴장하여 더욱 이도의 목에 칼을 들이대고) …….
정기준	못 베는 것이냐? 강채윤….

강채윤, 눈에 핏발이 선 채로, 어찌지 못하고 정기준을 노려본다.
무휼, 개파이의 움직임을 주시하면서도, 이도를 번갈아 보며 긴장.
윤평, 이도의 목에 칼을 들이댄 채, 긴장하여 식은땀이 흐른다.
이도, 그런 상황 속에서 정기준을 노려본다.

무휼	(마음의 소리 E) 어쩌지, 어쩌지…? 여차하면,
	모두가 서로를 베게 된다…. (하는데)
소이	(E) 오라버니!

이도, 채윤, 윤평, 정기준, 무휼, 각각 소이 보면….

소이	그리고 윤평…. 동시에 칼을 내리세요.
채윤	(보고)
윤평	(보고)
소이	모두 여기서 다 죽을 것이 아니라면… 제 말대로 하세요.

채윤, 윤평, 이도, 정기준, 무휼의 각각 표정.

소이	동시에 칼을 내리라니까요!
정기준	(윤평에게) 내리지 말거라.
소이	(윤평에게 버럭) 본원을 죽일 생각입니까!
윤평	……!
소이	칼을 내리세요…. 그래야 본원을 살릴 수 있습니다. 오라버니 칼 내려…. 전하의 목숨이 걸렸어….

강채윤이 먼저 칼을 내리는 듯하자,
윤평도 칼을 천천히 내린다.

정기준	이 한심한 놈, 뭘 하는 게야! 이도를 베라!
윤평	본원…. 전 본원의 안전을 위해서만 움직입니다….
정기준	(낭패라는 표정으로) …….
소이	두 분…, 셋 하면… 칼을… 저 아래로 던지세요.
채윤	…….
윤평	…….
소이	하나… 둘… 셋….

동시에 칼을 아래로 던지는 강채윤과 윤평.

소이	(무휼 보며) 내금위장 영감….
무휼	(소이의 부름이 무슨 뜻인지 안다는 듯, 개파이를 보며) 칼을 내리자.
개파이	…….
무휼	하나 둘 셋 하면… 동시에 칼을 버린다.

개파이	…….
무휼	하나… 둘… 셋….

무휼과 개파이, 동시에 칼을 아래로 던진다.
이도, 채윤, 정기준, 윤평, 무휼, 개파이, 소이 각각 표정.

소이	(윤평 보며) 먼저 본원을 데리고 나가세요.

윤평이 정기준을 데리고 나간다. 개파이도 따른다.
모두 천천히 움직이나, 긴장감이 넘치는 각각의 표정들. cut.

정기준	(가다가 갑자기 멈추고 뒤돌아본다) 이도….

정기준, 갑자기 멈추자 모두 다시 긴장하는 각각의 표정들 컷.

정기준	난 반드시… 너의 글자를 막아낼 것이다.
이도	(그런 정기준을 결연하게 보며) … 막지 못할 것이다.

#12. 산 일각 1(밤)
윤평과 개파이의 호위를 받으며 가는 정기준.
생각에 잠긴 표정이다.

#13. 다른 산 일각 1(밤)
채윤과 무휼의 호위를 받으며 가는 이도. 역시 생각에 잠긴 표정이고…
뒤따르는 소이.

#14. 산 일각 2(밤)
가는 정기준, 윤평, 개파이.

#15. 다른 산 일각 2(밤)
가는 이도, 소이, 채윤, 무휼. 그 위로

정인지   (완전 경악한 채 E) 가리온이… 정기준이었다고…?

#16. 궁내 방(밤)
경악한 정인지 있고, 그 앞에 참담한 표정의 무휼과 채윤 있다.

정인지   (의자에 털썩 주저앉으며) 그… 가리온이… 검안을 하고…
         해부를 하고… 전하께 고기를 바쳐왔다니…!
채윤   (예전 가리온과의 일 떠올리며 심각하게) ……..
무휼   예…. 가리온은 애초부터 계획적으로 전하께 신임을 얻어…
         밀본이 죽인 학사들의 사인을 밝혀내고…
         전하의 밀명까지 행했던 겁니다.
정인지   (이제 알겠다는 듯) 그러니 우린 그놈들의 정체를 알아내기가
         어려웠던 게고, 그놈들은 우리 일의 비밀을 캐낼 수 있었던 게야.
무휼   …….
정인지   (멍한 채로) … 적을 그리 가까이 두고, 믿고 품으셨으니…
         전하께서 느끼셨을 배신감과 충격…. 난 감히 짐작조차 못하겠네….
채윤   (생각하며) …….
정인지   (참담한) 전하께선… 뭐라시던가…?
무휼   별다른 하교는 없으셨으나, 당장 반촌부터 수색하여
         밀본원을 색출해내야지 않겠습니까.
채윤   예, 반촌에 밀본의 은신처가 있었습니다.
         밀본원인 도담댁과 끝수는 이미 자취를 감췄구요.
정인지   (무휼, 채윤 보며) 한시가 급하네. 밀본이 글자 반포를 막겠다 하였으니,
         이제 반격이 시작될 것 아닌가.
무휼   예, 반포 준비 작업도 서둘러 진행해야 할 듯합니다.
정인지   안 그래도 광평대군마마께서 개성으로 옮기셨네.
채윤·무휼 (보면)
정인지   수양대군께서 언문 번역한 것을 개성으로 보냈으니…,
         광평대군께서 바로 인쇄 작업을 하실 것이야.
무휼   예, 반촌 또한 서둘러 수색하겠으나… 아시잖습니까.
         반촌은 전하의 윤허가 필요한 곳입니다.

정인지   (위기감으로 벌떡 일어나며) 전하를 봬야겠네. 어디 계시는가?

#17. 글자방(밤)
자모음 28자 쓴 각각의 종이들이 책상 위에 펼쳐져 있고…
이도, 깊은 고민에 빠져 있다.
소이, 그 모습을 불안하게 보고 있고…
이도, 복잡한 얼굴로 글자들을 바라보는데…. 그 위로

정기준   (E) 진짜 주상의 본심을 하나 더 이야기해주랴?

ins – 8씬.

정기준   넌! 이제…,
정기준   백성이…,
정기준   귀찮은 것이다…!

이도, 정말 그러한가…? 내 본심을 정기준이 꿰뚫은 것인가?
괴로운데…. 그런 이도를 불안하게 보는 소이.

#18. 산채 전경(밤)

#19. 산채 내 정기준의 방(밤)
정기준, 역시 깊은 생각에 잠겨 있는데….

#20. 산채 내 방(밤)
경악한 도담댁, 한가놈 있고, 그 앞에 윤평 있다.

한가놈   (경악한 채) 실로 어마어마한 일이… 정륜암에서 벌어졌구나…!
도담댁   (역시 경악한 채) 이제 정체가 밝혀진 이상…
         본원의 안위가 더욱 위험해졌네다!
한가놈   (기가 찬 듯) 헌데 그런 상황에 논쟁이라니…!

주상도 본원도… 참으로 대담하고… 또 대단하구나!

도담댁   더군다나 본원이 주상 앞에서 그리 천명하셨다면…

주상 또한 반격을 준비할 것입네다.

한가놈   (위기감으로 고개를 끄덕이는데)

윤평   함길도 관찰사 이치성 영감이 서찰을 보내왔습니다.

광평대군이 함길도를 떠나 개성으로 옮겨갔다구요.

한가놈   개성…?

윤평   개성에 있는 총지사라 했습니다.

도담댁   (놀라며) 총지사라면, 고려조 때 불경을 인쇄하던 절이 아닙니까. 허면…?

한가놈   광평대군이 은밀히 인쇄 작업을 하고 있는 것이 아니겠소?

윤평   (위기감 느끼며) 가서 자세히 알아봐야 할 듯합니다.

도담댁   그래. 본원께 여쭤야겠다.

#21. 산채 내 정기준의 방(밤)
정기준, 뭔가 생각에 잠겨 있는데… 들어오는 도담댁과 한가놈.

한가놈   본원, 이치성이 서찰을 보내왔습니다.

정기준   (멍하게) ……

한가놈   광평대군이… 은밀히 인쇄 작업을 하고 있는 듯합니다.

정기준   (생각에 잠긴 채) ……

도담댁   (그런 정기준 보다가) 평이를 보내… 자세히 알아봐야 하지 않갔습네까.

정기준   (생각하더니) … 그리하거라.

도담댁   예.

하고 도담댁, 나가면… 정기준 옆에 앉는 한가놈.

한가놈   (정기준의 표정 살피며) 정륜암에서의 일… 모두 들었습니다.

정기준   ……

한가놈   (눈치 살피며) 주상이 정말 우리와 화합할 생각이 있습니… (하는데)

정기준   (말 자르며) 이도의 말 중에, 딱 한 부분…,

(하고 피식 냉소 지으며) 곱씹어보게 되는 것이 있다.

한가놈	그게… 뭡니까…?
정기준	(생각에 잠긴 채) 불교의 이상은… 모두가 부처가 되는 것이 아니냐.
	성리학의 이상은… 모두가 군자가 되는 것이고.
한가놈	예, 그렇지요.
정기준	헌데 만일, 정말 백성들이 글자를 알게 되면…,
한가놈	(보면)
정기준	… 삼강과 오륜을 좀 더 쉽게… 빨리… 배울 수 있는 것인가…?
한가놈	(생각에 잠기고)
정기준	백성들이 쉬운 글자로 삼강과 오륜을 배우고 수양하면…
	성리학적 질서를 익힐 수 있는 것이야…?
한가놈	(생각하다가) 그럴 수… 있지 않을까요?
정기준	(보면)
한가놈	삼봉 선생의 민본에는…
	위민(爲民 : 백성을 위하고), 애민(愛民 : 백성을 사랑하고),
	중민(重民 : 백성을 존중하고), 보민(保民 : 백성을 보호하고),
	안민(安民 : 백성을 편안케 하고), 그리고 목민(牧民 : 백성을 기른다)이
	있질 않습니까?
정기준	…….
한가놈	(조심스레) 사실… 백성이 글자를 배워 깨우치게 된다면…
	그건 목민에 가까운 일이 아니겠습니까?
정기준	(생각하며) …….
한가놈	물론 본원이 우려하시는 바를 모르는 것은 아닙니다.
	허나, 백성들이 글자를 알게 된다 한들,
	그들에겐 그들의 고달픈 삶이 있습니다.
정기준	…….
한가놈	배우면 얼마나 배우겠습니까? 글자를 안들, 뭘 할 수 있겠습니까?

정기준, 고민에 잠기는 표정인데….

#22. 글자방(밤)
이도, 깊은 생각에 잠겨 있는데.

ins - 5씬.

정기준　동서고금에 그런 무책임한 제도가 어찌 있을 수 있단 말인가!!
　　　　정치는 책임이다! 유사 이래 정치의 본질은 한 번도 바뀐 적이 없어!

이도, 생각이 깊어지는데….
들어오는 채윤, 정인지, 무휼.

무휼　　전하, 내일부터 반촌 일대를 전부 수색해야 하옵니다.
채윤　　예. 허나… 반촌은 어명 없이는 관군이 진입할 수 없는 곳 아닙니까.
　　　　전하의 윤허가 필요하옵니다.
이도　　(생각에 잠긴 채) …….
정인지　문성공의 사당이 있는 반촌이라 하나…
　　　　사안이 사안인 만큼 윤허해주셔도 큰 무리가 없을 듯하옵니다.
이도　　(다른 생각에 잠긴 듯이) … 그리하거라.

그런 이도를 보는 채윤, 무휼, 정인지.
좀 이상하다 싶어 서로 걱정스레 보는데….

무휼　　(굳은 의지로) 전하, 심기를 굳건히 하시옵소서.
채윤　　예. 한 놈도 빠트리지 않고 색출하여… 반드시 밀본을 소탕할 것이옵니다.
이도　　(생각에 잠긴 채) 그래…. 그래야지….

정인지, 그런 이도 보다간 채윤과 무휼에게 나가자는 듯 눈짓하면…
채윤, 나가다가 이도를 흘낏 돌아보는데….

#23. 반촌 전경(낮)

#24. 몽타주(낮)
#가리온, 도담댁, 끝수의 용모파기가 붙는 컷컷컷.
사람들, 웅성거리며 보고.

#**도축소**. 마구 뒤지는 채윤, 초탁, 박포, 겸사복들.
#**도축소 앞**. 사람들, '이게 뭔 일이야' '가리온하고 행수가 역당이라니!'
웅성거리며 보는데, 그 사이에 끼어 있는 한가놈. 심상찮은 눈빛.
#**도담댁의 집**. 뒤지는 채윤, 초탁, 박포.
#**문성공 사당**. 뒤지는 내금위들. 바닥에 있는 비밀 통로 문 발견되고….
#묶인 채 겸사복들에게 우르르 끌려가는 옥떨, 연두모, 연두, 반촌민들.
그리고 한가놈.
반촌민들 '전 아니에요!' '전 아무것도 몰라요!' 소리 질러대고.

#25. 이신적의 방(낮)
이신적, 장은성 있고.

이신적   (놀라) 그게 무슨 소리야?! 본원의 용모파기가 붙었다니!
장은성   밀본원으로… 밝혀졌답니다!
이신적   (더욱 경악해) 허면, 본원의 신분이 발각됐다는 것이야?!

이때, 밖에서, '대감마님, 심종수 나리…' 하는데,
말 끝나기도 전에 들어오는 심종수.

이신적   대체 어찌 된 것인가!
심종수   (급히 앉으며) 본원께 연통이 왔습니다.
이신적·장은성   (보면)
심종수   어젯밤 정륜암으로 불려가면서, 신분이 탄로 나셨답니다!
이신적   (경악해서) 허면… 전하께선 가리온이… 정기준임을 아셨단 게야…?!
장은성   (경악하고)
심종수   뿐만이 아닙니다. 정륜암에서 본원이 전하와 논쟁까지 벌였다 합니다!
장은성   !!!
이신적   !!! 헌데…, 헌데 잡히진 않았단 말인가?
심종수   다행히 무사히 빠져나가 안전한 곳에 은신하신 듯합니다.
          연통할 것이니 기다리고 있으라는 서찰만 왔습니다.
이신적   … 이런…, 이런…!

#26. 집현전(낮)
성삼문, 박팽년, 이순지, 학사들 있고.

이순지   (심각) 진정 전하께서 반촌 수색을 윤허하셨단 말인가.
성삼문   (심각) 사안이 사안이다보니… 어쩔 수 없는 것 아니겠습니까?
박팽년   행수였던 도담댁과 많은 반촌민들이 연루되었다 합니다.

학사들, 심각한데….

#27. 대신 집무실(낮)
황희, 최만리, 대신 1 있고.

대신 1   반촌에 어찌 역당들이 숨어 있었단 말입니까!
최만리   더군다나 도담댁은 반촌의 행수가 아니었습니까!
황희   (심각하게) 상황이 이리되었는데, 조말생 대감은 어찌 보이질 않소?
최만리   근자에 지병이 도지신 모양입니다. 입궐하지 않으셨습니다.
황희   (심각하게 생각하며) …….

#28. 조말생의 집 마당(밤)
들어오는 조말생. 집사 달려와서,

집사   어찌 되셨습니까.
조말생   … 사람을 풀어 온 산을 뒤졌으나… 찾지 못했네….
      (마음의 소리 E) 이방지…. 대체 어찌 된 것이야….

어두운 얼굴로 방으로 들어가는데.

#29. 조말생의 방(밤)
조말생, 들어와 앉는데, 순간, 들려오는 낮은 신음 소리.
놀라는 조말생, 소리를 찾아 병풍을 확 걷다간 경악한다.
이방지가 만신창이로 피를 흘리며 겨우 숨을 몰아쉬고 있다.

조말생, 부리나케 옆에 걸려 있는 칼을 뽑으려는 순간,
이방지, 손을 내미는 듯하더니, 그대로 의식을 잃는다.
조말생, 놀라, 뽑으려던 칼을 놓고는 이방지 흔들며,

조말생 이보게! 이보게, 이방지!!

#30. 검사복 취조실 1(밤)
정별감, 옥떨을 취조하고 있다.

옥떨 (억울해서) 어젯밤에 강채윤 나리한테, 가리온 아재 정륜암에 있다고
알려준 게 저라니까요!
정별감 (의심스럽게 보고) 진짜야?
옥떨 예에! 전 물어보시는 거 알려드린 게 다라구요!
(줄줄이 빠르게) 가리온 아재 잡혀갔을 때도,
강채윤 나리랑 의금부 군관 나리가 가리온 아재 못 봤냐 해서 대답해줬구,
내금위 군관 나리가 강채윤 나리 집 어디냐고 물어봤을 때도 내가 알려줬구!
제가 다! 다 알려드렸다구요! (울듯이) 근데 제가 역당이에요?!
정별감 (흥분해서) 아니, 이노무 자식은 취조하는 나보다 말이 더 많아?
한가놈 (E) 내가 죄라면!

#31. 검사복 취조실 2(밤)
박포, 한가놈 취조하고 있다.

한가놈 가리온 그놈이 잡은 고기…, 그거 몰래 얻어먹은 죄밖에 없어!
내 그런 숭악한 놈이 만진 고길 먹었다니! 어후….
자네도 그놈 고기 얻어먹지 않았나?
박포 (손사래 치며) 난 아녀! 난 한 조각도 안 먹었슈!
난 체질상 고기가 안 받어!
한가놈 (그런 박포 힐끔 보고)

#32. 겸사복 취조실 3(밤)
연두모 취조하는 초탁.
새파랗게 질린 연두모. 벌벌 떨며 울고 있다.

연두모   그게 다예요. 행수에 대해서 아는 건… 살려주세요…. 살려주세요, 나리….
초탁   (안절부절) 아니, 기러니까 안성댁을 어케 하겠다는 게 아니고….
        (달래보려 손 뻗는데)
연두모   (그 손길에 놀라 비명 지르며 우는) 전 정말 다른 건 몰라요!
초탁   (미치겠다)
연두모   (울며) 행수가 나랑 우리 연두 거둬줘서 따른 거지…
        사실 저도 행수가 맘엔 안 들었다구요….
초탁   (보면)
연두모   (울며) 성격이 어찌나 드센지…. 그러니까 같은 과부라고 나까지 욕 먹구….
        (억울하고 서러워) 전 정말 서방 먼저 보낸 죄밖에 없다구요!
        근데 우리 연두까지 잡아온 건 너무하잖아요!
초탁   그건… 연두가 개파이랑 친했으니까….
연두모   (보면)
초탁   개파이가 밀본이야….
연두모   (놀라) 예?! 개… 개파이가요…?
초탁   기래서 채윤이가 연두한테 몇 가지 물어보려는 거니까 너무 걱정은 말라우.
        (안심시키려 미소 짓는데)
연두모   (더 놀라) 강채윤 나리가요? 아니, 겸사복 나리들 중에
        젤 무섭게 생긴 분이잖아요! (울며) 우리 연두 어떡해~, 연두야~~.

#33. 의금부 옥사(밤)
옥사 안에서 혼자 울고 있는 연두.
채윤, 떨어져서 보고 있다. 난감한 얼굴.

채윤   아…, 왜 이렇게 안 와…. (하는데)
소이   (E) 오라버니….

보면, 소이가 와 있다.

채윤   (반갑게) 왔어?!
소이   왜… 오라 했어? 나 여기 싫어하는 거 알잖아….
채윤   (미안해서 보다간) … 부탁이 있어서….
소이   (보면)

채윤, 연두 가리키고.
소이, 옥사 안에서 울고 있는 연두 본다. 놀라는데.

채윤   연두가 개파이랑 엄청 친했거든.
소이   (우는 연두 보고)
채윤   뭔가 아는 게 있을 텐데… 내가 물어보니까 울기만 해.
        네가 좀 물어봐줘.
소이   … (보다가는) 그럼… 일단 풀어줘.
채윤   … 그건 좀….
소이   저 어린애가 밀본이겠어? 이런 데선… 무서워서 아무 얘기도 못할 거야.
채윤   … 그래, 그러자. (하고는 연두에게 가다가는) 전하께선 어떠셔?
소이   … 그게… 좀… 불안해.
채윤   불안하다니…?
소이   글쎄…, 아직은… 뭐라고 말 못하겠구…. 빨리 다음 명을 내리셔야 하는데….
        광평대군께서 혼자 고군분투 중이신데…. (하며 불안한 표정이다)

#34. 개성 총지사 전경(밤)
자막, 개성. 총지사(摠持寺)

#35. 총지사 방 안(밤)
광평, 인쇄공 1 있고.
탁자에 열 권 정도의 서책이 놓여 있다.

인쇄공 1 이것입니까?

광평   (끄덕이며) 수양 형님께서 1차로 마친 것이니, 이제 인쇄에 들어가면 된다.
        활자는 어찌 되었느냐.

인쇄공 1 (한글 완성형 활자가 가득 담긴 상자를 내밀며) 이리 만들었습니다요.

광평   (활자들 보며 마음에 들어) 잘되었구나. 활자체가 아주 좋아.
        (책들 가리키며) 허면, 인쇄를 시작하거라.

인쇄공 1 예!

#36. 총지사 마당(밤)
은밀히 담을 넘어 들어오는 윤평, 막수, 정무군 1, 2.
윤평, 막수와 정무군 1, 2에게 수신호하면,
막수와 정무군 1, 2, 은밀히 방 쪽으로 다가가는데….

인쇄공 2 (E) 누구쇼?

안에서 나오는 인쇄공 2에게 그대로 칼을 휘두르는 막수.
인쇄공 2의 비명 소리에, 한쪽에서 무사들이 튀어나오고,
막수와 정무군 1, 2가 무사들과 싸우는데,
한쪽에서 불 켜진 방을 보며 눈을 빛내는 윤평.

#37. 총지사 방 안(밤)
광평과 인쇄공 1, 놀란 얼굴로 보며,

광평   무슨 소린가?

인쇄공 1 제가 나가보겠습니다.

인쇄공 1, 문을 열고 나가다가
누군가의 공격에 '윽!' 소리 내며 바로 쓰러진다.

광평   (놀라 보며) 웬 놈이냐!!

하면, 들어오는 차가운 얼굴의 윤평.

#38. 반촌 전경(낮)

#39. 반촌 일각(낮)
연두 업고 오는 소이.

연두   항아님…, 우리 엄마는요? 엄마는 언제 나와요?
소이   곧 나오실 거야. (측은하게) 많이 놀랐지…?
연두   (울듯이) 갑자기 반촌 사람들은 다 잡혀가고, 가리온 아재랑 행수 어르신은
        나쁜 사람들이라고 하고…. (울먹이며) 개파이도… 갑자기 떠나버리고….
소이   … 연두는 개파이가 왜 그렇게 좋아…?
연두   우리… 아부지 같아서요….
소이   … 아부지? 개파이가 아부지 닮았어…?
연두   (시무룩해지며) 전… 아부지 얼굴 몰라요…. 애기 때 돌아가셨대요….

하고 눈물 그렁그렁해지는 연두, 소이의 등에 얼굴 파묻는데…
소이, 걸상이 떠오르고…
연두가 우는 듯하자, 내려주는 소이.
짠하게 보며, 수가 놓인 손수건 꺼내 연두의 눈물 닦아준다.
연두, 눈물 닦다간 손수건에 시선이 가고…
그런 연두 보는 소이.

소이   이거… 예뻐?
연두   (고개 끄덕이면)
소이   너 줄게…. (하며 손에 쥐어주면)
연두   정말요? 저 가져도 돼요?

소이, 미소 지으며 고개 끄덕이고… 연두 손 잡고 가는 소이.

소이   개파이랑은 뭐 하고 놀았어?
연두   (손수건에 정신 팔려) 공기놀이도 하고, 끝말잇기도 하고,
        매일 같이 놀았어요.

소이	그랬구나…. 주로… 어디서 놀았어…?
연두	(손수건만 보며 대충) 저 아래 냇가도 자주 갔구요,
	백인산도 자주 갔어요….
소이	(반짝) 백인산?
연두	(손수건만 보다가) 네? 아, 네.
	(손수건 보며 건성으로) 거기 허물어진 사찰이 하나 있거든요.
	개파이 떠나고 혹시 거기 있나 해서 가봤는데, 없었어요.
소이	(반짝해) 백인산에… 허물어진 사찰이 있어?
연두	(손수건에 정신 팔려) 네! 가리온 아재가 가끔 소 명복 빈다면서
	가는 곳인데, 개파이가 저도 몇 번 데려갔거든요.
소이	그래…? (눈을 빛내는데)
연두	항아님…, 너무 고마워요. (손수건 꼭 쥐면)
소이	……. (그런 연두 보며 미소 짓는데)

#40. 폐사찰 전경(낮)

#41. 폐사찰 안(낮)
한가놈, 심종수, 윤평 있다.

윤평	분부하신 것들…, 모두 가져왔습니다. 또한, 잡아두었습니다.
한가놈	그래, 수고했다.
심종수	(걱정스러운 듯) 이제 본원께서는 어찌하실 생각인가…?
한가놈	글쎄요…, 본원의 의중을 정확히 파악하긴 어렵겠지만….
심종수	(보면)
한가놈	본원께서 마음을 바꾸실지도… 모르겠습니다.
심종수	바꾸시다니?
한가놈	백성들이 주상이 만든 글자를 배우면… 성리학적 질서를 익힐 수도 있다….
심종수	(보면)
한가놈	이 점에… 흔들리시는 듯합니다.
심종수	… 그런가…? 그렇다면… 다행이네만….

#42. 폐사찰로 가는 산길 일각(낮)
서로 서먹한 느낌으로 걸어가는 채윤과 연두.
연두, 채윤이 무서운 듯, 잔뜩 겁먹은 표정인데….

채윤   (다정한 척) 여긴 자주 갔었어?
연두   (무뚝뚝하게 앞만 보고 가면서 퉁명스럽게) 가끔이요.
채윤   으응. (일부러 더 다정하게) 전에 보니까 네 친구, 개파이!
       우리말 잘 못하던데…. 걔 어느 나라 사람이야? 여진족 맞지?
연두   (무뚝뚝하게) 아니요. 돌궐이에요.

채윤, 연두와 어색하게 걸어가는데…
연두의 발이 닿는 곳에 깔려 있는 실이 살짝 보인다.
그 실을 밟고 지나가는 연두.

#43. 산길 일각(낮)
실에 매달아놓은 종이 딸랑딸랑 흔들리며 소리를 내고,
그걸 보고 놀라는 정무군 1.

#44. 폐사찰 안(낮)
한가놈, 심종수, 윤평 있는데,
급히 들어오는 정무군 1.

정무군 1 (긴박하게) 지금 누군가 이리로 오고 있습니다.
한가놈   (놀라보며) 누가?!
정무군 1 겸사복 옷을 입은 자와 어린 여자아이였습니다.
한가놈   (놀라) 겸사복이라면… 강채윤?!
윤평   제가 맡겠습니다.
심종수   아니다. 지금은 조용히 빠져나가는 것이 낫겠다.
윤평   …….
심종수   (윤평에게) 인질도 조용히 옮기거라.
윤평   예.

#45. 폐사찰로 가는 산길 일각(낮)
걸어가는 채윤과 연두. 여전히 서먹해 보이는데….

채윤   (할 말을 막 생각하다가는 무릎 구부리고 앉으며) 아저씨가 업어줄까?
연두   (어이없다는 듯 뭐야 하는 표정으로)
채윤   아저씨 나쁜 사람 아니야. (얼굴 들이밀며) 봐봐. 얼굴에 선! 량!
       써 있잖아. 그지? (억지로 씨익 웃어 보이는데…)
연두   (무표정하게 먼저 가버린다)
채윤   (인상 쓰고는 연두 따라가는데)

#46. 폐사찰 마당(낮)
마당에 도착한 채윤, 연두.
채윤, 폐사찰을 쭉 둘러보며,

채윤   여기야?
연두   (개파이 생각나는 듯 우울하게) 네….

채윤, 문 하나를 열어본다.
안에 아무것도 없고, 다른 문 열어봐도 아무것도 없고,
또 다른 문 열어봐도 역시 텅 비어 있다.
채윤, 주위를 살피다가, 헛간을 발견하고,
다가가 문 열어보는데, 역시 아무것도 없다.
다시 문 닫으려다, 안에서 뭔가 발견한 듯 들어가는데….

#47. 폐사찰 내 헛간(낮)
들어오는 채윤. 한쪽 구석을 보면
비단 가죽신 한 짝이 떨어져 있다.
줍는 채윤. 잠시 살펴보다가 일단 품에 넣는다.

#48. 글자방(낮)
앞의 둥그런 탁자에 자신이 만든 글자들이 놓여 있다.

이를 보는 이도.
이때 조용히 들어오는 정인지. 그런 이도를 본다.

정인지 전하…, 황공하오나… 지금은 이러고 계실 때가 아니옵니다.
이도   (글자만 보는데)
정인지 언문 번역을 마친 불경이 광평대군마마께 전해졌사옵고…
        이미 인쇄 작업에 들어갔을 것이옵니다.
이도   …….
정인지 해례본의 완성을 위한 작업을 한시라도 빨리 착수하셔야 하옵니다.
이도   (끊으며 낮은 톤으로 OL) 내가 만들었다.
정인지 …….
이도   이 글자들 말이다.
정인지 (뭔 소린가 싶어) 예…, 전하…. 이것은… 전하만이 하실 수 있었고…
        전하가 아니었다면….
이도   (계속 낮은 톤으로) 처음엔 나도 몰랐다. 허나 어느 순간에 알았지.
정인지 (보는데)
이도   내가 생각한 것보다 훨씬 굉장한 무엇이구나!
        나의 상상보다 엄청난 것이 될 수도 있겠구나!
정인지 (그런 이도를 불안한 듯 보는데)
이도   점점 애착은 강해졌고…
        그 어떤 것보다도 최우선이 되어버렸다.
        내가 만든 것이니까!
정인지 …….
이도   헌데… 그게 문제였다.
정인지 (불안하여) 전하…, 어찌 이러시옵니까? 무엇을 두려워하시는 것이옵니까?

이도. 괴로운데….
ins − 5씬.

정기준 헌데… 너의 글자는… 그 욕망 통제체계를 무너뜨리려 한다.
        지옥문을 열고 있는 것이야.

이도	내가 만든 이 글자는… 만든 내가 책임질 수 있는 크기의 것이 아니니라.
정인지	…….
이도	헌데… 왕이… 정치를 하는 자가… 백성을 놓고… 역사를 놓고…
	책임지지 못할… 실험을 해보아도 되는 것이냐?
정인지	……!!!
이도	그래도 되는 것이야?
정인지	…….
이도	그것이 두렵다…. 더구나….
채윤	(E) 뭐라구?

#49. 경회루 일각(낮)
채윤, 소이 있는데….

채윤	그게 무슨 소리야?
소이	정기준에게 전하의 초심을 들키셨다고.
채윤	초심이라니? 그게 무슨 소리야?
소이	글자를 만드시겠다 결심하신 건… 백성에 대한 사랑이 아니셨거든.
채윤	(보는데)
소이	왕은 군자여야 하고, 군자는 백성을 사랑해야 한다는 당위로
	일을 하시고… 하시고… 또 하시고…. 근데도 백성은 받아주지 않았어.
	바뀌지도 않았고… 좋아지는 것 같지도 않았고….
채윤	…….
소이	맘을 주셨던 만큼… 실망하셨고, 좌절하셨고, 분노하셨고,
	나중엔 그런 백성이 두려워지셨고, 그래서 오기가 생기신 거야.
채윤	그랬는데 정기준이 그걸 건드렸다?
소이	(채윤 보며 고개 끄덕끄덕하더니) 모든 게 무너지는 심정이실 거야.
	잘못된 의도로 시작된 일이었고… 과정도 정당치 못했다.
	더구나 직접 만드셨으니… 자신은 객관성도 잃었을 거다.
	근데 결과도 책임질 수 없다. 과연 이걸 계속해야 하는 걸까?
채윤	젠장…. 하여튼 간에… 갓 쓴 인간들은… 머릿속에 밥걱정이 없으니… 별…
소이	… 불안해. 불안해 미치겠어….

하며 손을 살짝 떠는 소이.
그런 소이를 보는 채윤. 소이의 손을 잡아주며

채윤   니가 왜 그래? 너보다 더 믿는 분이라며? 걱정 마. 결론 잘 내겠지.

하면서도 채윤은 불안하고 못마땅한데….

#50. 산채 내 방(낮)
정기준, 한가놈 있고…. 윤평이 광평에게서 뺏은 것을 정기준에게 주며

윤평   이것입니다.

정기준, 받아서 펴 읽기 시작한다.

윤평   막 받은 듯… 인쇄 준비를 하고 있었습니다.
한가놈 허면… 활자도 모두 수거했느냐?
윤평   예.
한가놈 허면…. (하고는 읽고 있는 정기준을 보는데)

분노한 표정의 정기준.

한가놈 (보고는) 왜 그러십니까?
정기준 이놈…, 이놈이… 정녕….
한가놈 무슨 내용인데 그러십니까?
정기준 (한가놈에게 넘기며) 읽어보아라.
한가놈 (받아서는 얼른 읽어본다. 헉!) 이… 이건….
정기준 불씨(佛氏 : 유학자들이 석가모니를 낮춰 부르는 말)의 일대기다.
한가놈 아니…, 어찌… 새로 만든 글자로 처음 번역한 것이…
        불씨의 일생을 다룬 이야기란 말입니까?
정기준 뭘 의미하겠는가?
한가놈 ……!

정기준   유학경전이 아니라, 불경이야. 뭘 의미하겠느냐 말이다??
한가놈   …….
정기준   이도가 실은 부처를 신실하게 믿어서?
         아니다. 아니야. 왜 그랬겠느냐? 왜겠어?
한가놈   (분노한 정기준을 큰일 났다 싶어 보는데)
이도   (E) 정기준의 말이 맞다.

#51. 글자방(낮)
이도, 정인지 있는데….

이도   난 모든 것 위에 글자를 두었다!
         내가 만든 것에 대한 애착이라 생각지 않고
         백성을 위한 것이라 굳게 믿고 싶었던 게지.
정인지   …….
이도   그러니 백성이 이 글자를 빨리 익히길 바라는 마음으로,
         어려운 유학 경전이 아니라 재미있는 부처 이야기를 번역했던 것이야.
정인지   …….
정기준   (E) 이도는 이미 선비가 아니다.

#52. 산채 내 방 + 글자방(낮)
정기준, 한가놈, 윤평 있는데….

정기준   이도는 성리학의 이상 위에 글자를 두고 있는 것이다.
         오로지 이 글자가 빨리 퍼져나갈 수 있기만을 바라는 것이야!
         아니라고 말할 수 있느냐, 이도!!

ins – 글자방과 크로스로 편집.

이도   (자기 혼자 생각하는 걸 말로 하는) '그래! 이 땅의 백성들은 수십 년 전만
         해도 고려의 백성이었다. 고려는 5백 년 동안 불교를 믿은 나라야.
         그러니 백성에게 더 친숙한 것은 성리학이 아니라 부처의 이야기다.'

'그래! 그걸 퍼뜨리자! 그럼 백성들이 빨리 재미를 느끼고
빨리 읽고 빨리 쓰겠지.'

정기준   이도! 네놈이 내게 거짓말을 했어!
         이 글자로, 백성들을 성리학적인 이상으로 이끌겠다고?
이도   그래…, 그때 내 머릿속에 성리학은 없었다….
정기준   헌데도 이도 네놈이 삼봉 선생을 입에 올리며, 협잡을 했단 말이냐!!!
이도   그러면서도… 난 정도전에게서 나온 결론이라… 스스로도 속였다.
정기준   영악한 왕이로다! 교활한 왕이로다! 용서받지 못할 왕이로다!!

하고는 더욱 냉철해진 얼굴로 확 나가는 정기준.

#53. 산채 근처 헛간(낮)
묶여 있는 광평. 비단 가죽신 한쪽만 신고 있다.
이때 선비복을 입은 정기준이 들어오고, 윤평 따라들어온다.

광평   (정기준을 보고는 놀라며) 네놈은… 가리온이 아니냐?

하는데 정기준, 말없이 그런 광평에게 절을 한다.
보는 광평, 의아하고 놀랍고 무서운데….

정기준   (절을 마치고 무릎을 꿇은 채) 예, 대군마마…. 소인놈… 가리온이옵니다.
광평   ……. (의아한 눈빛으로 그러나 겁먹지 않으려는 눈빛으로 노려본다)
정기준   또한… 정기준이옵니다. (하고는 보는데)
광평   네놈이 밀본의 본원… 정기준?
정기준   예…, 대군마마….
광평   (역시 지지 않고 노려보며) … 풀어라.
정기준   그리할 수 없음을 소신 또한 안타깝게 생각하고 있사옵니다.
         허나… 이는 모두 주상 때문이옵니다.
광평   그것이 무슨 궤변인 것이냐?
정기준   정륜암에서 주상과 얘기를 나누었습니다. 그때 주상께오서는
         성리학적 이상을 백성에게 가르치려 글자를 만들었노라….

광평	…….
정기준	그리 거짓을 말씀하셨습니다.
광평	거짓이 아니다.
정기준	예… 믿고 싶었고, 믿으려 했습니다.
	대군마마께서 가지고 계셨던 언문 번역서를 보기 전까지는요.
광평	…….
정기준	불씨의 일대기였습니다.
광평	그것은… 단지…
정기준	(버럭) 하여 전, 주상께 고한 저의 결심대로 행동하려 합니다.
광평	…….
정기준	역병과도 같은 글자의 씨앗….
	그 해례를 찾아 절대로 번져나가지 못하도록 할 것입니다!
광평	…….
정기준	또한! 글자를 아는 모두를 죽여! 이 글자가 세상을 지옥으로 만드는 것을!
	성리학을 버리는 것을! 목숨을 걸고 막을 것입니다.
광평	……!
정기준	조선의 선비로서 역사에 어떤 파렴치한 자리에 놓인다 한들 상관없습니다.
	주상께서 세상 모든 것 위에 글자를 놓았다면,
	전 모든 것 위에 이 글자를 막는 것을 저의 천명으로 삼았습니다.
광평	…….
정기준	허니… 저의 불충을 용서하시옵소서.
	또한… 저도 저의 천명을 마치고, 대군마마께로 가겠습니다.
광평	…….

하고는 정기준, 천천히 일어나 광평에게 다시 목례를 깊이 하고는
윤평에게 눈짓을 하고 나가려는 정기준. 이때….

광평	너는 절대 너의 천명을 마칠 수 없을 것이다.
정기준	(돌아보는데)
광평	아바마마의 글자를 아는 모두를 죽일 수는 있겠지. 허나,
정기준	(보는데)

광평   (비웃으며) 그 역병과도 같은 글자의 씨앗… 해례는 찾을 수 없을 게야.
정기준   … 반드시 찾아 없앨 것입니다.
광평   못 찾을 것이다.
정기준   …….
광평   나조차도 본 적이 없으니까.

하고서는 대범하고 의미심장한 표정으로 웃는 광평.
그런 광평을 의미심장하게 보는 정기준.

#54. 광화문 앞 전경(밤)

초탁   (E) 뭐가 있다구 자꾸 그러는 기야?

#55. 광화문 앞 일각(밤)
박포가 초탁, 채윤을 끌고 나온다.

박포   그러니까 와보라니까….
         아까 내가 번설 때도 있었는데…, 아직까지 있다니께 그러네.

하고는 셋이 와보는데…
그들이 보는 곳에 놓여 있는 가마 하나. 보는 세 명의 표정.

초탁   그러네.
채윤   (보며) 언제부터 있었다구?
박포   그건 모르지. 내가 근무 시작할 때도 있었으니께….
         그전부터 있었는지 워떤지는….
채윤   (가마 안에다 대고는) 혹시… 누구 있으쇼?

하는데… 아무 소리도 나지 않자, 채윤, 가마를 한번 휘 둘러본다.
그러다가는 가마 한쪽에 꽂혀 있는 서찰을 본다.

| 박포 | 잉? 뭐가 있었나보네. |
| 초탁 | 서찰이네. |

하는데 채윤, 서찰을 펴서 본다. 순간 경악!!!!

| 박포 | 뭐여? 뭔데 그려? |
| 초탁 | 와 그라네? |

하며 초탁이 가마를 열어보려는데…
채윤, 얼른 와서는 초탁의 손을 잡는다. 그런 채윤이 손을 떨고 있자
초탁, 채윤을 본다.
채윤은 떨리는 손으로, 천천히, 아주 천천히 가마를 열어본다.
다 열리지 않은 상태에서 보이는 발에 신겨진 신발 한 짝.
주저앉는 채윤. 그런 채윤을 보는 초탁과 박포, 역시 심상치 않은데…
주저앉는 채윤, 품에 있던 신발 꺼낸다. 가마 안의 신발과 같다.

채윤	… (탄식처럼 읊조리며) 광평대군마마….
박포	왜 그려? 뭐여?
채윤	(둘에게 떨리는 소리로) 너희는 빨리 내금위장… 모시고 와.

하며 슬픔과 분노, 자책 등으로 어찌할 줄을 모르는 채윤에서.

#56. 글자방 앞 + 글자방 안(밤)
궁녀들 있는데… 정인지가 새파랗게 질려서 급히 달려오고 있다.
지밀상궁이 '전하!' 하며 고하려 하나, 그냥 문을 열고 들어가는
정인지. 멀리 앞에서 보이는 이도.

| 정인지 | (떨려서 말도 제대로 안 나오는) 전하…. |
| 이도 | (역시 심상치 않은 표정으로 보는데) |

#57. 경성전 앞마당(밤)
이도가 황망한 표정으로 달려나와 신발도 신지 않은 채
마당으로 내려서고 있다.
마당엔 가마가 놓여 있고, 그 옆엔 무휼과 내금위 군관들 있는데…
뒤따라 나오는 정인지, 소이, 근지, 목야, 덕금, 지밀상궁.
이도, 맨발로 천천히 가마로 다가간다.
무휼, 어쩔 줄을 모르겠다.
가마에 다가온 이도, 가마 안을 열어보려는데….

무휼   (막으며) … 전하…, 잠시만….

이도, 그런 무휼의 손을 뿌리치고는 다시 천천히 가마의 천을 걷는다.
보는 정인지, 소이, 근지, 목야, 덕금, 지밀.
드디어 천을 모두 걷어 안을 보는 이도.
주저앉는 이도. 자기 가슴을 쥐어뜯는데…
보면 가마 안에 곱게 모셔져 있는 광평. (스케줄이 안 되면 빼도 됩니다.)
마당에 무릎을 꿇어앉으며 우는 소이, 근지, 목야, 덕금, 지밀, 정인지.
보는 무휼.
소리도, 눈물도 내지 못한 채 자기 가슴만 쥐어뜯고 있는 이도의 모습.
이 모습을 멀리서 보고 있는 채윤. dis.

#58. 궁내 방(밤)
텅 빈 방에 관만 하나 달랑 있는데, 그 관이 일렁일렁 움직이듯 보인다.
카메라 팬하면, 바보가 된 듯한 이도가 그 관을 바라보고 서 있다.

#59. 궁 일각(밤)
역시 멍한 채 걸어오는 이도. 옆의 전각들이 일렁일렁인다.
소이와 나인들 모두 따라오는데… 소이는 이도를 보며 너무 걱정스럽다.

#60. 글자방(밤)
들어오는 이도. 옆의 가구들과 탁자의 글자들도 일렁인다.

이도, 그런 탁자를 잡고 서는데….

소이 전하…, 자리에 앉으시옵소서.

하며 소이가 이도를 의자에 앉혀주려 하나, 이도 그냥 서 있다.

소이 전하…, 심기를 굳건히 하셔야 하옵니다. 전하!! 소인을 보시옵소서….

하며 이도를 보며 얘기하는데…
이도의 귀에는 소이의 소리가 점점 작게 멀리서 들리며

이도 … 뭐라 하는 것이냐…? 들리지를 않는다.
소이 전하….
이도 너도 날 비난하는 것이냐? 왜 글자를 만들었느냐 비난하는 것이야?

#61. 밀본 산채 내 방(밤)
정기준, 혼자 앉아 있다. 그 위로

정기준 (마음의 소리 E) 괴로운가 이도? 그러하겠지.
허나… 네 마음을 흩뜨려놓기 위해선 이 방법밖에는 없구나.
넌 너무 강한 상대고, 네가 실수를 하지 않는 한,
너를 막을 길은 없는 것이 아니냐.

#62. 글자방 앞 복도(밤)
나인들과 지밀상궁 있고, 무휼도 있는데… 안에서 소리가 들린다.

이도 (E) 그래. 처음부터 모든 게 잘못됐다.
난 처음부터 불순한 의도를 가지고 시작했어.
백성을 사랑한 것이 아니라, 미워했다!
소이 (E) 전하!!

하는데, 이때 방 앞으로 오는 채윤.

이도   (E) 난 사실 백성을 사랑한 게 아니라, 내가 만든 이 글자를 사랑했어.
그래서 모든 것 위에 글자를 놨지.
광평보다도 글자를 위에 놨지. (이도의 이펙트가 들리는 사이에)

채윤   (문을 열고 들어가려 하는데)

무휼   (막아서며 채윤을 보고 고개를 가로젓는다)

이도   (E) 그래서 광평이 죽은 거야. 꼴좋다! 꼴좋아!! 이도 참으로 꼴좋아!!

하는 순간, 채윤, 막아서는 무휼을 제치고는 들어가버린다.

무휼   (그렇게 들어가는 채윤에게) 강채윤!!

그냥 안으로 들어가버리는 채윤.

#63. 글자방(밤)
들어오는 채윤. 무휼 쫓아 들어오는데…
미친 듯 떠들며 눈물 흘리고 있던 이도가 그렇게 들어온 채윤을 본다.
소이도 채윤을 보는데…
채윤, 아무 말도 없이 버적버적 소이에게로 다가간다.
보는 이도, 보는 무휼.
채윤, 소이에게 다가오더니, 소이의 손목을 잡고는 방을 나가려 한다.
보는 이도, 보는 무휼.
채윤, 그냥 소이를 끌고 가고…
끌려가던 소이, 어느 순간, 채윤의 손을 뿌리치며,

소이   이게 뭐 하는 짓이야? 전하 앞에서!!

채윤   (바로) 전하?

이도   …….

채윤   (이도를 보며) 저기 저…, 자신을 조롱하면서…
죽어간 아들의 얼굴에 먹칠을 하는 분이… 전하라는 분이야?

이도	(눈에 눈물이 그렁그렁한데)
무휼	강채윤!!
채윤	(눈은 이도를 보며 말은 소이에게) 너도 들었지? 광평대군마마께서 전하의 아들인 걸 얼마나 (역시 눈물이 흐른다) 자랑스러워하셨는지?
이도	(눈물이 흐르고)
채윤	근데 대군마마도 너도 모두 속은 거야.
이도	(울고)
채윤	자신의 마음이 사랑인지도, 미움인지도 모르는 사람이 저 전하야!
이도	…….
채윤	사랑이 뭔지도 모르는 분이 전하라구!!
소이	…….
채윤	(소이 보며) 넌 저런 분에게 니 인생을 몽땅 걸었구, 광평대군께서는 목숨까지 걸었어!
이도	(울며) … 그만하거라…, 그만….
채윤	전하께서는 울 자격이 없으십니다.
이도	(보며 우는데)
채윤	(목소리 점점 커지며) 대군마마는 그런 전하를 한 치의 의심도 없이 믿었기에 신나게 죽어갈 수 있다고 제게 얘기하셨습니다. (하고 울기 시작하며)
이도	(우는데)
채윤	(울음 섞인 목소리로) 아마도 전하께선 눈물 한 방울 안 흘리시겠지만…!! (나지막이 슬프게) 그래도… 마마께서는 괜찮다고….
이도	…….
채윤	전하는 정말로 울 자격이 없으십니다. (하며 울면)
이도	그러는 너는… 어찌 우느냐? 내게 화를 내며 어찌 울어?
채윤	(울면서) … 불쌍해서요…. 전하가… 너무도… 불쌍해서요….

하며 우는 채윤과 이도, 소이, 무휼, 나인들….
서로 바라보며 엉엉 우는 채윤과 이도에서 엔딩.

제
20
부

宗御製訓民正音

國귁之징語ᅌᅥ音ᅙᅳᆷ이

나랏:말ᄊᆞ미

異잉乎ᅘᅩᆼ中듕國귁ᄒᆞ야

中듕國귁에 달아

與영文문字ᄍᆞ로 不ᄫᅮᇙ相샹流륳通ᄐᆞᆼ

文문字ᄍᆞ와로 서르 ᄉᆞᄆᆞᆺ디 아니ᄒᆞᆯᄊᆡ

故공로 愚ᅌᅮ民민이 有ᅌᅮᇢ所송欲욕言ᅌᅥᆫ

#1. 글자방(밤)
(앞부분 생략)

채윤   (울음 섞인 목소리로) 아마도 전하께선 눈물 한 방울 안 흘리시겠지만…!!
     (나지막이 슬프게) 그래도… 마마께서는 괜찮다고….
이도   …….
채윤   전하는 정말로 울 자격이 없으십니다. (하며 울면)
이도   그러는 너는… 어찌 우느냐? 내게 화를 내며 어찌 울어?
채윤   (울면서) … 불쌍해서요…. 전하가… 너무도… 불쌍해서요….

     하며 우는 채윤과 이도, 소이, 무휼, 나인들….
     서로 바라보며 엉엉 우는 채윤과 이도. (19부 엔딩 지점)

#2. 이신적의 방(밤)
자기 전 편한 복장의 이신적과 관복 차림의 장은성 있고….

이신적   이 밤에 무슨 일이야?
장은성   (흥분으로) 광평대군마마의… 시신이 궁으로 보내졌다는 소문이…
      궐내에 쫙 퍼졌습니다.

이신적	(경악하며) !!
장은성	설마… 본원께서…!
이신적	결국… 광평을 죽였다는 말인가! 본원이!!
장은성	만일 이것이 사실이라면… 앞으로의 정국을 어찌 가늠할 수 있겠습니까.
이신적	진정… 본원이 광평을…!!
장은성	(망연자실하고)
이신적	(마음의 소리 E) 정기준…. 결국 돌아올 수 없는 강을 건너는구나….

#3. 글자방(밤)
(앞 씬 연결)

채윤	그리고… 전하한테 깜빡 넘어간 게 분합니다!
이도	(그런 채윤을 보는데)
채윤	글자의 시작이 백성에 대한 좌절이었고
	담이에 대한 분노였다면서요?
이도	…….
채윤	개한테 절망하고 좌절하는 거 보셨습니까?
이도	…….
채윤	개한테 의욕이 없다고 분노하는 거 보셨냐구요?
이도	…….
채윤	전하께서 절망하고 좌절하고… 분노한 건… 백성을! 처음으로 인간으로!
	우리 담이를! 처음으로… 사람으로 생각했다는 겁니다.
이도	…….
채윤	사랑한 거라구요!!
	진짜로 그걸 모르십니까?
이도	…….
채윤	아니면 이제 와서… 일이 커질 거 같으니까… 모른 척하시는 겁니까?
이도	…….
채윤	제가 왜 소이를 데리고 도망 못 간 줄 아십니까?
이도	…….
채윤	글자가 너무 훌륭해서요…?

너무 쉬운 글자여서요? 아닙니다.

이도   …….

채윤   아무리 쉬운 글자여도 글자로 많은 것을 할 수 있는 사람들은 사대부고
양반이지, 백성은 아닙니다.

이도   …….

채윤   제가 그걸 모를 거 같습니까?
그럼에도 불구하고! 제가 담이와 도망치지 않은 건,

이도   …….

채윤   담이가 하고 싶은 게 있다는 게 신기해섭니다.

이도   ……!!

채윤   내가 아는 백성 중에서…
그렇게 죽어도 하고 싶은 게 있는 사람이 처음이라서…
너무 신기하고… 너무 부럽고….

이도   ……!!

소이   …….

채윤   나도 닮고 싶고…. 글자를 알면… 나도 그렇게 될까…?
나도 하고 싶은 게 생길까?
나도 욕망하는 것이 생길까?

이도   ……!!

채윤   오로지… 그것 때문에… 담이 데리고 도망치지 않은 겁니다.
담이한테 생긴 의욕… 담이가 하고 싶은 거… 그걸 지켜주는 게….

이도   …….

채윤   전 담이에 대한 연모라고 생각했는데….

소이   ……!

이도   …….

채윤   이제 와서 전하는 아니라구요?
우리한테 생긴 의욕이 잘못된 거라구요?

이도   …….

채윤   그게 지옥문을 여는 거라는 가리온새끼의 말에 흔들리신다구요?

이도   (보는데)

채윤   분합니다! 그런 전하인지도 모르고…

이 일 모두 끝나면… 담이와 떠나게 해달라….

소이　　(보는)

이도　　(보는)

채윤　　떠나서… 아이 낳고… 우리 아이에게 글자 가르치고…
　　　　알콩달콩 사는 꿈을 꾸며 소원 하나 들어주십사….

이도　　(보는)

소이　　(보는)

채윤　　간청하려던 거, 분해 죽겠습니다! 이젠 그리 안 합니다! 못합니다!

　　　　하고는 소이를 데리고 나가려는데….

이도　　(버럭 하지만 사실은 궁금함이 더 강하다) 백성은 소이와는 다르다!!

채윤　　(멈추는데)

이도　　백성은 의지가 없다.

채윤　　(돌아본다)

이도　　소이는 나보다 더 큰 의지를 가지고 있지만 백성은 그렇지 않아.

채윤　　…….

이도　　의지가 없는 자들에게 난, 책임을 떠안기려 한 것이었어.

채윤　　…….

이도　　난 힘을 주려 한다고 생각했지만…,
　　　　결과적으로… 책임을 넘기려는 것이었다.

채윤　　(보는데)

이도　　왕인 내가… 백성에게 책임을 전가하려는 것이었다.

채윤　　(픽 비웃으며) 책임이요?

이도　　(보는데)

채윤　　정말 모르십니까?

이도　　…….

채윤　　백성은… 천 년 전에도… 5백 년 전에도… 백 년 전에도…
　　　　늘 책임을 지고 있었습니다.

이도　　… (어떻게) ……?

채윤　　뼈 빠지게 일해서… 자기들 먹을 건 모자라도

세금은 다 꼬박꼬박 내지 않습니까?

이도   … (세금?) ……?

채윤   백성은 늘 고통으로 책임을 지고 있었다구요!!

이도   ……!

채윤   이제 와서 무슨 책임을 어떻게 더 떠넘기실 건지는 모르겠지만…,
       떠넘겨도 상관없습니다!
       책임을 지지 않았을 때도… 우린 고통스러웠습니다.
       책임 좀 떠안는다고… 뭐 그리 달라지겠습니까?

이도   …….

채윤   책임 좀 떠안고…
       우리도 하고 싶은 것 좀 갖자는데… 그게 그렇게 배 아프십니까?
       우리도 욕망 좀 갖자는데… 그게 그렇게 지옥이냐구요?

이도   …….

채윤   전하는… 위선자에… 소심한… 겁쟁이입니다!!

그렇게 서로 보는 채윤과 이도. 보는 소이. 보는 무휼.

#4. 경성전 앞(낮)
참담한 심정으로 나오는 채윤.

#5. 글자방(낮)
역시 참담한 심정의 이도.
그러나 표정은 아주 맑아지고 담담해지고 담백해져 있다.
이를 보는 소이. 그 위로

소이   (마음의 소리 E) 전하…, 전 아직도 전하를 저보다 더 믿습니다.
       이것이… 소심하고 겁 많은 전하의 마지막 자기검증임을 압니다.

#6. 궁 일각(낮)
담백해진 이도와는 달리 채윤은, 아이처럼 울고 있다. 그 위로
ins – 15부 5씬 중.

광평   어찌 전하의 진심을 그리도 모른단 말이냐?
        네 아비의 죽음… 학사들의 죽음에 피를 토하셨기에…
        글자를 만드시려는 것이다.

        ins – 15부 23씬 중.

채윤   (그런 광평 보다가) 해서… 전하께서 대군마마를 버리고 글자를 선택하실
        것이다? 아, 뭐 그럴 수도 있겠죠. 헌데 그걸 어찌 그리 신나 말씀하십니
        까? 대군마마의 목숨 아닙니까?
광평   (비웃듯 보며, 자신의 가슴을 가리킨다) 태종대왕의 피는…
        여기에도 흐르고 있으니까….

        생각하며 광평의 나머지 한쪽 신발을 가슴에 묻으며 우는 채윤.
        멀리서 그런 채윤을 슬프게 보는 소이.
        옆에서 인기척을 느끼고 고개를 돌리다가 놀란다. cut.

        #7. 글자방(낮)
        혼자 남아 있는 이도.
        뭔가 달라진 느낌으로 글자들을 본다.
        ins – 19부 5씬.

정기준   헌데… 너의 글자는… 그 욕망 통제체계를 무너뜨리려 한다.
        지옥문을 열고 있는 것이야.

        ins – 20부 3씬.

채윤   우리도 욕망 좀 갖자는데… 그게 그렇게 지옥이냐구요?

        다시 돌아오면 이도, 글자를 보고 있다.
        그러고는 옆에 있는 붓을 들어 각각 다른 종이에
        한 글자 한 글자 쓰기 시작한다.

'民'… '音'… '訓'… '正'…
두 글자씩 묶어서 그 밑으로 자막이 나간다.
'民音(민음) : 백성의 소리를
訓正(훈정) : 새김이 마땅하다'
그러고 나서는 종이의 순서를 천천히 바꾸는 이도.
'訓'… '民'… '正'… '音'…
역시 한 글자씩 쓰여지는 자막.
'훈(訓) 민(民) 정(正) 음(音), 백성을 가르치는 바른 소리'
이를 보는 이도에서….

#8. 밀본 산채 전경(밤)

#9. 산채 내 정기준의 방(밤)
정기준, 있고… 광평에게서 뺏은 활자들을 보고 있다.
ins – 19부 53씬.

광평   (비웃으며) 그 역병과도 같은 글자의 씨앗….
      해례는 찾을 수 없을 게야. (cut)
광평   나조차도 본 적이 없으니까. (cut)

      심각하게 생각하는 정기준.

#10. 글자방(밤)
이도, 자신이 쓴 '훈민정음'을 보고 있다. 그 위로

정기준 (E) 너의 글자는 역병과도 같은 무서운 글자다.

      순간, 이도의 입꼬리가 올라가며 악마적인 미소를 흘린다.

이도   … (혼잣말로) 역병….
      (하고는 바로 이어 밖에다 대고는 큰 소리로) 모두 불러오너라!

명을 내릴 것이다!!

#11. 산채 내 정기준의 방(밤)
정기준, 심종수, 한가놈, 도담댁 있는데….

정기준	광평이 죽으면서….
심종수	(광평이 죽었다는 말에 경악하는데) ……!
정기준	글자의 해례는 자신도 보지 못했다고 했다.
심종수	(놀라 한가놈을 보면)
한가놈	(그리됐다는 눈빛을 보낸다)
정기준	그 얘긴, 반포 준비조차도…
	천지계처럼 점조직으로 운영하는 것 아니겠느냐?
도담댁	허면… 누가 어떻게 준비하고 있는지 자신들도 잘 모른다는 겁니까?
정기준	그렇다는 거겠지.
한가놈	허면… 어찌… 해야 한다는 말씀이십니까?
정기준	이번… 총지사에서 광평이 준비하던 것을 보았을 때…,
	이도는 아마도… 해례와 번역본을 다량 인쇄하여,
	조선의 전 관청에 일시에 배포하려는 것일 게다.
심종수	(우려가 큰 표정으로 보는데)
정기준	유림이나 사대부가 아무리 반대를 해도
	다량을 찍어 퍼뜨리면, 아무도 막지 못할 테니까.
한가놈	허면… 우선은 전국의 인쇄소를 감시해야겠군요.
정기준	또한… 광평대군처럼 이도의 밀명을 띤 자가 있을 것이다.
도담댁	…….
정기준	정인지, 성삼문, 박팽년은 물론이고 대군들과 공주들까지 확대하여
	밀명을 맡을 만한 자를 추려보거라.
한가놈	예, 알겠습니다.
정기준	(강한 의지로) 단 한 글자도, 퍼져선 안 된다.
심종수	(보는데)
정기준	이것을 막는 과정에서 발생하는 살인은 모두 용인한다.
심종수	(그 말에 다시 경악하는데)

정기준   역병과도 같이 퍼질 글자나라! 반드시 찾아 없애야 해!!

하는 정기준을 보는 심종수, 걱정스러운데….

#12. 글자방(밤)
이도, 성삼문, 박팽년, 정인지, 무휼, 소이 있다.

이도   모두들… 예상하는 대로…
         정상적으로 반포하는 것이 어렵게 된 상황이다.
성삼문·박팽년   (보고)
정인지·무휼   (보는데)
이도   하여… 36계중 제8계,
         암도진창(暗渡陳倉 : 기습과 정면공격을 함께 구사한다)을 구사하려 한다.
성삼문   암도진창이라 하옵시면…,
         정면공격과 기습공격을 함께 하시겠다는 말씀이신지요?
이도   그러하다.
박팽년   정면공격이라 하면…
         반대를 뚫고 반포 작업을 공개적으로 추진하시겠다는 뜻인지요?
이도   그러하다.
정인지   허면… 기습공격은 무엇이온지…?

하고는 정인지, 성삼문, 박팽년, 무휼, 소이 모두 이도를 보면
말을 하려는 이도에서….

#13. 산채 앞길 일각(밤)
심종수, 한가놈 나오고. 뒤엔 막수가 따라오고 있다.

심종수   대군마마를 죽였다니 무슨 소리요?
한가놈   그리됐습니다.
심종수   그리되다니…, 이게 그리 말할 일이오?
한가놈   주상이 광평대군을 시켜… 인쇄하려 한 것이 불씨의 일대기였습니다.

심종수	무어라? 사서언해(四書諺解 : 유교경전인 사서를 풀어 쓴 책)가 아니라?
한가놈	(한숨 쉬며) 예…. 그 바람에… 일이 그리 돌아갔습니다.
	또한 그리하여 주상의 심기를 흩뜨리려는 숨은 의도도 있었던 듯합니다.
심종수	심기를 흩뜨린다….
	그렇다 해도… 이는 돌이킬 수 없는 일이오.
한가놈	예…, 그리된 것 같습니다.
심종수	(심각하고 생각이 깊어지는데)
정인지	(걱정스런 E) 허나 그러려면 누군가가 궁 밖으로 나가야지 않습니까!

#14. 글자방(밤)
이도, 정인지, 박팽년, 성삼문, 무휼, 소이 있는데….

무휼	어떻게 그 계획을 실행할 수 있겠습니까?
정인지	예. 지금 같은 상황에서 누가 자연스럽게 궁을 빠져나갈 수 있겠습니까?
소이	광평대군마마의 소재를 그들이 어찌 알아냈는지도 모르지 않습니까….
무휼	이 계획을 실행하려면 아무도 모르게 은밀히 명 받은 자가
	궁을 나가야 하는데…, 지금은 누구도 믿을 수 없는 상황입니다. (하는데)
성삼문	저희가 나가겠습니다.
소이	(보는데)
이도	너희는 안 된다. 너희는 지금도 주목하고 있을 게야.
	바로 죽을 것이고, 목적도 이루지 못한다.
정인지	허면 누가 나갑니까! 제가 나갈 수도 없는 노릇입니다.
무휼	어려운 일입니다. (하며 이도를 보고)
정인지	(이도 보는데)

소이, 성삼문, 박팽년도 이도를 보는데…
이도, 고민하는 느낌에서….

#15. 궁 전경(낮)

#16. 수정당(낮)
이도, 황희, 이신적, 장은성. 대신 1, 최만리, 심종수 등 있고….

황희   전하…! 광평대군마마가 시신으로 돌아오신 것이 사실이옵니까?
이도   (표정 없이) …….
최만리   전하! 어찌 된 것이옵니까! 진실을 밝혀주시옵소서!
이신적   (이미 들었지만 아직도 충격적이라 경악한 채로) …….
심종수   (그런 분위기 속에서 생각 깊은데) …….

#17. 궁 일각(낮)
굳은 표정으로 씩씩대며 걸어오는 조말생.
ins - 새로 찍는 인서트.
조말생의 방에서 숨을 헐떡이며 누워 있는 이방지.

조말생   어찌 된 것인가! 밀본에게 당한 것이야? (하는데)
이방지   (갑자기 조말생 얼굴 가까이 대고 뭔가 말하면)
조말생   (듣고 경악하며) ……! 가리온이… 정… 기준…!

조말생, 다 때려잡을 듯 빠르게 가는데….

#18. 수정당(낮)
대신들, '전하! 진실을 밝혀주시옵소서' 하는데,

이도   (그에 대한 답 없이 분한 느낌으로) 과인이 경들에게 전할 말은! 이것뿐이오.
이신적·심종수   (긴장해서 보고)
모두   (보는데)
이도   (결연하게) 과인은 글자를 반포할 날을 정하였소!
    또한! 그날이 머지않았소!
황희   (눈 질끈 감으며) …….
최만리   (경악, 분노)
이신적·심종수   (놀라 보는데)

조말생   (E) 전하…!

          이도 보고. 모두 보면… 들어오는 조말생.

조말생   (분한 듯 보며) 가리온이 역당 밀본의 수장…
          정기준이라는 것이 사실이옵니까.
이도   (보며) !!
황희·최만리   (놀라고) !
이신적·장은성   (어떻게 알았지 싶어 위기감으로 놀라고) !
심종수   (조말생이 어찌 알았지 싶은데) …….

          대신들, 웅성웅성 난린데….

황희   (조말생에게) 그게… 무슨 말이오?
조말생   (무시하고 이도 보며) … 소신이 간곡히 간하였던 것을, 기억하시옵니까?
이도   (조말생 보며) …….
조말생   군왕은… 가장 의심하기 어려운 자부터 의심해야 한다고 말이옵니다.
          헌데, 결국 전하께선 그 역당을 궁 내밀한 곳까지 끌어들이셨사옵니다.
이도   (조말생 노려보며) …….
이신적   (그런 이도와 조말생을 빠르게 살펴보고)
조말생   하여, 역당의 손에 광평대군마마를 잃는…
          참혹하기 짝이 없는 일을 당하시고야 만 것이옵니다.
이도   (시선 돌리는데)
조말생   (계속 분하여) 이제 전하께서 어떠한 행보를 가신다 한들,
          전 상관치 않을 것입니다! 다만!
이도   (보면)
조말생   (결연하게) 이 시각 이후로, 밀본에 관한 수사는 소신이 할 것이옵니다.
이도   (조말생 보고) !
이신적·심종수   (놀라 보는데) !
조말생   윤허하지 않으셔도 할 것입니다! 소신을 파직시키서도 할 것입니다!
          궁을 나가서라도, 사재를 들여서라도. (하는데)

이도	(OL) 경의 말이··· 맞소.
조말생	(보고)
모두	(보면)
이도	과인이 사람을 너무 믿어 역적의 수장을 궁으로 들였소.
	내 과오를 인정하오.
조말생	(보면)
이도	(피 끓는 심정으로) 하여··· 이 못난 아비 때문에···
	아무 죄도 없는 광평이··· 그리 황망하게 간 것이지.
조말생	(보고)
이도	허니! 조대감은 광평이 어찌 목숨을 잃었고!
	어떤 패역한 놈의 손에 죽어갔는지! 전부 알아내시오.
	이 시간부로! 밀본 수사에 대한 일체를 조말생 대감에게 일임할 것이오.
조말생	(보고) !
모두	(놀라는데)
이도	(여세를 몰아) 또한 글자! 이미 반포를 위해 많은 것을 준비하고 있소.
모두	(놀라 보고)
이도	대제학 정인지는 우리 글자로 조선왕조 창업에 대한 노래를 만들고 있고!
최만리	(경악) !
이도	수찬 성삼문과 박팽년은 한자음을 표준화하여,
	우리 글자로 표기하는 작업을 하고 있소! 마지막으로!
이신적·심종수	(경악해서 보는데)
이도	광평이 하다가 간 일···.
	석가의 전기를 우리 글로 엮은 책을, 주자소에서 간행할 것이오.
모두	('석가의 전기라니!' 하며 웅성대고)
최만리	전하!! 있을 수 없는 일이옵니다! (하는데)
이도	(확 자르며) 광평이 죽었느냐! 어찌 죽었느냐! 왜 죽었느냐··· 물었소?
	이것이 나의 답이오! 나는 내 아들의 죽음을 헛되이 하지 않기 위해서라도!
	내 여생을 걸고 반드시 글자를 반포할 것이오!

하고서 나가버리는 이도.

#19. 대신 집무실(낮)
황희, 장은성, 대신 1, 2, 최만리, 심종수 있고.

황희 (충격으로) 반촌 백정이 밀본의 본원이라니…?

대신 2 헌데 어찌 가리온이 정기준임을 공표하지 않으시고….

대신 1 (OL) 그 백정에게 검안을 맡긴 것이, 전하시오!
어찌 공개를 하시겠소.

황희 해서 더 진노하신 것이네. 진노하여 심기가 흐트러지시니,
조말생 대감에게 수사를 일임하신 것이고.

장은성 (조심스레) 그건 무슨 말씀이온지?

황희 모두 알다시피 조말생 대감은 선왕 전하의 사람이었네. 선왕께서 돌아가신 후, 전하께선 조대감을 내치지는 않으셨으나… 가까이도 두지 않으셨지.

모두 (보면)

황희 그건 일종의 선언이었네. 선왕 전하의 방식과는 거리를 두겠다는….
헌데, 몇십 년 만에 그 결심을 깨신 것이지.

대신 1 그러니 어쩝니까? 조대감이 수사를 맡는다면…,
(치가 떨리는 듯) 선왕 전하 치하 때처럼 조정에 피바람이 불 겁니다….

심종수·장은성 (위기감 느껴지는데)

최만리 지금 더 큰 문제는 그것이 아닙니다!

모두 (보면)

최만리 아무리 전하께서 심기가 흐트러지셨다 하나,
이 시국에 끝내 글자를 반포하시겠다는 것이 말이 됩니까.

황희 (더 골치 아픈 듯 보고)

최만리 전 어떤 일이 있어도 글자 반포만은 목숨 걸고 막을 것입니다.
설사 제가 밀본으로 오인받는 한이 있어도요! (하고 나가면)

황희 (한숨 쉬며) 이젠… 글자 반포를 반대하는 조정 신료와
역당임이 명백한 밀본을… 구별해내기도 쉽지 않을 것이야….
이제 조정은 더욱 혼란스러워질 것이네….

심종수 (그런 상황 보며 마음의 소리 E) 결국 전하께서도
본원의 수에 말려드는 것인가….

#20. 이도의 방(낮)

이도, 조말생, 이신적 있고….

이도   (이신적 보며) 우상은 조대감에게 필요한 인원과 병력을 지원해주시오.

이신적   (마음에 들진 않지만) 예, 그리하겠사옵니다.

조말생   전하…, 단도직입적으로 여쭙겠습니다.

이도   (보면)

조말생   정기준과 만나려 하셨다는 것이 사실이옵니까?

이도   (어떻게 알았지 싶으나 순순히) 그렇소.

이신적   (알고 있으나 놀란 척하는)

조말생   (놀라) 설마 밀본을… 품으려 하신 것이옵니까?

이도   처음엔 그랬지.

조말생·이신적   (놀라 보면)

이도   허나 지금은 아니오. 진작에 쓸어버리지 못한 것을 후회하고 있소.

이신적   …….

조말생   광평대군마마의 일은… 어찌 된 것이옵니까? 납거 당시 벌어진 일이옵니까?

이도   납거될 뻔했으나 당시엔 위기를 넘겼지.

          이후 밀명을 받아 함길도로 갔고, 개성에서 인쇄 작업을 하고 있었소.

조말생   …….

이도   헌데 그곳을 어찌 알아냈는지….

          밀본에 발각되어 그리된 듯하오.

이신적   (심각하게 들으며)

이도   허니 조대감은… 누가, 언제, 어떤 경로로 광평의 소재를 알아낸 것인지!

          반드시 찾아내주시오.

조말생   허면… 제가 맡고 있는 한, 수사의 결론이 나올 때까지…

          소신에게 어떠한 하문도 하지 않으시겠사옵니까.

이도   (보다가) 그리하기 위해 맡긴 것이오.

조말생   (그래도 떠보듯) 수사를 위해선, 궐 안의 모든 자를 취조할 수도 있사옵니다.

          소신의 방식대로 수사할 것을… 윤허해주실 수 있으시옵니까?

이도   물론이오.

조말생   (바로) 윤허하셨으니 한 가지 여쭙겠습니다.

	광평대군마마가 밀명을 받아 간 사실과… 그 소재를 아는 자가 누굽니까.
이신적	(놀라 주의 깊게 들으며)
이도	(약간 놀라 보면) ……!
조말생	(지그시 보며) 가장 가까운 자부터 의심해야 한다고
	말씀드리지 않았습니까. 말씀해주시옵소서. 누굽니까.
이신적	(긴장하는데)
이도	(당황한 듯하다가, 갑자기) 우상 대감….
이신적	(놀라) 예…?
이도	잠시 나가주시겠소…?
이신적	아… 예, 전하….

이신적 나가고, 서로 보는 이도와 조말생.

#21. 궁 복도(낮)
심각한 얼굴로 나오는 이신적. 불안하게 방을 돌아보는데….

#22. 궁 일각(낮)
장은성, 심종수 불안하게 기다리고 있는데 오는 이신적.

장은성	(다급하나 은밀하게) 대감, 어찌 되었습니까?
이신적	(낮게) 전하께서… 분명 달라지셨네. 조말생 대감이 궐 안을 헤집을 기세야.
심종수	부제학의 움직임도 심상치 않습니다. 집현전에서 큰 반발이 있을 듯합니다.
이신적	(불안하고 심상찮은 듯) …….

#23. 주자소 안(낮)
활자공들 작업 중인데 들이닥치는 최만리와 다섯 명의 학사들.

최만리	당장 멈추지 못할까!!
활자공들	(놀라 보면)
최만리	(작업하던 것을 빼앗으며) 궐 안에서 행할 수 없는 일이다! 썩 나가거라!

하면, 학사들도 달려들어 작업하던 것을 뺏고 바닥에 쏟아버리는데….

이도   (E) 뭣들 하는 짓인가!!

모두 보면… 무휼 등을 거느리고 들어오는 이도.

무휼   (학사들 보며) 모두 예를 취하고 길을 비키시오!

하는데, 아무도 움직이지 않는다. 팽팽한 느낌인데….

최만리   (나서며) 전하! 궐에서 불씨의 일대기라니요!
          결단코 있을 수 없는 일이옵니다!
이도   (노려보며) … 해서!
최만리   차라리 저를 베십시오!
이도   (차갑게 비웃으며) 무어라?
최만리   (노려보는데)
이도   (그런 최만리를 보다가는) 무휼!!
무휼   예!
이도   (한 명씩 보며) 집현전 학사 최만리! 김문! 정창손! 신석조! 하위지! 손처검!
          조근을! 지금 당장 의금부에 하옥하거라!!
학사들   (경악) !!
이도   (단호한 모습에서)

#24. 집현전 내 집무실(낮)
뭔가를 거칠게 찢어버리는 심종수. 이순지 같이 있고.
보면, 앞엔 성삼문, 박팽년 있고. 동국정운을 작업하고 있었던 듯하다.

성삼문   (놀라) 어찌 이러십니까!
심종수   부제학 어르신의 명일세!
이순지   집현전 내에선 절대 할 수 없는 일이니 나가게!
박팽년   직제학 어르신!

심종수   전하께 직언은 못할망정,

　　　　학사란 자들이 글자를 만든답시고 부화뇌동하다니!

성삼문·박팽년   …….

심종수   당장 나가란 말 못 들었는가! (하는데)

당황하는 성삼문과 박팽년.

#25. 밀본 산채 내 방(낮)
정기준, 한가놈, 도담댁 있고.

한가놈   주상이 반포를 공개적으로 추진하고 있답니다.

　　　　최만리가 가장 적극적으로 반대하고 나서 마찰을 빚고 있구요.

정기준   …….

한가놈   (심각) 또한, 조말생이 밀본 수사를 맡았답니다.

　　　　그게 무슨 뜻이겠습니까?

도담댁   (치가 떨리는 듯) 선왕 시절처럼 옥석을 구분하지 않고 마구잡이로

　　　　잡아들일 겁니다.

정기준   (냉소 지으며) 광평을 없앨 때… 이미 예상했던 일이다.

한가놈·도담댁   (놀라 보면)

정기준   악한 인간과 선한 인간이 따로 있다고 생각하느냐? 아니다.

　　　　선한 인간이란… 아직 악할 만한 상황에 처하지 않은 인간을 뜻하는 것이다.

　　　　(냉소) 이도는… 이제 악할 만한 상황에 처했다.

한가놈   (이해 안 가) 허나… 이리 돌아가면 밀본에 좋을 것이 없지 않습니까.

정기준   (냉소 지으며) 이번 일로 이도가 밀본을 잡아내겠다며,

　　　　가장 먼저 의심할 자가 누구겠느냐.

한가놈·도담댁   (보면)

정기준   가장… 가까이 있는 자다.

한가놈   허면… 광평의 죽음이 주상에게 의미하는 것이…!

정기준   그래. 누가 밀본인지 이제 정말 알 수 없게 됐다는 것이다.

한가놈   ……!

정기준   본시, 왕이란 항상 모두를 의심할 수밖에 없는 자리다.

이도는 품성과 천재적인 지략으로 흔들리지 않고 잘 버텨왔지.
한가놈   허나 이번 일로 무너지기 시작한 것이군요!
정기준   (냉소) 납거됐다고 알려진 광평을 함길도로 빼돌렸으니,
        그 소재를 아는 자가 누구겠느냐? 극소수의 측근들뿐이었을 것이다.
도담댁   예…. 이치성이 밀본이라고는 꿈에도 생각 못하겠지요.
정기준   허니 밀본이 광평의 소재를 어찌 알았을까…,
        누가 그 사실을 밀본에 알렸을까…, 다 때려잡아서라도 알아내고 싶겠지.
도담댁   …….
정기준   (잔인한 미소 지으며) 이도는 양도논법(兩刀論法 : 딜레마)에 빠졌을 것이다.
        아들 죽인 밀본을 잡고 싶어 미치겠지만, 그건 이방원의 방식이니까.
한가놈   (보면)
정기준   (재밌는 게임을 하듯) 이도가 어느 쪽으로 갈지… 좀 더 지켜봐야겠다.
        만일 정말 내 예상대로 간다면… 조금 실망이겠지. (하고 냉소 지으면)
도담댁·한가놈   (그런 본원이 위험하게 느껴지는 듯 서로 보는데)
목야   (사투리 아닌 심각한 말투로 E) 왜 이러시는 것입니까!

#26. 궁녀 처소 밖(낮)
조말생과 의금부 군관들 와 있고…
근지, 목야, 덕금, 놀라고 겁에 질린 표정인데….

조말생   (무시하고 군관들에게) 뒤져라!
군관들   예! (하고 처소로 들어가면)

궁녀들 겁에 질려 어쩔 줄을 모르는데….

#27. 처소 안(몽타주, 낮)
장롱, 서랍, 경대 등등 각각을 뒤지는 군관들 모습. 컷컷.
군관들이 뒤지며 집어 던지는 물건들. 컷컷.
그중, 뭔가 그려져 있거나 쓰여 있는 종이들 보이는데.

#28. 처소 밖(낮)
조말생과 의금부 군관들 있고,
그 앞에 벌벌 떨면서 서 있는 근지, 목야, 덕금.

조말생　　나인 소이는 어디 있느냐! (하는데)

이때, 처소 쪽으로 걸어오는 소이.
'무슨 일이지?' 하는 얼굴로 보는데,

조말생　　(소이 가리키며) 당장 저 나인을 포박하라!
소이　　　(놀라 보는데) ……!

#29. 겸사복 집무실(낮)
채윤, 초탁, 정별감, 근무일지 보며 있는데 뛰어들어오는 박포.

박포　　　(다급하게 숨 헐떡이며) 채윤아, 채, 채윤아…. (헐떡이느라 말 못하고)
정별감　　이노무 자식은 또 뭔 일 땜에 이러는 거야?
박포　　　큰일 났슈! 지금 의금부에…!!
채윤　　　(놀라 보는데) ……!

#30. 궁 일각(낮)
급히 달려가는 채윤.
그 위로 소이 비명 소리 들리며….

#31. 의금부 마당(낮)
군관들, 소이를 주리 틀고 있고, 소이, 괴로운 표정으로 비명 지르는데.

조말생　　대군마마께서 총지사에 계신 걸 아는 사람은 전하와 네년뿐이었다.
소이　　　(보면)
조말생　　헌데, 밀본은 마치 누군가가 밀고라도 한 것처럼, 정확히 총지사로 갔다.
　　　　　(소이에게 가까이 다가가) 네년이… 밀본인 것이냐…?

소이	대감마님! 소인은 전하의 밀명을 받고, 전하의 일을 해왔습니다!
조말생	(버럭) 가리온도! 전하의 지근에 있었다!
소이	(떨며 보면) ……!
조말생	전하께선… 너무 쉽게 믿으셨다.
소이	(보면)
조말생	(결의에 찬) 지금부터 내가 모-두 바로잡을 것이야!
소이	(보면)
조말생	다시 한 번 묻겠다.
	네년이 대군마마의 소재를 밀본에 알린 것이냐?
소이	(힘에 겨운 듯) 전… 정말… 결백합니다….
조말생	(노려보다가 군관들에게) 바른대로 불 때까지 이년의 주리를 틀어라!
군관들	예!

군관들, 주리를 틀면, 비명 지르는 소이.
ins. cut - 한쪽에서 눈 빛내며 보고 있는 장은성.
이때, 달려들어오는 채윤.

| 채윤 | (흥분해서) 대감! 대체 뭐 하시는 겁니까!! |

달려드는 채윤을 막아서는 의금부 군관들.
이때 기절하는 소이. 채윤, 놀라는데….

조말생	(아랑곳하지 않은 채) 지금 즉시!
	이년의 처소에 있던 나인들을 모두 잡아오너라!
군관들	예! (하고 가면)
채윤	(흥분해서) 대감! 왜 이러시는 겁니까! 대체 증좌가 무엇입니까!
조말생	(버럭) 네놈은 이 일에 나설 자격이 없다!
채윤	(보면)
조말생	네놈은 밀본 수사를 한답시고 제대로 한 것이 아무것도 없어.
	해서 이런 지경까지 된 것이다!
채윤	……!

조말생	(한심한 듯 보며) 대체 네놈이 밀본 수사를 하면서 알아낸 게 뭐가 있느냐! 대군마마께서 죽음에 이를 때까지 뭘 하고 있었느냐 말이다!
채윤	(노려보면) ……!
조말생	이제 밀본 수사의 전권은 나에게 있다. 내가 모두 밝혀낼 것이야!
채윤	(지지 않고) 허나, 대감. 나인 소이는 그저 전하의 일을 도왔을 뿐입니다.
조말생	(OL) 전하께서 이미 모두 윤허하신 일이다!
채윤	(충격으로 보면) … 그럴 리가…!
조말생	(비아냥거리며) 네놈의 차례도 올 것이니, 기다리고 있거라. 알겠느냐?
채윤	(부르르 떨면서 보면) ……!

한쪽에서 눈 빛내며 보고 있는 장은성.

| 심종수 | (E) 조말생이 나인 소이를 잡아들였습니다. |

#32. 밀본 산채 내 방(낮)
정기준, 심종수, 한가놈, 윤평 있다.

정기준	(뭔가 이상한데)
윤평	(놀라 보고)
한가놈	소이라면 광평대군의 나인으로… 주상의 지근에 있어왔는데…, 갑자기 추국이라니요?
정기준	(눈 빛내며) 둘 중 하나가 아니겠느냐….
심종수	(보고)
윤평	(보고)
한가놈	(보면)
정기준	내 말대로 모두를 의심하게 됐거나, (의미심장한 표정) 우리도 알지 못하는 뭔가가 있거나….
윤평	…….
심종수	…….
정기준	허니, 어떤 연유로 나인 소이를 추포한 것인지 확인해보거라!
심종수	예!

#33. 산채 앞 일각(낮)
나오는 윤평. 그 순간, ins. cut - 32씬.

심종수 조말생이 나인 소이를 잡아들였습니다.

ins. cut - 12부 46씬. 소이가 꺽쇠 끌어안고 엉엉 우는 모습.
떠올리며, 소이가 마음에 걸리는데….

#34. 강녕전 복도(낮)
지밀상궁 있고, 다급하고 화난 채 걸어오는 채윤.

채윤 (지밀에게) 전하를 알현해야겠습니다!
지밀상궁 전하께서는 지금 아니 계시네.
채윤 (막무가내로 들어가려 하면서) 지금 꼭 봬야 합니다!
지밀상궁 (막아서며, 호통치듯) 어허, 이런 방자한 자를 보았나!
        겸사복 따위가 전하를 알현코자 하면, 알현할 수 있는 것인가!
채윤 (씩씩대며 보면)
지밀상궁 (호통) 썩 물러가지 못할까!
채윤 (미치겠는 표정으로 보는데)

#35. 궁 일각(낮)
이도, 무휼, 이신적, 황희, 걸어가고 있다.

황희 (조심스레) 전하, 조말생 대감이 밀본 수사 전권을 맡고 나서,
      추포되는 자들이 나날이 늘어가고 있사옵니다.
이도 …….
이신적 예, 전하…. 여러 가지로 무리가 따르지 않을까 저어되옵니다.
이도 (걷다가 휙 돌아보며) 허면, 나라의 대군이 살해당한 일은
      무리하지 않은 일이오?
이신적 (당황하여) ……!
황희 (당황하여) ……!

채윤	(울부짖듯 E) 전하!

보면, 오는 채윤, 이도 앞길을 막으며 바로 부복한다.
이도, 무휼, 이신적, 황희, 뭐지 싶어 보는데.

무휼	무슨 짓이냐!
채윤	전하! 나인 소이를 추국하도록 윤허하셨다는 것이 사실이옵니까?
무휼	(버럭) 네 이놈! 무엄하구나! (하는데)
이도	(아무렇지 않게) 사실이다.
채윤	(놀라 보고) …… 전하! 이럴 순 없사옵니다.
	소이를 의심하신단 말씀이시옵니까! 말이 되는 것이옵니까!!
이도	(담담하게) 광평이 죽었다. 네놈 탓도 있지 않느냐?
채윤	……!
이도	네놈이 광평에게 밀명을 내리자고 하지만 않았어도!
이신적	(대체 무슨 소린가… 보면) ……!
채윤	(놀라, 갑자기 왜 이러는 거지 싶고) 저… 전하…, 대체… 왜 이러시옵니까!!
이도	(점점 흥분하며) 그래! 맞다. 다 네놈 때문이다!
	(흥분해서) 무휼!! (채윤 가리키며) 저놈도 당장 하옥시키거라!
채윤	(경악해서 보고)
이신적	(심상치 않게 그런 이도와 채윤을 보는데)

#36. 의금부 남자 옥사(밤)
채윤, 포승줄로 손이 묶인 채 갇혀 있고,
채윤의 옆 칸엔 최만리와 학사들이 갇혀 있다.

최만리	(흥분해서) 전하께서 대체 어찌 이러시는 것이야!

옥사 밖에선 비명 소리 들려오고,
미치겠는 얼굴로 앉아 있는 채윤의 모습에서….

#37. 의금부 마당(밤)
조말생의 지시 아래 군관들이 소이, 근지, 목야, 덕금의 주리를 틀고 있다.
괴로움에 비명 지르는 소이, 근지, 목야, 덕금.

근지   (떨며) 소이한테… 대군마마가 계신 곳에 대해… 듣긴 했지만…,
         저흰… 절대… 아무한테도 말한 적이… 없사옵니다….
조말생   허면 그놈들이 어찌 총지사를 알고 찾아갔단 말이냐!
목야   (울먹이며) 저희는 정말 모르옵니다….
조말생   (노려보며) 네년들이 진정 압슬형까지 당해야 입을 열겠느냐?
모두   (두려움에 떨고)
조말생   (안 되겠다는 듯 군관들에게) 여봐라! (하는데)
덕금   (눈물범벅 돼서) 자… 잠시만요!
조말생   (보면)
덕금   (떨며) 얼마 전, 세답방(洗踏房 : 궁중의 6처소 중 하나로
         빨래와 다듬이질을 맡아 하던 곳) 근처에서 저희끼리…
         대군마마의 소재를 이야기한 적이 있었사온데….
조말생   헌데?
덕금   (떨며) 번을 서고 돌아가던 내금위 군관 박찬현, 김종권 나리와
         겸사복 초탁, 박포 나리가…. (하고 운다)
조말생   (번쩍) 지금 당장! 내금위 박찬현, 김종권, 겸사복 초탁, 박포를 잡아오너라!
군관들   예!

군관들 달려가면, 한쪽에 서서 보고 있는 심종수, 장은성.

심종수   (심각, 마음의 소리 E) 정녕… 전하께서… 본원의 말대로 되는 것인가…!

#38. 밀본 산채 내 방(밤)
정기준, 골똘히 생각에 잠겨 있다.

#39. 의금부 옥사 전경(낮)

#40. 여자 옥사(낮)
나인 서넛이 잡혀 들어오고.
한쪽에 쭈그리고 앉아 그 모습 보고 있는 소이, 근지, 목야, 덕금.
이때, 들어오는 조말생과 군관들.
소이, 근지, 목야, 덕금, 불안한 표정으로 보는데.

조말생   너희가 밀본에게 대군마마의 소재를 직접 전한 것은 아니라고 하나,
        대군마마의 처소 나인으로, 언행을 가벼이 한 죄는 징벌받아 마땅하다!
소이   (보고)
근지·목야·덕금   (두려운 얼굴로 보면)
조말생   (군관들에게) 이들의 이름을 내명부에서 지우고!
        노비로 강등하여, 충청 감영에 관노로 이첩할 것이다!

놀란 얼굴로 보는 소이, 근지, 목야, 덕금에서….

#41. 남자 옥사(낮)
채윤, 한쪽 옥사에 묶인 채로 있고.
그 옆 옥사에 최만리와 학사들, 엎드려 읍소 중이다.

최만리   전하! 글자 반포는 결단코 아니 되옵니다!

학사들, 모두 '아니 되옵니다!' 외치는데.
이때, 조말생과 군관들이 들어온다.
채윤, 최만리 등 조말생을 보는데.

조말생   모두 석방하라!

군관들, 옥사 문을 열면, 최만리와 학사들 우르르 나온다.

조말생   전하께서 선처하시어 풀어주셨으니, 더는 항명하지 말도록 하시오.
최만리   (노려보며) 내가 멈출 것 같소이까? 대감이야말로 역사의 죄인이 되지 마시오.

최만리와 학사들, 조말생을 노려보며 나가면,
채윤이 묶인 채로 군관들에게 끌려온다.

채윤   (다급하게) 소이는 어찌 됐습니까?
조말생   (채윤 보며) 네놈은 네놈 걱정부터 해야 할 것이다.
채윤   (보면)
조말생   네놈과 나는 따로 할 얘기가 아주… 많지 않으냐? 따라오너라.

#42. 밀본 산채 전경(낮)

#43. 밀본 산채 내 방(낮)
정기준, 심종수, 한가놈, 장은성 있다.

장은성   (긴박하게) 파직당해, 쫓겨난 관리들이 이미 스무 명이 넘었습니다.
정기준   …….
한가놈   추포된 나인들의 입에서 나오는 자들은 모두 잡아들여 추국하고 있고,
         최만리를 비롯한 일부 대신들은 물론이오, 강채윤까지….
         (정기준에게) 예상하신 일입니까?

         하는데, 심종수 급히 들어온다.

심종수   (정기준에게 예를 취하고) 모두 일단은 석방이 된 모양입니다.
         최만리와 대신들…, 그리고 강채윤과 겸사복들 모두요.
         허나… 이 모두가 전하의 치세에 한 번도 없었던 일입니다.
한가놈   (신나서) 본원의 전략이 실로 신묘하지 않습니까?
         정말… 말씀하신 대로 되고 있습니다!
정기준   (전혀 안 신나서) 소이와 나인들은?
심종수   관노로 강등되어, 충청 감영에 이첩되었습니다.
         가장 지근에서 전하를 모시던 나인들인데…, 이리될 줄은… 몰랐습니다.
정기준   (뭔가 이상하다) …….
한가놈   어찌… 표정이 그러십니까? 본원의 뜻대로 되질 않습니까?

정기준   (심각한 표정으로) …….

#44. 나루터 일각(낮)
묶인 채 의금부 병사들에게 끌려오는 소이, 근지, 목야, 덕금.
황망하고 멍한 표정들이다.
병사들에 끌려 배에 타는데.

#45. 글자방(낮)
들어오는 조말생.
뒤이어 채윤이 묶인 채로 들어온다.
앞을 보면, 이도, 무휼, 정인지 있고.
채윤, 긴장해 이도를 보고.
이도, 무거운 얼굴로 채윤을 보는데….

#46. 밀본 산채 내 방(밤)
정기준, 심종수, 한가놈, 장은성 있다.

한가놈   전… 솔직히 실망입니다. 주상이 이것밖에 되질 않다니….
정기준   …….
심종수   저도 좀 놀랐습니다. 주상이 이리 변하다니….
         결국 태종대왕의 방식이 아닙니까?
정기준   …….
한가놈   그렇죠, 그렇죠! 단단한 그릇일수록, 조금만 균열이 가도 한 순간에 쫙!
         깨지는 법이죠.
정기준   (이상하다는 듯 갸우뚱하며, 마음의 소리 E) 이도…. 진정, 네가…
         이리 쉽게 무너진단 말인가? 이건 너무 이상하지 않은가…?

#47. 글자방(밤)
(앞 씬 연결)

채윤   (차가운 시선 풀며 미소로) 속았을까요?

조말생	연기가 아주 기가 막히더구나.
채윤	에이…, 어디 대감에 비견하겠습니까요?

하고. 이도, 정인지, 무휼 모두 미소 짓는다.

#48. 이도의 방(회상, 낮)
20씬 연결.
이신적, 나가면.

조말생	말씀해주십시오. 광평대군마마의 소재를 알았던 자들이 누굽니까?

이도, 그런 조말생을 보다가, 순간, 고개를 옆으로 돌려 눈짓을 한다.
조말생, 뭐야 싶어 보는데.
이도 옆쪽의 발이 올라가며… 안에 있던 소이가 나온다.
조말생, 뭐지? 싶은데.

이도	(이번엔 밖에 대고) 여봐라.

하면, 근지, 목야, 덕금이 들어온다.
조말생 주위로 앉는 소이, 근지, 목야, 덕금.
조말생, 대체 뭐야 싶은데.

이도	이들이… 광평의 소재를 알고 있던 자들이오.
조말생	……! (그런 모두를 보면)
이도	그리고 이제 이들은 광평이 수행하던 것과 같은 비밀 임무를… 완수해야 하오.
조말생	(놀라 보면)
이도	(간절하게) 허니 대감이 도와주셔야겠소. 밀본의 눈을 피해 궁 밖으로 내보내야 하오.

조말생, 그저 놀란 눈으로 보는데서 cut. to.

조말생	(심각하게) 허나 고신을 하면 몸이 상할 수도 있습니다.
소이	(결연하게) 괜찮습니다.
근지	가… 각오… 되어 있습니다! (하고 눈치 살피면서) 그… 그치?
목야	예, 저도 각오 되어 있습니다…!
덕금	그, 근데!
모두	(보면)
덕금	진짜 고신을… 하시나요…?

조말생, 그런 소이와 근지, 목야, 덕금을 보는데.

#49. 궁 일각(회상, 낮)
30씬 연결.
붉으락푸르락해서 달려가는 채윤.
모퉁이 돌면, 무휼이 있다.

무휼	준비되었느냐? 이제 네 차례다.
채윤	(굳은 얼굴 풀며, 미소로) 걱정 마십쇼!

씩 미소 짓곤 가는 채윤.
작은 소리로
'대감! 대체 뭐 하시는 겁니까!'를 여러 톤으로 연습해보는데.
ins. cut – 31씬. 추국장 마당.
들어오는 채윤.

채윤	대감! 대체 뭐 하시는 겁니까!

#50. 글자방(현재, 밤)
이도, 채윤, 무휼, 조말생, 정인지 있고.

이도	(조말생에게) 헌데… 나인들에게 고신을 어느 정도나…?
조말생	(살짝 원망) 차라리 제가 고신을 당하는 게 낫습니다. 하는 척만 하려니

소신 정말 힘들었습니다. 다시는 이런 일 시키지 마십시오.

이도, 무휼, 채윤, 정인지, 그런 조말생의 모습에 웃는데.

#51. 나루터(낮)
병사들, 배에서 내린 소이, 덕금, 근지, 목야의 줄을 풀어주고 있다.

병사 1   그럼 항아님들, 몸조심하십쇼.

하고, 병사들 가면.

근지   (팔 움직이며) 어우…, 이제 좀 살겠네. 일단 성공한 거지?

서로 보며 미소 짓는 소이, 근지, 목야, 덕금.

덕금   (신나는 듯) 사대부들은 우리가 글자 만드는 데 관여했다구,
         꿈에도 생각 못하더라?
목야   평소 계집이라 항상 무시하니, 누가 상상이나 했겠느냐?

소이, 근지, 목야, 덕금. 키득대며 간다.

덕금   근데… 고신 받을 때 무서워 혼났어.
근지   그래도 조말생 대감이 대단하셔. 요령이 있으시더라구.
         별로 안 아프던데.
목야   (놀란 듯 보며) 진짜가? 난 하도 네가 진짜처럼 비명을 지르길래,
         너만 제대로 당했는 줄 알았는데?
근지   (다시 연기로 비명 질러보고) 악! 괜찮지? 깜빡 속겠지?

소이, 그런 모습에 웃고 모두 웃는다.

#52. 글자방(낮)
이도와 채윤만 남아 있다.

이도   준비는 되었느냐?
채윤   준비랄 게 뭐 있겠습니까? 지금 떠날까요?
이도   (마패를 건네며) 이것을 가지고 가거라. 혹시 필요할 때가 있을지도 모른다.
채윤   (받아서 마패 보고 다시 이도 보면)
이도   (결연하게) 잘 부탁한다!
채윤   제가 한 번도 전하께 성은이 망극하단 말씀을 아뢴 적이 없지요?
이도   왜 성은이 망극할 일이 있더냐?
채윤   (그냥 웃으며) 그런 결정을 내려주시어… (진지하게) 성은이 망극하옵니다.

그러고는 서로 보는 이도와 채윤에서 회상으로.

#53. 궁 일각(6씬과 같은 곳, 이어지는 회상)
광평의 나머지 한쪽 신발을 가슴에 묻으며 우는 채윤.
멀리서 그런 채윤을 슬프게 보는 소이.
옆에서 인기척을 느끼고 고개를 돌리다가 놀란다.
이도가 와 있다.
이도를 보는 채윤.

#54. 글자방(밤, 회상)
이도와 채윤 있고… 떨어져 보고 있는 소이.

이도   나는 나의 글자를 세상에 내놓을 작정이다.
채윤   …….
이도   글자가 지옥문을 여는 것이고… 왕으로서의 책임을 방기하는 것이고…
        수백 년 후, 아수라장 같은 혼란을 만드는 시초가 된다 해도.
채윤   …….
이도   나는 나의 글자를 세상에 내놓을 작정이다.
채윤   (보는데)

소이	(떨어져 본다)
이도	하고 싶은 것이 생긴 단 한 명의 백성, 소이를 위해….
소이	…….
이도	그런 소이를 바라보며 또 하고 싶은 것이 생긴 백성, 강채윤을 위해….
채윤	…….
이도	그들의 자식으로 태어나…
	하고 싶은 것을 만들어낼, 또 다른 백성… 또 이어질 또 다른 백성을 위해….
채윤	…….
이도	그들이… 만들어낸 욕망들이…, 어떤 조정을 만들지…
	어떤 나라를 만들지… 그런 것은 생각지 않기로 했다.
	어차피 그건… 그들의 몫이지, 내 몫은 아니지 않느냐?
채윤	…….
이도	지금은… 그냥… 나의 백성들만 생각하기로 했어.
채윤	(그런 이도를 보는데)
이도	너무 비장해서 또 우스우냐?
채윤	이번엔… 비장해서가 아니오라…
	그냥… '에따 모르겠다, 골치 아프니 처먹어라…'.
이도	(쯧쯧 혀를 차며) 어찌 그리 나를 잘 꿰뚫어 보누.
채윤	(그런 이도를 보며 해맑게 웃는데)

#55. 궁 밖 길 일각(낮)
변복 차림으로 오는 채윤. 저쪽에서 조말생이 온다.

채윤	(인사하고) 전 지금 떠납니다. (하는데)
조말생	(어두운 목소리로) 떠나기 전에 잠시 우리 집에 들렀다 가야겠다.
채윤	(뭐지? 싶어 보는데)

#56. 폐민가 방 안(낮)
13부 42씬. 소이와 채윤 있었던 민가.
소이, 근지, 목야, 덕금, 계획 쓴 종이 본다.
주변엔 봇짐이 몇 개 놓여 있다.

소이	자 그럼, 나랑 덕금이가 여기 남을게.
	그쪽은 (보며) 근지랑 목야가 해. 잘할 수 있지?
목야	(구애받지 말고 사투리 자연스럽게 하세요) 하모, 잘해야지!
	하이고오…, 내사 마… 고신 받을 때보다, 설레고 떨린다 안 카나….
	우리가 이리 중요한 임무를 맡을지 상상이나 했나?
근지	아휴…, 나두 그래. 처음엔 그냥 전하가 시켜서 하는 거였는데,
	이젠 막 오기가 생겨. 내가 정말!
	이 글자, 백성들이 쓰고 읽는 거 죽어서라도 보고야 말 거야.
덕금	죽긴 왜 죽어! 살아서, 눈 시퍼렇게 뜨고 봐야지!
소이	(그런 궁녀들 보며 감격해서) 모두… 모두 말야…. (괜히 울컥)
모두	(그런 소이 보며) …….
소이	(울컥하는 마음에) 고… 마워.

소이, 진지하게 눈물 그렁그렁한데, 다들 어리둥절하게 본다.

목야	뭔데? 니 미칫나?
덕금	뭐가 고맙대?
근지	그러게 말야, 널 위해서 하는 게 아니라,
	내가 그런 세상 보고야 말겠다는 거야.
목야	하모, 나도 그렇다!
	가만 보믄, 소이 쟤는 가끔 지가 대장인 줄 아는 거 같다.

소이, 뻘쭘해져서 밉지 않게 궁녀들 째려본다.
(자연스럽고 웃기고 훈훈하게 찍어주세요.)

#57. 조말생의 방(낮)
조말생을 따라들어오는 채윤. 경악하는 얼굴.
보면, 이방지가 누워 있다.

| 채윤 | (한걸음에 다가가) 사부님! |
| 이방지 | (힘겹게 눈 떠서 보며) ……. |

채윤	어찌 된 겁니까!
조말생	며칠 전… 겨우 숨만 붙은 채로 날 찾아왔더구나….
	의원을 불러 최선을 다해 시료했으나…, 상처가… 너무 깊었다….
채윤	그놈이죠? 개파이…?
이방지	지 이름이… 카르페이라 하더구나….
	(힘들지만 미소로) 그게 중요한 게 아니고… 답은 정했느냐?
채윤	… 이 일을 하다… 저의 소중한 것을 잃어도 좋냐 물으셨죠….
이방지	(숨 헐떡이며 보는데)
채윤	… 제 대답은… '안 된다'… 입니다.
이방지	(숨 헐떡이며 보면)
채윤	허나, 전… 소중한 것을 결코 잃지도 않을 것입니다….
이방지	(보면)
채윤	소중한 것을 지키고, 이 일도… 반드시 해낼 것입니다.
이방지	(보고)
채윤	(보는데)
이방지	(힘겹게 웃으며) 어이가 없구나…. 그게 무슨 답이냐?
	네놈은 예전부터 어이가 없긴 했지…. (하고 미소)
채윤	(채윤도 미소 짓는다) …….
이방지	(픽 미소 지으며) 하긴, 사실 네놈은… 제자로는 영 꽝이었다….
	암살자의 재능이… 전혀 없었어.
채윤	아…, 이제 와서… 꽝이었다고 하는 건 너무하시네요….
이방지	온갖 강한 척하지만… 넌 내가 아는 놈들 중에 가장 약하고 착해.
채윤	(눈물 그렁그렁하지만 미소 지으며) 와…, 한짓골 똘복이한테 착하대?
이방지	넌 사람을 죽일 때… 항상… 주저하고 망설이지….
	(하다가 기침을 하며 피를 토한다)
채윤	(미소 멈추며 부축하며) 사부!
이방지	(힘겨운 소리로) 주저하지 마라…. 어느 상황에서도….
채윤	(다급하게) 사부님, 사부님!
이방지	(여유롭게 웃는 얼굴로) 그리 불쌍한 눈으로 보지 마라….
	최고의 상대와 겨루었다…. 무사로서… 행복한…
	(숨 멈추었다가) 죽음… 이다….

이방지 절명. 멍한 채윤. 눈물이 흐른다.
가슴 아프게 보는 조말생.

#58. 무덤 앞(낮)
이방지의 무덤이다. 떼도 없는 그냥 흙무덤.
그 앞에 채윤과 초탁, 박포가 있다.
채윤, 처연한 표정으로 무덤에 술을 붓고,
초탁과 박포 손을 가지런히 모으고 서 있다.
ins. cut – 57씬.

이방지   그리 불쌍한 눈으로 보지 마라….
        최고의 상대와 겨루었다…. 무사로서… 행복한…
        (숨 멈추었다가) 죽음… 이다….
채윤   (절하며, 마음의 소리 E) 맞소…. 사부님답소….
        조선 제일검다운 죽음이오….

절을 하고 일어서는 채윤.
그러고는 결연한 표정으로 돌아선다.
결연하게 나아가는 채윤, 초탁, 박포.

#59. 이신적의 방(낮)
심종수와 이신적이 있다.

이신적   자넨 어찌 생각하는가?
심종수   무얼 말씀이십니까?
이신적   본원 말일세…. 이대로 가도 되는 것인가?
심종수   이번엔 또, 어떤 교언으로 절 떠보시려는 겁니까?
        그 말씀을 하려고 절 부르신 것입니까?
        그렇다면 전 이만 가보겠습니다. (하고 일어선다)
이신적   자네도 실은… 나와 같은 생각을 하고 있지 않은가?
심종수   같은 생각이라뇨? 제 생각을 아십니까?

이신적	이대로 가면… 밀본은 끝이네.
심종수	……!
이신적	이런 위기감을 갖고 있지 않단 말인가, 자네는?
심종수	그게 본원의 문제라는 겁니까?
이신적	그 글자가 그리 해악을 끼칠 요물이라면,
	재상총재제를 이룩하여 그 체계 안에서 막아내면 될 일.
	이리 무리하게 일을 도모해선 아니 되는 것이야….
심종수	…….
이신적	이미 밀본의 원로들도, 본원이 광평을 죽였다는 것을 알고,
	다른 생각을 하기 시작했네….
심종수	원래 모두 불충한 분들이시지요. 대감께서도 마찬가지구요.
이신적	이보게! 우리 일신의 안위와 영달을 위해 이러는 것이 아니야!
	자네와 나 같은 밀본의 책임 있는 사람들은!
	다음 일을 생각해야 해!
심종수	다음 일이라뇨? 무엇의 다음 일 말입니까?
이신적	본원은 글자를 막아내는 데 목숨을 바치려 하고 있어.
	그다음 일 말일세.
심종수	……!

#60. 궁 일각(낮)
이도, 뒷짐 지고 생각에 잠겨 있다. 조말생이 옆에 서 있다.

이도	대감께선… 어떤 조정 신료를 의심하시오?
조말생	전하께선 어떠십니까?
이도	(고개 돌려 보며) 나부터 얘기해보라… 이거요?
	싫소이다. 대감께서 말씀해보시오.
조말생	에헴…, (헛기침하고는) 저는… (심각하게) 직제학 심종수입니다.
이도	심종수… 심종수라. 난 말이오…, 우상 대감이오.
조말생	……! 증좌나 혐의가 있는 것이옵니까?
이도	심종수는 증좌가 있소?
조말생	없습니다. 심증일 뿐이옵니다.

이도   그 둘을 면밀히… 한번 살펴보시오.

#61. 산채 일각(낮)
한가놈이 명단 같은 것을 펼쳐놓고, 윤평에게 지시하고 있다.

한가놈   (명단 보며) 수양대군, 임영대군, 안평대군, 또… 정의공주…, 김수온, 권제,
         또 이 밖에… 뭐 이렇게 많아?
         하여튼 궁 밖에서 주상의 임무를 맡아 움직일 수 있는 자들은 이 정도.
         (명단을 탁자에 탁 하고 놓으며) 모두 감시를 잘 붙여두었겠지?
윤평   예, 이미 모두 따르고 있습니다.
한가놈   수상한 움직임이 조금이라도 보인다면, 즉시 연통을 해야 하느니라.
         아니, 상황이 급박하다면, 선조치 후… 보고하도록 하라.
윤평   예, 잘 알겠습니다.

         한가놈, 다시 한 번 명단과 다른 자료를 대조하는데,
         윤평, 안 가고 서 있다.

한가놈   왜? 뭐, 할 말이 있느냐?
윤평   저…, (쭈뼛거리며) 제 생각엔 말입니다….
한가놈   그래, 말해보거라.
윤평   그… 나인들….
한가놈   뭐? 나인들?
윤평   궁에서 쫓겨난 나인들 말입니다.
한가놈   아, 그 억울한 나인들! 가엾은 일이지. 그 계집들이 밀본이 아님을,
         우리가 가장 잘 알고 있지. 암…, 억울하겠지. 근데 왜?
윤평   예, 바로 그것입니다.
         그 나인들이, 억울하게 죄를 쓰고, 유배를 갔으니, 그 원한이 깊을 것입니다.
한가놈   해서?
윤평   저희 쪽으로 끌어들인다면, 쓸모가 있을 것입니다.
한가놈   (빤히 뚫어지게 본다) ……?
윤평   (마음 들키나 싶어 시선 피한다) …….

한가놈	(갑자기 깔깔 웃는다) …… 혹시… 네놈이 그 계집을 좋아하는 것이냐?
윤평	(진지하게) …… 말도 안 되는 말씀입니다.
한가놈	(계속 웃으며) 아니다, 아냐…. 그럴 수 있지.
	사내인데, 왜 그런 맘이 안 들겠느냐?
윤평	괜한 말씀을 드려서 송구합니다. (하며 일어나는데)
정기준	(E) 아니다.

윤평, 한가놈, 보면… 정기준이다.
윤평, 한가놈, 예를 취하는데….

정기준	그리하거라. 꺽쇠를 데리고 이첩된 곳으로 가보거라.
윤평	……!
한가놈	예? 정말로 그 나인들을 끌어들이시려고요?
정기준	(심각한 표정으로) …….

#62. 폐민가 마당(낮)
채윤이 들어서고, 소이가 주걱을 든 채로 나와 반긴다.

소이	오라버니….
채윤	준비는 잘하고 있어? 그 주걱은 뭐야?
소이	응, 밥해.
채윤	밥? 오래비 밥 먹일라고?
소이	아니….
채윤	나 말구 누구?
소이	이제 오라버니가 불러와야 해.
채윤	……?

#63. 충청 감영 앞(낮)
윤평의 시선으로 꺽쇠가 어느 관리와 이야기하고 있는 것이 보인다.
꺽쇠, 이야기를 마치고, 윤평 쪽으로 걸어온다.
꺽쇠의 표정이 어리둥절하다.

윤평	왜 그러시오?
꺽쇠	아니…, 그게… 이첩된 관노가 전혀 없다는뎁쇼?
윤평	……!

#64. 민가 방(낮)
근지와 목야가 있다.
목야는 무당 옷을 입고 분장하고 있다.
근지는 한지에 뭔가를 그리고 있다.

목야	(사투리 자유롭게) 내가 옛날부터 이거 꼭 한 번 해보고 싶었잖아.
근지	무당을?
목야	하모! 일단 옷이 참 예쁜 거 같다. 어때? 이쁘지 않나?
근지	그래…, 잘하면 작두두 타겠다.
	(하고 쓴 것을 보여주며) 이렇게 하면 되겠지?

목야, 근지가 그린 것을 보면,
ㄱ ㄴ ㄷ ㄹ ㅁ ㅂ ㅅ ㅇ ㅈ ㅊ ㅋ ㅌ ㅍ ㅎ,
ㅏ ㅑ ㅓ ㅕ ㅗ ㅛ ㅜ ㅠ ㅡ ㅣ 적혀 있고,
종이 맨 아랫부분에 '이름 쓰는 빈칸'이 있다.

목야	아이고오…, 깔끔하게 좀 못 그리나? 덕금이를 데려왔어야 했는데….
근지	아, 그럼 니가 그리던가!

#65. 민가 마당(낮)
각설이패가 우르르 모여서, 밥을 먹고 있다.
허겁지겁 난리다. 고깃국에 쌀밥이다. 환장하는 각설이패들.
그걸 지켜보고 있는 채윤. 마땅찮은 표정이다.
소이가 나온다.

채윤	저…, 저기… 밥 먹는데 미안하지만 전부 주목.

각설이패, 대꾸도 하지 않고 먹는다.

채윤   아니…, 이것들이… 야! (버럭) 주목!!

각설이패들, 입에 잔뜩 밥을 물고, 어떤 사람은 무장아찌를 물고,
정지된 화면처럼 채윤을 본다.
그러다 각설이패 대장 자그니가 일어선다.

자그니   (배 벅벅 긁으며) 그래서… 우리가 해야 할 일이 뭐요?
채윤   어? (소이 보며) 뭐야? 얘네 뭐 시킬려고?
소이   (대장에게) 노래들 잘하시죠?
자그니   그럼 각설이가 노래를 못할까봐?

밥 먹고 있는 누군가를 툭툭 치는 자그니.

자그니   야, 끝동아! 네가 한 곡조 뽑아봐라.

밥 먹다가 고개 돌려 보더니, 각설이 타령 부르기 시작하는 끝동.

#66. 민가 부엌(낮)
큰 무쇠솥에 갱엿이 끓고 있다.
덕금이가 가마니에서 엿을 끓여 젓고 있다.

소이   (들어오며) 다 됐어?
덕금   아…, 팔 아퍼…. 각설이는?
소이   (결연한 표정으로) 각설이는 됐어. 다음은 아이들이야.

#67. 반촌 채윤네 마당(낮)
연두모가 지나가다 채윤네 집 앞을 본다. 조용하다.

연두모   벌써 입궐들 하셨나? 나가는 거 못 봤는데, 조용하네…?

(하고는 다가가서 문을 열며) 이보쇼…, 벌써 나가셨슈…?
(하는데 아무도 없다) 어? 언제 나갔지?

지나가던 한가놈이 그 모습을 의미심장하게 본다.

#68. 산채 내 방(낮)
정기준과 도담댁이 있다.

도담댁 심종수 나리 말씀대로라면…
    성삼문, 박팽년, 정인지… 모두 궁에서 꿈쩍도 안 한다고 하는데,
    대체… 주상이 내리는 비밀임무를 누가 받아 움직이는 건지…
    가늠할 수가 없습네다.
정기준 (심각하게 생각하며) …….

이때, 뭔가 갸우뚱하며 한가놈이 들어온다.

정기준 대군들과 공주들… 자네가 뽑은 명단의 인물들…
    잘 챙기고 있는 겐가?
한가놈 예, 수시로 보고가 오고 있습니다만,
    아무도 움직임이 없어서… 대체 누가 움직이고 있는 건지….

이때, 윤평이 급히 들어온다.

윤평 (예를 취하며 다급하게) 본원 어르신! 없습니다.
정기준 없다니…? 무슨 소리야?
윤평 (긴박하게) 관노로 이첩된 나인들이… 어떤 관청에도 없습니다!
한가놈 ……!
정기준 ……!
도담댁 기게 무슨 소리야? 나인들이 탈출이라도 했다는 게야?
한가놈 아니! 이런… 이럴 수가!
    강채윤과 박포…, 이 두 겸사복 놈들도 보이지 않습니다.

정기준   ……!
한가놈   위장이 아니겠습니까?
정기준   (심각하게) 설마… 궁의 나인에게 임무를 맡겼단 말인가…!!
아이들   (E) 가갸거겨 가이없는 이내몸이 거지없이 되었구나.

#69. 길 일각(낮)
'고교구규 고생하던 우리님이 구곤하기 짝이없다'
노랫소리 이어지면서 나타나는 아이들.
모두 손에 엿(앞에서 덕금이 만들던 갱엿)을 들었다.
그리고 흐르는 노래.
'나냐너녀 나귀등에 솔질하여 순금안장 지어타고
팔도강산 구경갈가'
그 앞으로 가면 소이가 노래를 선창하고,
아이들이 엿을 먹으며 후창하며 따라간다.
'노뇨누뉴 노세노세 젊어노세. 늙어지면 못노니라'
소이의 해맑은 표정.

#70. 이도의 방(낮)
이도가 혼자 앉아 있다.

이도   (마음의 소리 E) 역병과도 같은 글자라 했는가, 정기준….
        (결연한 미소로) 그래…. 역병처럼 퍼져나갈 것이다….

ins. cut – 68씬. 산채 내 방.

정기준   (경악하여) 나인들이다…! 나인들이 밀명을 띤 게야!!

이도와 정기준의 2분할 엔딩.

제
21
부

솅宗종御엉製졩訓훈民민正졍
製졩는 글 지슬 씨니 御엉製졩는 님
금 지ᅀᅳ샨 그리라 訓훈은 ᄀᆞᄅᆞ칠 씨오 民민ᄋᆞᆫ 百ᄇᆡᆨ
音음은 소리니 訓훈民민正졍音음ᄋᆞᆫ
百ᄇᆡᆨ姓셩 ᄀᆞᄅᆞ치시논 正졍ᄒᆞᆫ
國귁之징語ᅌᅥᆼ音ᅙᅳᆷ이 國귁ᄋᆞᆫ 나라히라 입겨지라 語ᅌᅥᆼᄂᆞᆫ
나랏 말ᄊᆞ미
異잉乎ᅘᅩᆼ中듀ᇰ國귁ᄒᆞ야 異잉ᄂᆞᆫ 다ᄅᆞᆯ 라 乎ᅘᅩᆼᄂᆞᆫ 아
常쌍談땀애 江강南남 논 ᄠᅳ디라 相샹ᄋᆞᆫ 서르 남이라 ᄒᆞᄂᆞ니라 ᄆᆞ라 流륭通통ᄋᆞᆫ 흘러 ᄉᆞ
中듀ᇰ國귁에 달아
與영文문字ᄍᆞᆼ로 不불相샹流륭通통ᄒᆞᇙ
ᄊᆡ 與영ᄂᆞᆫ 이와 뎌와 ᄒᆞᄂᆞᆫ 겨체 ᄡᅳᄂᆞᆫ 字ᄍᆞᆼ ㅣ라 文문ᄋᆞᆫ 글와리라 不불ᄋᆞᆫ 아니ᄒᆞ
논 ᄠᅳ디라 相샹ᄋᆞᆫ 서르 ᄒᆞ논 ᄠᅳ디 라 流륭通통ᄋᆞᆫ 흘러 ᄉᆞᄆᆞᄎᆞᆯ 씨라
文문字ᄍᆞᆼ와로 서르 ᄉᆞᄆᆞᆺ디 아니ᄒᆞᇙᄊᆡ
故공로 愚웅民민이 有ᅌᅮᇢ所송欲욕言언

#1. 이도의 방(낮)
이도가 혼자 앉아 있다.

이도   (마음의 소리 E) 역병과도 같은 글자라 했는가, 정기준….
        (결연한 미소로) 그래…. 역병처럼 퍼져나갈 것이다….

#2. 산채 내 방(낮)

정기준 (경악하여) 나인들이다…! 나인들이 밀명을 띤 게야!!

하는 정기준. (20부 엔딩 지점)
옆에서 놀라는 한가놈과 도담댁.

도담댁 (정기준 보며) 밀명이라면?
한가놈 (역시 정기준 보며 놀라) 설마…, 그 나인들이… 해례를 가지고 나갔을까요?
정기준 (분한 느낌으로) 우리 눈을 피하기 위해 그리했겠지.
        해례를 인쇄하여 각 관청에 뿌릴 것이다. 막아야 한다. 찾아내야 해!

#3. 다른 민가 내 방(낮)
목야는 무당옷 입고 한쪽엔 요령, 한쪽엔 부채 들고는 팔짝팔짝 뛰다가는,

목야	(무당 톤으로) 높은산 산신님네 낮은산 산신님네요. 대가 수가가 산신님네.

하고는 다시 일어나 요령과 부채를 흔들며 무당처럼 팔짝팔짝 뛰며

목야	태산소산 산신님네 명산마다 줄기마다, 몸주본산에 산신님네를 모십시다. (하고는 더 팔짝팔짝 뛰며) 그느드르므브스으즈츠크트프흐 아야어여오요우유으이.
근지	이때 우리가 이 주문을 쓴 부적을 주는 거예요. 천지오행 주문이라고 하면서요.
목야	(하던 걸 멈추고 앉으며) 예. 이걸 아침저녁으로 백 일을 외우면, 소원이 이뤄진다고 하는 거죠.
초탁	(부적 내용 쓰인 한지 보면서) 그느드르므브스으즈츠크트프흐…? 이것만 외우면 글자를 알 수 있는 겁네까?
근지	그렇게만 외우는 게 아니라요. 밑의 모음에 대입을 해야죠.
목야	예…. 한 번은 그느드르… 그다음은… 가나다라… 그다음은… 갸냐댜랴.
박포	그다음은… (한지 보며) 거너더러… 겨녀뎌려… 고노도로… 교뇨됴료, 이렇게유?
근지	잘하시네.
박포	근데 진짜 그렇게만 하면 글자 다 알게 돼유?
목야	그렇다니까요. 그리고는 마지막엔 자기 이름을 써서 땅에 묻으라고 하는 거죠.
초탁	(부적 보며) 오오…, 희한하네.
목야	(근지에게) 주문 쓸 괴황지(槐黃紙 : 부적 용지로 쓰는 종이)는?
근지	주문해놨으니까…, (초탁 보며) 내일 가져오시면 돼요.
초탁	안 그래도… 내일… 거기서 채윤이랑 보기로 했습네다.

#4. 민가 내 방(낮)
소이, 덕금은 아이들 가르쳐줄 교본을 쓰고 있다.
이때 들어오는 채윤.

채윤	엿 만들 재료는 갖다 놨는데요….

덕금	그래요? (하고는 소이에게) 내가 가서 준비할게. (하며 나간다)
채윤	(소이 쓰던 것을 보며) 어떻게 하려는 거야?
소이	혹시 몰라서…. 목야네랑 우린 다른 방법을 써놓자고 했어.
	목야네는 주문으로 하고,
	우리 쪽은 각설이패하고 아이들한테 노래로 퍼뜨리기로.
채윤	(고개 끄덕이고는) 그리고 나서는?
소이	그러구 나면 모레쯤 당산나무 아래서 글자 쓰는 법, 읽는 법 가르치려구.
	노래부터 외우면, 글자 배우는 게 훨씬 쉽거든.
채윤	(걱정하는 듯) 그래가지고, 많이 퍼뜨릴 수 있겠어?
소이	(쓰던 걸 멈추며 채윤 보면)
채윤	짧은 시간에 많은 사람한테 퍼져나가야 할 텐데….
소이	오라버니한테 더 좋은 방법 있어?
채윤	이렇게 하는 건 어때?

하고는 뭔가 말하려는 채윤에서.

#5. 산채 내 방(낮)
한가놈, 지도를 펼쳐 놓고 설명하고 있다.
앞엔 심각한 정기준과 윤평이 보고 있다.

한가놈	(지도를 가리키며) 나인들이 내린 곳은 여기…
	이포나루(경기도 여주에 있는 조선 4대 나루 중 하나)랍니다.
정기준	충청 감영으로 가야 하는 자들이…
	이포나루에서 내렸다…?
윤평	(보면) 이포나루라면…?
정기준	이포나루…? (하다가는 번쩍 생각이 드는 듯)
	전조 고려에서 목판 인쇄를 하던 절이 두 군데가 있다.
한가놈	예에…, 하담사와 선지사죠?
정기준	(고개 끄덕이며) 우선 거기부터 뒤지고, 또한 인쇄를 하려면
	반드시 종이가 필요하다!
	주변의 조지소와 지물상도 샅샅이 수색하여 찾아내라.

윤평	예.

하고는 윤평이 급히 나가면….

한가놈	나인들이 몰래 빠져나가는데…
	조말생 대감까지 합세를 한 걸까요?
정기준	(심각하게) 조말생이 고신을 했다면… 운신이 쉽지 않아야 정상이다.
	헌데 그렇지 않다면… 조말생까지 합세한 것이겠지.
	더욱 중요한 것은….
한가놈	…….
정기준	아들이 죽었는데도… 이도가… 전혀 흔들리지… 않았다…?
한가놈	…….
정기준	(혼잣말로 씹어뱉으며 이도에게 말하듯) 그런 것이냐…? 그런 것이야?
한가놈	(그런 정기준을 불안하게 보는데)
소이	(E) 그건 협박이잖아?

#6. 민가 내 방(낮)
채윤, 소이 있는데….

채윤	협박은 아니고… 사람 마음을 조금 이용하자는 거지.
소이	그게 협박이지 뭐야. 안 돼, 그건.
채윤	빨리, 많이, 퍼뜨리는 게 우리 임무잖아.
	그래야…. (하고는 소이 보는데)
소이	(그런 채윤 보며) 맘이 급하구나. 초조하구.
	왜? 전하께서 그날 약조하신 것 때문에?
채윤	… 아니…, 뭐….

하며 얼버무리다가는 회상으로 넘어간다.

#7. 글자방(20부 54씬 이어지는 회상, 밤)
이도와 채윤이 있고, 소이 조금 떨어져 있다.

이도	너무 비장해서 또 우스우냐?
채윤	이번엔… 비장해서가 아니오라…
	그냥… '에따 모르겠다, 골치 아프니 처먹어라…'.
이도	(쯧쯧 혀를 차며) 어찌 그리 나를 잘 꿰뚫어 보누.
채윤	(그런 이도를 보며 해맑게 웃는데)
이도	해서 말이다….

하고는 일어서는 이도. 따라 일어서는 채윤.

이도	글자를 세상에 내놓으려면 너의 허락이 필요하다.
채윤	(보며) 허락이라 하오시면…?
이도	정기준은 목숨을 내놓고… 글자를 막겠다 천명을 했다.
채윤	예, 그랬지요.
이도	하여, 글자를 살려서 세상에 내놓으려면 두 가지 방책이 필요하다.
소이	(떨어져서 듣는데)
이도	반포와 유포!
채윤	… 반포… 와 유포…?
이도	만에 하나 국가적인 반포가 안 된다 하더라도
	이 글자의 씨앗을 백성들 사이에 뿌려는 놓아야 한다.
채윤	…….
이도	그러나… 씨앗을 뿌려놓았어도,
	정음청을 만들어 책을 인쇄해내고 과거 과목으로 정해놓지 않으면,
	씨앗이 말라 죽을 것이다.
	반드시 반포가 필요한 이유겠지.
채윤	(고개를 끄덕이는데)
이도	둘 중 어느 것이라도 되지 않는다면… 글자는 쓰이지 않을지 모른다.
채윤	… 헌데… 거기에 저의 어떤 허락이… 필요하신지요?
이도	반포는 내가 맡을 것이나,
	유포는 소이가 맡아야 할 것이다.
채윤	……!
소이	(멀리서 보며) ……!

이도	위험한 일이다.
채윤	…….
이도	네가 지켜주어야 하고. 또한…
채윤	…….
이도	그 일이 완수되는 날… 너는 소이를 데리고 떠나거라.
채윤	(경악하여 보며) ……!!
소이	(놀라서 보며) ……!!
이도	… 그때까지는 소이를 나의 사람으로 남겨주겠느냐…
채윤	(놀라서 감정 수습하고는 어렵게) … 예…, 전하.
이도	…….
채윤	…….
소이	(어느새 다가와서는) 전하…, 저 또한 약조받을 것이 있사옵니다.
이도	(보고)
채윤	(보는데)
소이	혹여 소인이 그 일을 하다가 위험에 처하고 죽는다 하더라도, 전하께서도… (채윤 보며) 오라버니도… 저를 찾는 데 시간을 쓰시면 아니 됩니다.
이도	(그런 소이를 보다가는) … 그것은 나 또한 그러하다. 설사 내가 죽는다 하더라도 너희는 너희의 임무를 해야 한다.
채윤	……!
소이	누구의 죽음도 우리의 앞길을 막아선 아니 됩니다.
이도	(보는데)

이도가 소이를 보면 소이가 채윤을 보고, 채윤은 이도와 소이를 본다.
그렇게 셋이 의기투합하는 느낌에서….

#8. 이도의 방(낮)
이도도 회상에서 돌아온 듯한 느낌인데…
옆에 있던 무휼.

| 무휼 | 어찌 반포를 해야 하나…, 그 고민을 하고 계십니까? |

이도	이젠 내 머릿속에 들어가 앉아 있구나.

하는데, 이때 정인지와 조말생 들어온다.

조말생	부르셨사옵니까?
이도	조대감은… 혹… 밀본지서가 무슨 내용인지 알고 있는가?
조말생	강채윤이 밀본지서를 넘긴 이후 조정 내에 밀본의 조직적인 움직임이 활발해진 것으로 보아…, 아마도… 밀본을 만들 당시의 연판장 같은 것이 아니겠습니까?
이도	(고개를 끄덕이며) 그렇다면… 과거 밀본에 가담했던 자들이 합세하게 된 건… 얼마 되지 않은 일일 것이다…?
정인지	어찌 그러시는지요?
이도	우린 반포를 해야 한다. 허면 반포를 한다는 것은 무엇인가?
무휼	언문청(諺文廳 : 훈민정음으로 된 서적을 편찬하는 관청)과 정음청(正音廳 : 훈민정음 인쇄기관)을 설치하고, 과거시험에 훈민정음을 포함시키겠다는 의정부 3정승의 재가가 필요합니다.
이도	그렇지. 의정부 3정승의 재가라 함은, 그들 3인의 개인 의견이 아니다. 그들은 반드시 조정 여론을 살펴야 하는 자리에 있으니 말이다.
정인지	예. 하여… 저와 성삼문, 박팽년이 맹렬히 관원들을 설득하고 있습니다.
이도	물론… 그래야지. 허나… 문제는 밀본 아닌가?
조말생	그렇지요. 결국 전하가 하시려던 거래가 중지된 것도 밀본 때문 아니었겠습니까?
이도	그래 거기! 그 부분! (집중해서 생각하려는 듯)
모두	(보면)
이도	그 거래 중지가 밀본 전체의 의지라고 뭉뚱그려 판단할 필요가 있을까? 정기준과 밀본원들의 입장이 다를 수 있고, 정기준은 역병 같은 글자라 했으니 밀본원들에게 알려주지 않았을 거야.
무휼	(이도가 또 시작하는구나 싶어 보고)
이도	그래…, 광평의 죽음….

모든 밀본원이 이것에 동의했다고 생각하긴 어렵다.

그렇다면… 재상총재제도 아니고, 보지도 못한 글자를 막겠다며

대군까지 죽이는 상황이 당황스러울 것이다.

밀본은… 분열된 것이다.

글자의 정체를 아는 자와 모르는 자들로.

정인지   …….

이도   더구나… 밀본지서…. (하고는 생각하는 듯하더니)

그래!! 균열의 가능성을 가지고 책략을 만들어야겠다.

조말생   어떻게 말입니까?

이도   여태 뭣들 들었나? 그렇게 하자니까.

조말생   (벙찐 표정이고)

이도   (답답한 듯) 무휼…, 자네도 못 알아들었는가?

무휼   아닙니다. 저는 알아들었습니다.

그렇게 하시면 됩니다.

이도   그래…, 그렇지.

하고는 나간다. 무휼, 따라가고… 남은 조말생, 정인지.

조말생   (정인지에게) 자넨 알아들었는가?

정인지   예…. 뭐… 대충….

조말생   (에헴 하고는 헛기침하고는) 근데… 전하께선 원래 저러시는가?

정인지   예…. 뭐… 가끔.

#9. 심종수의 방(낮)
심종수와 막수 있는데….

심종수   뭐라? 밀명을 받고 궁을 빠져나간 게 나인들이다?

막수   예. 그래서 정무군 전원에게 어제 이첩된 나인들을 찾으라는 명이

떨어졌습니다.

심종수   허면 주상께서 나인들을 몰래 빼돌리기 위해

조말생 대감까지 동원하고, 주상은 우릴 속였다는 것이구나.

막수	그런 거 같습니다.
심종수	… 광평대군의 죽음에도 흔들리지 않고… 글자를 반포하겠다…?
	본원께서 당하셨구나.
막수	예. 오히려 본원께서 흔들리실까… 우려가 된다고들….
심종수	(자기도 그것이 가장 우려가 되지만 짐짓 단호하게) 그러실 분이 아니다.
막수	전… 그냥…, 그런 소리들이… 있어서….

하는데 생각하는 심종수.
ins. cut - 20부 59씬 중.

이신적	이미 밀본의 원로들도, 본원이 광평을 죽였다는 것을 알고,
	다른 생각을 하기 시작했네…. (cut)
이신적	자네와 나 같은 밀본의 책임 있는 사람들은!
	다음 일을 생각해야 해! (cut)

심종수	(끊으며) 넌 어디로 가느냐?
막수	인쇄를 할 수 있는 절과 조지소, 지물상부터 뒤지라는 명이십니다.
심종수	알았다. 넌 나인들을 찾거든…
	내게 바로 보고하거라.
막수	예, 알겠습니다.

하고는 막수, 나가면 생각이 복잡해지는 심종수. 그 위로

이신적	(E) 본원께서… 광평대군을 위해한 것은 너무한 처삽니다!

#10. 이신적의 방(낮)
혜강, 이신적, 원로들 모여 있는데… 이신적이 원로들 설득하려 하며

이신적	그로 인해 전하께서 큰 변화를 보이고 계십니다.
	자칫하면 선왕 전하보다 더할지도 모릅니다.
혜강	나도 그리 생각하네만, 우리가 여기서 자칫 잘못 판단한다면

우린 유림과 성균관 모두에게서 고립될 수 있네.

이신적 고립되다니요?

원로 1 성균관에서 배출된 젊은 유림들은 명백하게 본원을 따르고 있어요.

혜강 본원이 우리도 모르는 많은 밀본원을 길러낸 것이 사실이야.
　　　그리고 그들의 충성심은 남다르네.

이신적 ……

혜강 그런 밀본 조직원 전체를 파악하고 있는 건… 오직 단 한 명.
　　　본원 정기준뿐일세.

이신적 (고민스러운데)

도담댁 (E) 이신적 대감이 원로들과 따로 회합을 가졌습네.

#11. 산채 내 방(낮)
정기준, 한가놈, 도담댁 있고.

정기준 ……

도담댁 (간절하다) 이러다가는 밀본이 분열됩네다.

한가놈 (간절하다) 아예 모두에게 글자를 보여주는 것이 어떻겠습니까?

정기준 (보면)

한가놈 이신적을 비롯한 밀본원들에게 글자를 보여주고,
　　　그 심각성을 알리면. (하는데)

정기준 안 된다!

한가놈·도담댁 (보면)

정기준 주상의 글자는… 그 누구든 봐서도, 알아서도 안 된다….
　　　지금은 분열을 막는 것보다, 글자가 알려지는 것을 막는 것이 더 중요해!

한가놈, 도담댁 더 말하지 못하고, 서로 보기만 하는데… 그 위로

하인 (E) 대감마님…, 심종수 나리 오셨습니다.

#12. 이신적의 방(낮)
심종수가 들어와 예를 취한다. 앞엔 이신적이 있다.

이신적	(반갑게 맞으며) 어인 일인가.
심종수	… (의미심장하게 보는데) …….
이신적	(역시 의미심장하게 보다가는) 결론을 낸 겐가?
심종수	(보며) …….
이신적	(옅게 미소 지으며) 그래… 우리가 목숨을 걸고 지켜내야 하는 것이…
	밀본인가? 본원 정기준인가?
심종수	…….
이신적	…….
심종수	… (결의에 차서) 밀본입니다. … 재상총재제입니다. 사대부입니다.
이신적	(심종수의 대답에 흐뭇한 미소를 띠는데)
심종수	그러기 위해선…, 글자를 막는 데만 온 정신이 쏠려
	무리수를 두고 있는 본원과 밀본을…
	(강조해서) 분리해야 한다는 결론을 내렸습니다.
이신적	(고개를 끄덕이며) 잘 생각했네! … 허나 말일세….
심종수	(보는데)
이신적	이제 밀본의 핵심은 본원이 길러낸 성균관 유생들과 젊은 관료들인데…
	우린 누가 밀본인지도 다 파악도 못하고 있어.
	그래가지고서야… 우리가 밀본을 장악하기는….
심종수	예…. 해서… 우리에게 필요한 것은 두 가집니다.
이신적	(다가와) 뭔가?
심종수	밀본 전체 조직원의 명단과…
	본원이 새로운 본원을 지명하도록 하는 것.
이신적	(보다가는 의미심장하게) 방법이 있는가…?

#13. 이도의 방(낮)
이도, 성삼문, 박팽년 있다.
성삼문, 박팽년은 놀란 얼굴.

성삼문	진정 그리하실 것이옵니까?
박팽년	조정 내 파장이 엄청날 것입니다.
이도	내가 하는 일로 궐 안이 들썩이는 게 어디 하루 이틀 일이더냐.

성삼문	… 예…, 전하…. 저희들은 심려치 마시옵소서.
	저희도 대신들께… 괴롭힘 당한 것이 하루 이틀은 아니옵니다.
박팽년	예…, 전하…. 그리하시옵소서.
이도	(고마운 느낌으로 보는데)
심종수	(E) 본원은 지금 오로지 글자를 막는 것밖에는 생각이 없습니다.

#14. 이신적의 방(낮)

이신적, 심종수 있고.

이신적	그런데?
심종수	본원은 지금 이첩되어간 광평대군의 나인들을 찾고 있습니다.
이신적	나인들을 왜?
심종수	전하께서, 그 나인들을 통해 글자의 해례를 빼돌리셨습니다.
	해례를 인쇄해 각 관청을 통해서, 전국에 배포하시려는 겁니다.
이신적	……!
심종수	해서 본원은 그 나인들과, 나인들이 갖고 있는 해례를 찾고 있습니다.
이신적	허면… 우리가 본원보다 그것을 먼저 취하자…?
심종수	그걸 빌미로 우리가 원하는 바를 본원에게 요구할 수 있습니다.
이신적	(끄덕이는데)
심종수	그 전에… 대감과… 먼저….
이신적	(바로 간파한 듯) '내가 본원이 되는 일에 관심이 있느냐?' 그것 말인가?
심종수	(보며) 예…. 제가 보기에는… 삼봉 선생의 대의에는 그리 큰 관심이
	없어 보이셔서요….
이신적	잘 보았네. 나이 들고 어찌어찌하다보니 대의엔 큰 관심이 없어.
	허니… 대의는 자네가 지켜주게.
심종수	…….
이신적	자네가 새 본원이 되어 조직을 이끌어.
	(미소) 난 그저 정승으로서, (강조) '자네가 이끄는 밀본'을
	따르는 것에 만족할 테니 말이야.
심종수	(마땅찮은 눈으로 보면)
이신적	(보며) 경멸치 말게. 자네도 수장이 되어 조직을 이끌다보면…

나 같은 사람의 소중함을 알게 될 게야.

또… 나 같은 사람이 더 미덥다는 것도 알게 될 거구.

해서… 전하께서… 나를 중용하시는 것 아니겠는가?

심종수   … (보는데) …….

장은성   (밖에서 E) 대감…, 저… 장은성입니다. 들어가겠습니다.

하고는 장은성이 급히 들어온다.

이신적   무슨 일인가?

장은성   지금 당장 모두 모이라는 전하의 명입니다.

(심종수 보며) 집현전 학사들도요.

이신적과 심종수, 무슨 일이지? 싶어 보는 데서.

#15. 궁 일각(낮)
음악과 함께 속속 모여드는 신하들 컷컷컷컷… 그 위로

이도   (E) 내관과 궁녀들, 그리고 내금위는 모두 3백 보 밖으로 물러나 있거라!

#16. 수정당 밖 궁 마당(낮)
물러나오는 궁녀들과 내금위 군관들의 모습.

#17. 수정당(낮)
보면, 긴장한 황희, 조말생, 이신적, 장은성, 대신 1, 2 등등.

한쪽에 역시 긴장한 정인지, 최만리, 성삼문, 박팽년, 이순지 등등.

모두 이도를 주시하는데… 앞엔 이도가 앉아 있다.

이도   (미소 지으며) 사관들이 입직을 거부한 상태라,

우리끼리 얘기하긴 더 좋은 것 같소.

모두   (보는 모습들)

이도   사죄! 선언! 제안! 이 세 가지가 오늘 내가 할 일이오.

모두	(더욱 의아하여 보는데)
이도	먼저 사죄. 죽은 허담, 윤필, 장성수, 그리고 나의 아들 광평….
이신적·심종수·장은성	(보고)
이도	(정인지, 성삼문, 박팽년 보며) 정인지, 성삼문, 박팽년….
정인지·성삼문·박팽년	…….
최만리	(무슨 말할지 예상되는 듯 보고)
이도	이들이 과인의 비밀조직인 천지계원이오.
모두	(정인지, 성삼문, 박팽년 보고)
정인지	…….
성삼문	…….
박팽년	…….
이도	나와 천지계원이 그대들 모르게 글자 창제 작업을 해왔소.
모두	(보면)
이도	여러 대신들과 유생들의 간언이 맞소.
	왕이 대신들 몰래 은밀히 이 일을 추진한 것은 명백한 과인의 과오요.
	사죄하오. (하고는 고개를 숙여 인사한다)
정인지·성삼문·박팽년	(같이 고개 숙여 인사한다)
황희	… (당황하여 같이 고개 숙이고) …….
조말생	… (역시) …….
이신적	… (역시) …….
최만리	… (역시) …….
심종수	… (당황) …….
이도	하여 다음은 선언이오!
모두	… (보는데) …….
이도	(모두 보며) 과인의 과오에서 비롯된 불미스런 일들이만큼
	난 밀본에 대해 어떠한 처단도 하지 않을 것이며!
이신적	……!
심종수	……!
장은성	……!
이도	광평대군은 밀본이 살해한 것이 아니오!
조말생	… 전하…!

이신적	……!
심종수	……!
이도	난 밀본을 나와는 다른 정치관을 가진 붕당으로 인정할 것이오!
	그들과 토론하고 쟁명할 것이외다.
조말생	전하! 아니 되옵니다!!
이도	하여 제안을 하려 하오!
모두	(보는데)
이도	밀본임을 밝히고, 조정 앞마당으로 나오시오.
이신적	……!
심종수	……!
모두	(다른 신료들도 경악한 채 보는데)
조말생	(더 못 참고) 전하! 결코 아니 되옵니다!
	밀본은 강상의 도를 어긴 대역죄인들이옵니다!
	더구나 인명을 살상한 자들이 아니옵니까?
이도	아…, 구분을 정확히 해야 할 듯하오이다. 물론…
	인명을 직접적으로 살상한 윤평!
	이를 배후에서 조종한 정기준!
	이들은! 살인에 대한 죄로 처벌할 것이오!
조말생	살인이 아니라 대역의 죄이옵니다!!
이신적	…….
심종수	…….
다른 신료들	…….
이도	그들이 저지른 잘못은! 과인에 반대하고, 과인의 글자에 반대하는 것에
	있는 것이 아니라! 살인에 있는 것이오.
모두	(보는데)
이도	강상의 도를 어지럽힌 것으로 처벌한다면, 누구든 다 처벌할 수 있소.
	이미 누군가가 투서를 보내, 몇몇 밀본원의 명단이 내게 있기까지 하오.
이신적·심종수·장은성	!!
이도	허나 왕이 오죽 부실하면 자신과 뜻이 다르다 하여 강상죄(삼강오륜을 어긴
	죄로, 조선의 지배체제를 공고히 하기 위해 살인죄보다 중하게 다스림)로 몰겠소?
	아니 그렇소?

이신적·심종수 (그런 이도 보고)

황희·조말생 …….

정인지·최만리 …….

성삼문·박팽년 …….

이도 (모두 보며) 자! 다시 한 번 과인의 제안을 정확히 밝히겠소.

난 반드시 글자 반포를 하려 하오!

(비장하게) 대신들이 수용해준다면…

이레 뒤… 광화문 앞에서… 백성과 함께….

정인지·성삼문·박팽년 (보고)

최만리 (결국! 탄식하듯 두 눈 감고)

모두 (진정 반포한단 말이야? 보는데)

이도 허니, 밀본이 붕당을 만들어… 나에게 반대를 하고자 한다면…,

반포 전날까지! 근정전 앞마당에 나와야 할 것이오.

이신적·심종수·장은성 (보고)

모두 (보는데)

이도 만일… 그러지 않고 있다가 반포를 못하도록 해꼬지를 하거나!

과인에게 밀본원임을 들킨다면….

이신적·심종수·장은성 (긴장해서 보고)

모두 (보는데)

이도 그 이후 생기는 모든 일은… 오로지… 그들의 책임일 것이오!

하는 이도의 모습. 위기감을 느끼는 이신적, 심종수, 장은성.
대신들과 학사들은 대체 어찌 돌아가는 거야 싶은 모습들.

#18. 수정당 앞 마당(낮)
우르르 나오는 황희, 조말생, 이신적, 장은성, 대신들과
최만리, 성삼문, 박팽년, 심종수, 이순지 등 학사들.
'이게 무슨 일이야' '전하께서 대체 어쩌시려고 저러는 것인가'
웅성웅성 떠들며 오고.
이신적과 장은성, 심종수, 표정 심각한데.
이때, 이신적에게 오는 무휼.

무휼   우상 대감…, 전하께서 잠시 뵙고자 하십니다.

이신적, '나를 왜…?' 긴장해서 보고. 모두, 그런 무휼과 이신적 보는데.
특히나 심종수는 그런 이신적을 본다.

#19. 궁 복도(낮)
잔뜩 긴장해서 오는 이신적.

#20. 이도의 방(낮)
이도 있는데, '우의정 이신적 대감 입시옵니다' 소리 들리며 들어오는 이신적.
예를 취하고는 앉는다. 애써 긴장한 티를 감추는데….

이도   (그런 이신적 보다 미소 지으며) 어떻소?
이신적 (긴장) … 예…?
이도   (고민하는 척) 내 어떻게든 조정 내의 밀본원을 찾아 끌어안으려,
         그리 선언하긴 했는데….
이신적 (계속 긴장한 채)
이도   조말생 대감은 가까운 자부터 의심하라 했소만….
이신적 (긴장)
이도   … 이대감….
이신적 … (침이 다 꿀꺽 넘어가는데) …….
이도   …….
이신적 (애써 진정시키며) … 예…, 전하….
이도   (바로) 영의정을 맡아주셔야겠소.
이신적 (놀라) … 예?
이도   황희 대감이 건강을 이유로 물러나겠다질 않소.
이신적 (당황해서 보다간) … 황희 대감이야 매년 하시는 말씀 아니옵니까.
         당치 않사옵니다. 황희 대감께서 하셔야지요.
이도   (미소로 보며) 바로 승낙할 거라곤 생각 안 했소…. 생각을 해보시오.
이신적 (그런 이도 보는데)

#21. 궁 마당(낮)
뭐지? 하는 얼굴로 나오는 이신적.
심종수, 기다리고 있다가 다가온다.

심종수   전하께서 어찌 부르신 겁니까.
이신적   나보고 영의정을 맡으라시네.
심종수   영의정이요?
이신적   황희 대감께서 또 사직 상소를 올리신 모양이야….
         전하께 뜻을 거두시라 간하고 나왔네만….
심종수   (그래…? 하는 얼굴로 보며)

#22. 집현전(낮)
최만리, 조말생 있고….

최만리   (불쾌한 듯) 허면… 제가 밀본이라도 된단 말씀이십니까?
조말생   지금 상황에선 자네가 제일 극명하게 밀본을 대변하고 있네.
         글자 반대에 있어, 가장 전면에 서 있지 않은가.
최만리   (고집스럽게) 밀본이라 해도, 어쩔 수 없습니다.
         그래도 전 글자에 대해서는 반댑니다.
조말생   (고집스러움에 풋 웃음을 비치다가는 은밀하게) 헌데 말일세….
최만리   (보면)
조말생   (은밀하게) 혹시… 직제학 심종수에 대해… 의심스러운 정황은 없나?
최만리   (무슨 말인가 싶어) 심종수요…? 그게 무슨 말씀입니까?
조말생   지난번 연월정에서 했던 심종수의 발언…, 기억할 테지?
최만리   (떠올리고는) 혜강 선생을 뵙고 왔다던 것 말입니까? 허나 그것만으로는,
조말생   (OL) 우상 대감께 긴밀히 전해 들은 바도 있네.
최만리   (놀라) ……!
조말생   해서… 일단 심종수를 면밀히 주시하고 있는 중일세.
최만리   (심각하게 보며) …….

#23. 집현전 복도(낮)
고민에 휩싸인 심종수, 들어가는데….

#24. 집현전(낮)
심종수, 들어오는데 나가는 조말생.
조말생에게 예를 취하면, 조말생 힐끗 보고는 나가는데….

심종수   (웬일이지 싶어 최만리 보며) 조대감께서 어떤 일로…? (하는데)
최만리   단도직입적으로 묻겠네. 자네… 밀본인가?
심종수   (흠칫 놀라나 표정 관리하며) … 예?
최만리   자네나 나나, 글자를 반대하는 입장을 분명히 하고 있으니
         의심을 피해갈 순 없네. 허나….
심종수   (보면)
최만리   만에 하나라도 자네가 밀본이라면… 전하의 말씀대로 하게.
심종수   갑자기 이런 말씀을 하시는 연유가 무엇인지요? 조대감께서 무슨….
         (하는데)
최만리   우상 대감 또한 자네를 의심한다 들었네.
심종수   (이신적이?! 흠칫 놀라는데) ……!
최만리   만일, 자네로 인해 집현전에서 불미스런 일이 생긴다면… 밀본의 학사들을
         잃은 집현전 부제학으로서, 결코 간과하지 않을걸세. (하고 나가면)
심종수   (불안해지는데) …….

#25. 경복궁 일각(낮)
조말생 나오는데 다가오는 정인지.

정인지   (은밀히) 어찌 됐습니까…?
조말생   최만리의 성정을 모르는가. 지금 바로 얘기하고 있을걸세.
         (하고 의미심장한 표정으로)

#26. 경복궁 다른 일각(낮)
심종수, 생각에 잠겨 나오는데… 저쪽에서 오는 황희가 보인다.

뭔가 생각하고 다가가는 심종수.

심종수   (인사하며) 올해도 어김없이… 사직을 청하셨다 들었습니다….
          (웃으며) 이번에는 전하께서 윤허하여주실까요…?
황희   (불쾌한 듯) 사직이라니…? 올해는 아직 올리지 않았네.
심종수   (놀라며) … 예?

심종수, 이신적이 속였구나 싶어 얼굴 굳어지는데…
일각에서 그런 심종수와 황희를 보고 있는 장은성.

#27. 이신적의 방(낮)
선비복 차림의 이신적과 심종수, 차 마시며 있는데….

이신적   (흠칫 놀라는 표정으로) 뭐라…? 내가 자네를 의심한다?
심종수   (담담하게) 예. 조말생 대감이 그리 말씀하신 모양입니다.
이신적   전하께서 선언을 하셨으니…
          조말생이 이리저리 건드려보는 것 아니겠는가?
심종수   그렇겠지요….
이신적   (떠보듯) 자네 설마 그런 질 낮은 수에 넘어가진 않은 게지…?
심종수   물론입니다. 허면 왜 굳이 이런 말씀을 드리러 왔겠습니까?
이신적   그럼, 그럼…. 우린 우리의 길이 있질 않은가?
심종수   (웃고는) 예…. 전 해례를 찾으러 잠시 조정을 비울 것이니…,
          제… 휴직서나 잘 처리해주시지요.
이신적   (웃으며) 그래, 그래. 알겠네.

하고 나가는 심종수.
심종수 나가면, 이신적 웃음기 거두며 생각에 잠기는데….

#28. 이도의 방(낮)
이도, 무휼 있는데….

무휼	직제학 심종수가 황희 대감의 상소 사실을 확인한 뒤에 휴직서를 냈사옵니다.
이도	그래? 성정으로 보아 도주하려는 건 아닐 테고…. 어찌 됐든 심종수에게 이번 일로 새로운 움직임이 생겼으니, 면밀히 주시해야 할 것이다.
무휼	예, 내금위를 보내 쫓도록 하겠습니다.
이도	(생각하며) …….

#29. 길 일각(낮)
생각에 잠겨 가는 심종수.
이때 막수가 온다.

막수	이신적 대감을 만나셨습니까? 어찌 되셨습니까?
심종수	(보는데)
이신적	(E) 그게 사실인가?

#30. 이신적의 방(낮)
이신적, 장은성 있고….

장은성	예, 황희 대감이 올해는 사직을 청하지 않았다 합니다.
이신적	(머리 복잡해지며) 허면 전하께서 내게 어찌 그런 언질을…. (하는데)
장은성	(심각) 헌데, 그 사실을 심종수가 확인하는 듯했습니다.
이신적	뭐라…? 심종수가? (놀라는데)

ins - 27씬.

심종수	물론입니다. 허면 왜 굳이 이런 말씀을 드리러 왔겠습니까?

이신적	(놀라며) 헌데… 그걸 심종수는 내게 얘기하지 않았네.
장은성	허면….
이신적	이자가…, 이자가…!

#31. 길 일각(낮)
심종수, 막수 있고….

막수　인쇄소는 다 뒤졌지만 나타난 자가 없었습니다.
　　　이제 조지소와 지물상을 수색하려던 참입니다.
　　　인쇄를 하든, 모사를 하든 종이가 필요할 것이니…
심종수　그래…. 너는 지금부터 나에게만 은밀히 연통해야 한다.
　　　본원보다 내가 먼저 그걸 손에 넣어야 해.
막수　(놀라) 예…? 어찌?
심종수　(결연하게) 난… 이제 본원과 다른 길을 간다….
　　　아니, 본원이 이미 길을 달리한 것이지.
　　　또한… 이신적과도 다른 길이다. (하고 의미심장한 표정인데)
이신적　(E) 심종수가 다른 맘을 품었네.

#32. 이신적의 방(낮)
이신적, 장은성 있고….

이신적　해례를 찾는다 해도 내게 가져오지 않을 것이야.
장은성　(놀라 다급히) 허면 어찌합니까?
이신적　(생각하다가) …… 태평관에 도움을 청하게.
장은성　(보면) 태평관이라면….
이신적　어찌 됐든! 심종수보다 먼저 그 해례를 확보해야 해!

#33. 무휼의 집무실(낮)
무휼, 정별감 있고….

무휼　강채윤에게서 연통이 온 것이 없는가?
정별감　예, 아직은 없습니다. (조심스레) 헌데….
무휼　무엇이냐?
정별감　이런 말씀 드려야 되는지 모르겠는데….
　　　강채윤이 어딜 간 것인지 묻는 분들이 몇 분 계셨습니다.

예조좌랑께서도 그러시고… 집현전에서도….

무휼 애기했느냐?

정별감 저는 모르는뎁쇼, 아예!

(살피며) 헌데 무슨 임무로 간 것인지…?

무휼 알 것 없다. 너는 연통이 오는 즉시 내게 보고하거라.

정별감 예…. (하고 나가면)

무휼 (혼잣말로) 잘들 하고 있는 것인가….

하면, 그 위로 가갸거겨 노랫소리 들리며….

#34. 창암골 당산나무 밑 일각(낮)
각설이패가 꽹과리와 장구 등을 치며 노래를 부르고…
아이들이 엿 하나씩 들고 기차놀이 하듯 줄지어 따라가며 노래한다.
덕금은 새로 모여드는 아이들에게 엿을 나눠주는데…
그런 모습을 지켜보고 있는 소이, 채윤.

소이 (채윤 보며) 오라버니, 이제 출발해야 하지 않아?

채윤 가야지.

소이 초탁 검사복한테 이쪽 상황 잘 알려주고….

그래야, 제대로 보고가 들어가지.

그리고 근지, 목야네 얘기도 잘 들어오고.

채윤 아이…, 알았어. 무슨 어린애도 아니고….

소이 아 참, 이거…. (주먹밥 싼 것을 주며) 가면서 먹어.

채윤 (보고 좋아서) 응. 잽싸게 갔다 올게!

하고 돌아서 가는 채윤.
소이, 가는 채윤 보다가 노래하는 아이들을 본다.
채윤, 가다가 그런 소이를 한 번 돌아보는데….

#35. 마을 어귀 큰 나무 아래(낮)
나무에 때 묻은 아기저고리, 동정, 오색 천 조각, 짚신 등이 달려 있고…

그 앞에 무당 옷 입은 목야가 제사를 올리고 있다.
몇몇 사람만이 모여서 구경하고, 그냥 지나는 사람도 많은데….

목야   높은산 산신님네 낮은산 산신님네요. 대가 수가가 산신님네.
        태산소산 산신님네 명산마다 줄기마다, 몸주본산에 산신님네를 모십시다.

하는데, 이때 사람들 사이에서 나오는 박포.

박포   뭐여…? 처음 보는 무당인디? 누구 맘대로 여서 제를 올리는 겨? (툭 친다)
목야   (호통치며 OL) 어허! 어디 더러운 손을 대느냐!
박포   뭐여? 더러운 손?
목야   (빤히 노려보며) 흥, 미련한 놈! 네놈 주제에 잡과를 보려고? 똑 떨어질 게다!
박포   (놀라) 어메? 나 잡과 보려는 건 어찌 알아유?
근지   (구경꾼처럼 보다가) 맞아요? 잡과 보는 거?
박포   (고개 끄덕이고)
사람들   (놀라 웅성거리는데)
목야   뿐이냐! 정성으로 제를 올리지 않으면 니 엄니 다리병도 못 고쳐!
박포   (더 깜짝 놀라) 그, 그럼… 제만 올리면 우리 엄니 병 고칠 수 있는 거예유?
근지   (구경꾼 속에 섞여) 어머어머…, 엄니 병도 맞혔나봐! (하면)
사람들   (놀라 웅성거리는데)

cut. to - 사람들 웅성웅성 모여 있다.

목야   (부적 쓴 한지를 펼쳐 들며) 이것이 바로! 천. 지. 오. 행 주문이라는 것이야!

어느새 사람들 웅성웅성거리며 보고 있다.

목야   특별한 방법으로 아침저녁 정성껏 주문을 외우면 효험이 있을 것이나,
        만약 그러지 않는다면 무용지물이 되는 것이지!
근지   그 특별한 방법이 뭔데요?
백성 1   그러게 말요, 그 방법이 뭡니까요?

백성 2	그래요. 방법을 알려주십쇼!
목야	딱하고 어리석도다. 오늘은 일진이 수상하니, 내일 이 시간 이 자리에!
	가족 한 사람을 데리고 와서, 기다리거라.
	허면, 이 천지오행 부적을 나누어주고, 주문을 외는 방법도 알려주리라!
	(방울 흔들며) 각성바지야 육성바지야 집집 차례로 호 차례로야….

하기 시작하면… 박포, 두 손 비비며 치성 드리기 시작하고…
사람들 더 모여들어 웅성거리며 보는데… 그 틈에서 빠져나오는 근지.
떨어진 곳에서 보고 있는 초탁에게 다가간다.

근지	(작게) 어휴…, 목야 저년… 잘하네….
	(초탁 보고) 내일이면 엄청 몰리겠어요.
초탁	(작게) 기럼 내일 부적을 싹 다 뿌리면 되갔지요.
근지	오늘 밤에 지물상에 갔다 올 거죠?
초탁	(끄덕이며) 예. 채윤이 만나서 상황 보고도 올려놓고요.

#36. 지물상(낮)
각종 종이 쌓여 있고… 윤평, 막수, 주위 살피며 온다.
일꾼 1, 종이 손질하다가 '어서 옵쇼' 인사하는데….

윤평	(일꾼에게) 근자에… 한지를 다량으로 주문해간 사람이 있소?
일꾼 1	글쎄요…. 여기선 뭐 그렇게 다량으로 그리 필요한 데가 없어요….
윤평·막수	(서로 보는데)
일꾼 1	(생각난 듯) 아…, 괴황지 주문한 사람은 있지. 몇백 장이지 아마.
막수	괴황지…? 어떤 사람들이었소?
일꾼 1	그냥 뭐…, 웬 처자들이었는데….

막수, 윤평 서로 놀라 보며.

#37. 산채 내 방(낮)
정기준, 한가놈, 도담댁 있는데 급히 들어오는 끝수.

끝수	종이 주문한 사람 없고⋯ 괴황지를 다량으로 주문한 자가 있다 합니다.
	인상착의가 그 나인들인 것 같습니다.
정기준	괴황지?
한가놈	괴황지라면⋯ 부적 만들 때 쓰는 종이 아닙니까?
끝수	예, 오늘 밤에 찾으러 온다고 해서 펭이가 잠복하고 있습니다.
도담댁	연통이 오거든 바로 알리거라.
끝수	예. (나가면)
정기준	(생각에 잠기는데) 괴황지라⋯?
한가놈	(이상한 듯) 그 나인들이라면⋯ 해례를 부적 종이에 쓰려는 걸까요?
정기준	⋯⋯.
한가놈	사람들 주목 끌려고? 아니면, 백성들한테 익숙한 종이니까?
정기준	(보며) 익숙한 종이라⋯?
한가놈	그렇잖습니까. 백성들이 서책을 읽습니까, 아니면 서찰을 주고받습니까⋯.
	그나마 부적은 집집마다 하나씩 있으니⋯. (하는데)
정기준	⋯⋯! 설마?
도담댁	어찌⋯ 그러십니까⋯?
정기준	서책이나 서찰을 쓰는 종이가 아니라⋯ 부적 종이를 다량으로 가져갔다⋯?
한가놈·도담댁	(보는데)
정기준	인쇄가⋯ 아니다⋯. 이런, 빌어먹을! 어찌 이 생각을 못했단 말인가?
도담댁	본원, 무슨 말씀이십네까?
정기준	이도가 그 글자로 처음 만들려 한 책이 무엇이었더냐!
	유학경전이 아니라 불씨의 일대기였다! 백성들에게 익숙한!
한가놈	(놀라) 허면⋯?
정기준	이도는 또! 백성들이 가장 믿고, 가장 쉽게 따르는 것을 이용하려는 것이다!
한가놈·도담댁	(위기감으로 보고)
정기준	(점점 더 깨달으며) 그래⋯. 인쇄한 것을 관아에 보내 퍼뜨리는 것이
	아니라, 백성들 스스로 퍼뜨리게 하려는 것이야!
한가놈·도담댁	(위기감으로 보고) ⋯⋯!
정기준	(엄청난 위기감으로 다급하게) 이미 퍼졌을지도 모르는 일이다.
	그 나인들을 모두 잡고, 뿌린 것과 갖고 있는 것! 모두를 회수해야 한다!

#38. 심종수의 방(낮)
심종수 앞에 막수 수하 와 있다.

심종수   해서 윤평과 막수가 지물상에 잠복하고 있느냐?
수하   예. 찾으러 오면 쫓을 생각이랍니다.
심종수   (차가운 미소를 지으며) 그래…?

하고는 비장하게 일어서는 심종수.

#39. 심종수의 집 앞(낮)
검은색 복장과 삿갓을 쓰고 나오는 심종수, 막수 수하.
그 모습을 숨어서 보고 있는 정득룡. 역시 무사 복장이고…
정득룡, 심종수를 조심스레 따르는데…
심종수, 정득룡이 쫓는 것을 느끼면서 간다.
심종수 따르는 정득룡 뒤로 나타나는 견적희와 흑명단 무사 1.
견적희, 가는 심종수와 따르는 정득룡 보는데….
ins – 새로 찍는 인서트. 태평관.

이신적   (견적희에게) 부탁하오. 그걸… 우리가 먼저 확보해야 합니다.
         (의미심장하게) 지금 당장 움직여주셔야겠습니다….

이신적의 말 떠올리며 미소 짓는 견적희.
심종수의 뒤를 쫓는다.

#40. 저잣거리 일각(낮)
걸어가는 심종수. 그 뒤를 쫓는 정득룡.
심종수, 미행이 붙은 것을 눈치챈다. 비웃듯 미소 짓는 심종수.
그러고는 걸음을 빠르게 한다. 역시 빨라지는 걸음의 정득룡.
모퉁이를 휙 도는 심종수. 그러자 역시 급하게 뛰는 정득룡.
모퉁이를 도는데 아무도 없다. 그리고 뒤를 봐도 없다.
낭패라는 느낌으로 이리저리 둘러보는 정득룡.

#41. 저자 다른 일각(낮)
저자 일각에서 쓱 모습을 나타내는 삿갓 차림의 누군가.
보면 심종수다. 앞 씬에서와는 다른 복장으로 변복한 상태.
심종수, 씨익 한번 웃고는 유유히 걸어간다.
그런 심종수 뒤로 나타는 견적희와 흑명단 1.
역시 차가운 미소를 짓더니, 미행하기 시작한다.

#42. 지물상 전경(밤)

#43. 지물상(밤)
다양한 종류의 종이들 쌓여 있고, 일꾼 2 있는데, 들어오는 초탁.

초탁   얘기한 거 준비는 다 됐소?
일꾼 2   (한쪽에 쌓여 있는 괴황지 가리키며) 네, 여기 챙겨났습니요.

초탁, 괴황지를 살펴보는데,
ins. cut – 지물상 밖에서 날카로운 눈으로 초탁을 살피고 있는 윤평과 막수.
웃으며 괴황지 살피다가 시선을 느끼고 표정 굳으며 긴장하는 초탁.

#44. 지물상 앞 일각(밤)
일각에 숨어 초탁을 몰래 보고 있던 윤평과 막수.

윤평   그 검사복이 아닌가. 괴황지가 맞았구나….
막수   (생각하며 회상) ……

ins. cut – 31씬.

심종수   그래…. 너는 지금부터 나에게만 은밀히 연통해야 한다.
본원보다 내가 먼저 그걸 손에 넣어야 해.

윤평이 고갯짓을 하니, 막수가 먼저 움직여 어딘가로 간다.

매서운 눈으로 초탁을 보는 윤평.

#45. 지물상(밤)
초탁, 커다란 보자기에 괴황지를 넣고 보자기 끈을 묶는다.
그러면서 빠르고 은밀하게, 한쪽 기둥에 목탄으로 북방 암어를 남기는 초탁.
괴황지가 든 보자기를 짊어지고 나오는데….

#46. 길 일각(밤)
서둘러 발걸음을 옮기는 초탁.
누가 따라오는 느낌이 들어, 급히 모퉁이 도는데…
막다른 골목이다. 다시 돌아 나오는데,
윤평의 모습이 얼핏 보인다. 다시 모퉁이 안으로 숨다가,
어쩔 줄 몰라 한다.
그때, 옆에 볏짚단을 가득 실은 수레가 하나 지나간다.
깊은 삿갓을 쓴 어떤 농부 복장의 사내가
소를 끌고 있다. 급히 다가가는 초탁.

초탁   (다급하고, 은밀히) 내 사정이 있어서 그런데, 좀 숨겨줄 수 있갔소?
주인   뭔 일인지 모르지만 얼른 타슈.

초탁, 괴황지를 들고 볏단 속으로 숨는다.

주인   거… 어디로 가시는 길이오?
초탁   (작은 소리로) 신창골이외다.
주인   마침 방향이 같네. 그 앞에 데려다주겠소.

하며, 삿갓을 들면 막수다.
다른 쪽에서 윤평이 나타나 미소 짓는다.
계속 수레를 끌고 가는 막수.
이때, 은밀히 뒤쪽에서 나타나 보는 심종수. 미소 짓는다.

#47. 지물상(밤)
도착한 채윤. 주위 둘러보는데 아무도 없다.
'어? 아직 안 왔나' 하는 느낌으로 들어서서는
이것저것 룰루랄라 구경하는데,
한쪽 기둥에 초탁이 남겨놓은 북방 암어를 발견한다.
놀라는 채윤. 급히 뛰어나간다.

#48. 민가 방 안(밤)
근지, 목야, 박포 있는데
이때, 밖에서 인기척 소리가 들린다.

박포   어? 초탁이 왔나?

#49. 민가 마당(밤)
수레에서 내리는 초탁.

초탁   (막수에게) 고맙소. 덕분에 무사히 왔소.

이때, 방에서 나오는 근지, 목야, 박포.

박포   (수레, 막수, 초탁을 차례로 보며) 어찌 된 거야?
초탁   (긴장한 채) 그 반쪼가리가 나타났었어.
박포   (놀라 보며) 힝…, 반쪼가리…?
근지·목야 (놀라 보는데)
초탁   (막수 가리키며) 이분이 도와주셨으니 망정이지.
         빨리 안에 있는 것들 챙기라우. 피해야 돼.

하는데, 갑자기 칼을 뽑아 초탁의 목에 들이대는 막수.
초탁, 박포, 근지, 목야… 모두 놀라서 보는데…
이때, 갑자기 나타나 민가를 둘러싸는 윤평과 정무군들.

#50. 길 일각(밤)
급히 뛰어가는 채윤.

#51. 민가 마당(밤)
경악해서 보는 근지, 목야, 박포, 초탁.

윤평   (차가운 미소 지으며) 무기를 버리고 무릎을 꿇어라.

박포, 눈치 살피다가,
잽싸게 옆에 있는 정무군의 팔을 잡아채, 괴력으로 집어 던진다.
정무군들이 당황하는 틈을 타, 품 안에서 구슬 꺼내 던지는 초탁.
박포, 초탁 대 막수, 정무군들 사이에 싸움이 붙고…
벌벌 떨며 보고 있는 근지, 목야.

초탁   (근지, 목야 앞을 막아서며) 여긴 우리가 맡을 테니, 빨리 도망가시라우!
근지·목야 (떨며 초탁 보면)
박포   (정무군의 공격을 막아내며) 빨리 피하시라니까요!

잔뜩 긴장한 채 눈짓 주고받고는 동시에 뛰기 시작하는 근지, 목야.
초탁·박포는 도망가는 근지·목야 쪽을 막아서면서
막수·정무군들에 맞서 싸운다.
팽팽한 접전이 펼쳐지는데, 도망가는 나인들을 발견한 윤평.

윤평   (정무군들에게) 이놈들을 맡아라. 내가 쫓겠다!

나인들을 쫓아 나가는 윤평.
싸우다가 윤평을 뒤따라가는 막수.

#52. 산 일각(밤)
미친 듯이 뛰어가는 근지, 목야.
그 앞에 나타나는 윤평, 차가운 미소 짓는데…

근지, 목야의 경악한 얼굴.

#53. 길 일각(밤)
수레(46씬과 같은 수레) 끌고 가는 윤평, 막수, 정무군 1.
ins. cut – 수레 안.
재갈 물리고, 몸이 묶인 채 앉아 있는 근지, 목야.
이때, 수레 앞을 막아서는 누군가.
보면, 심종수다.

윤평   (의아해서) 나리께서 여긴 어쩐 일이십니까?
심종수   (무시하고) 수레 안에 든 것이 무엇이냐?
윤평   나인들을 잡았습니다.

심종수, 의미심장한 표정으로 막수에게 눈짓하면,
막수, 품에서 단도 두 개를 꺼내 윤평과 정무군 1에게 던진다.
피하는 윤평. 미처 피하지 못하고 쓰러지는 정무군 1.

윤평   (놀라 칼을 뽑으며) 이게 무슨 짓입니까?

#54. 다른 길 일각(밤)
뛰어오는 채윤.

#55. 길 일각 1(밤)
칼을 뽑은 윤평과 대치 상태로 서 있는 심종수, 막수.

윤평   (노려보며) 본원의 명을 어길 셈이냐?
심종수   (픽 비웃으며 보는데)
막수   어찌할까요?
심종수   쳐라!

달려드는 막수. 막아내는 윤평.

이때, 다른 쪽에서 윤평을 공격하는 심종수.
심종수와 막수가 동시에 윤평을 공격하자
윤평, 완전 밀린다. 몇 번 쓰러지더니, 결심한 듯
갑자기 수레로 간다. 칼로 자물쇠를 쳐내 문을 열고
그 안에 타고 있는 근지와 목야의 목에 칼을 겨눈다.
보는 심종수와 막수.
보는 근지와 목야.

근지   (경악해서 마음의 소리 E) 직제학 심종수…?
심종수 (비웃으며) 나인들이 인질이 될 거라고 생각하느냐?
윤평   (차갑게 보면)
심종수 죽이려거든 죽여라!

윤평, 미소 짓더니 나인들을 묶은 줄을 베어버린다.
놀라는 심종수와 막수.

윤평   도망쳐라!

당황해서 보는 근지, 목야.
심종수와 막수도 놀라 보는데…
잽싸게 수레에서 뛰어내려 도주하는 근지, 목야.
막수 재빨리 나인들을 쫓는데,
심종수 앞을 휙 하고 가로막는 윤평.

윤평   (차가운 미소지으며) 이제… 우리 둘뿐이구나.
심종수 (칼 겨눈 채 노려보는데)

멀리서 지켜보던 누군가의 시선(견적희)이
나인들이 도망간 쪽을 향한다.

#56. 길 일각 2(밤)
정신없이 뛰어가는 근지, 목야.
갈림길이 나타나자.

근지   (한쪽 길 가리키며) 넌 저쪽으로 가. 난 이쪽으로 갈게.
목야   그래! 서낭나무 아래서 만나.

근지, 목야… 각각 다른 길로 뛰기 시작하는데…
뒤쫓던 막수, 갈림길 양쪽 번갈아 보다가
근지가 간 쪽을 뒤쫓기 시작한다.

#57. 길 일각(밤)
윤평과 심종수, 검을 겨룬다. 대등한 실력이다.
윤평, 심종수의 빈틈을 살피다가 가격하고,
순간, 심종수 쓰러지는데,
윤평, 출상술로 휙 하고 도주한다.
심종수, 낭패라는 표정으로 벌떡 일어나, 쫓기 시작한다.

#58. 산길 일각(밤)
산길을 필사적으로 도주하는 근지.
그때 근지 앞을 막아서는 막수. 경악하는 근지.
근지의 목에 칼을 들이대는 막수.
어쩔 줄 모르는 근지를 포승줄로 묶는 막수.

막수   널 도와줄 사람은 없다. 조용히 가자.

하고 끌고 가려는데, 갑자기 이상한 느낌.
휙 돌아보면, 표창이 날아온다. 칼로 막아내는 막수.
보면, 견적희다.

견적희   (미소 지으며) 니하오?

막수, 칼을 뽑아들고 달려든다.
몇 합 겨루는데, 막수가 완전 밀린다.

견적희 (여유 있게) 내가 너라면 말야, 여기서 그냥 나한테 허무하게 죽기보다는…
빨리 도망가서 니 상관한테 이 상황을 보고하겠어.
어때? (하며 자세를 잡는다)

막수, 견적희의 말에 당황한 듯하더니,
결심한 듯, 뒤로 돌아 뛴다.
견적희 미소 짓고 뒤를 돌아보면, 묶인 근지가 공포에 떨며 보고 있다.

#59. 산길 일각 2(밤)
역시 도주하는 목야. 뒤를 돌아보는데, 쫓아오는 사람이 없다.
안도하고 앞을 보는데, 그 앞에 윤평이 서 있다.
헉… 하고 놀라는 목야.
차가운 미소를 짓는 윤평.

#60. 민가 근처 길 일각(밤)
민가 근처에서 초탁과 박포가 급히 나온다.
둘 다 어딘가 부상을 입은 듯 어깨와 팔등을 움켜쥐고 있다.

초탁   (박포 보며) 괜찮네?
박포   아이구우…, 이게 뭔 일이여? 빨리 나인들 찾아야지 않겠어?
초탁   (어깨 부상 입었는지 신음하더니) 찾아야디…. 빨리 가자우!

하고, 움직이려는데, 앞에서 채윤이 놀란 얼굴로 뛰어온다.

박포   채윤아!
채윤   어떻게 된 거야? (둘 살피며) 괜찮아?
초탁   갑자기 밀본놈들이 덮쳤드랬어. 내가 미행당한 거 같아…. 면목 없다야.
채윤   (다급하게) 나인들은?

박포	일단 도망은 갔는데, 잡혔는지 안 잡혔는지… 몰러!
채윤	어느 쪽이야?!!

#61. 산길 일각 4(밤)
기절한 목야가 묶여 쓰러져 있고,
윤평, 정무군 2와 정무군 3에게 지시하고 있다.

윤평	너희들은 저 나인을 데리고 산채로 돌아가거라.
	또한… 본원께 지금 이곳 상황을 정확히 전해야 한다.
정무군 2	뭐라 말씀 올릴까요?
윤평	직제학 심종수가 다른 마음을 먹었다.
	또한, 나인들은 두 개 조로 나뉘어져 있었다. 알겠느냐?
정무군들	예!
윤평	(결연한 표정으로) 난 사라진 나인과 또 다른 조를 쫓을 것이다!

#62. 폐헛간 안(밤)
의자에 앉아 묶여 있는 근지. 댕기가 풀려 있다.
재갈이 물려 있다. 두리번거리며 상황을 파악하려 애쓴다.
이때, 견적희와 흑명단 1이 상자 하나를 들고 들어온다.

견적희	(미소로) 겁을 잔뜩 먹었네…?
근지	(무섭지만 일부러) 웃기시네!
견적희	(피식하고는) 아휴…, 무서워라.
흑명단 1	(중국어로) 일단 한양으로 연통을….
견적희	(중국어로, 말 자르며) 아니, 일단은 상황을 보고….
근지	(중국어를 주목하여 듣는 듯하다) …….
견적희	(말하다가 근지를 살피더니, 만주어로) 연통을 어찌할지 생각해봐야겠다.
	이신적이 해례로 뭘 어쩌려는 것인지 알아봐야지.
근지	(안 듣는 척하면서 듣는다) …….
견적희	내가 널 고신할 것 같지.
	그래서 좀 겁이 날 거야. 근데 난 그런 거 안 해.

근지	(두렵고 불안하지만) 뭘 하든 넌 아무것도 못 알아내.
견적희	(피식하고는 상자를 열어 향로 같은 걸 꺼내며) 이게 뭔지 알아?
	매혼제라는 건데…, 기분이 정말 좋아진다…?
근지	(두려움으로 향로를 본다) …….

마스크처럼 천을 입에 두르는 견적희와 흑명단 1.
향에 흑명단 무사가 불을 붙이자, 연기가 확 피어오른다.
공포로 보는 근지. 견적희, 근지 바로 앞 책상에 향로를 놓는다.
연기가 올라오자, 숨을 쉬지 않으려고 애쓰는 근지.
그러자, 근지 뒤로 다가가 목 뒤의 혈을 짚는 견적희.
근지, 고개가 젖혀지며 숨을 확 들이키는 느낌.
근지, 얕은 신음 소리와 함께 픽 고개 숙이며 기절하는 느낌.
미소 짓는 견적희.

심종수	(E) 뭐라!

#63. 산길 일각 3(밤)
심종수와 막수가 있다.

심종수	견적희가 나타났다고?
막수	면목 없습니다.
심종수	태평관이 왜…?
막수	저도 알 수가 없습니다. 허나 태평관이 이 일에 개입되어 있다면….
심종수	이신적일 것이다. 이신적의 의뢰를 받고 창위가 움직인 것이야….
	(생각하다가) 견적희가 나인을 데리고 이 산을 빠져나갔겠느냐?
막수	인질이 있는 상태에서 나가려면, 돌재 길목을 통과해야 합니다.
	헌데 아무도 지나가지 않았습니다.
심종수	(의미심장하게) 허면… 아직 이 산 근처라는 말이렷다….

#64. 폐헛간 전경(밤)

#65. 폐헛간 안(밤)
근지의 시선으로 보이는 흐릿한 사물. 흑명단 1, 견적희.
멍한 상태의 근지. 넋이 나간 듯, 제정신이 아닌 듯하다.
그런 근지를 보며, 견적희 다가온다.

견적희   (차분한 목소리로) 이름은…?
근지   (멍하게) 근지….
견적희   고향이 어디지?
근지   (멍하게) 경기도… 안성….
견적희   좋아…, 잘하고 있어. 묻겠다…. 너희 글자의 해례는 어디에 있지?
근지   (멍하게) …… 없다….
견적희   ……?
흑명단 1   ……?
견적희   없다니? 그게 무슨 소리야. 다시 묻겠다.
          해례는 어디 있나?
근지   (멍하게) 해례는 애초에… 없다….
견적희   (의아해서) ……?
흑명단1   (중국어로) 이 계집이 거짓말을 하는 게 아닙니까?
견적희   매혼제에 취해 거짓을 말할 순 없어.
          허면, 다른 나인들은 지금 어디에 있지? 소이 말이야.
근지   (멍하게) 창암골에… 있어….
견적희   창암골… 이라. (하고는 벌떡 일어난다, 중국어로)
          난 지금 바로 창암골로 간다.
          넌, 저 계집을 죽이고, 시신을 처리한 뒤 창암골로 오너라.
흑명단 1   예!

#66. 폐헛간 앞(밤)
나오는 견적희, 급히 간다.

#67. 산길 일각(밤)
헤매는 채윤, 초탁, 박포. 박포, 그러다 뭔가를 보고 가서 줍는다.

근지의 댕기다.

박포   (댕기 들고) 야, 이것 봐.
초탁   (보며) 이 댕기….
박포   누구 건진 모르지만… 나인들 거 아녀?
채윤   다시 찾아보자. 넌 저쪽, 넌 저 아래…. 자, 빨리!

하고 흩어지는 셋.

#68. 폐헛간 앞(밤)
흑명단 1이 자루 같은 것을 가지고 안으로 들어간다.
카메라 빠지면 그걸 보고 있는 심종수의 빛나는 눈빛.

#69. 폐헛간 안(밤)
흑명단 1이 들어온다. 자루와 칼을 들었다.
근지, 아직도 약에서 못 깬 듯하다.
흑명단 1, 칼을 들고 다가온다. 근지 목에 칼을 대는 흑명단 1.
약에 취한 근지, 상황을 알아채지 못하고 멍하다.
흑명단 1, 베려는데, 문 쪽에서 이상한 기척이 들린다.
이상하다는 듯, 칼을 들고 경계하며 문 쪽으로 가는데,
갑자기 문이 열리며 팔을 잡아채고 흑명단 1을 제압하는 심종수다.
막수가 흑명단 1을 묶는다.
심종수, 근지가 묶여 있는 것을 보고 놀란 척하며, 확 다가간다.

심종수   날 알아보겠소? 직제학 심종수요.
        (하는데 정신이 멍하고 상태가 이상하여 살피다가) 설마…,
        (마음의 소리 E) 매혼제…?
근지   (멍하게) …….
심종수   (묶인 흑명단 1 보며) 매혼제를 썼는가?
흑명단 1 (대답 않고 분하다는 표정만 짓는다)
심종수   (다시 근지 진지하게 보며) 해례는… 어디 있는가…?

근지   해례는… 창암골에 있다….

심종수   ……!

흑명단 1 (놀라) ……! (마음의 소리 E) 좀 전에 없다고 했는데…? 어찌 된 거지?

심종수   (혼잣말로) 창암골…. (막수에게) 난 바로 창암골로 갈 것이다.

막수   허면…?

심종수   이 근처 운둔산에 사냥할 때 쓰던 움막이 있지 않느냐?
        넌 거기에 이 나인을 묶어놓고, 창암골로 따르거라.

막수   예.

심종수   (의미심장하게) 창암골에 해례가 있다…?

#70. 폐헛간 밖(밤)
나오는 심종수. 급히 길을 간다.
그걸 바라보고 있는 듯한 누군가의 시선.

#71. 어느 산길 일각(밤)
어느 노인이 지게를 지고 가고 있다.
그 앞에 나타나는 견적희.

견적희   저어…, 말씀 좀 여쭙겠습니다.
        여기 창암골이라는 마을이 어디에 있는지요?

노인   아…, 창암골…. (주위의 산 하나 가리키며) 이 길을 따라,
        저기… 저 산을 넘으면 큰 당산나무가 보일 거요.
        거기가 창암골이죠.

견적희   고맙습니다. (하고 인사하고는 노인 지나치자 차가운 미소로) …….

#72. 폐헛간 안(밤)
근지, 묶인 채로 정신이 드는지,
으… 하는 신음 소리와 함께 몸을 가누려는데, 여의치 않다.
아직 시선이 흐리다. 근지의 흐린 시선으로
막수의 모습이 보인다.
막수, 묶인 흑명단 1에게 다가간다.

| 흑명단 1 | 어쩌려는 게냐? |
| 막수 | 운이 있으면, 니 패거리들에게 발견될 것이다. |

하고는 칼등으로 목 뒤를 내리쳐 기절시킨다.
그리고 근지에게 다가가, 흑명단 1이 앞서 준비했던 자루를
근지에게 씌운다. 근지, 뭔가 정신이 드는 듯하는데, 반항할 수가 없다.

#73. 산길 일각(밤)
가고 있는 심종수.
심종수를 멀리서 보는 시선.
윤평이다. 뒤를 쫓는 느낌이다.

#74. 폐헛간 밖(밤)
자루에 싼 근지를 들고 나오는 막수.
그때, 갑자기 가격하는 채윤.
막수 저항하려는데, 채윤, 재빠른 방법으로 막수를 기절시킨다.
그러고는 급한 손길로 자루를 푼다. 근지다.
놀라는 채윤.

| 채윤 | (큰 소리로) 여기야! 여기! |

초탁과 박포가 뛰어온다.

초탁	근지 항아님 아니네?
박포	잉? 왜 여기 들어가 있는 겨! 목야 항아님은? 없는 겨?
채윤	(근지 보며) 정신이 들어요? 이봐요? 나 알아보겠어요?

그런 채윤의 얼굴이, 근지의 시선으로 맑아졌다 흐려졌다 한다.
정신을 차리려고 애를 쓴다.

| 채윤 | 정신 차리십쇼! 날 보세요! |

하는데, 자기 수통을 꺼내 근지의 얼굴에 물을 확 끼얹는 박포.

근지	아…, 차거! (하면서 정신이 든다) 어…?
채윤	정신이 드십니까?
근지	강채윤… 겸사복…?
채윤	예, 접니다. 대체 어찌 된 겁니까?
근지	(다짜고짜) 그자들이 해례를 찾고 있어요! (약간 횡설수설 정신없음) 그… 명나라… 사람 하나랑… 직제학 심종수…!
채윤	……!
근지	해례를 찾으러 창암골로 갔어요!
박포	해례…? 뭐야 그게?
근지	빨리 창암골로 가서 해례를 지켜요! 어서!
채윤	(뭔 말인지 몰라) 좀 똑똑히 얘기해봐요, 무슨 소리예요!

#75. 창암골 민가 부엌 안(밤)
가갸거겨 노래 흥얼거리면서 즐겁게 엿을 저으며 만드는 소이, 덕금.

덕금	근데 노래만 부른다고… 애들이 글자를 알까?
소이	일단 친해지고 익숙해지도록 해놔야지. 내일부터 슬쩍 글자를 가르쳐볼까봐.
덕금	이름부터 쓰게 하자, 이름부터. 난 처음 배웠을 때, 내 이름 우리 글자로 쓰는 게 제일 신기하더라.
소이	아, 그래. 이름부터 하자. 이름부터!

의욕적이고 밝은 두 나인의 모습.

#76. 폐헛간 앞(밤)
(앞 씬 연결)

박포	뭔 소리랴? 명나라 사람이랑 심종수 직제학이랑 해례를 찾는다고?
채윤	소이나… 덕금 항아님이 해례를 갖고 있어요?

집 다 봤는데, 아무것도 없었는데….

그 사람들이 해례를 찾으러 창암골로 갔다는 게 무슨 소리예요.

근지   소이가….

채윤   (보며) …….

근지   해례예요….

채윤   ……!

근지   해례는 책이 아니라… 처음부터 사람이었다구요!

채윤   (경악하여) ……!

#77. 몽타주(밤)
산을 넘는 견적희의 의미심장한 표정.
70씬 노인 옆을 지나치는 심종수의 심각한 표정.
그런 심종수를 멀리서 미행하는 듯한 윤평의 차가운 미소.
위 장면 3분할.
앞 씬에서 경악하며, 일어서는 채윤의 결연한 표정.
그 위로

채윤   (마음의 소리 E) 소이가 해례! 소이가 위험해!

웃으며 엿 만드는 소이 얼굴과 채윤에서 2분할 엔딩.

제
22
부

世宗御製訓民正音

國之語音이

異乎中國ᄒᆞ야

與文字로不相流通ᄒᆞᆯᄊᆡ

故로愚民이有所欲言

나랏말ᄊᆞ미

中國에달아

文字와로서르ᄉᆞᄆᆞᆺ디아니ᄒᆞᆯᄊᆡ

#1. 폐헛간 앞(밤)
(앞 씬 연결)

박포   뭔 소리랴? 명나라 사람이랑 심종수 직제학이랑 해례를 찾는다고?
채윤   소이나… 덕금 항아님이 해례를 갖고 있어요?
        짐 다 봤는데, 아무것도 없었는데….
        그 사람들이 해례를 찾으러 창암골로 갔다는 게 무슨 소리예요.
근지   소이가….
채윤   (보며) …….
근지   해례예요….
채윤   ……!
근지   해례는 책이 아니라… 처음부터 사람이었다구요!
채윤   (경악하여) ……!

#2. 몽타주(밤)
산을 넘는 견적희의 의미심장한 표정.
21부 70씬 노인 옆을 지나치는 심종수의 심각한 표정.
그런 심종수를 멀리서 미행하는 듯한 윤평의 차가운 미소.
앞 씬에서 경악하며, 일어서는 채윤의 결연한 표정.
그 위로

채윤   (마음의 소리 E) 소이가 해례! 소이가 위험해! (21부 엔딩 지점)

#3. 창암골 당산나무 아래 전경(낮)
당산나무 보이고, 아무도 없다.

#4. 창암골 부엌(낮)
무쇠솥에 갱엿 끓이고 있는 소이, 덕금.

소이   (기대에 차서) 애들이 얼마나 올까?
            윗마을 아랫마을 애들까지 다 데려왔으면 좋겠다.
덕금   그러게. 나 근데… 떨려.
소이   (보면)
덕금   처음으로 다른 사람한테 우리 글자 가르쳐주는 거잖아.
소이   (그렇겠구나 싶어) 그래…. 나도 오라버니한테 처음 글자 가르쳐줄 때…
            그렇게 떨리더라….
덕금   그렇지? 그런 거지? 설레는 게 맞는 거지?
소이   (미소 지으며) 그럼…, 당연하지….

       하면, 덕금, 엿 젓던 주걱을 입으로 가져가는 바람에 '앗 뜨거' 하고,
       그런 덕금 보는 소이도 웃고….

#5. 창암골 마을 입구(낮)
마을 입구 양쪽에 서 있는 장승 보이고.
오는 견적희. 여기구나 싶어 보며 마을로 들어가려는데,
이때, '가갸거겨' 노랫소리 들리며,
자그니와 끝동이, 각설이들이 노래 부르며 온다.
견적희, 각설이패를 무심히 보고는 지나쳐 마을로 들어가는데.
노래하며 오던 자그니, 갑자기 표정이 일그러지며 멈춰 선다.

자그니   (자기 배를 쓸며) 아, 알았어, 알았어.
끝동이   (보며) 왜 또 그류…, 형?

자그니   갑자기 너무 잘 먹었더니 속이 홀라당 놀랐어.
        달래고 갈 테니까 먼저 가고 있어!

하고는 급히 숲으로 달려간다.
끝동이, 각설이패 이끌고 노래하며 가면.

#6. 창암골 외곽 길 일각(낮)
끝동이와 각설이패, 노래하며 오는데,
이때, 말달려 오는 심종수.
그러나 심종수도 끝동이와 각설이패를 대수롭지 않게 보고는 지나쳐,
장승 있는 길로 향해 간다.

#7. 창암골 길 일각(낮)
오는 견적희, 집집마다 두리번거리며 나인들을 찾는데,

노인   (E) 뉘슈?

보면, 노인이 오고 있다.

노인   누군데… 남의 집을 기웃거리오?
견적희   아…, 근자에 이곳에 온 처자들을 찾고 있소만….
노인   처자들? 아…, 그 엿 주는 처자들?
견적희   (엿?) 기거하는 곳이 어딘지 아시오?
노인   글쎄…, 그것까진 모르겠는데….

하고 노인, 집으로 들어가면,
견적희, 마을 둘러보며 일단 가는데.

#8. 창암골 외곽 길 일각(낮)
6씬과 같은 곳.
윤평, 역시 급히 말달려 오는데, 들려오는 노랫소리.

끝동이와 각설이패가 둥그렇게 서서 노래 부르고 있다.
무심히 스쳐 지나가던 윤평!! '끽!!' 하고 말을 세운다.
ins. cut – 길 일각(밤). 새로 찍는 인서트.

정무군 2   본원께서, 나인들이 글자를 인쇄하는 것이 아니라 퍼뜨리는 것이랍니다.
          모든 수단을 동원해서라도 막아야 한다 하셨습니다.

          인서트에서 돌아온 윤평, 고개를 돌려 각설이패를 본다.
          그러고는 말에서 내려, 다가간다.

윤평   무슨 노래냐?
각설이패   (하던 노래를 멈추고)
끝동이   아…, 이거요? 어떤 처자가 가르쳐준 건데요….
윤평   (처자라… 싶어 보면) ……!
끝동이   (관심 있나보다 싶어) 함 배워볼려요? 국밥 두어 그릇이면 되는데.
윤평   (무시하고) 그 처자가 뭐라면서 가르쳐주더냐?
끝동이   그냥 돌아댕기면서 부르라구요. (하고 다시) 국밥 한 그릇이면 배워볼라요?
윤평   (나인들이 시켰구나 싶어) 어디 어딜 다니며 불렀지?
끝동이   (안 배울 건가보다 싶어 퉁명스레) 다니긴 뭘요…. 이제 가는 길이죠.
윤평   그 노랠 가르쳐준 처자는 어디 있느냐.
끝동이   에이, 배울 거면 우리한테 배우라니까….
윤평   (매섭게 노려보면)
끝동이   (겁먹으며) 당산나무 뒷길로 올라가서… 제일 끝에 있는 집이요.
윤평   …… 고맙구나….

          하더니, 순식간에 칼을 꺼내, 끝동이를 베는 윤평.
          각설이들, 경악하고.
          윤평, 역시 순식간에 각설이들을 모조리 베어버리는데.
          그런 윤평을 보는 누군가의 시선.
          ins. cut – 일각.
          수풀 사이에 숨어 있는 자그니.

경악한 얼굴로 자기 입을 틀어막으며, 공포에 질려 보고 있는데.

#9. 창암골 민가 근처 길 일각(낮)
말 몰아가는 윤평.

#10. 창암골 민가 마당(낮)
부엌에서 무쇠솥 들고 나오는 소이, 덕금.

소이　글자 종인 다 챙겼어?
덕금　일단 스무 장 정도 싸놨는데… 더 챙길까?
소이　응. 좀 더 가져가자.

하고, 소이와 덕금, 방으로 들어가는데.

#11. 궁 전경(낮)
무휼　(경악하여 E) 어찌… 어찌 된 것이냐!

#12. 글자방(낮)
놀란 얼굴의 무휼, 정인지, 지밀.
근지가 초췌하고 엉망인 몰골로 눈물을 흘리고 있다.

지밀상궁　어찌 된 것이냐! 어서 말씀드리거라.

하는데, 문을 박차고 들어오는 이도. 근지의 몰골을 보고 놀라고.

이도　근지야! 대체 무슨 일이냐. 꼴은 어찌 이런 게야!
근지　(바로 무릎 꿇으며, 눈물 흘리는) 전하, 소인이 일을 그르쳤나보옵니다.
　　　죽여주시옵소서.
이도　그게 무슨 소리야!
근지　(울며) 목야는 잡혀간 듯하고, 소이와 덕금이도… 위험해졌사옵니다!
이도　(경악)

무휼·정인지   (역시 경악하는데)

#13. 창암골 민가 밖(낮)
말을 세우며 내리는 윤평. 담장에 몸을 바짝 붙여 서며,
날카로운 눈으로 민가 안을 주시한다.

#14. 글자방(낮)
이도, 무휼, 정인지 놀란 표정으로 있고,
근지, 눈물 범벅이 된 채로 보고하고 있다. 뒤에 지밀 있고….

근지   (울며) 해서… 명나라 여인이 제게 어떤 향로를 가져다 대고,
          그 향을 맡게 했는데…. (하며 울고)
정인지   해서!
근지   (울며) 정신이 혼미해지면서… 다 말해버린 것 같습니다.
무휼   (놀라) 매혼젭니다!
이도   매혼제라니?
무휼   명나라 창위가 자복케 할 때 사용하는 것입니다.
          그 향에 취하면 혼이 빠져 묻는 대로 답하게 된다 합니다.
정인지   (놀라 보고)
이도   (놀라, 얼른 근지 보며) 해서… 해서, 어디까지 말했느냐?
근지   (점점 새파랗게 질리며) 해례….
무휼·정인지 (놀라고)
이도   (놀라) 해례라니!
근지   그들이 분명 해례를 찾고 있었습니다….
이도   (경악해) 설마…!
근지   (맞다는 듯 새하얘지며) 소… 소이가 있는 곳까지… 말한 것 같습니다….
이도   (경악)
무휼   (경악)
정인지   (경악)
근지   (눈물 쏟으며) 소이가 있는 곳으로 갔을 겁니다! 소이가 위험합니다!
소이   (E) 오라버니야?

#15. 창암골 민가 마당(낮)
하며 나오는 소이. 앞을 보고 경악한다.

덕금   (방에서 뒤따라 나오며) 왜 이렇게 늦었어요?

하며, 나오다가 경악해 보따리 떨어뜨리는 덕금.
경악한 소이.
보면, 윤평이 차가운 미소를 짓는 데서 컷.
cut. to –
아무도 없는 마당.
무쇠솥이 엎어진 채, 엿들이 바닥에 쏟아져 있고,
다른 물건들도 어지럽게 나뒹굴고 있다.
이때 들어오는 견적희. 놀라서 주변을 살핀다.
칼 쥔 채, 긴장해서 조심히 방문을 열어보는데, 아무도 없다.
부엌도 살피는데, 아무도 없다.
어찌 된 거지? 싶어, 긴장을 푸는데,
순간 뭔가 느끼고 확 뒤돌며 칼을 내려치는데,
그 칼을 쳐내며, 순식간에 견적희의 목에 칼을 들이대는 누군가.
심종수다.
견적희, 긴장한 채 노려보면,

심종수   (눈으로 마당 살피며) 네 짓이냐?
견적희   우리가 한발 늦었소. 내가 왔을 때 이미 이리돼 있었으니까.
심종수   (어찌 된 것인가? 싶은 눈빛으로 주변을 보는데)

이때, 밖에서 인기척 소리 들리고, 돌아보는 심종수와 견적희.
보면, 담 너머에서 한 아낙이 겁에 질린 얼굴로 보다가, 도망간다.
아낙을 쫓는 심종수와 견적희.

#16. 민가 앞길 일각(낮)
도망치는 아낙을 쫓아가는 심종수와 견적희.

순식간에 아낙의 앞을 가로막는다.

아낙   (뒤로 주저앉으며 바들바들 떨며) 살려주십쇼! 살려주십쇼!!
심종수   어찌 된 것이냐?
아낙   (겁에 질려 떨기만 하고)
심종수   (버럭) 어찌 된 것이냐는데도!
아낙   (떨며) 그것이… 갑자기 비명 소리가 나서 가봤더니,
       웬 사내가… 저 집에 사는 처자 둘을 잡아갔습니다요.
견적희   (보고)
심종수   (급히) 얼굴을 보았느냐!
아낙   예…, 얼굴이 새하얗고… 수염도 없는 데다….
심종수   (다급히) 키가, (손을 머리 위로 갖다 대며) 이 정도 되더냐?
아낙   예! 맞습니다! 무척 컸습니다!
심종수   (이런!)
견적희   ……!
아낙   순식간에 처자 둘을 확 낚아채갔습니다요.
심종수   (한발 늦었구나 싶은) 윤평이구나…!

#17. 창암골 당산나무 아래(낮)
'가갸거겨 가이없는 이내몸이 거지없이 되었구나
고교구규 고생하던 우리님이 구곤하기 짝이없다'
노랫소리 가까워지면서, 노래 부르며 나무 아래로 몰려드는 아이들.

아이1   (해맑게) 오늘도 엿 준댔지?
아이1   (고개 끄덕이며) 응. 오늘은 엿도 주고, 글자도 알려준댔잖아.

       하며, 아이들 즐겁게 노래 부르며 오는데,
       갑자기 아이들 앞을 확 가로막아서는 누군가.
       놀란 얼굴로 보는 아이들.

심종수   (E) 윤평이오.

#18. 민가 마당(낮)
마당 한쪽에 서 있는 심종수와 견적희.

심종수   (심각) 윤평이 나인들을 데려간 것이오.
견적희   (보면) 나리와 싸운 그 밀본의 무사를 말하는 것입니까?
심종수   (보면)
견적희   직제학도 해례를 원하는 것이오?
심종수   (대답 않고) 태평관이 어찌 해례를 찾는 것이오?
견적희   (보면)
심종수   이신적 대감의 명이오?
견적희   (아무 대답 안 하면) …….
심종수   (역시 이신적이 배신했구나 싶어 비웃으며) 어쨌든 우린 노리는 것이 같고,
견적희   (보면)
심종수   둘 다 목적을 이루지 못한 것도 같으니…,
          지금은 서로 싸울 이유가 없는 듯이 보이오만….
견적희   (긍정으로 보면) …….

#19. 밀본 산채 전경(낮)

한가놈   (다급한 E) 본원!! 본원!!

#20. 밀본 내 방(낮)
정기준 있는데, 급히 들어오는 한가놈.

한가놈   (숨 헐떡이며) 방금 평이에게서 연통이 왔는데….
정기준   (연통? 하고 보면)
한가놈   윤평이 나인들을 쫓아간 곳에… 심종수가 나타났답니다!
정기준   (놀라) 뭐라?!
한가놈   심종수가 나인들을 탈취하려고 평이와 싸우기까지 했답니다!
정기준   ……!
한가놈   (흥분해서) 심종수가 딴마음을 먹은 것이 분명합니다!

평이에게서 나인들을 탈취하려 했다는 사실 자체가!
딴생각을 하고 있다는 게 아니면 뭐겠습니까!

정기준   (심각하게 보는데) ……!
이도   (심각하게 E) 해서, 근지의 말을 정리하자면….

#21. 글자방(낮)
괘도(세력 관계도)에 윤평−정기준 쓰여 있고,
그 아래로 심종수, 또 그 밑으로 '명'이라고 쓰여 있다.
이도, 무휼, 정인지 괘도 보며 있고….

이도   (괘도 가리키며 심각하게) 처음엔 이 윤평이란 놈이 나타나더니…
         그다음 심종수가 나타나 윤평과 싸움이 벌어졌고…
         그사이 명나라 여인이 나타나 근지가 잡혔다…, 이것이냐?
정인지   맞습니다. 근지 말에 의하면 그 명나라 여인은 우상 대감이 보낸 것이구요.
무휼   예. 그 수하와 만주어로 대화하는 것을 들었다 했습니다.

         ins − 21부 62씬. 폐헛간 안.
         견적희와 흑명단 1의 대화를 듣는 근지.
         ins − 14씬 연결.

근지   제가 만주어를 하는지 모르고…
         우상 대감이 해례를 찾으라 했다 말했습니다.

         이도, 괘도 보며 생각에 잠기는데….

무휼   시차를 달리해서 나타난 것으로 보아…
         (괘도 가리키며) 정기준, 심종수, 우상 대감이 각각
         따로 움직이고 있는 것 같습니다.
정인지   (심각) 예. 허나 같은 것을 노리고 있는 것이옵니다.
이도   (심각하게 괘도를 보며) 같은 것…, 즉 해례를 노리면서…
         각각 따로 움직였다…?

정인지	전하의 노림수대로, 각자 마음을 달리 먹은 것이 아니겠습니까.
이도	(심각하게) 허나 나의 노림수에 변수가 발생했구나….
	어찌 일이 그런 식으로 꼬인단 말이냐…. (하며 불길한 느낌인데)

#22. 산채 내 방(낮)
역시 심각한 얼굴의 정기준, 한가놈 있고….

한가놈	(위기감으로) 본원! 이대로 손 놓고 있을 수는 없습니다.
	심종수가 따로 움직였다면, 우리도 수를 내야 합니다!
정기준	(생각하며) …….
한가놈	만일 심종수가 해례를 먼저 취한다면, 어디로 움직일지 알 수 없습니다.
	그걸 들고 주상에게로 갈지, 본원에게로 올지요!
	또한 본원에게 온다 해도 순순히 내놓으러 오는 건 아닐 것입니다!
정기준	(노한 모습으로) 심종수가 어찌 그랬는지 연유부터 알아야겠다.
	혹, 궁에서 무슨 일이 있었는지 알아보거라.
한가놈	예! (하고 급히 나가면)
정기준	(심각하게 생각에 잠기는데)

#23. 경복궁 일각(낮)
멀찍이서 장은성이 뭔가 보고 있는데…
보면, 모여 있는 정별감, 박포, 초탁이다.

정별감	그러니까 그게 무슨 소리야?
	대체 니들 어딜 사라졌다 갑자기 나타나서 이 난리냐구?
박포	(흥분) 그러니게 저하고 초탁이하고 나인들을 호위 중이었슈.
	근데 반쪼가리 그놈이 갑자기 습격해서는 그 나인들을 데려간 거유.
정별감	그러니까 니들이 이첩된 나인을 왜 호위해?
박포	(무시하고 계속 흥분해서) 잡혀간 나인 하나를 채윤이하고 우리가 어찌어찌
	찾아냈슈. 근디 그 나인을 반쪼가리가 잡아간 게 아니고
	어떤 명나라 여자가 잡아서 취조했다는 거예유.
정별감	뭐? 명나라?

박포	근디 그러고서 또! 딴 놈이 와서 또! 취조를 했다는 거유!
	그러니까 채윤이가 위험해유, 안 해유?!
초탁	(나서며 버럭) 이 돼지새끼래! 그케 말하면 어찌 알아듣네?!
	(하고 정별감에게 다급히) 지금 당장 창암골에 병사를 보내야 됩네다!
정별감	(답답해서) 그러니까 창암골에 왜?!
초탁	그러니까니…. (설명하려다가 버럭) 뭔 말이 그래 많습네까!
	지금 채윤이가 위험하다지 않습네까!!

#24. 창암골 외곽 길 일각(낮)
6씬과 같은 곳. 채윤, 미친 듯이 뛰어오는데…
오다가 뭔가를 보고 경악한다.
보면, 끝동이와 각설이들이 모두 쓰러져 있고…
채윤, 급히 목을 짚어보며 살피는데, 이미 다 죽었다.
채윤, 엄청난 위기감이 엄습하며 마을로 뛰어들어가는데.

#25. 창암골 당산나무 아래(낮)
미친 듯이 뛰어오는 채윤.
아무도 없다. 다시 다른 방향으로 뛰어가는 채윤.

#26. 창암골 민가 마당(낮)
들어오다가 경악하는 채윤.
바닥에 무쇠솥과 엿들 떨어져 있고.
놀란 채윤, 급히 엿의 굳기를 살피는데….

채윤	(이미 늦었구나 싶어) 이런 빌어먹을!! 젠장할!!

당황해서 어떡하지? 하다가는… 위기감으로 급히 달려나간다.

#27. 창암골 길 일각(낮)
달려오는 채윤. 미친 듯이 주위를 살피는데, 지나가는 아이 하나가 보인다.

채윤	(다급히 붙잡으며) 어제 노래 가르쳐주던 누이들… 못 봤어?
아이 1	아…, 오늘도 엿 준다고 당산나무 아래로 오라더니 안 왔어요.
채윤	(역시 싫어 다급히) 아무도 안 왔어? 아무도?
아이 1	(약간 표정 어두워지며) 어떤… 아재가 오긴 했는데….
채윤	(놀라) 아재?

ins – 17씬 연결. 아이들 모아놓은 윤평.
소이, 덕금이 아이들에게 가르쳐주려던 교본을 꺼내는 윤평.

윤평	(글자 하나 가리키며) 이걸 읽는 자에게, 엄청난 상을 줄 것이다.
아이들	(글자 보는데 멀뚱멀뚱)
윤평	(그런 아이들 보며) 아무도 모르느냐?
아이들	('모르는데요' '몰라요' '오늘도 엿 준댔는데' '아재는 누구예요?' 등등 떠들면)
윤평	(아직 글자를 가르치지 않았구나 싶어 교본 넣으며)
	너희들이 부르는 그 노래….
아이들	(보면)
윤평	(싸늘한 표정으로) 다신 부르지 마라. 죽음을 부르는 노래다.

현재. 경악한 얼굴의 채윤.

채윤	어찌 생긴 놈이었어?
아이 1	얼굴이 하얗구요…, 키 크구… 목소리가 귀신같이 무서웠어요….
채윤	(역시나 싫어 마음의 소리 E) 윤평…!!

#28. 충청 감영 마당(낮)
관군들 막아서는데 막무가내로 밀고 들어가려는 채윤.

채윤	관찰사를 만나게 해주시오! 급한 일이오!!
군관 1	어허! 이놈이 여기가 어디라고!
군관 2	네깟 놈이 함부로 들어갈 수 있는 곳이 아니다! 썩 물러가거라!

하며 채윤을 밀쳐내는데…
밀쳐진 채윤, 다급히 품에서 뭔가 꺼낸다.
군관들 앞에 꺼내 들이밀면, 놀라는 군관들.

채윤	(마패를 보이며) 지금 즉시!! 말을 한 필 내오시오. 또한!
군관들	(놀라 보면)
채윤	당장 병사를 풀어 이 일대를 수색하시오! 어명이오!!
군관들	(놀라고)

#29. 길 일각(낮)
미친 듯이 말달려가는 채윤.
ins – 21부 7씬.

이도	네가 지켜주어야 하고. 또한…,
	그 일이 완수되는 날… 너는 소이를 데리고 떠나거라.
소이	혹여 소인이 그 일을 하다가 위험에 처하고 죽는다 하더라도,
	전하께서도… (채윤 보며) 오라버니도…
	저를 찾는 데 시간을 쓰시면 아니 됩니다.

말달려가며 미치겠는 채윤.

채윤	(마음의 소리 E) 안 돼! 담이야! 안 돼…!!

#30. 밀본 산채 내 헛간(낮)
기절해 있는 소이. 겨우 정신이 드는 듯 천천히 눈을 뜨는데…
소이의 시선으로 흐릿하게 보이는 누군가.
시선 선명해지면… 걱정스레 보고 있는 목야와 덕금이다.

덕금	소이야…! 정신 들어?
목야	괜찮아?

소이, 번뜩 정신 차리고 보면… 헛간 안에 세 사람 모두 묶여 있고….

소이	(놀라 목야 보며) 넌 어찌 된 거야…? 근지는?
목야	난 윤평 그놈한테 잡혀왔어…. 근지랑 따로 도망쳤는데,
	어찌 됐는지 모르겠어.
소이	(놀라고 걱정스러운데) ……!
덕금	(걱정스럽고 겁이 나 울먹이며) 우린 이제… 어찌 되는 걸까…?
	임무도 다 못하고… 죽는 거야…?
소이	(심각한데) …….
목야	근지랑 겸사복들은… 어찌 됐을까….
소이	(목야에게) 오라버니는? 지물상으로 갔는데, 못 봤어?
목야	못 봤어. 그놈들이 지물상에서부터 미행했대.
	강채윤이랑은 아예 못 만났나봐.
소이	(걱정스러운데)

#31. 산채 내 방(낮)
정기준, 도담댁 있고. 보고하는 윤평.

윤평	나인 목야 쪽은 부적을 만들기 전이라, 견본으로 만든 것만 수거했습니다.
	또한, 나인 소이 쪽은 아이들에게 노래를 가르치고 있었으나….
정기준	(보면)
윤평	아직 글자를 배우지는 않은 상태였습니다.
도담댁	예. 아이들에게 글자를 가르치려고 만든 것 또한 모두 수거했다 합니다.
정기준	유포는 막았구나!!
	이도의 유포 계획은 일단 실패했어!! (하고 눈 빛내면)
이도	(E) 뭐라? 윤평이 데려갔다…?

#32. 이도의 방(낮)
절망스러운 표정의 이도.
평복 차림의 채윤이 그 앞에 와 있다.
옆에 정인지 있고….

채윤   (절망스러우나 일단 차근차근 보고하며) 예, 제가 갔을 때는 이미
       윤평이 담이와 나인 덕금을 빼돌리고,
       아이들이 글자를 배웠는지 확인까지 한 뒤였습니다.

이도   (보며) …….

정인지   글자가 퍼져나갔는지 확인한 것입니다.

이도   (심각하게) 그래…, 나인들이 글자를 유포하려 한다는 것을…
       알아챈 것이다…!

채윤   (괴로워 미치겠는 심정으로) 전적으로 소인의 잘못이옵니다.
       한시도 자리를 비우지 않아야 했사옵고,
       위험을 감지한 즉시 담이에게 갔어야 하는 것인데, (하는데)

이도   (말 자르며) 나의 책임이다.

채윤   (보고)

정인지·무휼   (보면)

이도   정기준이 유포 계획을 알아낼 수 있음을 예상했어야 했는데….

채윤   (괴로운 심정으로 보는데)

이도   (괴로운 심정으로) 하여 유포는 실패로 돌아가고…,
       나의 사람들만 또다시… 위험에 처했구나….

채윤   (이제 대체 어찌해야 하나 싶어 미치겠는데) …….

#33. 산채 내 헛간(낮)
소이, 목야, 덕금 있는데 들어오는 정기준.

정기준   (세 명 둘러보며) 이도가… 참으로 대단한 나인들을 두었구나.

소이   (노려보고)

목야·덕금 (노려보는데)

정기준   (놀랍다는 듯) 글자를 유포하는 임무를 띤 자가… 대군이나
       공주도 아니요, 학사도 아닌 일개 나인일 줄 누가 짐작이나 했겠느냐.

소이   (노려보는데)

정기준   그래, 그래…. 해서 무사히 궁을 빠져나가는 데 성공했으니…
       조선 팔도에 글자를 퍼뜨릴 생각으로 얼마나 큰 희망에 부풀었겠느냐.

소이·목야·덕금   (보는데)

정기준   (표정 싹 바뀌며) 허나 이제 그 희망은 다… 사라졌다.
         글자는 결단코 유포치 못한다.
소이·목야·덕금   (입 다문 채 노려보는데)
정기준   (나지막이 무섭게) 해례는… 어디 있느냐.

#34. 헛간 밖(낮)
밖에서 듣고 있는 도담댁. 옆에 윤평.

도담댁   (불안과 초조함으로) 어찌 저러시는지 모르갔다.
윤평   (보면)
도담댁   상황이 급박하게 돌아가 한 치 앞도 가늠할 수 없는데…
         글자에만 매달리시니 어찌하면 좋단 말이냐.
윤평   …….
도담댁   (심각) 심종수가 따로 움직인 것으로 보아…
         궁에서 뭔가 상황이 벌어진 것이 분명한데. (하며 심상찮은 표정인데)

#35. 반촌 주막(낮)
한가놈, 주막으로 들어오며 슬쩍 안을 둘러보는데….

연두모   (E) 요즘 왜 손님들 안 끌고 오세요?

         한가놈 돌아보면, 한 평상에 앉은 연두, 연두모, 옥떨이 보이고….

한가놈   과거 끝난 지 얼마나 됐다고…. 비수기야, 비수기!
연두모   에이…, 딴 때는 과거 다음날도 잘 구슬러 오셨으면서….
옥떨   그러셨어?
한가놈   뭐…, 내가 그런 능력이 좀 있긴 있지. (하고는 옆의 연두 보는데)
연두   (시무룩한 표정이다가는 쓱 나가버리면) …….
한가놈   쟤 왜 저래? 뭔 일 있어?
옥떨   개파이 없어졌다고 저러잖아요. 나리도 못 보셨죠?
한가놈   개파이? 몰라? 그 짐승 같은 돌궐족 뭐가 좋다고.

(일어서며) 그럼 성균관 앞서 어슬렁대는 선비들이나 좀 꼬여볼까. (하고 가면)
연두모   (가는 한가놈 보며) 예에…, 그러세요. 많이요!!
한가놈   (가면서 표정이 바뀌고)

#36. 산 일각(낮)
바닥에 쓰이는 글자, 카르페이.
글자 위로, 눈물 뚝뚝 떨어진다.
연두, 개파이 이름 쓰며 눈물 흘리고 있는데…
그 위로 드리워지는 거대한 그림자.

연두   (고개 들고 놀라) 카르페이…!

보면, 서 있는 개파이, 보일 듯 말 듯 미소 짓는다.

연두   (반가워서 팔에 매달리며) 어디 갔었어? 응?
개파이   (귀엽다는 듯 보는데)
연두   반촌에 난리 났었어. 아저씨 나쁜 사람이라고….
개파이   (그냥 보는데)
연두   (그런 카르페이 보다가는) 밥은 먹었어?
개파이   (고개 저으면)
연두   여기서 잠깐 기다려. 밥 가져올게.

하고 뛰어가는 연두. 개파이, 가는 연두를 물끄러미 보는데….

#37. 성균관 내 방(낮)
제조 있는데 들어오는 한가놈.

제조   (깜짝 놀라 일어나며) 예까지 어쩐 일이오?
한가놈   (말없이 들어와 앉으면)

제조, 문 열고 밖을 살피고는 다시 문을 닫는다.

제조	(다급히) 그러잖아도, 그 일 때문에 상의하려던 참이오.
한가놈	(역시 싫어) 그 일이라니? 무슨 일이 있었는가…?
제조	(놀라) 보고가… 안 갔소?
한가놈	얘길 해보게!
제조	(은밀히) 주상이… 궁내 밀본원들에게 자복하라 했소!
한가놈	(경악하며) 뭐라…!
제조	그 일로 궐 안이 온통 술렁이고 난리가 났소.
	천지계원인지도 다 공개되고…
	그 계원들이 지금 조정 내 여론을 반전시키려고, 갖은 짓을 다 하고 있소!
한가놈	(엄청난 위기감으로) ……!

#38. 경회루 일각(낮)
성삼문과 박팽년이 이순지와 학사들, 젊은 관료들을 막아선 채 있다.

이순지	(기분 나쁘게) 전하께서 반포를 선언하셨으나, 난 찬성할 수 없네.
	(강하게) 그 글자는 결국 한자를 배척하게 만들 것이야!
학사들	('우리 모두 같은 생각이네' '끝까지 반대할 것이야' 아우성치면)
박팽년	예, 예…, 물론 이해합니다. 저희도 글자를 처음 봤을 땐 반대했으니까요.
모두	(보면)
성삼문	헌데 말입니다…, (하다가 이순지에게)
	이교리께선 한자를 모두 익히기까지 얼마나 걸리셨습니까.
박팽년	(바로 받아) 하루? 아니면 열흘이요?
이순지	(장난하나 싶어) 한자가 모두 몇 자인지 모르는가.
	어찌 하루, 열흘 만에 모두 익힌단 말인가.
성삼문	예, 불가능한 일이지요. 허나, 전하께서 만드신 글자는!
이순지	(보면)
성삼문	아무리 어리석은 자라도… 열흘이면 깨칠 수 있습니다.
이순지	……!
모두	……!
성삼문	한자는 독학으로 익히는 게 불가능했습니다!
	허나 이 글자로, 한자에 음과 훈을 달아놓는다면.

박팽년	(받아서) 한자도 혼자 배울 수 있습니다!
이순지	(보는데)
박팽년	저희는 전하의 명으로 그 작업을 하고 있구요.
성삼문	헌데… 이 글자가 한자를 배척하는 것이란 말입니까?
이순지	(그런 것을 가능하게 하는 글자란 말인가… 놀란 듯 보고)
모두	(역시 놀란 듯 보는데)
최만리	(E) 그게 무슨 말입니까!

#39. 집현전 내 집무실(낮)
정인지, 최만리 있고. 최만리, 불쾌한 얼굴.

최만리	지금 대제학께서도 절 밀본이라 생각하시는 겁니까?
정인지	(감성 전략이다) 난 자네가 밀본이든 아니든 상관없네.
최만리	(보는데)
정인지	그런다고… 성균관에서 같이 수학하고….
최만리	(보면)
정인지	이곳 집현전엘 들어와 함께한 20여 년 세월이 어딜 가겠는가?
최만리	…….
정인지	우리가 나이가 동갑인데도, 자네가 너무 겉늙었다며 자네를 희롱할 때, 난 항상 자네 편을 들었네. (일부러 농담) 내가 동안이지, 자네가 노안이 아니라고 말일세.
최만리	… (그런 정인지 보며) 지금 농을 하며 내 마음을 어찌해보자는 겐가?
정인지	그럴 리가 있나…. 내가 최만리를 모를 리가 있어? 다만… 그 긴 세월 동안… 자네도 보지 않았나…. 전하의 뜻이 단 한 번도 어긋나는 적이 없는 것을… 말이야….
최만리	…….
정인지	자네가 이리 반대하는 것도, 전하의 성정을 알기 때문이 아닌가.
최만리	(보다가 조금 수그러져) 그래… 해서… 더더욱 반대를 해야 하는 것이야….
정인지	(안타까워) 이보게….
최만리	선언까지 하셨으니, 전하께선 이제 어떻게든 글자를 반포하시려 할 것 아닌가.

정인지	…….
최만리	허나 난… 난 여전히 글자에 동의할 수가 없네.
	전하의 뜻을 모두 이해한다 한들 말이야.
정인지	…….
최만리	… 우리가 집현전에 들어올 때 전하께서 이런 말씀을 하셨지.
정인지	(보면)
최만리	전하께서 바른 선택을 하실 수 있도록,
	끝까지 직언하고, 전하와 싸워달라 말이야.
정인지	…….
최만리	난 그리할 것이네. 전하의 말씀대로 할 것이야.
정인지	(안타깝게 보는데)

#40. 궁내 집무실(낮)
조말생, 황희, 대신 1 있고.

대신 1	전하께서 글자를 반포하시겠다는 날짜가 다 되어갑니다.
황희	헌데, 아직까지 앞으로 나서는 밀본원이 없네그려….
조말생	(마음에 안 들어) 전하의 심중을 알다가도 모르겠습니다.
	역당에게 붕당이라니요? 어찌 대역죄인들을 조정에 세우고,
	그들과 국사를 논한단 말입니까!
황희	(허허허 웃고는) 전하의 그런 성정에 가장 수혜를 입은 사람이
	조대감과 나요.
조말생	(보면)
황희	그런 성정과 결심이 아니셨으면…
	선왕께오서… 승하하신 후에, 전하의 장인을 참한 조대감이나,
	양녕대군을 끝까지 주장한 나를 조정에 남겨주셨겠소?
대신 1	그건 그렇소. (하고는 허허허 웃으면)
조말생	(에헴 헛기침하고)
황희	(같이 웃다가는 한탄스러운 소리로) 전하의 그런 심중을
	밀본원들이 믿어주어야 할 텐데….
조말생	…….

정기준   (E) 참으로 영리하고 무서운 자로다!! 이도!!

#41. 산채 내 정기준의 방(낮)
정기준과 한가놈 있고. 정기준, 분노한 얼굴이다.

한가놈   그러게 말입니다.
정기준   …….
한가놈   그 선언이 무엇을 의미하는 것이겠습니까. 만약 원로들과 밀본원들이,
          주상의 말을 전적으로 신뢰한다면, 밀본지서는….
정기준   (OL) 무용지물이 되는 것이지.
한가놈   예! 또, 조정의 밀본원이 몇 명입니까!
          헌데 그 누구도 본원께 이 사실을 알리지 않았습니다.
정기준   (참으며) 이미… 모두가 흔들리고 있는 것이다….
한가놈   맞습니다! 주상의 행보를 보았을 때,
          그 선언이 거짓이 아니라고 신뢰할 가능성이 높습니다!
          마음을 바꾸는 자들이 있을 수 있어요!
정기준   …….
한가놈   심종수가 다른 마음을 먹고 움직이는 것과도
          맥락이 통하는 것 아니겠습니까! 결국… 조직이 와해될 겁니다!
정기준   (분노 이는데)
한가놈   (생각하다가) 먼저 심종수의 움직임부터 막아야 합니다!
정기준   (보면)
한가놈   밀본원 중에도 이 산채의 위치를 아는 자는 극소수입니다.
          당장 위험하지는 않을 것이나…, 심종수가 산채의 위치를 알지 않습니까!
정기준   …….
한가놈   심종수가 어찌 움직일지 알 수 없습니다.
          우리가 먼저 손을 써야 합니다!
정기준   (분노로 눈 지그시 감는데)
한가놈   (그런 정기준 보다가 간절하게) 본원….
          본원의 글자를 막겠다는 뜻에는 동의합니다.
          예! 반드시 막아야죠!

정기준   …….

한가놈   허나… 그 전에 밀본은 살려야 하지 않겠습니까?
         지금은 글자를 막는 것보단, 밀본을 지키는 것이 우선입니다! (하는데)

도담댁   (E) 저도 같은 생각입네다.

         보면, 도담댁 와 있다.
         간절한 얼굴로 정기준 앞에 무릎 꿇는 도담댁.
         정기준, 그런 도담댁 보는데.

도담댁   본원께서 진정… 밀본을 버리시려는 겁네까….

정기준   ……!

도담댁   쇤네 아무것도 모르는 천한 계집일 뿐이오나…,
         밀본을 위해 무엇이 우선돼야 하는지는… 알고 있습네다.

정기준   …….

도담댁   본원께선… 글자를 보신 후, 변하셨습네다.

정기준   …….

도담댁   본원께 주어진 천명이 무엇인지… 잊으셔선 아니 됩네다.
         비명횡사하신 삼봉 선생과 삼봉 선생의 아우들…,
         삼봉 선생의 아드님들….

정기준   …….

도담댁   또… 정도광 어르신….

정기준   …….

도담댁   아직… 떳떳이 제사도 드리지 못하고 있습네다.

정기준   (그런 도담댁 보는데) …….

#42. 겸사복 집무실(낮)
초조하고 불안해서 어쩔 줄 몰라 하며 왔다 갔다 하는 채윤.
못 견디겠는지 확 나간다.

#43. 무휼의 집무실(낮)
무휼, 있는데, 들어오는 채윤.

채윤   (급히) 어찌 되고 있습니까.
        충청 감영에서 올라온 장계는 없습니까?
무휼   (심각) 아직 없구나.
채윤   (미치겠는데)
무휼   (채윤을 진정시키려, 지레) 전하께서도… 소이를 걱정하고 계신다.
        하여 나인들을 찾는 데 총력을 기울이고 계시니, 기다리고 있거라.
채윤   (그런 무휼 보다가) 전하를… 뵙게 해주십쇼.
무휼   (미간 구기며) 전하께서도 소이를 걱정하고 계신다지 않느냐.
        또 무슨 말을 고하려고!
채윤   (막무가내로) 봬야겠습니다! 전하를 뵙게 해주십쇼!

#44. 글자방(낮)
홀로 있는 이도. 괴로운 얼굴로 고뇌하는데….
ins. cut – 21부 7씬.

소이   혹여 소인이 그 일을 하다가 위험에 처하고 죽는다 하더라도,
        전하께서도… (채윤 보며) 오라버니도…
        저를 찾는 데 시간을 쓰시면 아니 됩니다.
소이   누구의 죽음도 우리의 앞길을 막아선 아니 됩니다.

괴로운 얼굴로, 종이에 써 있는 '訓民正音'을 보는 이도.

이도   (마음의 소리 E) 또… 소중한 사람을 잃는 것인가….

이도, 고뇌하는데…
이때, 밖에서 '겸사복 강채윤 입시이옵니다!' 하며,
채윤이 들어온다.
이도, 채윤을 보자 미안함에 더욱 괴로워지는데….

이도   (시선 피하며) 어찌 왔느냐…. 내… 소이를 반드시 찾을 것이다….
        소이를 반드시 찾아…. (하는데)

채윤	(말 자르며 냉정하게) 또 흔들리고 계셨습니까.
이도	(보면) ……
채윤	(이도 똑바로 보며) 그러지 마십시오.
이도	……!
채윤	제 실수로… 담이를 위험에 빠뜨렸습니다….
	(이 악물며) 제가… 반드시 찾을 겁니다.
이도	(보고) ……
채윤	… 어디서… 어찌 찾아야 하는지…, 소인 아직 모릅니다.
	허나, 궁에 이러고 있기엔 제가 용서가 안 됩니다.
	담이를… 찾으러 갈 것입니다. 허니….
이도	(보면)
채윤	전하께선… 전하의 길을 가십시오.
이도	……!
채윤	전하의 일을 반드시 성공해내십시오.
	전하께서 성공하셔야 담이도… 더 안전해질 것입니다.
이도	(보고) ……
채윤	(굳은 의지로) 부디… 흔들리지 말고 나아가십시오.
이도	(그런 채윤을 보는데)
채윤	담이가 있었다면… 분명 그리 말했을 겁니다.
이도	(그런 채윤 보고)
채윤	(의지로 보는데)

#45. 경복궁 일각(낮)
나오는 채윤. 말은 그렇게 했으나
대체 소이를 어디서부터 찾아야 하나 고민스럽다.
생각하던 채윤, 순간 뭔가 떠오른 듯 어딘가로 간다.

연두	(E) 엄마!!

#46. 반촌 내 주막 거리(낮)
연두가 '엄마'를 부르며 뛰어서는 주막 안으로 들어간다.

이내, 곧 거리에 나타나는 채윤. 주막으로 온다.
그러고는 주막으로 들어가는 채윤.

#47. 반촌 주막 마당(낮)
채윤, 들어오는데… 옥떨과 연두모 있다.

옥떨   어이구! 오셨네. 어디 다녀오셨어요?
채윤   (옥떨과 연두모 보며) 연두 없어?

하는데, 이때 주막 부엌에서 채반에 음식을 담아 나오는 연두.
채윤을 보자, 금방 겁을 먹은 듯 멈춰 선다.

채윤   (그런 연두를 보고는) 연두 있었구나?
연두   ……..
채윤   그건 뭐야? 친구랑 먹으려고?
연두   … 예….
연두모   근데 우리 연두는 왜요?
채윤   … 으응…. 혹시… 개파이한테서 연락 없었나 하고.
연두   (긴장하는데)
연두모   아이구! 밀본인지 뭔지 다 쫓겨갔는데… 오겠어요?
         오면 다 잡혀 죽을 텐데.
연두   …….. (긴장)
채윤   (그런 연두 보고)
옥떨   그럼요. 우리도 그 사람들이 그렇게 숭악한 사람들인지 알았으면
         우리가 잡아넣었을 텐데….
연두   … 개파이 숭악한 사람 아니에요.
연두모   (채윤 눈치 얼른 살피고는 연두 얼른 제지하며) 아니긴 뭐가 아녀. 입 닥쳐.
채윤   (연두의 앞에 앉으며) 그래…, 개파이는 그런 사람 아냐.
         근데… 아저씨가… 개파이 꼭 만나야 하거든. 어디 있는지 알어?
연두   완전 긴장한 채로) … 잡으려구요?
채윤   … 그게 아니라… 너도 알지? 소이 항아님….

연두   ······. (보다가는 고개를 끄덕하는데)

채윤   소이 항아님이··· 잡혀갔어.

연두   ······.

채윤   ··· 아저씨가··· 소이 항아님··· (괜히 눈물이 날 거 같다)
         꼭 구해내야 하거든.

연두   (그런 채윤을 보며 마음이 움직이는 것 같은데)

채윤   소이 항아님이랑··· 아저씨랑은··· 어릴 때부터 잘 알던··· 동무야···.

연두   ······.

채윤   아저씨 가족도 다 죽었고··· 항아님 가족도 다 죽었고···
         아저씨하고··· 항아님만··· 살았거든.

연두   ······.

채윤   그래서··· 아저씨가 꼭 구해야 돼···.
         근데··· 아저씨 생각엔 소이 항아님이 개파이 있는 데로 갔을 거 같거든.

연두   ······.

채윤   혹시··· 개파이 어디 있는지 알어?

연두   ··· (고민한다) ······.

채윤   (보는데)

연두   (고민하려다가는 말할까 하는 순간)

연두모   알면··· 얼른 말씀드려. 얼른 잡아서 다 처넣으시게.

연두   (그 말에 다시 겁을 집어먹는)

채윤   주모는 왜 그래? 우리 연두가 말하려고 하는데···.

연두모   아이구···, 죄송해요.

채윤   그래···, 얘기해봐. 무슨 얘기하려고 했어?

연두   ··· 그냥···, 개파이한테··· 연락 오면··· 꼭 알려드리겠다고···.

채윤   ··· (너무 낙담하는데) ······.

연두   ······.

채윤   ··· 그래···. 꼭 그래야 돼.

연두   ··· 예···.

하고는 얼른 채반을 들고는 줄행랑을 치는데···
채윤, 그런 연두의 뒷모습을 본다. 뭔가 이상한 느낌이 들고···.

#48. 산 일각(낮)

연두가 채반을 들고는 산길을 오르고 있다.

그 뒤로 그런 연두를 조용히 따르는 채윤.

너무 간절한 마음으로 연두를 뒤따르고 있다.

그것도 모른 채 열심히 오르는 연두.

간절한 마음으로 뒤따르는 채윤.

드디어 목적지에 다다른 듯, '카르페이!' 하며 뛰어가는 연두.

채윤, 순간 '됐다!!' 싶은 마음으로 눈이 커지는데, 이때!!

뭔가 느낌이 이상한 채윤.

카메라 팬하면, 채윤의 뒤에 서 있는 개파이.

채윤, 뒤돌며 개파이와 1합!

그러나 채윤, 힘에 팅겨 나가듯 뒷걸음치다 밀려 산을 구른다.

산비탈을 굴러 내려가는 채윤.

#49. 비탈길 아래 산 일각(낮)

굴러떨어진 채윤. 다급한 마음에 얼른 일어나며

채윤   비겁하게 뒤에서…, 씨!!!

하고는 다시 뛰어올라간다.

#50. 산 일각(낮)

48씬과 같은 곳.

채윤, 급히 올라오는데 아무도 없다.

#51. 다른 산 일각(낮)

연두를 둘러업은 개파이, 급하게 어딘가로 뛴다.

개파이   연두가… 위험하다…. 위험하다….

하고는 연두를 둘러멘 채 뛰는 개파이.

#52. 산 일각(낮, 48씬과 같은 곳)
채윤, 연두가 카르페이 부르며 가던 곳을 급히 둘러보는데,
연두의 채반만 쏟아져 있고 개파이와 연두는 없다.
여기저기 뛰어 찾아보는 채윤. 소이 생각에 미칠 것 같아 눈물이 다 난다.

#53. 글자방(낮)
이도, 괘도에 자기가 그린 세력도를 보고 있다.
옆엔 정인지 있는데…
카메라는 이도의 시선으로 심종수를 비춘다.
다시 이신적을 비춘다.
다시 심종수.
다시 이신적. 거기서 멈추는 이도의 시선.

이도	(옆의 정인지에게 낮고 비장하게) 오늘 밤… 이신적과의 회합을 마련하거라.
정인지	이신적이요?
이도	이신적도 밀본에 감시당하고 있을 가능성이 크다.
	절대로 아무도 모르게….
	또한… 이신적이 어디에 연통하지도 못하게…
	최대한 최대한… 조심해서 자리를 마련해야 할 것이다.
정인지	예, 알겠습니다.

#54. 궁내 집무실(낮)
이신적 있는데, 장은성이 정별감 데리고 들어온다.
정별감, 예를 취하는데….

이신적	(초조함은 숨기며) 그래…, 의금부에서 취조받았던 나인들이
	어찌 됐다는 게냐?
정별감	예…, 저도 듣긴 들었습니다만… 하도 횡설수설 얘길 해서….
장은성	들은 대로만 자세히 얘기해보게.
이신적	그래…. 의금부에서 처리한 일이 어찌 잘못된 것인지…
	내가 알아야 한다.

정별감   예…. 그게 그러니까…
         그 나인들을 겸사복 초탁, 박포가 호위를 했는데…
         반쪼가리가 습격을 했답니다.
장은성   반쪼가리라면?
정별감   아, 예…. 그 윤평인지 뭔지… 그놈 말입니다.
이신적   그래, 그런데?
정별감   그다음엔… 잡혀갔는데…, 명나라 계집이 나타났고,
이신적   (명나라 계집이라는 말에 견적희구나 싶은데) …….
정별감   또 다른 사내가 나타났고…,
         그래서 창암골에 병사를 보내야 된다….
장은성   또 다른 사내라면 누굴 말하는가?
정별감   글쎄…. 그건….
이신적   (들으며 불안만 가중되는데)

#55. 이신적의 방(낮)
장은성과 이신적 있는데….

장은성   또 다른 사내라면… 심종수가 아니겠습니까?
이신적   …….
장은성   (초조하고 마음이 급한) 대감! 전하께서… 정하신 시한이
         얼마 남지 않았습니다!
이신적   …….
장은성   헌데 저렇게 큰 사단이 났다면…,
         본원도 전하도… 알았을 가능성을 생각해야 합니다.
이신적   …….
장은성   대감! 전하께 발각돼도 끝이고,
         본원에게 발각돼도 끝이라 하시질 않았습니까?

         하는데, 집사 들어오며….

집사   대감마님.

이신적	뭐냐…?
집사	견적희의 수하가 이것을…. (하며 서찰 하나를 내밀면)
이신적	(받으며) 알았다. 나가보거라.

하면, 집사는 나가고, 이신적은 서찰을 꺼내어 읽는다.

장은성	뭐라 하였습니까? 어찌 됐다는 것입니까?
이신적	(서찰 읽다가는 접으며) 본원이 우리 움직임을 알아챘을 거라는구나….
장은성	(경악하며) 예에?
이신적	(위기로 한숨을 쉬며) 하아!! 이신적 인생에 최대 위기로구나!!
장은성	…….
이신적	겨우 70년 살면서… 그까짓 대의가 뭐라고!
	젊은 시절… 왜 밀본엔 가담해가지고…
	말년에 이 사단을 자초한단 말인가!!

#56. 산채 일각(낮)
뒷짐 지고는 깊은 생각에 잠겨 있는 정기준.
이때 슬쩍 오는 한가놈.

한가놈	… 본원….
정기준	(말 자르며) 네 말이 모두 옳다!
한가놈	예?
정기준	재상총재제는 더 나은 조선을 위해, 삼봉 선생께서 세우신 전략이다.
	왕 한 명에게 나라를 의탁하는 것보다는 현명한 다수의 사대부들에게
	의탁하는 것이, 백성들에겐 더 이로울 것이니 말이다.
한가놈	(무슨 말을 하려나 보면)
정기준	허니 밀본은 그것에 복무해야 하는 것이 맞아.
	삼봉 선생과 이방원에서 비롯된 싸움이지만…
	조선이 계속되는 한, 왕과 신하들이 끝없이 싸워가야 할
	문제이기도 한 것이다.
한가놈	(생각을 바꿨구나 싶어) 예…, 본원…. 잘 생각하셨습니다.

정기준   허나… 글자는 말이다….
한가놈   (불안해서 보는데)
정기준   이도와 내가 서로의 생각을 놓고 벌이는 싸움이다.
한가놈   ……?!
정기준   난 역사를 놓고 벌이는, 이도의 이 위험천만한 장난을,
         두고 볼 수는 없다.
한가놈   …….
정기준   정치를 하는 자가 백성을 두고…,
         어찌 될지도 모르고 자신이 책임지지도 못하면서…,
         시험을 해보려 하다니!!
         기껏해야… 50년도 다스리지 못하는 일개의 왕 따위가!!
한가놈   … 허나… 본원…!!
정기준   (다시 한가놈 보며) 걱정 말거라.
         내가 네 말의 옳음을 알고 있으니….
         생각해둔 것이 있다. 조금 늦었을 뿐이지.
한가놈   그게 무슨 말씀이신지요?

         정기준, 결연한 표정으로….

         #57. 여각 내 방(낮)
         심종수, 견적희 있는데….

심종수   (놀란 표정으로) 그게 무슨 소리요?
         윤평이 납치한 나인들이 해례를 갖고 있지 않다니?
견적희   매혼제에 취한 그 나인이 해례는 없다 했습니다.
심종수   없다?
견적희   예, 해례는 애초에 없다구요.
심종수   그럴 리가 없소.
         그 나인이 내게는 해례가 있는 곳이 창암골이라 했소!
견적희   (의아해하며) 그럴 리가요….
         창암골은 내가 소이가 있는 곳을 물었을 때 나온 답일 뿐입니다.

심종수	허면… 똑같은 질문에 다른 대답을 했단 말이오?
견적희	허나… 거짓말일 순 없습니다.
심종수	(보는데)
견적희	매혼제에 취한 채 거짓을 말할 순 없습니다.
심종수	그렇다면 대체….
견적희	(골똘히 생각하는데)
심종수	(그것이 대체 뭘까 골똘히 생각하는 데서)

#58. 이신적의 방(낮)
이신적, 불안 초조한 상태로 앉아 있는데.

집사	(E) 대감마님, 성승 영감 오셨습니다.
이신적	(혼잣말로) 아니…, 성승이 어인 일로…? (하고는) 모시거라.

하면, 들어오는 성삼문.

이신적	(놀라며) 아니…, 자넨 성수찬이 아닌가?
	춘부장(남의 아버지를 높여 부르는 말)과 함께 온 것인가?
	(하며 문 뒤를 보는데)
성삼문	아닙니다.
	긴한 일이 있어 잠시… 부친의 함자와 가마를 도용했습니다.
이신적	(놀라며) … 함자와 가마를 도용하다니…?
성삼문	잠시… 부친의 가마에 오르시지요.
이신적	(의아하여 보는데) …….
성삼문	전하께서 만나고자 하십니다.
이신적	(긴장하나 감추며) 전하께서…?
성삼문	예…, 아주 은밀히요.
이신적	(경악해서 보는데) ……!

#59. 길 일각(낮)
생각에 잠긴 채 걷고 있는 심종수.

심종수   (생각을 정리하려는 듯한 마음의 소리 E) 해례는 없다….
         해례는 창암골… 에 있다….

         뭐지…? 하는 느낌으로 고민하며 걷는 심종수.

심종수   (마음의 소리 E) 창암골엔 소이가 있다.
         소이가 해례를 갖고 있는 것인가?
         아니지, 아니지…. 해례는 애초에 없다고 하지 않았는가….

         하다가, 순간 뭔가 깨달은 듯 걸음을 멈추는 심종수.

심종수   (놀라, 마음의 소리 E) 설마…!!

         ins - 새로 찍는 회상. 궁 일각.
         정인지, 심종수 있는데 소이, 인사하고 지나간다.

정인지   나도 저 나인 같은 능력이 있으면 얼마나 좋겠는가.
심종수   예? 능력이라니요?
정인지   뭐 한 번 보면… 다 외우는 모양이네.

         회상에서 돌아온 심종수. 그 위로

심종수   (경악하며 마음의 소리 E) 다 외우는 능력…?
         설마… 소이가… 해례…?!!

         #60. 궁문 앞 일각(밤)
         삿갓 쓴 무사복 차림의 채윤이 행장을 메고 나오는데
         그 뒤로 초탁이 따라나온다.

초탁   대체 어딜 가서 찾는다는 기야?
채윤   (앞만 보고 가며) 연두 갔던 산에서 흔적을 찾아볼 거야.

초탁	(붙잡으며) 채윤아! 이렇게 무작정 갔다가 너까지 무슨 일 나면, (하는데)
채윤	(OL) 그래서? 무작정 기다리라고?
초탁	(아무 말 못하는데)
채윤	(피 끓는 심정으로) 어떻게 그래…? 지금 담이가 어디서, 어떤 지경으로 무슨 일을 당하고 있을지 모르는데…. 그 생각만 하면 미쳐버릴 거 같은데…!
초탁	(안타깝게 보면)
채윤	넌 박포하고, 주막에 연두 오는지 계속 확인해.
	(하고 결연하게) 난 뭐라도 찾아야 해…. 찾아낼 거야….

하고 돌아서 가는 채윤.
초탁, 가는 채윤을 걱정스레 보는데…

#61. 의금부 앞(밤)
채윤, 걸어가는데…
멀리서 '들어가게 해달라니까!' '아, 근데 이 그지새끼가'
소란스러운 소리가 들린다.
채윤은 소리가 들리지만, 오직 소이 생각에 눈길도 돌리지 않고
그냥 지나쳐 가는데…
의금부 앞에선 각설이 자그니와 의금부 군관 1이 실랑이하고 있다.
안으로 들어가려는 자그니와 막아서는 군관 1.

군관 1	이 그지새끼가… 여기가 어디라고 와서 지랄이야?
자그니	(흥분해서) 아니…, 그지는 억울한 일 생겨도 발고도 못하는 거요?
	나도 억울한 일 있다고!! 어떤 놈이 내 동생… 내 동무들… 다 죽였다고!!
군관 1	이놈이 그래도…!
자그니	(악에 받쳐서) 다 죽였다니까!!
채윤	(그냥 가는 채윤의 모습)
군관 1	(못 당하겠는지) 아…, 대체 어디서…?
자그니	(얘길 들어줄 듯하자 소리를 크지 않게 다급히) 창암골이요… 창암골….
채윤	(이젠 좀 멀어져서 못 들은 듯 가는 채윤의 모습)
군관 1	(보면)

자그니   내가 그놈 봐뒀으니까… 빨리 가요, 빨리….
군관 1   (듣고는 건성으로) 알았어, 알았어. 내 위에다 보고할 테니까….
         (밀어내며) 빨리 가! 가뜩이나 소란스러운데 괜히 경치지 말고.
자그니   (바닥에 드러누우며 소리치는) 아이고, 나 죽네. 억울해서 죽네!!

         하는데도 그냥 가는 채윤의 뒷모습. 그 위로 들리는 노랫소리.

자그니   (한, 분노, 설움을 모두 담아 악을 쓰며 부르는 E) 가갸거겨!
         가이없는 이내몸이! 거지없이 되었구나!

         놀라 그 자리에 멈춰 서는 채윤.
         확 돌아보는 채윤의 경악한 얼굴에서….

         #62. 길 일각(밤)
         채윤과 자그니 있다.

채윤   (다급히) 어떻게 된 거야?
자그니   (울면서 소리치는) 몰라서 물어? 네놈들 때문에 다 죽었어…!!
         (악에 받쳐서) 가만 안 둘 거야! 똑같이 갚아줄 거라구!! (하는데)
채윤   (갑자기 자그니 얼굴을 두 손으로 확 잡으며) 정신 차리고… 똑바로 말해.
         니가 본 거, 알고 있는 거! 똑바로 다 말하라구!

         #63. 계곡 옆 정자(밤)
         걸어오는 이신적. 긴장한 채 표정이 어둡다.
         이신적의 시선으로, 멀리 정자에 앉아 있는 이도의 뒷모습이 보이고,
         정자 앞에 서 있는 무휼과 내금위 군관들이 보인다.
         이신적, 긴장한 채 정자 앞에 와 서면,

무휼   전하, 우의정 이신적 대감 당도했사옵니다.
이도   (E) 올라오시오.

완연히 긴장한 이신적, 정자 위로 올라간다.
이도가 앉아 있고, 그 앞에 술상이 차려져 있다.
부복하며 예를 취하는 이신적.

이신적   (불안하지만 미소 지으며) … 전하…,
　　　　어인 일로 이 야심한 밤에…
　　　　궁이 아닌 이런 곳에서 보자 하셨사옵니까?
이도　　우상께선… 과인의 치세가 어떠십니까?
이신적　예? (웃으며) 어찌 그런 당연한 것을 하문하시옵니까?
　　　　그야말로 태평성대… 이 삼한 땅에서 일찍이 없었던 태평성대가 아니옵니까?
　　　　모두 전하의 하해와 같은 은덕임을 천하 만민이 알고 있사옵니다.
이도　　그것이 어찌 과인만의 힘이겠소? 과인의 뜻을 따라,
　　　　분골쇄신하며 매진했던 조정 신료들이 함께했기 때문이 아니겠소?
　　　　우상께서도 참으로 고생이 많으셨소이다.
이신적　전하…. 그리 하교하여주시니, 참으로 성은이 망극하옵니다.
이도　　(갑자기, OL) 밀본이시오?
이신적　(놀라) ……!

#64. 산 일각(밤)
결연한 표정으로 오는 심종수.
ins – 새로 찍는 회상, 일각.

막수　　(다친 모습으로) 송구합니다. 근지를 놓쳤습니다.
　　　　아무래도… 강채윤이 데려간 것 같습니다.

심종수　(현재. 마음의 소리 E) 내가 밀본인 것이… 드러날 수도 있겠구나.
　　　　(결연하게 마음의 소리 E) 허면 난… 오늘 여기서 승부를 건다.

어느 나무 아래에 선다. 그리고는 돌을 하나 들어,
근처에 있는 바위를 박자에 맞춰 두드린다.
그러자 끝수가 나타난다.

끝수   (예를 취하며) 오셨습니까?

심종수   본원을 뵈러 왔다. 연통을 넣거라.

           결연한 표정의 심종수.

           #65. 정자(밤)
           (앞 씬 연결)

이도   (노려보며) …… 밀본이냐고 묻질 않았소?

이신적   저… 전하…, 어인 말씀이시옵니까? 소신이 어찌….

이도   (노려보다가 갑자기 웃으며) 내가… 농을 한 것이오…. (웃으며)
           어찌 그리 놀라신단 말이오. (웃는다)

이신적   (대체 무슨 생각인가 싶어 불안하지만 애써 미소 지으며) … 전하…,
           소신… 너무 놀랐사옵니다….

이도   근데 말이오, 만약에… 아주 만약이오…, 우상께서 밀본이라면 말이오….

이신적   ……!

이도   재상총재제를 실현할 수 있는 거래를 어찌 거부하셨소이까?

이신적   ……!

이도   에이…, 그냥 농을 하는 것인데… 어찌 그리 심각하시오?
           그렇지 않소…. 밀본의 가장 큰 대의가 재상총재제인데…
           왜… 그걸 거부했단 말이오? 아…, 재상께서 만약에 밀본이라면!
           그냥 가정이오.

           이신적, 당황하는 듯하다가, 이도의 질문의 진의를 깨달은 듯,
           심각하고 결연한 표정이 된다. 이윽고 표정을 풀며, 웃으며

이신적   허허…, 주상께서… 재밌는 놀이를 원하시는 듯하니,
           허면, 제가 한번 밀본이다… 생각하고 답을 올려보겠습니다.

이도   (웃으며) 그거 정말 재밌겠구료! 한번 해보시오.

이신적   (웃으며) 예에…. (하고 진지하게) 저희 밀본은 삼봉의 비밀결사로
           재상총재제를 대의로 두고 있사옵니다.

	헌데 그걸 실현시킬 수 있는 중요한 거래를 갑자기 거부한 것은,
	내부에… 의견을 달리하는 자가 있기 때문이겠지요.
이도	……!
이신적	해서 소신은 그게 영 맘에 들지 않습니다.
	무엇이 재상총재제보다 우선할 수 있단 말입니까?
	어찌할 바를 몰라, 미치겠습니다!
이도	(진지하게 보다가) …… (웃으며) 우상 대감이 이런 재능이 있을 줄이야….
	아주 그럴듯하오!
이신적	…… (웃으며) 즐거워하시니, 소신도 기쁘옵니다.
이도	밀본 내부에 분열이 생겼다…?
	허면 하나 더 묻겠소이다. 과인이 밀본에게 스스로 자복하고,
	밝은 곳으로 나와, 토론하고 쟁명하자며 시간을 주었소이다.
	헌데… 아무도 오지 않는 것은 왜일까요?
	우상께선 왜 자복하지 않으시오.
이신적	믿음의 문제이지요. 과연 전하를 얼마나 믿을 수 있는가?
	무인정사로 삼봉이 죽은 이후, 역당으로 낙인찍힌 그 세월이…
	수십 년이옵니다. 그 긴 세월의 기억을 하루아침에 모두 잊고!
	소신이 밀본이옵니다…, 하고 나서기엔 불안한 것이지요.
이도	내 경연장에서 공개적으로, 광평은 밀본이 죽인 것이 아니며!
	밀본의 붕당을 인정한다 선언했소.
	이 이상으로 믿음을 줄 방법은 없소이다.
이신적	예…, 전하께선 최선을 다하셨사옵니다…. 허나…
	인간의 뿌리 깊은 불안을 달래지는 못하셨지요.
이도	내가 그 불안을 달랠 수 없고… 믿음을 더 이상 줄 수 없다면,
	스스로 만들어보는 것이 어떠하오?
이신적	스스로 만든다…. 소신 불민하여, 무엇을 말씀하시는지,
	모르겠사옵니다.
이도	하…, 그런가…. (하고 생각하다가, 웃으며) 이거… 그만합시다.
	이거이거…, 우상이 이리 그럴듯하게 하시니… 진짜 밀본인 줄 알겠소.
이신적	(표정을 풀고 웃으며) 그렇습니까…, 하하….

#66. 산채 방 앞(밤)
심종수가 끝수와 온다.
갑자기 정무군들이 에워싼다.

끝수 　　칼을 주시지요.

심종수가 칼을 건네자, 정무군이 심종수의 몸을 수색한다.
결연한 표정으로 응하는 심종수.
수색이 끝나자, 들어가라는 눈짓을 하고 들어가는 심종수.

#67. 산채 내 방(밤)
심종수 들어오자마자 서책(다른 것도 상관없음)을 집어 던지는 정기준.

정기준 　(차분하게) 무슨 낯짝으로 예까지 온 것인가?
심종수 　…….
정기준 　네놈이 어찌 밀본을 배신할 수 있단 말인가…?
심종수 　밀본을 배신한 것은…,
정기준 　…….
심종수 　본원 당신이오!
정기준 　뭐라…?
심종수 　내가 충성한 것은 밀본이 아니라! 권력이 아니라! 당신이 아니라!
　　　　오직 재상총재제의 대의였소! 이제야 깨달았소….
정기준 　하여…?
심종수 　폭군이 최악이라면! 훌륭한 임금이란 차악(次惡)일 뿐이다!
　　　　어떤 훌륭한 성군도 체계를 대신할 수는 없다!
　　　　똥지게는 한 임금이 져야 하는 것이 아니라,
　　　　재상총재제라는 체계가 져야 하는 것이다!!
정기준 　…….
심종수 　사대부가 권력을 가져야 하는 것도! 체계가 바로 서야 하는 것도!
　　　　오직 백성을 올바로 보살피기 위해서다!
정기준 　(한숨을 쉬며 눈을 감고 고개를 돌린다) …….

심종수   (울컥하여) 외면하지 마시오! 당신이 나에게 밀본이 되라며!
         처음 쓴 서찰의 내용이 아니오이까!
정기준   …….
심종수   (눈물 그렁그렁) 난 그날 이후, 내 인생을! 목숨을, 가문의 명운을…
         당신에게 걸었소…. 당신은 나에게 주자였고… 공자였소….
         헌데… 그런 당신이 어찌 그 대의를….
정기준   글자 창제의 무서움에 대해… 그리 얘기했지 않은가….
         자네도… 정말 그걸 모른단 말인가…?
심종수   (버럭) 그다음은! 그다음은 어쩔 것이오….
         당신은 글자를 막아내는 데, 목숨을 바칠 생각이 아닙니까?
         그다음은…? 재상총재제는…! 백성은 어디로 가야 합니까!
정기준   …… 내게 무엇을 원하는가…?
심종수   …… 해례가 있는 곳을 알고 있소.
정기준   ……!
심종수   이제 본원은 그 글자 말고는 아무것도 눈에 들어오지 않을 테니…
         해례를 가지고 글자를 막아내시오. 그리고….
정기준   (주의 깊게 들으며) …….

#68. 정자(밤)
이도, 이신적, 술을 마시며 즐겁게 얘기한다. 웃음소리가 들린다.

이신적   참으로 즐거운 대화였사옵니다….
이도   과인도… 우상을 만나… 아주 재미있었소….
이신적   이제… 밤이 너무 깊었으니, 전하께서도 침소에 드시는 것이….
이도   그래…, 그래야지…. 우상께서… 먼저 가보시오….
이신적   예…, 전하….

하고 이신적 일어나, 뒷걸음치다가 돌아서는데,

이도   (E) 정기준을 넘기시오.
이신적   ……! (천천히 돌아서 이도를 본다) …….

이도	허면… 스스로를 믿을 근거가 되지 않겠소…?
이신적	(심각하게 보며) …….
이도	그리고… 밀본이라는 붕당의 수장으로서…,
	조정에서… 재상총재제를 주장하시면 되지 않겠소?
이신적	……!

경악한 이신적과 결연한 이도 2분할!

#69. 산채 내 방(밤)
(앞 씬 연결)

심종수	당신은 해례를 가지고 글자를 막아내고….
정기준	…….
심종수	난… 그다음… 밀본을 이끌어…
	삼봉 선생의 뜻을 이어가겠소.
정기준	……!

결연한 심종수와 굳은 표정의 정기준 2분할!
앞 씬의 이도, 이신적, 심종수, 정기준 4분할 엔딩.

제
23
부

世宗御製訓民正音

御製ᄂᆞᆫ 님금 지스샨 그리라 訓은 ᄀᆞᄅᆞ칠씨오 民ᄋᆞᆫ 百姓이오 音ᄋᆞᆷ은 소리니 訓民正音ᄋᆞᆫ 百姓 ᄀᆞᄅᆞ치시논 正ᄒᆞᆫ 소리라

國之語音이

國ᄋᆞᆫ 나라히라 之ᄂᆞᆫ 입겨지라 語ᄂᆞᆫ 말ᄊᆞ미라

나·랏:말ᄊᆞ·미

異乎中國ᄒᆞ야

異ᄂᆞᆫ 다ᄅᆞᆯ씨라 乎ᄂᆞᆫ 아모그ᅌᅦ ᄒᆞ논 겨체 ᄡᅳᄂᆞᆫ 字ㅣ라 中國ᄋᆞᆫ 皇帝 겨신 나라히니 우리나랏 常談애 江南이라 ᄒᆞᄂᆞ니라

中國·귁·에 달·아

與文字로 不相流通ᄒᆞᆯᄊᆡ

與ᄂᆞᆫ 이와 뎌와 ᄒᆞᄂᆞᆫ 겨체 ᄡᅳᄂᆞᆫ 字ㅣ라 文ᄋᆞᆫ 글와리라 不은 아니ᄒᆞ논 ᄠᅳ디라 相ᄋᆞᆫ 서르 ᄒᆞ논 ᄠᅳ디라 流通ᄋᆞᆫ 흘러 ᄉᆞᄆᆞᆺ 디라

與·영文문字·ᄍᆞ·로 不·붏相샹流륭通통ᄒᆞᆯᄊᆡ

文문字·ᄍᆞ·와·로 서르 ᄉᆞᄆᆞᆺ·디 아·니홀·ᄊᆡ

故로 愚民이 有所欲言

故ᄂᆞᆫ 젼ᄎᆞ라 愚ᄂᆞᆫ 어릴씨라 有ᄂᆞᆫ 이실씨라 所ᄂᆞᆫ 배라 欲ᄋᆞᆫ ᄒᆞ고져 ᄒᆞᆯ씨라

故·공·로 愚ᅌᅮ民민·이 有ᅌᅮᆷ所송欲욕言언·ᄒᆞ야·도

#1. 정자(밤)

이신적 일어나, 뒷걸음치다가 돌아서는데,

이도 　　(E) 정기준을 넘기시오.

이신적 　　……! (천천히 돌아서 이도를 본다) …….

이도 　　허면… 스스로를 믿을 근거가 되지 않겠소…?

이신적 　　(심각하게 보며) …….

이도 　　그리고… 밀본이라는 붕당의 수장으로서…,
　　　　조정에서… 재상총재제를 주장하시면 되지 않겠소?

이신적 　　……!

경악한 이신적과 결연한 이도.

#2. 산채 내 방(밤)
(앞 씬 연결)

심종수 　　당신은 해례를 가지고 글자를 막아내고….

정기준 　　…….

심종수 　　난… 그다음… 밀본을 이끌어…
　　　　삼봉 선생의 뜻을 이어가겠소.

정기준   ……!

결연한 심종수와 굳은 표정의 정기준. (22부 엔딩 지점)

정기준   권력을… 원하는가?
심종수   (버럭) 나의 생각대로, 나의 신념대로,
          좋은 나라를 만들고 싶은 욕구가 권력욕이라면 권력욕이겠지요.
정기준   (보는데)
심종수   이미 난, 밀본임이 주상에게 알려졌으니 선비로서 입신양명할 수 없고,
          그렇다고 주상이 바라는 대로 투항할 생각 또한 없소.
정기준   무엇을 원하는가?
심종수   밀본원 전원의 명단을 넘겨주시오.
          그리고 내가 새로운 본원이 되었음을 천명하고,
          밀본지서를 내게 넘겨주시오.
정기준   허면… 해례를 주겠다…?
심종수   (긍정하듯 보며) 이미 왕은, 날짜를 정하진 않았으나 반포식을 선언했소.
정기준   (보는데)
심종수   해례가 없이 반포식을 하지는 않을 터.
          해례는 반포식을 막아내는 데 더없이 좋은 무기일 거요.
정기준   …….
심종수   본원께서 바로 해례를 취할 수 있도록 해주겠소.
          모두 원하는 대로… 뜻대로 하시오.
정기준   …….
심종수   단! 밀본의 본원이 아닌… 개인 정기준으로서!
정기준   언제까지 답을 듣기를 원하는가?
심종수   시각이 없소. 모레까지는 답을 듣기를 원하오.
          난 마포의 여각에 있을 것이니…
          연통을 주시오. 기다리겠소.
정기준   (그런 심종수를 본다)

#3. 궁 전경(밤)

#4. 이도의 방(밤)
이도, 정인지, 무휼 있는데….

정인지　왜 이신적과 심종수 중 이신적을 선택하셨습니까?

무휼　　이신적 대감은 원로이기 때문에…
　　　　현재의 젊은 밀본원들에게 영향을 못 미칠 가능성이 크옵니다.

이도　　…….

정인지　오히려 심종수가 밀본을 움직이기는 더 좋지 않겠습니까?

이도　　… 그럴지도 모르지….
　　　　허나… 심종수는 이신적에 비해… 술수가 모자라다.

무휼　　술수라면…?

이도　　그걸 바꿔서 정치력이라고 부르기도 하지.
　　　　현재 조선 조정의 신하들은 모두, 각각의 과오가 있을지언정,
　　　　멍청한 자들은 없다. 모두 무서운 자들이야.

정인지　…….

이도　　그 와중에 3정승에 올랐다는 것은
　　　　조정의 무서운 자들 중 가장 정점에 있는 것이 아니겠는가?

무휼　　…….

이도　　이신적이 선비치고는 탐욕이 많으나,
　　　　사람들을 자기편으로 만드는 능력은 황희 대감보다도 더 크다.
　　　　되지 않으면 사술이라도 쓰는 자이니 당연하지.

무휼　　그리 생각하시는 자를 어찌 중용하시어….

이도　　그런 이유로 모두 배제했다면… 황희 대감은 살아남을 수 있었겠는가?
　　　　어차피 왕의 일이란 그런 자들을 배제하는 것이 아니라
　　　　그런 자들을 통제하여, 그들의 능력이
　　　　백성을 위해 쓰일 수 있도록 하는 것 아니겠느냐?

정인지　(보는데)

이도　　더구나 지금은… 이신적의 사술이 어느 때보다 필요한 시점이다.
　　　　무슨 수를 동원해서라도 정기준을 넘길 방법을
　　　　이신적이 찾아내야 해.

무휼　　… (그런 이도를 보며) … 어떨 때 뵈면… 전하께오서는… 참으로….

	(하고는 말을 못 이으면)
이도	'아바마마보다 교활하다' 그 얘기겠지?
정인지	(당황하며) 설마… 내금위장이….
무휼	예, 전하…. 그 얘기였사옵니다.
이도	(그런 무휼 보다가는 웃으며) 내 마음이 지옥에 사는데…
	나는 보살일 줄 알았느냐?
무휼	(그런 이도를 보는데)
이도	과정이 중요한 일이 있고,
	결과가 중요한 일이 있다.
무휼	…….
이도	글자를 만드는 일은 만들기까지의 과정이 중요한 것이지만,
	반포를 하는 것은 결과가 중요해.
	반드시 이겨야 한다. 반포해야 해.

무휼·정인지   (보면)

이도	이겨야만… 일이 시작되니까.
	이겨야만… 백성을 위해 일을 시작할 수 있으니까.

무휼·정인지   (보면)

| 이도 | 그러니… 이신적은… 나를 실망시키지 않아야 한다. 반드시. |

#5. 이신적의 방(밤)
심각하게 고민하는 이신적의 얼굴. 그 위로

이도	(E) 정기준을 넘기시오.
이도	(E) 허면… 스스로를 믿을 근거가 되지 않겠소…?

#6. 대성산 밀본 산채 내 방(밤)
심각하게 고민하고 있는 정기준. 그 위로

심종수	(E) 밀본을 배신한 것은… 본원 당신이오!
심종수	(E) 내가 충성한 것은 밀본이 아니라!
	권력이 아니라! 당신이 아니라!

오직 재상총재제의 대의였소!

#7. 여각 내 방(밤)
심종수, 들어와 큰 숨을 한 번 내쉬더니
갓을 벗는다. 그러고는 의미심장하게 벗은 갓을 본다. 그 위로

심종수   (자기 주문을 거는 듯한 마음의 소리 E)
        나는 조선의 시작이요 뿌리인 조선의 선비이다. 이것이 나의 길이다.
자그니   (E) 저 사람입니다!! 저 사람!!

#8. 강가 일각(밤)
강가에 작은 배 하나 있고, 옆에 나이 든 사공 한 명 있는데…
무사복 입은 채윤, 초탁, 박포와 자그니가 뛰어온다.
(이곳은 정식 나루터가 아닌, 그냥 강가에 배를 대는)

채윤   어제 낮에… 처자 두 명하고… 무사 두 명이
        이 배를 타고 갔다던데?
사공   … 아아…, 그 사람들 말인가보네.
자그니   예예…, 어제 그 사람들이요.
사공   대성산으로 갔어.
채윤   대성산이요?
사공   (고개 끄덕이며) 응…. 대성산 토끼바위라고 하는 덴데…,
        배 대기가 수월찮은 데라서… 고생했어.
채윤   (다급히) 우리도 그곳으로 데려다주시오.
사공   또?
박포   뱃삯은 넉넉히 쳐드릴 겨.
사공   그럼야 뭐…. (하고는 얼른 가서 배를 띄울 수 있도록 준비하는)
채윤   (긴급하게 박포에게) 넌 지금 당장 내금위장 영감께 가서 보고하고,
        너도 궁에서 기다리고 있어. 우리가 위치 알아내면 바로 연통할 테니까.
박포   알았어.

하고는 채윤과 초탁은 배에 오르는데… 자그니도 배에 타려 한다.

초탁   니는 와 타니?

자그니   나도… 복수해야 돼요, 내 동생 죽인 놈…. (하며 울먹이려고 하는데)

채윤   (그런 자그니 보며) 내가 할게. 내가 복수 전문이야.

            그러니까… 넌 가서… 동생 제사나 지내줘.

            괜한 일에 끼어서 몸 상하지 말고.

자그니   … (울먹이며) … 그래도….

채윤   너 같은 사람들… 이런 일에 잘못 끼면… 죽는 거 순식간이야.

사공   출발합니다요.

채윤   (자그니에게, 마치 소이에게 자신의 결심을 말하듯)

            그러니까 걱정 말고 기다리고 있어.

            내가 반드시 찾아서 해결해줄 테니까.

#9. 대성산 산채 내 헛간(밤)
소이, 목야, 덕금이 각각 나무 틈으로 밖을 보고 있다.
서로 다른 곳을 통해 보면서 대화.

소이   뭐 보이는 거 있어?

덕금   무사들 말고는 안 보여.

목야   이쪽도 그래.

            하면, 실망한 소이가 바깥을 보던 것을 멈추고는
            시선을 돌려, 헛간 안을 둘러보며

소이   (혼잣말인지 나인들에게 하는 말인지 모르는 채로)

            나갈 방법을 찾아야 해. 어떡하든… 우리 임무를 마쳐야 한다구….

무휼   (긴박한 E) 무어라? 대성산?

#10. 내금위장 집무실(밤)
무휼이 박포에게 보고받고 있다. 그 옆에 정별감 있고….

박포	예. 채윤과 초탁은 이미 그리로 떠나, 찾고 있습니다.
무휼	확실한 정보더냐?
박포	예, 확실합니다.
정별감	그러니… 내금위장 영감께서는 채윤이 연통하면
	바로 군사를 동원할 수 있도록 준비를 해주십사 했답니다.
무휼	알았다. 너희는 겸사복 갑조와 함께… 채윤의 연통을
	정확히 받을 수 있도록 움직이거라.
정별감·박포	예….
이도	(기뻐하며 E) 위치를 파악했단 말이냐?

#11. 이도의 방(밤)
기쁜 이도의 모습. 옆의 무휼.

무휼	예, 정확한 위치가 파악되면 연통한다 했습니다!!
이도	(갑자기 더 초조해지며 간절한 마음으로)
	채윤아… 반드시 소이를 찾아내야 한다…. 반드시….

하고는 회상으로 넘어간다. 그 위로

소이	(E) 예…, 전하…. 반드시 돌아와 쓰겠사옵니다.

#12. 글자방(회상, 떠나기 전날 밤)
하고 보면 소이가 붓을 내려놓고는, 뭔가를 쓰려고 했던 종이를 접는다.

이도	그래…, 잘 생각했다. 내일 떠나야 할 것이니… 가서 채비하거라.
소이	(하는데 이도의 앞으로 오더니 고이 절을 한다)
이도	어허…, 돌아와 쓰라는데… 이게 무슨 짓이냐?
소이	(절을 한 채 바닥에 앉아) … 전하….
이도	…….
소이	전하께오서… 강채윤에게 약조한….
이도	(일부러 아무렇지 않은 듯) 그래, 그래…. 이 일이 모두 끝나면…

같이 떠나거라. 내 큰 재산을 떼어주지는 못하나…
집 한 칸 마련할 금붙이는 줄 것이다.

소이	(하는데 그런 이도의 말에 왈칵) 전하…. (하며 얼굴을 묻고 운다)
이도	(그런 소이를 본다)
소이	(우는데)
이도	… 내게 고마워 우는 것이지?
소이	(고개를 들어 끄덕인다)
이도	내게 미안해 우는 것이지?
소이	(고개를 끄덕인다)
이도	나 또한 그러하기에… 너를 강채윤에게 보내주려는 것이다.
소이	(우는데)
이도	고맙고… 미안하다.
소이	…….
이도	대견하고… 안쓰럽다….
소이	…….
이도	니가 곁에 있기를 바라는 것도 사실이지만…,
	니가 떠나면… 나도 비로소 숨을 편히 쉴 것 같은 것도 사실이다.
	너 또한 그렇지 않느냐?
소이	… (또 눈물이 흐르는데) …….
이도	(그런 소이를 보는데) 하루하루를 즐거움 속에 살아야 한다, 강채윤과는.
소이	…….
이도	… 약조하거라.
소이	(울면서 조용히 고개를 끄덕이는 데서)

#13. 대성산 산채 내 헛간(밤)
회상에서 소이로 이어지면, 웅크린 채 얼굴을 묻고 있는 소이.
목야와 덕금은 지친 듯 옆에서 눈을 붙이고 있고.
소이, 고개를 번쩍 들면서 결연한 표정으로…

소이	(마음의 소리 E) 전하…, 소인이 약조한 것을 반드시 지킬 것이옵니다.

하고서 일어나는 소이. 벽들을 살피며….

소이   (마음의 소리 E) 방법이 있을 거야…. 있어야 해…. 반드시!

하는 초조하고 결연한 소이에서.

#14. 산채 마당(밤)
개파이가 연두를 데리고 나오고 있다.

한가놈   (그런 개파이와 연두 보고는 놀라) 아니, 애를 여기 왜 데리고 왔어?!
개파이   나… 때문에… 위험했다…. 쫓는 자가… 있었다.
한가놈   아니…, 애가 위험하면 얼마나 위험하다고….
        이런 상황에 애를 데리고 오면.
정기준   (E) 그냥 두거라.

보면 정기준이다. 개파이, 연두, 그런 정기준 보고.
정기준도 연두 보는데…
ins. cut - 16부 55씬. 글자 쓰던 연두 모습.

정기준   개파이가 만나러 가는 것보다는 연두가 여기 있는 것이 낫다.
        (개파이에게) 잘 데려왔다.

개파이, 연두 데리고 가고
그런 연두, 개파이 보는 정기준.

#15. 궁 전경(낮)

#16. 수정당(낮)
이도, 정인지, 최만리, 이신적, 황희, 조말생, 대신 1, 장은성,
성삼문, 이순지, 박팽년 등 있고….

이도	모두들 아시다시피, 지난번에 과인은 뜻한 바를 다 전하였소.
모두	(보고)
이도	밀본을 붕당으로 인정하여 받아들일 것이니,
	반포 전날까지 조정으로 나오라.
모두	…….
이도	허나 아직은 아무도 나오지 않고 있소.
	이제 난 마지막 제안을 하려 하오.
모두	(긴장해서 보면)
이신적	(보는데)
이도	글자의 반포는! 9월 상한날! 광화문에서!
	만백성이 지켜보는 가운데 행하려 하오.
모두	(경악하고) !!
최만리	(경악해서) 전하…! (하는데)
이도	이조는 언문청과 정음청을 설치하고!
모두	(놀라 보면)
이도	예조에서는 과거에 이 글자를 시험 과목으로 도입할 수 있도록
	시행안을 마련토록 하시오!
최만리	전하! 아니 될 말씀이옵니다! (하면)

대신들 '예! 아니 되옵니다!' '그리하실 수는 없사옵니다!' 하는데.

이도	(둘러보며) 왜들 이러시오? 과인이 분명, 제안이라 하지 않았소?
최만리	(무슨 소리야 싶어 보고)
이신적	(보고)
모두	(보는데)
이도	조선이 어떤 나라요? 임금이 독단적으로 밀어붙여 엄포하면
	무조건 따르고 행하는 나라요?
모두	(무슨 소린가 싶어 보는데)
이도	조선은 엄연히! 의정부서사제라는 체제 하에 있소이다.
	허면! 과인이 제안한 것을 의정부에서 협의하여 결정하면 될 일!
모두	(놀라 웅성거리고)

이신적	……!
이도	앞서 말한 바를 이조·예조에서 시행안을 마련하여, 의정부에 올리면!
	3정승은 충분히 논의하여 가부를 결정하시오.
황희·대신1	(놀라서 보고)
이신적	……!
이도	그 결정에 따라, 과인이 교지를 내릴 것이니…
	이제 반포에 있어 가장 중요한 것은, (강조) 3정승의 재가가 될 것이오.
	(하고 이신적을 보면)
이신적	(이도 보며 시선 교환하는데)
최만리	전하! 그렇다 해도 아니 되옵니다!
	기어이 글자를 반포하시겠다면, (하는데)
이신적	(말 자르며) 방금 전하께서! 3정승이 논의하여 결정하라지 않으셨는가!
	부제학은 의정부의 결정을 기다리면 될 터!
최만리	(황당해서 보고)
모두	(의아해서 이신적 보는데)
이도	(그런 이신적 보며 마음의 소리 E) 그것이… 어젯밤의 대답인 것이오…?
이신적	(고개 숙이며 마음의 소리 E) 아직 결정한 것은 아니옵니다.
	노력해보겠다는 뜻이옵니다….

그런 이신적을 보는 이도.
그런 이도를 보는 이신적.

#17. 글자방(낮)
이도, 정인지, 성삼문, 박팽년 들어오는데…
책상 위엔 이도가 쓰던 서문이 펼쳐져 있는 상태다.

정인지	(걱정스레) 3정승의 재가를… 받을 수 있을까요?
이도	(의미심장한 미소만 띠며) 글쎄….
	이제는 정말로 진인사대천명 아니겠느냐?
성삼문·박팽년	(보면)
이도	(성삼문, 박팽년 보며) 너희도… 단 한 명의 마음이라도 더 움직이도록

힘써보거라.

성삼문·박팽년 예.

이도 동국정운을 서둘러 진행하는 것이
사대부들의 마음을 돌리는 데 도움이 될 것이다.

박팽년 예.

성삼문 성심을 다하겠사옵니다.

하고 나가면 이도, 정인지만 남는데….

정인지 (뭔가 건네며) 전하…, 소신은 서문을 완성했사옵니다.

이도 (받으면)

정인지 글자 창제의 이유와, 이 글자의 우수한 점, 글자에 담긴
천지만물의 원리 등을 적었사옵니다.

이도 (읽으며) 그래….

정인지 (살펴보며) 전하께선… 서문을 완성하셨는지요?

이도 (시선 피하며) … 아직… 못 썼다.

하며 책상 위에 쓰던 것을 펼치면,
'나랏말싸미 듕귁에 달아 문자와로 서로 사맛디 아니할세
이런 전차로 어린 백성에 이르고자 할 빼 이셔도
마참내 제뜻을 시러펴디 못할 노미 하니라. 내 이를 위하야'까지 써 있다.

이도 (읽으며) … 나랏말이 중국과는 달라, 서로 맞지가 않는다.
이런 까닭으로 어리석은 백성이 말하고자 하는 바 있어도… 마침내
제 뜻을 펴지 못하는 이가 많다. 내 이를 위하여….

정인지 (보는데)

이도 헌데… 여기서부터 뭐라 써야 할지… 도통 모르겠다.
어찌 이리도 안 잡힐 수가 있단 말이냐. 나, 참….

정인지 (목소리 깔고는 심각하게) 하오면 전하….

이도 ……. (심각한 목소리에 정인지를 본다)

정인지 반포를 단 며칠만이라도 늦추시옵소서.

이도	아니…, 서문 좀 안 썼다고… 늦추자고까지 하느냐?
정인지	아시질 않사옵니까? 제자해(制字解 : 한글 초성, 중성, 종성의 원리 등이 모두 담긴 해례)가 없사옵니다!
이도	(OL로) 반포식은 결코 늦출 수 없다. 유포도 실패한 마당에 몰아붙였을 때 매듭을 지어야 해!
정인지	하오나 전하…. 반포식에서… 서문만 낭독하고 제자해를 낭독하지 않는다면… 그것이 어찌 글자의 반포식이라 할 수 있겠사옵니까?
이도	…….
정인지	제가 자료를 뒤져 간략하게 제자해 약본이라도 만들까요?
이도	(어두운 목소리로) 하지 말거라.
정인지	어차피 소이가 없이는 반포 전에 완벽하게 제자해를 만들 수는 없사옵니다. 처음 글자가 만들어지기 시작한 시점부터, 그 과정을 전부 아는… 유일한 자가 아니옵니까.
이도	(어두운 표정으로) …….
정인지	(그런 이도 보며) 소이를 기다리는 전하의 마음을 모르는 것은 아니오나…, 만일… (어렵게) 반포식까지 소이가 당도하지 못한다면….
이도	(심각해지며) …….
이도	(E) 쓰지 말라 하지 않느냐?

#18. 글자방(회상, 밤)
소이, 긴 한지를 놓고 뭔가를 쓰려 붓을 쥐고 있는데…
이도가 말리고 있다.

소이	전하…, 어찌….
이도	유포의 임무를 모두 마치고… 돌아와 쓰거라.
소이	(무슨 말인지 알지만) 하오나… 전하…, 만일의 경우를 대비하여….
이도	(일부러 책임을 인식시키려 OL로) 첫소리 'ㄱ'가 어디서 비롯됐는지… 가운뎃소리 'ㅕ'가 어디서 비롯됐는지… 모두 정리되어 있는 사람은 너밖에 없다.
소이	…….

이도	난 모든 과정에서 너에게 일일이 말을 했으나 기억하고 있지 않다.
	아니, 기억할 필요가 없었지. 또한 혹여 새나갈까 어디에 적어둔 바도 없어.
소이	…….
이도	허니… 우리 글의 제자해는 오로지 너만이 안다.
소이	하오니… 전하…, 지금… 적어두고… 가겠사옵니다.
이도	(보면) 싫다. 받지 않을 것이다.
소이	제가 만일… 반포 날까지, (하는데)
이도	(OL) 반드시 무사히 돌아오너라.
소이	(보면)
이도	(간절하게) 나 또한 궐에서 내 할 일을 해낼 것이니,
	너 또한 반드시 성공하고 돌아와야 한다.
소이	(보고)
이도	하여…, 이 글자의 반포를…
	반드시 네 눈으로 보아야 한다. 알겠느냐.
소이	(보고)
이도	(결연하게 보며) 이는 나의 감상이 아니다. 결의이니라.
소이	(그런 이도를 보다간 역시 결연하게) … 예, 전하….
	반드시 돌아와 쓰겠사옵니다.

#19. 글자방(낮)
회상에서 나오는 이도.

이도	(불길함을 떨쳐내려는 의지로) 소이는… 올 것이다.
정인지	… 전하….
이도	… 허니… 우린 우리의 일을 하자.
	너 또한 최만리를 끝까지 설득해보거라.
정인지	… 예.

#20. 대신 집무실(낮)
황희, 대신 1, 조말생 있는데….

대신 1   (눈치 살피며) 영상께서는 어찌 생각하십니까?

황희·조말생   (보면)

대신 1   전하께서 3정승의 재가를 받겠다 하셨으니… 논의를 해야지 않겠습니까.

황희   해야지….

       허나… 난 전하의 말씀도… 신료들의 애기도

       모두 일리가 있다 생각하네.

대신 1   허면 어찌 결정하시겠다는 것인지요?

황희   의지가 강한 쪽으로 결정하는 것이 순리가 아닌가 싶네.

대신 1   (동의하려는 모양이구나 싶어, 나는 어떻게 해야 하지 하는 느낌인데)

조말생   (대신 1을 지그시 보며) 좌상께선 어떠신지요?

대신 1   글쎄…. 정승의 자리가, 제 개인의 생각이 중요한 것은 아니지 않습니까.

       대소 신료들의 뜻을 살펴 결정하는 것이 좌상의 자리가 아닌지요.

       우상께선 어찌 생각하실지…?

황희   우상도… 마찬가지겠지. 여러 조정 신료의 뜻을 살필 것이네.

       허나… 우상 대감 개인은… 반대는 아닐걸세.

       (하고 의미심장한 미소를 짓는데)

대신 1   …….

조말생   (대신 1을 보는데)

#21. 집현전 집무실(낮)
최만리, 뭔가 쓰고 있는데 들어오는 정인지.

정인지   이보게…, 만리…. 오늘 나와 술이나 한잔 하세.

최만리   (바로 끊으며) 날 설득할 생각 말게.

       사직을 하는 한이 있어도, 난 끝까지 반댈세.

정인지   (마음을 돌릴 길이 없는 건가 싶어 보는데)

최만리   (보며) 만일… 글자 반포가 역사에 피할 수 없는 거대한 것이라 해도…

       누군가는 나처럼 반대할 수 있어야 하네.

정인지   (보면)

최만리   그것이 이 조선이 토론하고 쟁명할 수 있는 나라임을 증명하는 것 아닌가.

정인지   (안타깝게 보며) 진정… 꼭… 그래야겠는가?

최만리   다만…

정인지   (보는데)

최만리   학사들을 부추기거나 행동을 통제하진 않겠네.

하고는 나가면, 그런 최만리를 보는 정인지.

#22. 이신적의 방(낮)
이신적, 장은성 있고…

장은성   이제 반포가 곧입니다…. (불안하고)

이신적   (생각에 잠기는데)

장은성   지금이라도… 전하께… 자복을 하는 것이….

이신적   자네는 나만 따르면 되네.

장은성   예…. (하며 무슨 생각인가 싶어 이신적 표정 살피는데)

이신적   (뭔가 골똘히 생각하다가는) 밖에 있느냐.

하면, '예, 대감마님' 하며 들어오는 집사.

이신적   견적희에게 연통을 넣어…
       직제학 심종수가 어디서 기거하는지 물어 오거라.

집사   예.

#23. 여각 내 방(낮)
심종수, 막수 있고…

심종수   (놀라) 뭐라? 3정승의 결정을 따를 것이다…?

막수   예. 또한 반포날은 9월 상한날로 정해졌다 합니다.

심종수   (심각해지며) 얼마 남지 않았구나.
       밀어붙이시기로 작심을 하신 것이야.
       (마음의 소리 E) 이신적이 어찌 나올 것인가….
       이미 전하께 넘어간 것인가….

	(막수에게) 아직까지는 조정에 나가, 자복한 밀본원은 없다느냐?
막수	예, 아직 나타난 밀본원은 없다 합니다.
심종수	(냉소 지으며) 다행이구나…. 전하의 감언에 넘어간 밀본원이 없다니….
	말씀이야 다 옳지. 이상적이기까지 하다.
	밀본을 붕당으로 인정하여 끌어안는다…. 허나….
막수	(보고)
심종수	(심각하게) 전하는 영원히 사시지 못한다.
	또한, 언제 어떻게 전하의 마음이 변할지… 알 수 없어.
막수	…….
심종수	더군다나 전하께서 돌아가신 후, 그다음, 또 그다음 대의 왕이
	붕당을 인정할지 안 할지는 아무도 모르는 일이다.
막수	(심각하게) …….
심종수	해서, 밀본은 비밀결사로 남아야 하는 것이야.
	어떤 왕이 나오든 간에 존립이 위협받지 않도록…. (하는데)

'나리' 하며 누가 부른다.

| 심종수 | 무슨 일이냐? |

하는데 들어오는 이신적, 일부러 더 노한 얼굴로

| 이신적 | 자네 정말 못 믿을 사람이구만!! |

놀라 보는 심종수와 막수에서.

#24. 글자방(낮)

이도, 홀로 책상에 앉아 서문 쓰려는데 생각나지 않는 듯하다.

고개 들어 옆에 서 있는 지밀을 보는 이도.

| 이도 | 강채윤에게서 아직 연통이 없다더냐. |
| 지밀상궁 | 예, 아직이옵니다. |

이도   (꼭 찾아야 하는데 싶어 심각하고 간절한 표정으로) ······.

#25. 대성산 일각(낮)
채윤, 초탁 산을 헤매고 있는데…

초탁   계속 같은 자리를 돌고 있는 거 같지 않네?
채윤   (생각에 잠겨 묵묵히 가며) ······.
초탁   이 산 뭔가 이상해!
채윤   (뭔가 생각하다가) 그때 그놈들 있던 사찰 말이야···.
초탁   (보면)
채윤   내가 갔을 때 마치 눈치챈 것처럼 급하게 빠져나간 느낌이었거든.
         내가 오고 있는 걸 어찌 알았을까?
초탁   지금 그걸 왜 생각해? 거긴 거기고 여긴 대성산 아니네?
채윤   그때처럼 이 산도 뭔가 이상하니까 하는 말이야.
초탁   뭐가 또 이상한데?
채윤   글쎄···, 뭐냐면···. (하다가는 뭔가 생각난 듯)
         이렇게 산을 돌았는데··· 토끼나 다람쥐 본 적 있어?
초탁   그러고 보니 못 봤네···. 어떻게 산에 짐승이 하나도 없을 수 있지?
채윤   (심각하게 가며) ······.

#26. 여각 내 방(낮)
이신적, 심종수 앉아 있는데···.

이신적   (계속 화난 듯이) 전하께서! 나를 떠보신 것을 나 또한,
         나중에나 알았네. 황희 대감이 사직 상소를 올리지 않았단 걸 알고
         나도 놀랐단 말일세!!
심종수   ······. (그런가 싶은데)
이신적   전하의 이간책이야! 헌데 어찌 자넨 나에게 확인도 하지 않고
         바로 그리 행동을 했단 말인가!
심종수   ······.
이신적   자네를 그리 보지 않았네만··· 참으로 실망일세.

심종수	… 하여… 견적희를 보내신 것입니까?
이신적	그래! 나라고 가만히 있어야겠는가?
심종수	…….
이신적	오해란… 사소한 일로 시작되어, 한 번 어긋나면 걷잡을 수 없는 것일세.
	이래서는… 재상총재제를 이루는 일이든, 밀본을 유지시키는 일이든,
	함께 도모할 수가 없어!!
심종수	(보며) …….
이신적	전하께서 반포일까지 공표하셔서…
	궁의 상황은 하루가 다르게 돌아가고 있네….
	허니… 분명 본원도 최후의 방법을 동원하고 있을 거야.
심종수	…….
이신적	이제 다 틀렸네.
	이제 밀본을 본원에게서 분리시켜, 유지하기는 다 틀렸어!
심종수	… 아직은… 아닙니다.
이신적	(속으로 놀라며 걸려들었구나 싶은데 무심한 척) 아니라니?
	자네에게 묘수라도 있는가?
심종수	제가 해례가 있는 곳을 알아냈고…,
	하여… 제게 다음 본원 자리를 넘기라 했습니다.
이신적	뭐라…, 자네가…?
심종수	…….
이신적	결국 해냈단 말인가? 하여 본원의 답은 어땠는가?
심종수	내일 새벽까지는 답을 주겠다 했습니다.
	산채 근처서 따로이 만나기로 했습니다.
이신적	(의미심장하게) … 답을 주겠다…. 내일 새벽…?

#27. 여각 근처 일각(낮)
나오다가 멈춰서는 이신적. 앞만 본 채 작은 소리로,

이신적	내일 새벽이오. 심종수의 움직임을… 절대 놓쳐선 안 되오….

하고 가면, 벽 뒤에서 슥 나오는 견적희. 여각을 살피며 눈 빛내는데.

#28. 여각 방 안(낮)
혼자 남아 있는 심종수, 심각하게 고민하는데….

한가놈 (E) 주상이… 9월 상한날 반포식을 하겠답니다.

#29. 산채 내 정기준의 방(낮)
정기준, 한가놈, 도담댁 있고.

정기준 ……! 진정… 밀어붙일 요량이군.

도담댁 헌데, 의정부 3정승의 재가를 받아 그 결정에 따르겠다고 했답니다!

정기준 3정승의 재가…?

한가놈 예, 3정승에게 가부를 결정하라 했다는데…. 그게 말입니다.

정기준 (보면)

한가놈 이미… 주상이… 3정승과 언질을 주고받은 것 아니겠습니까?
허면… 이신적 대감도….

정기준 그럴 것이다. (하며 분노하며) 제 놈의 이를 위해 그리했겠지.

한가놈 허면 결국 3정승은 글자 반포를 재가하지 않겠습니까!

정기준 (심각하고)

도담댁 그리되면 밀본원들은 흔들릴 것입네다!
자복하는 자들이 나올 수도 있습네다!

정기준 …….

한가놈 결국 주상은 밀본을 흔들어 와해시키려는 이간책도 성공하고,
글자까지 반포하게 되는 겁니다.

정기준 (깊이 생각하다가) 허나… 이도에겐 해례가 없다.

한가놈 … 예? 주상에게 해례가 없다뇨…?

정기준 심종수가 해례를 내게 바로 주겠다고 했다. 무슨 이야기겠는가?
해례는… 궁에 있지 않은 것이다.

한가놈 허면…!

정기준 우리가 먼저 해례를 취해, 글자의 유포를 1차적으로 막는다.

한가놈 예…. (하다가) 1차… 적으로요?

도담댁 (정기준 보면)

정기준	(보며) 그 연후엔, 글자를 아는 자들을 모두 죽일 것이다.
한가놈	……! 진정… 진정 그리하실 겁니까?
정기준	(픽 웃으며) 이도가 반포식이라는 판까지 만들어주지 않느냐.
	(하고는) 반포식이 내일이라 했느냐? 내일까지… 독을 준비하라 이르거라.
도담댁	독이라 하옵시면?
정기준	화살에도 칼에도 창에도 모두 독이 필요하다.
	(비장하게) 그날 모든 공격은 살수여야 한다.
한가놈·도담댁	(경악하며, 본원이 정말 끝까지 갔구나 싶고)
정기준	또한… 해례 역시 반드시 없애야 한다.
한가놈	(보고)
정기준	모두를 죽였어도 해례가 남아 있다면…
	글자는 되살아날 것이야.
	글자를 아는 자도… 글자의 씨앗도…
	모두… 없애야 해….
한가놈·도담댁	…….
정기준	…….
한가놈	(그런 정기준을 보며 망설이다가 진지하게) … 그다음은요…?
정기준	(보면)
한가놈	그 다음엔… 밀본을 어찌하실 겁니까?
정기준	(보면)
한가놈	… 본원….
정기준	(의미심장하게) … 심종수를 어찌 생각하느냐…?
한가놈	……!

#30. 산채 내 헛간(낮)
소이, 목야, 덕금, 나무 틈으로 밖을 살피고 있다.

목야	도저히 안 되겠다. 무사들이… 너무 많아….
덕금	(역시 보며 한숨) 도망친다 해도 바로 붙잡힐 거야.
소이	(역시 보고 있고)

이때, 뭔가 보고 놀라는 소이.
보면, 나무 틈 밖으로
헛간 앞에 앉아 나뭇가지로 바닥에 뭔가 쓰며 놀고 있는 연두가 보인다.

소이   (놀라) 연두…, 연두야…!
덕금   (놀라) 그… 반촌 주막 애?

덕금, 목야도 얼른 나무 틈으로 보면, 연두 보인다.

목야   (놀라) 쟤가 왜 여기 있어?
소이   개파이랑 친해…. 개파이가 데려왔나봐….
덕금   … 잘됐다! 쟤한테 우리 좀 도와달라고 하자!
       (하고는 밖에다가) 연두야!! (부르는데)
목야   (얼른 말리며) 야! 동네방네 소문낼 거야?!
덕금   그럼 어떡해…? 불러야 하는데?
소이   (생각난 듯) 손수건…, 손수건 좀 줘봐!

#31. 헛간 밖(낮)
쪼그려 앉아 바닥에 뭔가 쓰며 노는 연두.
연두 뒤로, 헛간 나무 틈 사이에 살랑살랑 흔들리는 손수건 보이는데.

#32. 헛간 안(낮)
손수건을 나무 틈 사이로 흔드는 소이.
덕금, 목야는 다른 나무 틈으로 연두 살피는데.
나무 틈으로 보이는 연두. 손수건 보지 못하고 놀고 있다.

소이   (손수건 흔들며) 연두야, 제발… 이쪽 좀 봐줘….

#33. 헛간 밖(낮)
바닥에 뭔가 쓰면서 놀던 연두, 자세를 바꾸다간 뭔가를 본 듯 멈칫.
보면, 헛간 나무 틈 사이로 흔들리는 손수건이 보인다.

어? 하는 얼굴로 보는데.

#34. 산채 내 헛간(낮)
나무 틈으로 밖을 보다 눈이 커지는 덕금.

덕금   봤다! 연두가 봤어!

하는데, 그 순간 자물쇠 열리는 소리.
화들짝 놀라는 소이, 덕금, 목야.
소이, 잽싸게 손수건을 짚단 사이로 던져 숨긴다.
그와 동시에, 문 열리며 들어오는 윤평.
소이, 덕금, 목야, 긴장해서 보는데.

윤평   (소이 보며) 나와라….
소이   (바짝 긴장해서 보는데)

#35. 산채 내 정기준의 방(낮)
정기준, 뭔가 골똘하게 생각하며 차를 따른다.
문이 열리며 윤평이 소이를 데리고 들어와 앉힌다.
윤평, 목례하고 나간다.
정기준, 우울한 듯 차분하게 얘기한다.

정기준   (소이 앞에 차를 놓고 차를 따라준다) …….
소이   …….
정기준   왜… 주상을 돕지?
소이   …… 그게 궁금해서 부른 겁니까?
정기준   아버지를 죽인 원수잖아….
소이   ……!
정기준   잠도 이루지 못할 정도로, 끔찍한 일을 당한 거잖아…. 나처럼.
         또한… 나처럼 자책하지….
         어린 시절 한때의 치기 어린 행동이 그런 일을 만들었다는…

벗어날 수 없는 자책… 죄책감.

소이   …….

정기준   아냐…?

소이   맞아요…. 우린 같은 일을 당한 건지도 모르죠.
           그런 일을 당했다면… 피해의식, 자책… 당연한 거구요….

정기준   근데…?

소이   그런 게… 사람 마음을 끝없이 피폐하게 만들죠….
           누구보다 잘 알아요…, 그거.
           당신과 나…, 그 긴 세월… 그걸 극복하려 했던 거였겠죠.
           근데…… (미소 지으며) 그 방법이… 달랐… 죠.

정기준   ……! (역시 미소로) 그래서… 넌 글자였다…?

#36. 글자방(낮)
쓰다 만 서문을 펼쳐놓은 채, 책상 앞에 홀로 앉아 있는 이도.
붓을 들고 뭔가 쓰려다 아니라는 듯 다시 내려놓는다.
다음 문장이 생각나지 않아 고민스러운 얼굴인데….

#37. 산채 내 다른 방(낮)
정기준, 소이 있고.

정기준   피해의식… 그런 거… 있는 줄 모르고 살았는데….
           있었던 것도 같애. 근데 그건…, 내가 끔찍한 일을 당해서가 아니라….

소이   …….

정기준   이도 때문이었을 거야.

소이   ……?

정기준   (이를 악물고) 다 무너진 조직을 재건하기 위해
           (목소리 커지며) 백정 짓을 하면서… 20년이… 넘는 세월이 걸렸어.
           그사이 이도는! 세상이 칭송하는 성군이 되어 있었지!
           그 견딜 수 없는 심정…. (나지막이) 이해해?

소이   …….

정기준   근데… 말야…, 나… 이제 다 극복했어.

어떻게 했을까? 바로… 이도가 만들었다는 너무나 훌륭한 글자 때문이야.

소이   ……?

정기준   계시를 받은 것처럼 깨달았어.

          저 훌륭하기 짝이 없는 그 글자를 막아내는 것이…

          나에게 주어진 천명임을…!

소이   ……!

정기준   제아무리 훌륭한 왕이라도, 아니 왕이 아니라 그 무엇이라도…

          천 년의 역사를 시험해선 안 되는 것이다.

소이   (놀란 채) ……!

정기준   이도가 이번 상한에 반포식을 한다더구나.

소이   (드디어 싶어) ……!

정기준   난 그날 기필코 그걸 막아낼 거야.

          또한… 그것으로 이도와 나의 긴 얘기는… 끝나겠지. (차가운 미소로)

소이   (불안한 눈빛으로) …….

#38. 산채 마당(낮)

소이, 불안하고 심각한 얼굴로 윤평에게 끌려오는데.

연두, 나뭇가지 쥔 채 놀라 소이를 보고 있다.

그런 연두를 보는 소이. 내색 않고 보다간 뭔가를 보고 더 놀라는데.

바닥에 써 있는 '어머니'.

소이   (놀라 보며) ……!!

소이, 놀란 채 연두 보고.

연두, 역시 항아님이 여기 왜 있지? 놀란 얼굴로 소이 보는데.

오다가 그런 연두를 보는 한가놈. 연두가 보고 있는 소이를 보고는,

한가놈   (연두에게) 어찌 그리 놀라서 보는 것이냐? 저 나인을 아느냐?

소이   (한가놈의 물음에 긴장하는데)

연두   (그런 소이 슬쩍 보고는 한가놈 보며) 아뇨…, 몰라요…. (하고 휙 가면)

소이, 안도하며 윤평에게 끌려가고.
한가놈, 그런 소이와 연두 보다간 대수롭지 않게 여기고 가는데.

#39. 대성산 일각(낮)
여기저기 살피며 오는 채윤, 초탁.

초탁   (안 되겠다는 듯) 이래서 찾을 수 있겠네? 대체 몇 시각째야.
          그러지 말고, 지금이라도 군사들 쫙 풀어서 수색해야, (하는데)
채윤   그러다 소이랑 나인들이 위험해지면?
초탁   (한숨) 아무리 뒤져도 쥐새끼 한 마리 안 나오니 그러지….
채윤   (뭔가 깨달은 듯) 그래! 쥐새끼!
초탁   깜짝이야…! 왜 또?
채윤   만약에 말이야…, 의도적으로 짐승들을 싹 없앴다면… 왜일까?
초탁   (생각하다가) ……! 뭔가… 건드릴까봐?

          하면, 채윤, 바로 몸을 숙여 바닥을 살핀다.
          초탁 역시 뭔가 떠오른 듯, 몸을 숙여 바닥을 살피는데.

목야   (놀라 E) 뭐?!

#40. 산채 내 헛간(낮)
소이, 목야, 덕금 있고. 목야, 덕금, 놀란 얼굴.

덕금   뭐? 그게 무슨 소리야?
목야   반포식에 무슨 일을 벌일 것 같다니…, 무슨 일…?
소이   모르겠어…. 근데… 분명… 뭔가 있어. 우리가 나가서 알려야 해. 어떻게든!

          하는데, 그 순간, 똑똑 벽을 두드리는 소리.
          소이, 목야, 덕금 놀라는데, 밖에서

연두   (E) 소이 항아님…?

소이, 목야, 덕금. 연두다! 놀라 보는 데서.

#41. 대성산 일각(낮)
허리를 숙이고 바닥을 살피며 오는 채윤, 초탁.
하지만 아무것도 발견되는 것이 없다.

초탁   아무것도 없디 않네. (허리 펴며) 에이… 씨…, 허리 아퍼.
       (하고서) 오줌보 터지는 줄 알았네.

하고 소변보려는데, 채윤… 보다가 갑자기 놀라,

채윤   움직이지 마!!

바지춤 내리다가 놀라 우뚝 멈추는 초탁.
보면, 초탁의 발 바로 앞에 얇은 실이 깔려 있는 것이 보인다.

채윤   이거야…. 고위령(告危鈴 : 위험을 알리는 방울)이야.
       이 실을 따라가면… 방울이 있을 거야.

하고 실이 이어진 길이 보인다.
눈빛을 빛내는 채윤과 초탁.

#42. 대성산 다른 일각(낮)
바닥에 이어져 있는 얇은 실을 따라 백토적을 뿌리며 가는 채윤, 초탁.
계속 바닥의 실을 따라가는데, 실이 나뭇가지로 올라가더니,
거기에 방울이 달려 있다.

초탁   이 실을 건드리면, 이 방울이 울리고…, 그걸로 침입자를 알아내는 거였구만.
채윤   (방울 보며) …….
초탁   긴데 여기서 끊겼으니, 이젠 어떡할 거이네.
채윤   (생각하다가) 불러야지.

초탁	뭐어?

채윤, 갑자기 세차게 방울을 흔든다.

초탁	(놀라) 뭐하는 기야!

하고는, 초탁을 데리고 수풀 뒤로 잽싸게 숨는 채윤. 주시하는데.
잠시 뒤, 나타나는 정무군 한 명. 주위를 살펴보고는 뭔가 이상한 듯,
나무 뒤 수풀 사이에 숨겨져 있던 실을 잡아당기려는데,
그 순간, 튀어나가 정무군을 바로 쓰러뜨리는 채윤, 초탁.
채윤, 얼른 나무 뒤 수풀을 헤쳐보면, 쭉 이어져 있는 실이 보인다.

채윤	(미소 지으며) 이제 (실 보며) 이걸 따라가면 되는 거지.

하고 채윤, 초탁, 눈 빛내며 실 따라 급히 가면.

#43. 산채 내 헛간(낮)
문틈에 바짝 귀를 대고 있는 소이, 목야, 덕금.
연두 쪽이랑 소이 쪽… 자연스럽게 교차 컷으로 구성.

연두	(작게 E) 항아님…, 왜 여기 잡혀 있는 거예요?
소이	(작게) 연두야…, 우리 좀 나가게 도와줘.
연두	(잠시 망설이더니, 작게 E) 그건… 안 돼요….
소이	……!
목야	우리가 나가야 된다 안 카나…. 제발 도와도….
연두	안 돼요…. 미안해요…. (하고 돌아서려 한다)
소이	자…, 잠깐…. 나가게 해달라고 안 할 테니… 다른 부탁 하나만 들어줄래?

#44. 헛간 밖(낮)
문틈에 귀를 바짝 대고, 안에서 들리는 소리를 듣고 있는 연두.

연두   (속삭이듯 대답하는) 네···, 네···, 네···. (놀라) 네에?? 정말요?!

        하는데, 이때 나타나는 끝수.

끝수   그 앞에서 뭐 하는 거야!

        끝수를 보고 소스라치게 놀란 연두. 급히 도망가는데···.

#45. 산채 마당(낮)
끝수에게 쫓겨 급히 뛰어나오던 연두, 누군가와 부딪친다.
보면, 정기준과 윤평, 정무군 1이 서 있다.
이때, 정기준, 한쪽 바닥에 연두가 써놓은 '어머니'라는 글자를 발견한다.
순간 뭔가를 깨달은 듯 슬프고 어두운 표정으로
'어머니'라는 글자와 연두를 빠르게 번갈아 보는 정기준.
생각을 굳힌 듯, 미소 지으며 연두에게 다가가는데,

정기준   (눈높이를 맞춰 앉으며) 연두야···?
연두   (천천히 고개 끄덕이면서) 네···?
정기준   (미소 짓고 손잡으며) 아저씨가··· 미안하고··· 고맙구 그래···.
연두   (얼떨떨해 보면) 뭐··· 가요?
정기준   (따뜻하게 미소 지으며) ······ 아니다···. 아냐. (하고 일어선다)

        연두, 이상하다는 듯 가고,
        가는 연두 보면서 표정이 슬프게 바뀌는 정기준.
        정무군 1에게,

정기준   (슬프게) 연두 말이다···, (눈물 그렁그렁) 죽여라···. 아프지 않게···.
정무군 1 ······!
윤평·끝수 (놀라 보고) ······!

        하고 가는 정기준.

#46. 산채 근처 산 일각(낮)
연두, 주위를 두리번거리면서 돌아다니고, 다가오는 정무군 1.

정무군 1   너 개파이가 찾던데?
연두   (표정 밝아지면서) 정말요? 어디요?
정무군 1   따라와.

정무군 1 앞장서서 걸어가면, 따라가는 연두.

#47. 산채 근처 다른 산 일각(낮)
연두 앞서 오고, 정무군 1 뒤따라온다.
연두, 두리번거리면서 개파이 찾으며,

연두   (주위 살피며) 개파이 어딨어요?
정무군 1   (품 안에서 조용히 포승줄 꺼내며) 이상하네…. 여기로 온다고 했는데….

두리번거리며 찾는 연두.
연두의 뒤에서 정무군 1, 연두의 목을 조를 듯이,
포승줄 들고 다가간다.
하지만, 막상 죽이려 하자, 줄을 든 손이 떨리며 망설이는 느낌인데.

#48. 여각 내 방(낮)
심종수 있고, 급히 들어오는 막수.

막수   본원께 연통이 왔습니다!
심종수   (보면)
막수   낙산재에서 5경 5점(새벽 5시경)에 보자고 하십니다.
심종수   (마음의 소리 E) 드디어… 답을 얻은 것입니까, 본원….

#49. 산채 근처 다른 산 일각(낮)
연두, 계속 개파이 찾고 있고,

연두의 등 뒤로 서서히 다가가는 정무군 1.
포승줄을 연두의 목에 걸려는 찰나,
윽! 외마디 비명과 함께 앞으로 고꾸라진다.
등에 꽂혀 있는 단도.
연두, 경악해 보는데, 채윤과 초탁이 급히 달려온다.

채윤   (연두의 어깨 붙들며) 괜찮아?
연두   (얼굴이 새파랗게 질린 채) 아저씨…!

#50. 헛간 안(낮)
소이, 목야, 덕금, 모여 앉아 있다.

목야   연두…, 무사히 돌아갔을까?
덕금   우리가 부탁한 거… 잘해줘야 할 텐데….
소이   (걱정스런 표정인데)
채윤   (E) 소이 항아님은??

#51. 대성산 일각(낮)
쭈그리고 앉아 있는 채윤, 초탁, 연두.
흙바닥에는 연두가 돌멩이로 그려놓은 헛간 구조 그림이 있고,
주의 깊게 그림을 보고 있는 채윤과 초탁.

연두   (작은 돌멩이 하나 들어 헛간 위치에 동그라미 치며) 여기요!
       소이 항아님은 여기… 헛간에 갇혀 있어요.
채윤   (위치 확인하며) ……!
연두   근데요, 여기 다른 항아님들도 계셨어요.
초탁   (놀라며) 기래? 몇 명이나…?
연두   소이 항아님까지 세 명이었어요.
채윤   (다급히 초탁에게) 넌 빨리 연두 데리고 내려가서,
       내금위장 영감한테 연통해!
초탁   기래. 알았어.

눈 빛내는 채윤.

#52. 무휼의 집무실(낮)
무휼 있는데, 헐레벌떡 뛰어들어오는 박포.

박포   산채 위치를 찾았답니다!
무휼   (다급히) 어디라더냐?!

#53. 몽타주(낮)
#내금위 집무실
무휼이 내금위 군관에게 명 내리는 모습.
#의금부 집무실
조말생이 명 내리는 모습.

#54. 궁내 방(낮)
이신적 있는데, 급히 들어오는 장은성.

장은성   대감! 산채 위치가 파악된 듯합니다!
이신적   (놀라 보며) ……!
장은성   지금 내금위와 의금부 군사들이 대성산으로 향하고 있습니다.
이신적   (뭔가 생각하더니) 자넨 지금 즉시… 견적희에게 연통하게!

#55. 대성산 밀본 산채 전경(밤)
채윤, 은밀히 산채를 주시하고 있다.
그러다가 초탁과 올라오던 길을 초조하게 보면서,

채윤   (마음의 소리 E) 이제 곧 날이 밝을 텐데… 왜 이리 안 와….

#56. 낙산재 앞(새벽)
아무도 없는 낙산재 앞. (이후 상황, 밤 같은 새벽)
정기준이 온다. 그 뒤로 윤평이 묶인 소이를 끌고 나온다.

소이, 불안한 눈동자로 주위를 살핀다.

정기준   (둘러보더니) 아직 나오지 않은 모양이구나….
윤평   외람되오나 심종수 나으리를 믿으십니까?
정기준   (질문이 의외라는 듯 피식 웃으며 윤평을 본다) …….
윤평   (고개 숙이며) 송구하옵니다. 주제넘었습니다.
정기준   아니다…. 그를 믿느냐? … 믿지 못했었다, 오래도록.
         심종수는 언제나… 나에게 충성을 하는 것 같지가 않았거든.
         그리고… 산채에 심종수가 홀로 찾아온 후 비로소 알게 되었어.
윤평   …….
정기준   그는 정말로 한 번도 나나, 삼봉에게 충성을 한 적이 없었어. (피식)
         내 예감이 맞았던 것이지.
윤평   …….
정기준   그는 오로지 재상총재제라는 체계에 충성하는 자였던 게야.
         사람에 기대지 않고, 자신의 신념에 충성한다….
         해서 잘할 수 있을 것이야….

         하는데, 심종수가 나타난다.

심종수   (정중하게 예를 취한다) … 답을 얻으셨습니까, 본원….

         정기준, 무심하게 책 꾸러미 같은 것을 툭 하고 던진다.
         뭔가 싶어 보는 심종수.

정기준   (미소로) 뭘 그리 보나? 밀본지서와 밀본 조직원 전체의 명단이다.
심종수   ……!
윤평   ……!
소이   ……!
심종수   (주워서 보며) …… 이것이 진정….
정기준   자네 말이 다 맞아. 그렇잖아도 다음에 대해 생각이 복잡했는데,
         자네가 답을 줬어. 밀본을 이끄시게.

심종수   (약간 감격하여) … 본원….
        (하고는 품 안에 밀본지서와 명단을 넣고 여민다)
정기준   그 해례는 어디 있나? 진정 있는 겐가?
소이   (긴장하여 정기준과 심종수를 본다) …….
정기준   난 그 해례를 불태워 없애고… 이도가 반포식을 하는 그날…,
        이도를 죽이고, 글자를 아는 모두를 죽일 것이야.
        자…, 해례는 어디 있나.
심종수   …… 예, 주상이 만든 글자의 해례는….
정기준   …….
소이   (긴장하여 보며) …….

#57. 산채 근처 일각(새벽)
내금위 군사들이 와 있고,
그 가운데 지도를 펴놓고, 무휼과 채윤이 얘기한다.
초탁도 와 있다.

무휼   네놈이 뿌린 백토적을 따라, (지도 가리키며) 이곳까지는 무사히 들어왔다.
        (지도 가리키며) 이 앞으로 그 고위령이 없는 것이냐?
채윤   예, (지도 보며) 여기서 이쪽까지 모두 확인했습니다.
        별 저항 없이 돌입할 수 있을 겁니다.
무휼   그래! 지금 즉시 돌입한다! (하고 돌아서려는데)
채윤   내금위장 영감….
무휼   (돌아보며) …….
채윤   인질의 안전이 최우선이라… 말씀해주십쇼….
무휼   (보다가) …… (결연하게) 물론이니라!

#58. 낙산재 앞(새벽)
(앞 씬 연결)

심종수   해례는… (하며 소이를 본다) …….
소이   (완전 더 긴장하여 심종수 보다가 시선 돌리고) …….

정기준   (그런 심종수를 이상하게 보며) …….
심종수   해례는 책이 아닙니다….
소이   ……!
심종수   … 해례는!

하는데, 갑자기 심종수 칼을 뽑아 확 화살을 쳐낸다.
이때, 심종수의 팔뚝에 박히는 은침 클로즈업 샷.
놀라는 정기준, 소이, 윤평! 윤평, 잽싸게 칼을 뽑는다.

심종수   웬 놈이냐?

하는데, 나타나는 견적희. 그리고 주위로 포위하듯 모두 나타나는,
견적희와 흑명단 단원들. 모두 칼을 들었다.

심종수   (차가운 미소 지으며) 결국 나를 미행하는 데 성공했구나…, 견적희.
견적희   그리 허세를 떠실 때가 아닐 줄 압니다.

심종수, 그 말에 뭔가 이상한 듯 표정 짓다가
자기 팔뚝을 보니, 은침 같은 것이 박혀 있다. 놀라는 심종수.
갑자기 힘이 빠지는 듯 한쪽 무릎을 꿇는다.
놀라는 정기준, 소이, 윤평.
심종수, 칼을 지팡이 삼아 일어나려 안간힘을 쓰는데 되지 않는다.

견적희   (미소로 나긋나긋) 뭐…, 죽지는 않는 겁니다….
아직 쓸모가 있다 하더군요….
해렌지 뭔지가 있는 곳도 알아야 하고…. (하고는 옆의 수하 1에게 눈짓)

수하 1이 심종수에게로 간다.
심종수, 일어나려 안간힘을 쓰다가 결국 다리가 풀려 쓰러진다.
정신을 잃진 않았으나, 몸을 가누기가 힘들다.
저항하려 하나, 수하 1이 거세게 차버리자 쓰러진다.

수하 1, 2가 함께 심종수를 묶고는 끌고 간다.
끌려가면서도 미치겠는 심종수의 눈빛.
윤평, 긴장하여 정기준 앞을 보호하듯 막아선다.

윤평   (견적희 주시하며, 작은 소리로) 명나라 것들입니다. 숫자가 너무 많습니다.
정기준   (긴장하여 결연한 얼굴로 보며) … 이신적이 보냈구나.
견적희   (정기준에게) 당신이… 정기준?
윤평   (작은 소리로) …… 제가 최대한 막아내겠습니다.
          저 뒤쪽으로 도망가십쇼….
정기준   (결연한 표정으로) …….
윤평   (자세를 유지한 채, 한 팔로 소이의 줄을 풀며)
          너도 명나라 것들에게 잡히는 것보단 이게 나을 것이다.
견적희   (비웃으며 나긋나긋) 뭐…, 맘대로 해보세요. (하고는 버럭 중국어로) 쳐라!

흑명단, 모두 공격한다. 윤평이 앞으로 나서며 싸우고,
그 순간 정기준과 소이는 뒤쪽으로 뛴다.
견적희, 미소 짓더니 쫓으려는데,
윤평, 몸을 날려 견적희를 가로막는다.

#59. 산채 바깥쪽 문 앞(새벽)
경비를 서는 정무군 두 명.
채윤과 초탁이 번개같이 정무군 두 명을 해치우고,
손짓으로 소리 없이 신호를 한다.
소리 없이 움직이는 무휼과 내금위 병사들의 모습.

#60. 낙산재 앞 일각(새벽)
윤평이 견적희와 싸우는데, 대등하다.
흑명단들이 윤평을 다시 에워싸고,
견적희는 정기준과 소이가 뛴 방향으로 쫓는다.

#61. 산 일각(새벽)
수하 1, 2가 심종수를 묶어서 끌고 간다.
심종수, 정신을 차리기 힘든 듯 힘을 못 쓴다.
그러다 이를 악물고 정신을 차리는 듯하다.
온 힘을 다해 수하 2를 머리로 들이받고, 도망친다.
쫓는 수하. 심종수의 시선이 흐리고 맑지가 않다.
그러다 옆에 산비탈(혹은 절벽)이 나타나자
결심을 한 듯 뛰어내린다. 어두워서 보이지 않는다.
낭패라는 표정의 수하 1, 2.

#62. 몽타주(새벽)
뛰는 정기준과 소이.
쫓고 있는 듯, 뛰고 있는 견적희.
산비탈 아래에서 몽롱한 상태에서도 밧줄을 풀려 노력하는 심종수.
싸우는 윤평과 흑명단들.

#63. 산채 안쪽 문 앞(새벽)
문이 갑자기 양쪽으로 확 열린다.
채윤이다. 그 뒤로 함성과 함께 들어오는
정득룡과 박포, 내금위 병사들.
그 앞에 있다가 놀라는 정무군들.

무휼   국법에 대항하는 자는 한 놈도 남김없이 쓸어버려라!

하고는, 돌격하는 내금위 병사들.
당황하여 싸우지도 못하고 무너지는 정무군들.

#64. 산채 방(새벽)
한가놈과 도담댁, 밖에서 소란스러운 소리에 경악하여 일어서는데,
문이 열리며, 끝수가 다친 채 헐레벌떡 들어온다.

도담댁	(경악하여) 대체… 어찌 된 것이냐?
끝수	(신음하며) … 내금위 병사들입니다….
한가놈	뭐라? 고위령이 작동하지 않았단 말이냐?!! 이런!!
끝수	어서 피하십쇼….
한가놈	아…, 본원…. 본원은!!!

#65. 산 일각(새벽)
정기준, 소이, 뛰다가 놀란 듯 멈춘다. 그 앞에 서 있는 견적희.
다시 뒤를 보는데, 흑명단 다섯 명이 뒤에서 온다.
완전 포위. 절망적인 상황.

견적희	우리 흑명단이… 추쇄로는 대륙 제일이거든…. 안 되지….
정기준	원하는 것이 무엇인가?
견적희	글쎄, 나도 잘 모르겠네…. 일단 같이 가야지.
소이	(결연하게) 해례를 찾는 거 아냐?
정기준	(소이 보며) ……!
소이	해례는…!
견적희	(소이 보는데) ……!

그때, 흑명단 한 명이 갑자기 '아이구, 깜짝이야' 하듯 놀라서 뒤를 본다.
개파이다.

흑명단 1	웬 놈이냐? 아니, 언제부터 여기 있었던 거야?
견적희	뭐냐? 누구… 냐?
개파이	(흑명단들 보며) 도… 망… 쳐… 라….
흑명단 1	뭐… 뭐라고…?
개파이	너… 희들…, 도망… 치면… 살 수… 있… 다….
흑명단 1	이놈이 덩치만 믿고… 아주 미친놈이구나?
견적희	뭘 하는 게야? 시간이 없다. 어서 해치워라.
흑명단 1	예! (하고 칼 들고 다가가는데) …….

견적희, 그러다 개파이 인상이 익은 듯, 자세히 본다.
어디서 봤는데… 하는 느낌으로 보다가, 알아채고는
완전히 경악!!! (숨 들이키며 입 벌리는)
흑명단 1, 칼로 개파이를 베려는 듯 모션을 잡는데,

견적희   (악을 쓰듯) 멈춰!!!!
흑명단 1   ……!
흑명단들   (뭔 상황인지 놀라) ……!
견적희   (공포와 패닉에 사로잡혀) 전원 이대로 후퇴한다! 어서!

          흑명단들, 갑작스런 명령에 놀라 어리둥절하다.

견적희   (개파이를 향해) 우리… 지금 아무 짓도 안 했잖아? 그치?
          (공포에 질려) 그냥… 조용히 물러갈게…. 살려줘….
흑명단 1   (중국어로) 첩형! 왜 이러십니까!!
견적희   (중국어로) 닥쳐!! 전원 후퇴한다!

          하고는, 물러가는 견적희와 흑명단들.
          어리둥절하게 보는 소이. 굳은 표정의 정기준.
          개파이 다가온다.

정기준   어찌 알고 온 것이냐?
개파이   (멍한 말투로) 산채가 습격… 당했다…. 그리고 연두가… 보이지 않는다.
정기준   습격이라니? 무슨 소리냐?

          이때, 피투성이의 끝수가 급히 온다.

끝수   (숨을 헉헉거리며) 어르신! 무사하셨습니까!
정기준   산채가 습격당했다는 게 무슨 소리냐?
끝수   그게… 내금위 군사들이 들이닥친 것 같습니다….
정기준   ……!

#66. 다른 산 일각(새벽)
급히 가는 견적희. 뒤따르는 흑명단.

흑명단 1   첩형! 대체 왜 이러십니까?
견적희   원나라 복위세력 휘하에 돌궐족 용병부대가 있었다.
흑명단 1   (놀라) 허면 설마 저자가…!
견적희   (놀라움과 공포로) 대적 불가…. 카르페이 테무칸이다.
흑명단 1   허나… 혼자인데….
견적희   (가다가 확 돌며, 심각하게) 인간 중에! 저자를 대적할 사람은 결코 없다.
흑명단 1   ……!
견적희   (긴장으로) 빨리 북경에 보고를 올려야 한다!

#67. 산채 헛간 안(새벽)
문이 쾅 하고 열리고 채윤과 초탁, 박포가 들어온다.
안에 있던 덕금과 목야가 놀란다.
초탁과 박포가 묶인 것을 풀어준다.

덕금   겸사복!
채윤   안심하세요. 다 됐습니다… 근데. 소이는요?
덕금   소이 끌려갔어요!
초탁   끌려가요?
채윤   ……! 끌려가다뇨? 누구한테요? 어디로요?
목야   가리온…, 그놈이 끌고 갔어요. 빨랑 찾으세요. 빨리!
채윤   ……!

#68. 산 일각(새벽)
(앞 씬 연결)

소이   당신이 진 거 같은데…. 다.
정기준   (소이 보며) …….
소이   이제… 다… 끝난 거 아닐까?

정기준   (그런 소이를 보며) …….
소이   본거지를 잃고… 동료들은 추포되고…
          해례도… 찾지 못했고… 끝났어…. 당신.
정기준   (마음의 소리 E) 해례…?

ins. cut – 58씬.

심종수   해례는…. (하며 소이를 본다) …….
소이   (완전 더 긴장하여 심종수 보다가 시선 돌리고) …….
정기준   (그런 심종수를 이상하게 보며) …….

ins. cut – 2씬 연결. 새로 찍는 회상.

심종수   소이를 데리고 나오십쇼.

정기준   (뭔가 깨달은 듯) ……!

ins. cut – 19부 53씬.

광평   못 찾을 것이다.
광평   나조차도 본 적이 없으니까.

ins. cut – 새로 찍는 회상. 도축소 안.
가리온, 주판알 주섬주섬 놓고. 소이 옆에 있고 연두모 있는데,
옥떨이 들어온다.

옥떨   (호들갑스럽게) 가리온 아재!

하는데, 주판알이 흩어진다.

연두모   아이고, 깜짝이야!

가리온	아이고오…, 왜 이리 호들갑이야. 이거 처음부터… 다시 해야겠네.

하는데, 소이 아무 말 없이 주판알을 다시 놓아준다. 놀라는 가리온.

정기준	(뭔가 깨달아서 소이를 보며 미소 짓는다) …….
소이	(그 미소가 불안한 듯 보며) …….
정기준	(끝수에게) 죽여라.
끝수	……!
정기준	(소이를 보며 차가운 미소로) 니가…,
소이	(두근두근) …….
정기준	니가… 해례구나….
소이	(경악하여) ……!

#69. 산속 다른 일각(새벽)
미칠 듯한, 결사적인 심정으로 뛰고 있는 채윤!
앞 씬의 정기준의 차가운 미소!
소이의 경악한 얼굴! 3분할 엔딩.

제
24
부

世솅宗御製訓民正音

國귁之징語ᅌᅥᆼ音흠이

國귁은 나라히라 之징ᄂᆞᆫ 입겨지라 語ᅌᅥᆼᄂᆞᆫ 말ᄊᆞ미라

나랏〮말〯ᄊᆞ미〮

異잉乎ᅘᅩᆼ中듕國귁ᄒᆞ야

異잉ᄂᆞᆫ 다ᄅᆞᆯ씨라 乎ᅘᅩᆼᄂᆞᆫ 아모그ᇰ겨 ᄒᆞ논 겨체 ᄡᅳ는 字ᄍᆞᆼㅣ라 中듕國귁ᄋᆞᆫ 皇ᅘᅪᆼ帝뎽겨신 나라히니 우리 나랏 常쌰ᇰ談땀애 江가ᇰ南남이라 ᄒᆞᄂᆞ니라

中듕國귁에〮달아〮

與ᅌᅥ文문字ᄍᆞᆼ로不붏相샤ᇰ流류通통ᄒᆞᆯᄊᆡ

與ᅌᅥᄂᆞᆫ 이〮와 뎌〮와 ᄒᆞ논 겨체 ᄡᅳ는 字ᄍᆞᆼㅣ라 文문은 글와리라 不붏은 아니ᄒᆞ논 ᄠᅳ디라 相샤ᇰ은 서르 ᄒᆞ논 ᄠᅳ디라 流류通통은 흘러 ᄉᆞ맛ᄃᆞᆯ씨라

文문字ᄍᆞᆼ〮와〮로〮서르ᄉᆞᄆᆞᆺ디〮아니〮ᄒᆞᆯᄊᆡ〮

故공로愚ᅌᅮ民민이有ᅌᅮᇢ兩냐ᇰ欲욕

#1. 산 일각(새벽)

정기준   (끝수에게) 죽여라.
끝수   ……!
정기준   (소이를 보며 차가운 미소로) 니가…
소이   (두근두근) …….
정기준   니가… 해례구나….
소이   (경악하여) ……!

#2. 산속 다른 일각(새벽)
미칠 듯한, 결사적인 심정으로 뛰고 있는 채윤! (23부 엔딩 지점)

#3. 산 일각(새벽)
(1씬 연결)

정기준   (이제는 완전한 확신이 들며) … 그래…, 니가 해례였어….
         해서… 이도가 그리도 아낀 거였어….
소이   (긴장) …….
정기준   ('허' 하는 헛웃음 띠며) 옆에 두고… 그리 찾아 헤맸다니….
         (하고는 다시 끝수에게) 죽여라!

소이   (긴장) …….

끝수, 소이에게 다가온다.
긴장한 채 뒤로 한 발 한 발 물러나는 소이.
원래 5보 이상 떨어져 있던 개파이는 죽이는 모습이 보기 싫은 듯
뒤로 도는데….
한 발 한 발 물러나던 소이는 결국 돌부리에 걸려 넘어진다.
그런 소이에게 다가오는 끝수.
드디어 칼을 들어 소이를 내려치려는 순간!
기합 소리와 함께 돌진해서는 정기준의 목에 칼을 들이대는 채윤.
놀라 보는 소이. 보는 끝수. 뒤돌아 있다가는 돌아보는 개파이.
정기준의 목을 감싼 채 칼을 들이댄 채윤. 긴장한 끝수.
무표정한 개파이.

소이   … 오라버니….
채윤   (흥분된 상태로) 담이 넘겨….
끝수   (갈등하는데)
정기준   안 돼! 보내지 마!
채윤   넘겨!!
정기준   (역시 바로 받아) 보내지 말라니까!!
채윤   (더 악에 받쳐) 셋이야! 셋 셀 동안 안 보내면 나 바로 목 딴다!
정기준   상관없어!
끝수   (갈등하고)
소이   (긴장 상태인데)
채윤   (끝수 보며) 너 나 알지? 나, 한짓골 똘복이잖아.
         가리온 이 새끼 죽이고!! 담이랑 나…, 여기서 죽어도 그만인 놈이야! 알지?
         니네 본원인지 지랄인지 죽이고 싶으면 맘대로 해! 알았어? 하나!
         (하며 소리 소리 지르자)

끝수, 어찌할 바를 모르고는 소이에게 겨눴던 칼을 내리면,
소이, 얼른 일어나 채윤 쪽으로 움직이려 하는데….

정기준   (더욱 발악하며) 뭐 하는 게야!! 어서 죽여! 빨리!!
끝수   (어찌할 바를 모르며) 하지만… 본원….
채윤   (정기준의 목을 더욱 옥죄며) 입 닥쳐! (하며 소이 보면)
소이   (채윤 쪽으로 오고 있고)
정기준   (그런 소이 보며 더욱 발악하며 개파이에게) 개파이! 뭘 하는 거야?
          다 죽여!! 다 죽여버려!!

          개파이는 무표정하게 채윤을 보는데…
          눈빛이 형형한 채윤. 그리고 어느새 소이는 채윤의 옆으로 다 왔다.

정기준   뭐 하는 거야? 얼른 죽이지 않고!! (이후 계속 소리 지르는 상태)
채윤   (정기준의 목을 더욱 옥죈 채 옆의 소이에게) 빨리 뛰어!
          배 타는 데 가면 무휼 어르신 있어!
소이   (다급히) 오라버니는?
채윤   (정기준에게 칼 겨눈 채) 망설이면… 나만 더 피 보는 거 알지?
          무조건 뛰어! 무조건!
소이   (짧게 채윤 보고는 뒤돌아 뛴다)
정기준   얼른 죽이라니까! 얼른!! 화살!! 화살을 쏴!!
채윤   (그 말에 놀라) 화살에 손만 대봐. 죽여버릴 거야!
정기준   (채윤보다 더 난리치며) 글자를 막기 위해 밀본도 버린 나야!!
          없애라구! 화살을 쏴!!

          하자, 끝수, 그런 정기준의 기세에 활에 화살을 건다.
          아직은 소이가 화살권 안에서 도주하고 있고.

채윤   (다급해져서는) 안 돼!!

          하며 채윤, 정기준을 베려 칼을 치켜들자, 나서는 개파이.
          채윤과 1합을 하게 되고, 채윤은 한 바퀴 돌면서
          개파이가 아니라 정기준을 벤다.
          쓰러지는 정기준. 경악하는 끝수.

개파이는 보지 못한 채로 채윤과 두 합 붙는다.
채윤 밀리는 느낌인데….

끝수   (경악하여) 본원!! 본원!! 괜찮으십니까?!!

하는 소리 듣고는 돌아보는 개파이.

채윤   본원을 살리든가 날 죽이든가 맘대로 해!!

하고서 바로 소이에게로 뛰는 채윤.
개파이, 쫓지 않고 정기준에게로 다가간다.

정기준   (다가오는 개파이 보며) 오지 마!! 소이를 쏴!!
개파이   … 상처가… 깊다….
정기준   난 상관 말고 쏘라고!!

하면, 개파이, 소이 쪽을 본다.
소이는 멀어져가지만. 아직은 시야에 있는 상태이고
채윤은 소이 쪽으로 달려가고 있다.
순간 개파이, 끝수의 활을 가지고는 순식간에 장전하더니
활시위를 조금 높게 잡아서는 쏜다.
하늘을 날아오는 화살. CG.
뛰어가던 채윤이 먼저 화살을 보고 경악. cut.
소이의 왼팔에 맞는 화살. cut.
놀라는 채윤의 눈. cut.
어딘가로 굴러떨어지는 소이. cut.
채윤의 시야에서 사라지는 소이. cut.

채윤   (경악하며) 안 돼!! 담아!! 안 돼!!

하며 달려가는 채윤. cut.

정기준 쪽,

정기준 맞았어? 확인해!! (개파이가 정기준을 둘러업는다) 확인하라구!!

개파이, 상관 않고 간다.
채윤 쪽, 채윤, 다급히 달려와 산비탈 아래 보며 '담아!!' 하는데,
어둠 속이라 아무것도 보이지 않는다.
미치겠는 채윤에서.

#4. 이도의 방(새벽)
초조하게 기다리는 이도. 옆엔 정인지와 성삼문, 박팽년 있다.

이도 이제 곧 동이 틀 것이다!! 아직 아무 연통도 오질 않은 게냐?
무휼에게 연통이 오지 않은 게야?
성삼문 (같이 초조하고 다급하게) 예…, 아직은 없사옵니다.
이도 (정인지에게) 3정승은? 3정승은 논의를 마쳤다더냐?
정인지 그것 역시… 아직은….
이도 반포식장은 어찌 되고 있느냐?
박팽년 어젯밤부터 채비에 들어갔습니다.
정별감 (E) 빨리빨리들 안 하고 뭐 해?

#5. 광화문 반포식장(새벽 6시 정도)
광화문 앞에 단상이 차려지고 단상엔 비단이 깔리고 있다.
단상 위로 왕의 의자 등등을 나르고 있는 겸사복들.

정별감 (들고 오는 겸사복들 보며) 조심들 하고.
(다른 겸사복에게는) 광화문 외곽 경비조는 모두 충원됐어?
겸사복 1 예.
정별감 알았어. 가봐.
(하고는 혼잣말로) 아니 근데 초탁, 박포, 이놈들은… 어찌 된 거야?
소탕을 한 거야? 만 거야?

#6. 밀본 산채 마당(낮)

포승줄에 묶인 정무군들, 줄줄이 끌려가고 있다.

그런 모습을 한쪽에서 보고 있는 무휼, 정득룡, 초탁, 박포.

정득룡   빠져나간 자들이 몇 있긴 하나, 군사들은 모두 추포가 된 듯합니다.

무휼   (근심스런 표정으로) 허나… 정기준이 없었다.

정득룡   … 그렇긴 합니다만…, 군사들이 괴멸됐으니…

    달리 일을 꾸미긴 어렵습니다.

무휼   (초탁과 박포에게) 채윤과 나인 소이는 아직도 소식이 없느냐?

초탁   예. 주위를 수색했으나… 아직은… 연통이 없습네다.

무휼   …….

박포   내금위장 영감께서는 궐로 돌아가세요.

    오늘 반포식 채비도 만만치 않을 거 아닙니까?

초탁   예, 채윤이는 저희가 찾아서 꼭 데리고 가겠습네다.

무휼   (한숨을 쉬고는) 그래. 허면… 너희를 믿고 가마. 부탁한다.

박포   걱정 마십시오.

무휼   (걱정스러운데) …….

#7. 산비탈 아래 산 일각(낮)

채윤, 미친 듯이 '담아!! 담아!!' 부르며 찾고 있다.

#8. 근처 산 일각(낮)

왼팔에 화살 맞은 채 쓰러져 있는 소이.

정신이 드는 듯 깨어나 힘겹게 몸을 일으킨다.

그러고는 소이, 왼팔에 꽂혀 있는 화살을 본다.

소이, 결심한 듯 눈을 질끈 감고 화살을 뽑아낸다.

피는 쏟아져 나오는데…

소이, 뭔가 이상한 듯 저고리의 왼팔 쪽을 걷어본다.

화살을 맞은 왼팔 쪽 살이 까맣게 죽어가고 있다.

놀라는 소이.

떨리는 손으로, 화살촉을 집더니, 화살촉에 살짝 혀를 대본다.

순간, 탁 뱉는 소이.

소이   ('쿵' 하는 효과음과 함께 마음의 소리 E) 독이다!

소이, 모든 것이 무너지는 마음으로 하늘을 본다. 땅을 본다. 개울을 본다.
어느새 눈물이 그렁그렁해진 소이, 조용히 미소를 지으며,
들리지도 않을 정도의 혼잣말로, '여기서… 죽는구나'
그러다가는 한쪽에 있는 동굴을 발견하는 소이에서.

#9. 다른 산 일각(낮)
초탁, 박포가 산을 찾아 돌아다니는데, 어딘가에서 들려오는 '담아!!' 소리.

초탁   채윤이다!!
박포   (소리 들리는 쪽으로) 채윤아!! 채윤아!! (하며 소리 나는 쪽으로 가면)

하면, 잠시 후, 길도 아닌 수풀에서 나타나는 채윤.

초탁   어떻게 된 거이야?
채윤   (황망한 상태로) 소이가 이쪽 근방에서 떨어졌어!! 찾아야 돼!!
박포   뭐? 소이 항아님이?
채윤   화살을 맞았어!! 빨리 찾어!! 빨리!! 빨리!!

하면 흩어지는 채윤, 초탁, 박포.

#10. 동굴 안(낮)
저고리를 벗는 소이. 팔 보면, 검게 죽어가고 있다.
저고리의 옷고름을 찢는다. 그러고는 입으로 당겨서 팔에 묶는 소이.
최대한 독이 늦게 퍼지도록 하려는 듯 필사적으로 졸라맨다.
그러고는 치마를 벗는다. (여기부터는 음악과 함께 13씬까지 몽타주)
속치마 하나를 벗는다. 소이의 표정.
속치마의 어깨끈을 떼어 내고 윗단의 주름을 편다. 소이의 표정.

다음 속치마도 벗는다. 역시 어깨끈을 떼어 내고 윗단의 주름을 편다.
동굴 안에 놓인 속치마 두 장. 거대한 직사각형 모양이 된다.
소이의 표정.
그것을 반으로 쭉 찢는 소이. 또 찢고… 또 찢는 소이의 표정.
또 찢는 소이. A3 정도 크기의 속치마 조각들이 종이처럼 쌓인다.
책장처럼 수십 조각이 되었다.

#11. 산 일각(낮)
'담아!' 부르며 미친 듯이 소이를 찾아 헤매는 채윤.

#12. 동굴 안(낮)
세필 붓과 휴대용 먹이 놓여 있고.
식은땀 흘리는 소이, 힘겹게 세필 붓을 들어
옷 조각에 제자해를 쓰기 시작한다.
'初聲凡十七字. 牙音ㄱ 象舌根閉喉之形 舌音ㄴ 象舌附上齶之形'
빠르게 쓰는 소이 컷.
옷 조각 하나를 꽉 채워 쓰고, 다른 옷 조각에 이어 쓰는 소이 컷.
제자해가 쓰인 옷 조각들이 쌓이는 컷컷컷.
제자해 이어 언해,
'ㄱ눈 엄쏘리니 君군ㄷ字쭝처섬 펴아나눈 소리…'
쓰기 시작하는 소이 컷.
언해 쓰인 옷 조각들이 쌓이는 컷컷컷. (옷 조각들에 피가 묻었다)
상처에서 피가 배어나오지만 이 악물고 필사적으로 쓰는 소이에서.

#13. 산 일각(낮)
'담아!' 부르며 애타게 찾는 채윤. (앞 씬과 교차 몽타주로)
그러다 뭔가 발견한 듯 놀라 달려가면, 바닥에 핏자국.
(음악이 끝나고 10씬에서 시작된 몽타주가 여기에서 끝)
놀란 채윤, 옆을 보면 화살(8씬)이 버려져 있다.
놀라는 채윤. 급히 주위를 둘러보며 찾는다.

#14. 폐암자 안(낮)
윤평, 정기준을 시료하고 있다. 약초 바르고 붕대 감는데….

정기준   (고통스러운 얼굴) 산채는… 어찌 됐느냐?
윤평   … 정무군들은 모두 내금위에 추포되거나… 사살… 됐습니다.

정기준, '이런…!' 이 악무는데,
이때, 문이 벌컥 열리며 들어오는 한가놈.

한가놈   본원!!
정기준   무사했구나! 도담댁은?!
한가놈   … 그것이….

하면, 끝수가 눈물을 흘리며 피투성이가 된 도담댁을 업고 들어온다.

정기준   (놀라 일어나며) 도담댁!!

끝수, 눈물 흘리며 도담댁을 눕히면,

정기준   도담댁!
도담댁   (힘겹게) 해례는 어찌 됐습네까?
정기준   (참담하지만) … 없… 앴다….
도담댁   (힘겨우나 미소 지으며) … 다행입네다….
끝수   (울며 보고)
한가놈·윤평 (안타깝게 보는데)
정기준   (마음을 추스르며) 뭣들 하느냐? 어서 시료하지 않고!!
도담댁   (그런 정기준의 팔을 잡으며) … 도련님….
정기준   …….
도담댁   … 정도광 어르신이 돌아가신 날 이후… 도련님께서…
          어떤 고통 속에 사셨는지……
          저는 압니다.

정기준   (도담댁의 죽음을 예감하며 슬픔을 감추려) ······.

도담댁   ··· 단 하루라도··· 행복하게 해드리고 싶었는데···.

정기준   ······.

도담댁   (마지막 간언으로) 부디 존체를··· 잘 보존하십시오···.
         하여 밀본을 끝까지···.

정기준   (그런 도담댁 손잡으며) 밀본은··· 이미··· 나의 일이 아니다···.

도담댁   (마음을 굳혔구나 싶어 슬프게 보면)

정기준   (비장하게 보며) 곧··· 따라갈 것이다···.

         도담댁, 슬프게 바라보다 숨을 거두면.
         끝수, 울고. 한가놈, 윤평, 가슴 아프게 보는데···
         정기준, 숨을 거둔 도담댁을 참담하게 보다간,

정기준   ··· (낮고 비장한) ··· 계획을 변경한다. 개파이를 불러라···.

         #15. 동굴 안(낮)
         펼쳐져 있는 옷 조각들. 제자해의 한자본과 언해본이 모두 쓰여 있고···
         소이, 벽에 기대앉아 힘겹게 숨을 몰아쉬고 있다.
         팔을 묶은 천에 피가 흥건하게 배어 있다.
         이때, 밖에서 '담아!!' 부르는 채윤의 목소리가 들리자,
         힘겹게 고개를 돌려보는 소이.

소이   (가까스로) 오··· 오라···.

         '오라버니' 하려는데, 말이 잘 나오지 않는다.
         이때, 급히 뛰어들어오는 발소리 들리며, 나타나는 채윤.
         축 처져 앉아 있는 소이를 보고는 경악.

채윤   담아!! (급히 달려오는데)

한가놈   (E) 너무 위험한 계획입니다!!

#16. 폐암자 안(낮)
정기준, 한가놈, 개파이 있고.
탁자에 뭔가 적힌 종이가 있다.

정기준   (흔들림 없는데)
한가놈   정무군도 모두 추포됐습니다!
         진정 이리하실 거라면, 그 비밀 통로를 이용하십시오!
정기준   (확 보며) 단순히 이도를 암살하려는 것이 아니다! 대의로서!
         이도를 방벌(放伐 : 실덕한 군주를 폭력으로 몰아내는 방법)하는 것이다!
한가놈   (보고)
정기준   모두의 앞에서… 이도가 실패하는 것을 보여줄 것이다!
한가놈   허나, 본원! (하는데)
정기준   (종이를 개파이에게 밀며) 이대로 행하거라!
         너의 마지막 임무고, 나의… 마지막 명이 될 것이다….
한가놈   (안타까움에 눈 감고)
개파이   (종이 보다가 멍하게 보다가는 픽 웃으며) 내가… 그리… 강한가….
정기준   대륙 제일검이 아닌가.
개파이   (멍하게) … 허면… 지금부턴… 진짜로… 싸워도 되는가….
         나의 힘을… 다 써도… 되는가….
정기준   (옅게 미소 지으며) 물론이다.
개파이   (그런 정기준 보다가) … 즐거웠다…. 본원….

하고 정기준과 마지막 시선을 주고받고는 나가는 개파이.
정기준, 나가는 개파이 보며 비장해지는데.

#17. 동굴 안(낮)
소이를 품에 안은 채윤.

채윤   담아! 담아, 괜찮아?
소이   (헉헉대며) 오라… 버니….

소이, 헉헉대며 흐린 눈빛으로 보는데.
채윤, 소이 팔에 피가 번져 있는 것을 보고는 얼른 소매를 걷어본다.
왼팔 전체가 검게 죽어 있다.

채윤   (놀라, 마음의 소리 E) 독이다…!

그러자 채윤. 다짜고짜 소이를 업으려 한다.

소이   (그런 채윤의 팔을 잡으며 숨 가쁘게) … 소용… 없어….
채윤   (막무가내로) 시끄러!! 빨리 업혀! 빨리 가야 돼. 얼른!

하는데, 소이, 있는 힘을 다해 버티고는 옷 조각을 집어
채윤에게 쥐여준다. 잠시 보는 채윤.

소이   (헉헉대며) … 한자와 우리글로 쓴… 제자해야.
         이걸… 반포식에 가져가야 해…. 그리고…,
채윤   (미치겠는) 무슨 헛소리야!! 얼른 업히기나 해!! 내 말 들어!!
소이   (채윤의 팔을 꽉 붙들며 오히려) 내 말 먼저 들어!
채윤   (미치겠는 심정으로 보는데)
소이   정기준이… 반포식에서… 전하를 암살하려 해….
         가서… 알리고… 전하를… 지켜….
채윤   … (울컥해서) 그게 다 뭐야! 그게 다 무슨 소용이야…!
         니가…! 니가 살아야지! (하고 소이가 쥐여준 옷 조각 집어 던지는데)
소이   (소리를 높여) '백성은 고통으로 책임지고 있다'고!! … 오라버니가 그랬잖아.
채윤   (막무가내로 업으려 하며) 우린 이미 질 만큼 졌어!!
         그러니까 제발 입 닥치고 업혀!!
소이   (힘겹게 뿌리치며) 난… 이미 틀렸어…!
채윤   (순간 보는데)
소이   (OL, 숨 몰아쉬며) 주저할 거야…?
채윤   ……!
소이   (헉헉대며 발악하듯) 망설일 거냐구? 나 살린답시고…,

내 시신 수습한답시고 말야!!

채윤, 멍해져 그런 소이 보는데.
ins. cut - 18부 37씬.

이방지   네놈은 나와 사주가 같다. 별자리도 같지.
        해서, 나와 같은 길을 갈까봐 이러는 것이다.

        ins. cut - 20부 57씬.

이방지   (힘겨운 소리로) 주저하지 마라…. 어느 상황에서도….

        채윤, 뭐 이런 개 같은 운명이 있나 싶다. 눈물이 확 차오르는데.

소이   (그런 채윤을 힘겹게 보며) 두려워할 것도… 무서워할… 것도 없어….
        오라버니….
채윤   (눈물 그렁그렁해 보고)
소이   우리 어릴 때… 알던 모든 사람들…. 우리 아버지… 석삼 아재…
        모두… 이렇게 죽었잖아…. 시신도… 수습 못하고… 사라졌잖아….
채윤   (그 순간 모든 게 끝났구나 싶어 눈물이 왈칵 터진다) 담아…. (하며 우는데)
소이   (눈물 한 방울 흘리지 않고 힘겹게 손 뻗어 아기 달래듯 눈물을 닦아주고)
        울지 마…. 울지 말고… 나 좀 봐….
채윤   (울며 보면)
소이   (힘겹게 미소 지으며) 그때… 오라버니랑 다시 만나고…
        나 혼자… 궁으로 돌아가면서… 가장… 힘들던 게… 뭐였는지… 알아…?
채윤   (보면)
소이   … 잠….
채윤   (눈물 흘리며 보고)
소이   (숨 가쁘게) 오라버니 만나서… 이십 몇 년 만에… 처음으로…
        꿀맛 같은 잠을 잤어….
채윤   (그 말에 가슴 아파 울고)

소이	(숨 가쁘게) 오라버니랑… 같이 떠나면… 계속 그렇게… 잘 수 있겠지…?
	생각만 해도 (옅게 미소 지으며) 너무… 행복했어….
채윤	담아…. (엉엉 아기처럼 울고)
소이	(채윤의 눈물 닦아주며, 힘겹게) … 다시… 행복한… 꿈을… 꾸게 해줘서…
	고마워…, 오라버니….
채윤	(콧물까지 흘리며 엉엉 울고)
소이	(그런 채윤을 보다가 제자해와 언해 쓴 옷 조각 보며) 꼭… 볼 거야….
	오라버니 눈을… 통해서… 다 볼 거야….
채윤	(울고)
소이	(헉헉대며) 글자가… 성공적으로… 반포되는 모습을…,
	그리고… 백성들이… 그 글자를… 읽는 모습을….
채윤	(우는데)
소이	(숨 가쁘게) 오라버니 눈을 통해… 꼭 볼 거야…. 허니….
	(하며 채윤의 손에 옷 조각을 다시 쥐여주고)
채윤	(울며 보는데)
소이	(힘겹게) 오라버니가… 반드시… 봐야 해….
채윤	(콧물 흘리며 울고)
소이	(마지막 힘을 다해 채윤의 눈물을 닦아주며 미소 지으며) 어서 가….
	어서 가서… 내게… 보여줘…. 오라… 버니….

하다가 툭 떨어지는 소이의 손. 소이, 절명.

| 채윤 | (멍해져) 담아…. 담아…. 담아!! |

소이를 품에 안고는 어떤 소리도 내지 못하는 채윤에서.

#18. 동굴 앞 일각(낮)
초탁, 박포, 숨 헉헉거리며 있다.

| 박포 | 여기 어디서 소리가 난 거 같은데! |
| 초탁 | 니도 들었지? |

하며 초탁, 박포, 동굴 입구 쪽으로 접근하는데.

#19. 동굴 안(낮)
소이를 옆에 눕혀놓은 채
말갛고 담백해진 채윤이 옷 조각을 하나하나 줍고 있다.
ins. cut – 18부 9씬.

이방지   백성은 말이다…, 오로지 자기의 기쁨을 위해 자존심을 버리고 살아야
          소중한 것을 지킬 수 있다. 그러지 않으면 잃는다.

          ins. cut – 13부 54씬.

소이   오빠가 오빠 인생을 임금 죽이는 데 걸었듯이… 난 글자 만드는 데 걸었어.

          ins. cut – 20부 3씬.

채윤   제가 담이와 도망치지 않은 건.
채윤   담이가 하고 싶은 게 있다는 게 신기해섭니다.
채윤   담이한테 생긴 의욕… 담이가 하고 싶은 거… 그걸 지켜주는 게….
채윤   전 담이에 대한 연모라고 생각했는데….

          그냥 그렇게 옷 조각만 하나씩하나씩 줍고 있는 채윤.
          이때, '채윤아!' 부르며 달려오는 초탁, 박포.
          채윤을 발견하곤 급히 달려오다 소이의 시신을 보고는 경악.

박포   소… 소이 항아님…!
초탁   채윤아…, 어찌 된 거네?!

          하는데, 옷 조각을 모두 주운 채윤, 차가워진 눈빛으로 잠시 멈춰선다.

소이   (E) 주저할 거야…?

채윤, 결연해진 표정으로 다시 옷 조각을 품에 넣고는 그대로 달려나간다.
초탁, 박포, 대체 무슨 상황이야…? 놀란 얼굴로 보는데.

#20. 산 일각(낮)
미친 듯이 달리는 채윤.

#21. 이신적의 방(낮)
이신적, 장은성 있고. 이신적 놀란 얼굴.

이신적   그게 무슨 소린가! 견적희가 이 일에서 손을 떼겠다니?
장은성   자세한 것은 모르겠으나, 그렇게만 연통이 왔습니다.
         명나라로 다시 돌아간다구요!
이신적   허면 해례는?!
장은성   해례도 취하지 못한 모양입니다.
이신적   (탁자 내리치며) 이런…!! (하는데)
장은성   (걱정스러운) 만약 모든 것이 심종수의 손으로 넘어갔다면…
         재가는 어찌해야 합니까!

         이신적, 고민스러운데…. 이때, 문이 벌컥 열리면서 들어오는 누군가.
         변복에 삿갓을 쓴 심종수다.
         놀라 보는 이신적과 장은성.
         심종수, 그런 이신적을 노려보는데.

이신적   (얼른 표정 바꾸며) 자네 무사했는가! 내 얼마나 걱정했는지 아는가!
심종수   (노려보는데)
이신적   (뻔뻔하게) 지금 자네가 무슨 생각할지… 다 알겠는데…,
         다 오핼세. 일단 내 얘길 좀 들어보게! (하는데)
심종수   (OL) 본원은… 죽었다!
이신적   (경악해서 보면) ……!
심종순   (품 안에서 밀본지서를 꺼내 던지며) 밀본지서다.
이신적   (놀라 보는데)

심종수	이제 넌, 주상과 너의 일을 하거라. (하고 확 나가면)
이신적	(일이 어찌 돌아가는 거지? 이상한 느낌인데) ……!

#22. 길 일각(낮)
삿갓 쓰고 걸어가는 심종수. 막수가 그 뒤를 따른다.

심종수	(마음의 소리 E) 이것이 너에게 내리는 마지막 명이다, 이신적. 반드시 반포식을 성사시켜라!

ins - 23부 56씬.

정기준	난 그 해례를 불태워 없애고… 이도가 반포식을 하는 그날…, 이도를 죽이고, 글자를 아는 모두를 죽일 것이야.
심종수	(비장한 표정으로, 마음의 소리 E) 본원…. 반드시 성공하십시오…!

#23. 이신적의 방(낮)
이신적, 장은성 있고. 이신적, 밀본지서를 보고 있다.

장은성	본원이 정말… 죽은 걸까요…?
이신적	글쎄…. 확실히 알 수는 없지만, 지금 중요한 건….
장은성	(보면)
이신적	(밀본지서 들어 보이며) 이것이 내 손에 있다는 것이지.

하곤, 밀본지서를 호롱불에 갖다 대는 이신적.
밀본지서 타들어가고….

이신적	(타들어가는 밀본지서 보며) 이제 궁으로 가자!

#24. 몽타주(낮)
#궁 일각

궁으로 급히 오는 이신적.

#궁내 집무실

언문청, 정음청 설치를 허가하고,

과거시험 과목으로 글자를 도입한다는 내용이 적힌 상소문에

각각 도장 찍는 이신적, 황희, 대신 1.

#광화문 앞

내금위, 겸사복, 우림위 등 군관들 착착 배치되고,

별시위가 광화문 성곽 왼쪽과 오른쪽에 배치된다.

#광화문 앞

육조거리 양쪽으로 깃발들이 꽂혀 있고,

그 앞에 군관들 서 있는 모습.

#25. 글자방(낮)

이도 있는데, 두루마리를 들고 들어오는 정인지.

정인지	전하…! 드디어 3정승이 동의했습니다!
이도	(기쁘지만 아직 당도하지 않은 무휼, 소이, 채윤 때문에 목소리는 가라앉은 채로) 교지를 작성하거라.
정인지	이미 마련해두었으니… 옥새만 찍으시면 되옵니다. (하고는) … 전하…, 서문을 완성하셨으면… 그것도… 정서하여….
이도	… (고개 가로저으며) … 아직 안 됐다. 도저히… 써지질 않아….
정인지	(걱정스레) 헌데… 제자해 없이 어찌 반포식을…. (하는데)

이때, '내금위장 입시이옵니다!' 소리 들리고, 무휼이 들어온다.

이도	(황급히) 어찌 되었느냐? 소이는? (기대에 차서) 같이 온 게지?
무휼	(표정이 어두운 채로) … 밀본의 군사들은 모두 괴멸되었고… 나인 덕금과 목야는 구출을 했사오나….
이도	… (죽었다는 소리가 나올까 두려운데) …….
무휼	그 시점… 우리가 산채를 치는지는 모르고 정기준이 소이를 데리고 갔다 하옵니다.

이도	… 정기준이…?
무휼	허나… 강채윤이 급히 갔으니… 데리고 올 것이옵니다.
이도	…….

#26. 폐암자 다른 방 안(낮)
흰 천에 싸인 뭔가를 푸는 누군가.
비장한 얼굴의 개파이다. 웃통 벗고 있고…
천을 모두 풀면. 날이 날카롭게 번뜩이는 창이 나온다.
비장하게 창을 들어 보는 개파이.
그러다 창을 옆에 세워두곤, 칼로 머리를 밀기 시작한다.
삭삭 소리와 함께 바닥에 떨어져 쌓이는 개파이의 머리카락.

#27. 폐암자 안(낮)
정기준, 한가놈 있고. 비장한 표정의 정기준, 옆에 놓인 삿갓을 들고 일어선다.
따라 일어서는 한가놈.

한가놈	(정기준과 마지막을 직감한 듯) 본원…! (부르면)
정기준	(잠시 한가놈을 보더니) 4대 본원을… 잘 보좌해야 한다!

하곤 미소 짓더니 그대로 나가는 정기준.
울컥한 한가놈, 나가는 정기준의 뒤에 대고 큰절을 올린다.

#28. 집현전 집무실 안(낮)
최만리, 작성한 사직 상소를 봉투에 담고 있는데 들어오는 이순지.

이순지	이제 곧 반포식이 시작됩니다.
최만리	…….
이순지	조정 신료들과 백성들이 모두 광화문으로 향하고 있습니다. 함께… 가셔야지요.
최만리	난… 가지 않을 것이네….
이순지	(잠시 보다가 어쩔 수 없다는 듯 돌아 나가면)

결심을 굳힌 듯, 사직 상소가 든 봉투를 들고 일어나는 최만리.

#29. 대신 집무실(낮)
황희, 대신 1, 조말생, 이신적, 장은성 모여 있다.

대신 1 역시 전하십니다. 저를 포함한 3정승의 재가까지 얻어내셨으니…,
        의정부서사제에 입각했다는 명분까지 얻으신 것이 아닙니까.

황희   (미소 띠며) 그렇지…. (하고는) 더구나 밀본의 군사가 괴멸됐다니…,
        그들이 더 이상 도발을 하기는 어려울걸세.

조말생 그래도… 전… 정기준이 잡히지 않은 것이….

이신적 ('죽었다'는 심종수의 말을 떠올리며) 그렇다 한들…
        혼자 무엇을 할 수 있겠습니까?
        (홀가분한 듯) 늦겠습니다. 어서 가시지요.

        하고 나가는 황희, 대신 1, 조말생, 이신적, 장은성.

#30. 광화문 앞(낮)
병사들 배치되어 있는 가운데, 몰려오는 옥떨, 연두모, 연두, 백성들.

#31. 경복궁 일각(낮)
걸어가는 이도, 표정이 어두운데.
그 뒤를 따르는 무휼, 정인지, 성삼문, 박팽년,
근지, 목야, 덕금, 지밀상궁.

이도   아직도 소식이 없느냐…?

무휼   (안타까운) 예…. 아직이옵니다.

        이도, 혹시라도 채윤과 소이가 오지 않을까…
        기다리는 느낌으로 뒤를 돌아보는 데서….

#32. 길 일각(낮)
미친 듯이 달려오는 채윤. 그 위로

내관   (E) 주상 전하 납시오!

#33. 광화문 / 단상 앞(낮)
광화문 왼쪽과 오른쪽 양쪽 성곽 위에 배치돼 있는 별시위.
양쪽에 꽂혀 있는 많은 깃발들.
단상 앞으로는 집현전 학사들과 대신들 줄지어 서 있고…
학사와 대신들 뒤로 병사들이 경호를 서 있는 가운데,
병사들을 경계로 육조거리에 서 있던 백성들이 엎드린다.
단상 뒤의 광화문 입구에서 나온 듯, 단상 위로 올라오는 이도.
그 뒤로 따라나오는 정인지, 성삼문, 박팽년,
근지, 목야, 덕금, 지밀상궁.
이도 옆으로는 무휼과 정득룡 등 내금위 병사들이 따르며 경호한다.
날카로운 눈빛으로 사방을 살피는 무휼.
이도, 눈으로 백성들과 주위를 살피는데, 소이와 채윤 보이지 않는다.
이때 엄청나게 큰 징 소리 이펙트로 울리면…
ins. cut – 엎드려 있던 백성들이 일어난다.
단상 위에서 앞으로 걸어나오는 정인지.

정인지   (두루마리 펼쳐 들고 읽으며) 계해년 겨울, 내 친히 정음 28자를 만들어
        그 명칭을 훈민정음(訓民正音)이라 하였다.
이도   (백성들 보며, 혹시 소이·채윤이 오는지 기다리는 느낌으로) …….
정인지   또한 이를 널리 쓰이게 하기 위한 정음청과 언문청을 설치하고,
성삼문·박팽년   …….
신하들   …….
정인지   과거시험에 이 글자를 포함할 것을 명하노니.
백성들   (들으며) …….
정인지   이에 훈민정음 창제의 의미와 해례를 밝히고자 한다.

이도, 들으며 계속 소이와 채윤을 기다리는 느낌인데….

#34. 광화문 / 백성들 쪽(낮)

앞에 선 정인지가 해례본 중 정인지 서문을 읽고 있으나 잘 들리지
않는 가운데… 일어난 채 듣고 있는 옥떨, 연두모, 연두, 백성들.
연두, 백성들 사이를 계속 두리번거리며 개파이를 찾는 느낌이다.
이때 한쪽에서 삿갓 쓰고 있는 누군가. 고개 살짝 들면, 정기준이다.
이때 카메라 팬하면,
정기준과 떨어진 뒤쪽. 구부정하게 거적 같은 것을 쓰고 있는 누군가.
구부정한 자세로 백성들 사이를 헤치며 앞으로 걸어나가기 시작한다.
정기준 옆을 스쳐 지나가는데…
주위를 둘러보던 연두, 구부정한 누군가를 본다.
거적 쓰고 구부정한 누군가, 점점 앞으로 나간다.
백성들, 밀리며, '왜 이래?' 하는데 계속 앞으로 가는 누군가.
연두, '카르페이 같은데.' 하는 느낌으로 보는데…
구부정한 뒷모습이 사람들에 가려 안 보인다.

연두   (옥떨에게) 저요…, 목마 좀 태워주세요.
옥떨   응? (단상이 안 보이는 줄 알고) 아, 안 보이는구나.

하고는 목말을 태워주면… 목말 탄 연두의 시선으로,
백성과 대신들 사이를 막아선 병사들 바로 뒤까지 나간
구부정한 누군가, 점점 몸을 펴듯 일어나기 시작한다.
점점 키가 커지더니, 백성들보다 머리 하나는 더 큰 키의 누군가.

연두   (보고 놀라) 카르페이!!

하면, 백성들, '뭐야?' 하며 소리 나는 쪽을 돌아보는데…
이때, 머리부터 뒤집어쓰고 있던 거적을 벗어젖히는 개파이.
변발한 머리가 처음으로 드러나고… 이민족 전사 같은 복색.
백성들, 보고 놀란 컷컷들. 여기저기서 비명 지르면…

개파이, 엄청나게 크고 뾰족한 창을 뽑아 들었다.

대신들과 백성들 사이를 가로막고 있던 병사들, 비명 소리에 돌아본다.

병사들, 개파이 보고 놀라 칼 뽑으며 '누구냐!' '뭐냐!' 하며 막으려는데

달려나오며 점프하는 개파이.

순식간에 병사들을 뛰어넘어 대신들이 서 있는 곳으로 돌격한다.

개파이의 쩌렁쩌렁한 기합 소리.

비명 터져나오고…

단상 위. 놀라 보는 이도 컷. 놀라 보며 이도 앞을 막아서는 무휼 컷.

서문 읽다 놀라는 정인지 컷. 놀라는 성삼문·박팽년 컷.

대신들 쪽, 놀라 보는 이신적, 조말생, 황희, 대신 1, 장은성 컷컷.

단상 아래. 개파이, 무시무시한 기세로 달려오면,

단상 앞에 줄지어 서 있던 대신들, 비명 지르며 개미 떼처럼 흩어진다.

대신들의 양 옆쪽으로 서 있던 군사들 달려오는 컷.

백성들 앞에 있던(개파이가 뛰어넘었던) 병사들 뒤쫓아 달려오는 컷.

별시위들도 화살 겨누는 컷.

단상 앞길 중간 지점에서 군사들이 모여들며 가로막으면,

멈추는 개파이. 하지만 어마어마한 무술 솜씨로 뚫고 나가기 시작한다.

이때 단상 위, 무휼이 칼을 뽑고 단상 아래로 튀어나온다.

무휼, 기합 지르며 달려오고 개파이도 달려들며 붙는데…

1합을 나누며, 무휼의 칼이 개파이의 허벅지를 벤다.

무릎 꿇는 개파이. 보는 무휼.

단상 위. 보는 이도.

단상 아래. 개파이, 다시 일어난다.

무휼, 어떻게 일어나는 거지 싶어 의아하게 보는데,

다시 무휼에게 달려가는 개파이.

무휼, 칼을 휘두르는데 무휼의 칼을 창으로 날리는 개파이.

무휼의 칼이 잘리며 잘린 조각이 날아간다.

단상 위. 놀라는 이도.

단상 아래. 개파이, 창으로 무휼의 가슴을 찌르려는데,

그 순간 무휼, 잘린 칼을 버리고 두 손으로 창 막대를 잡는다.

무휼, 창 막대를 잡은 채, 밀리지 않으려고 버티는데,

힘으로 밀어붙이는 개파이.

무휼, 이 악물고 버티지만, 창끝이 가슴을 뚫고 들어오기 시작한다.

단상 위. 경악하여 일어서는 내금위에 둘러싸인 이도.

단상 아래. 정득룡과 내금위들, 경악하며 '안 돼!!' 하고

개파이를 둘러싸고 미친 듯이 칼로 찌르고 벤다.

피투성이가 되면서도 무표정한 개파이, 창을 잡은 채 미동도 안 하고…

무휼, 계속 버티는데 창은 더 깊숙이 가슴을 뚫고 들어온다.

여기저기서 터지는 비명들.

단상 위. 경악해 보는 이도. 보는 정인지, 성삼문, 박팽년, 궁녀들.

원래 대신들이 있던 자리. 백성들을 막아서고 있던 병사들이

개파이에게로 달려간 사이, 백성들이 대신들 자리로 몰려들어와

비명 지르며 아수라장이 돼 있다.

목말에서 내린 연두의 눈을 가리는 연두모와 옥떨.

단상 아래. 병사들이 미친 듯이 개파이에게 공격해오자,

갑자기 무휼에게 꽂은 창을 확 빼는 개파이.

창이 빠지자, 가슴에서 피를 뿜으며 털썩 무릎 꿇는 무휼.

개파이, 미친 듯이 자신을 베고 있던 병사들을 향해 창을 휘두르는데…

순식간에 쓰러지는 병사들.

개파이, 다 쓸어버리고는 다시 이도에게 가려고 단상으로 향하는데…

이때 앞으로 고꾸라져 있던 무휼, 악쓰듯 기합을 지르며

개파이의 다리를 붙잡는다. 필사적인 무휼의 표정.

무휼을 떨쳐내려는 개파이.

무휼, 비명처럼 악을 쓰며 개파이의 다리를 결코 놓지 않는다.

이때 창을 버리는 개파이. 쓰러진 병사의 칼을 집어 들더니

무표정하게 칼을 휘둘러 무휼의 팔을 자른다.

단상 위. 경악하는 이도, 정인지. 비명 지르며 눈 가리는 궁녀들 컷.

단상 아래. 소리 지르며 팔이 잘리는 무휼.

개파이, 그런 무휼을 넘어서 단상 위 이도에게 돌진하는데….

#35. 광화문 / 단상 위(낮)

돌진하는 개파이 보며 놀라는 이도, 정인지, 성삼문, 박팽년 컷컷.

개파이, 무표정하게 검을 들고 이도를 향해 뛰어오르고,
이도를 향해 검을 휘두르려는 순간!
개파이를 향해 날아드는 채윤. 비장한 표정.
채윤, 개파이의 칼을 쳐내며 공중에서 1합을 나눈다.
단상 위. 놀라 보는 이도.
이때 개파이가 재빨리 방향을 틀며 채윤의 칼을 막아내면서
채윤의 옆구리에 칼이 스친다.
채윤의 옷이 풀리면서, 품속에 있던 천 조각들이 공중에 날리는데…
단상 아래. 착지한 개파이와 채윤.
이미 피투성이 만신창이가 된 개파이도 신음하며 헉헉대는데…
이때 채윤, 기합을 내지르며 개파이를 향해 달려든다.
개파이가 찌르고, 채윤도 찌르고 처절한 쟁투. (길지 않게)
그러다 채윤이 개파이에게 치명상을 입힌다.
털썩하고 무릎 꿇는 개파이.
단상 위. 보는 이도.
단상 아래. 무릎 꿇은 채 고개 들어 채윤을 무표정하게 보는 개파이.
채윤도 개파이 보는데, 고개 툭 떨구는 개파이. 절명한다.
숨을 헉헉 몰아쉬며, 허탈한 표정으로 개파이를 보는 채윤.
단상 위. 놀라서 채윤을 보는 이도.
이어 바로 단상 아래에 쓰러진 무휼을 본다.

#36. 광화문 / 백성들 쪽 단상 아래(낮)
급히 들것을 가져와 무휼을 옮겨 태우고 있는 정득룡과 내금위들.
이때 무휼에게로 급히 오고 있는 이도와 호위 무사들.
정득룡과 내금위 병사들이 갈라지며 비켜서면….

이도   (무휼에게 달려와) 무휼!! (하고 내금위에게) 빨리 옮기거라! 빨리 시료해!!

하는데, 갑자기 이도를 잡는 손.
보면, 피 흘리며 겨우 눈을 뜬 무휼이다.

무휼   (숨 몰아쉬며, 그러나 똑바로 이도를 보면서) 전하…. (하고 뭔가 말하려 하면)
이도   (다급히 OL) 나중에 얘기하자. (하고 옆에 대고) 빨리 옮기거라!! (하는데)

마지막을 직감한 표정의 무휼, 다시 이도를 꽉 잡는다.

무휼   (숨 몰아쉬며 결연하게) 전하…, 멈추지… 마십시오….
이도   ……!
무휼   (힘겹게 숨 몰아쉬며 마지막 당부하듯) 전하께선… 왕이십니다.
이도   (만감이 교차하는 표정으로 보는데) …….
무휼   (슬프지만 의연한 미소로) 하여… 무사… 무휼은… 소신의 길이 있고…
        전하께선… 전하의 길이… 있는 것이옵니다….
        전하의 자리로 가십시오.
이도   … (안 가고 서 있는데) …….
무휼   … 제발… 내금위장 말 좀 들으십시오. 전하….

이도, 무휼과 슬픈 시선 교환하고는 결심한 듯 이 악물고 돌아서 간다.
가는 이도를 보는 무휼. 내금위에 의해 실려가는 무휼.
일각. 헉헉대며 서 있는 채윤. 옆에 있는 병사의 윗옷을 벗기더니,
자신이 입는다. 그리고 옷고름을 여미는 채윤.
이도의 뒷모습을 보며 가는 무휼의 앞쪽으로
삿갓을 쓴 정기준이 카메라에 프레임인 된다.
손에는 작은 단도가 들려 있다.
그렇게 정기준은 이도 쪽으로 가려는데…
정기준의 발에 밟힌 옷 조각.
그 옷 조각(한글로 쓰인 언해)을 집는 옥떨.

옥떨   (제자해 보며) 어…? 그 글자네?
연두모   (같이 보고) 그러네…?
정기준   (순간 돌아보는 컷)
옥떨   (읽으며) 'ㅋ(크)'는… 어금닛소리니… (하면)
연두모   (바닥에 다른 제자해 주워서) 'ㅏ'는… '땀(담)' 자의… 가운뎃소리와 같다.

그 모습을 경악하여 보는 정기준. 이때 다시 들리는 소리.

백성 1   (E) 이게 전하께서 만드신 글자였나?

돌아보는 정기준 컷. 다른 옷 조각 보며 읽는 백성 1.
정기준, '어찌 된 거지? 어떻게 읽는 거지?' 당황하고 황당한 표정 컷.
'이거 연두가 가르쳐준 글자다!' 아이 1의 바스트컷.
돌아보는 정기준 컷.
'난 돌식이한테 배웠는데' 하는 아이 2의 바스트컷.
하며 아이들 모여서 읽으면…
경악스럽게 보는 정기준, '대체… 어찌…?'
ins. cut - 21부 4씬. 이어 새로 찍는 인서트.

소이   오라버니한테 더 좋은 방법 있어?
채윤   이렇게 하는 건 어때?
소이   (보면)
채윤   들은 얘긴데…, 왜나라에 환(環) 전설이라는 게 있어.
소이   환…? (손가락으로 동그라미 만들며) 고리 말하는 거야?
채윤   응. 어떤 책이 있는데…, 그 책을 읽은 사람은,
        다른 사람한테 그 책을 보여주지 않으면 죽는다는 거지.
소이   글자 가르쳐주면서, 다른 사람한테 알려주지 않으면
        죽는다고 하란 말이야?
채윤   백성들한텐 무조건 쎈 게 통해! 그래야 빨리 퍼져나가지.
소이   그건 협박이잖아?

ins. cut - 23부 43씬. 이어 새로 찍는 인서트. (헛간 안과 밖)

소이   연두 니가 쓴 그 글자 있잖아….
연두   네…. 항아님도 그 글자 알아요?
소이   응…. 근데, 그 글자 알면… 온몸에 부스럼 생긴다?
연두   (놀라) 정말요?

소이	안 생기게 하려면, 적어도 세 명한테는 그 글자 가르쳐줘야 돼!
연두	(갑자기 좋아하며) 그럼… 난 괜찮겠다!
소이	(의아해서) 왜?
연두	벌써 우리 엄마랑 옥떨 아저씨랑, 친구들한테도 알려줬거든요.
소이	(눈 빛내며) 그래? (생각하다) 그럼, 엄마랑 아저씨랑 친구들한테도 말해줘. 세 명한테 알려줘야 부스럼 안 생긴다고. (하고 눈 빛내는데)

현재. 정기준, 여기저기서 글자 읽는 백성들 보며
모두 끝났구나 싶은 표정.
백성 쪽 일각. 여기저기서 언해 읽는 백성들 보고 있는 심종수.

심종수	(낭패스러운 표정으로 마음의 소리 E) 이런…! 글자가 이미 다 퍼져나갔구나!

심종수, 절망스런 표정인데….
백성 쪽 일각.
완전히 절망한 정기준, 단상 쪽으로 가고 있는 이도의 뒷모습을 본다.
단상으로 가던 이도, 감격스럽고도 놀란 표정으로
글자 읽는 백성들을 본다.
역시 놀라운 듯 보는 정인지, 성삼문, 박팽년, 목야, 덕금, 근지.

목야	(덕금 보고 좋아하며) … 소이 방법이 통했다. 연두가 해냈나봐!
덕금	그럼 우리 유포 임무도 완수한 거야?

하는 목야와 덕금의 소리를 듣는 이도. 눈으로 채윤을 찾는데….
단상 아래. 백성들 모습을 보고 있는 채윤.

채윤	(눈물이 그렁그렁해서 백성들 보다가 하늘 보며 마음의 소리 E) 담아……. (눈물 주르르 흐르며 E) 보고 있어…? 백성들이… 글자를… 다 읽는다, 담아….

채윤, 눈물 흐르는데.

그런 채윤 위로 오버랩되는 소이의 얼굴.
채윤, 희미하게 미소 짓는데…
이때, 채윤 옆으로 다가오는 이도. 따르는 내금위 병사들.
채윤, 이도를 돌아보고….

이도   (채윤의 얼굴 보며 이미 직감하고) 소이는……?
채윤   (눈물 흐르나 담담하게 가슴을 치며) … 여기 있습니다….
이도   (또다시 멍해지는데) …….
채윤   (오히려 그런 이도를 담담히 보며) 계속… 하십시오.
이도   (고개 들어 채윤을 보면)
채윤   (눈물 흐르며) 반포를… 계속하십시오, 전하….
         담이가… (하고 눈물 한 번 삼키고) 담이가 지켜보고 있습니다….
이도   (가슴이 무너지는 듯) ……!

단상 아래 백성들 쪽.
백성들, 바닥에 흩어진 옷 조각들을 하나둘 모으고 있다.
뒤에서 앞으로앞으로 건네져오는 제자해와 언해들 컷컷.
단상 앞.
내금위 병사 하나가 정인지에게 다 모인 제자해와 언해를 건넨다.
복받쳐오르는 표정으로 받아 보는 정인지.
들고는 채윤 옆의 이도에게로 간다.

정인지   (만감이 교차하여 눈물 흐르며) 전하…. 훈민정음의 제자해이옵니다.

하고 소이가 쓴 제자해와 언해를 건네면, 받아 드는 이도.
옷 조각 이곳저곳에 소이와 채윤의 피가 묻어 있다.
채윤, 이도를 지켜보는데…
이도, 울어야 하는데 울지 못하고…
비명 질러야 하는데 지르지도 못한 채…
천천히, 단상으로 올라간다. 따르는 내금위들.
단상 아래. 채윤, 꼿꼿하게 서서 백성들을 바라보고 있는데….

#37. 광화문 / 단상 위(낮)

단상으로 올라온 이도. 천천히 떨리는 손으로 두루마리를 펼친다.

ins - 단상 아래. 채윤이 지켜보는 가운데…

여전히 어느 지점까지만 쓰여 있고, 완성돼 있지 않은 해례본 서문.

이도, 백성들을 둘러보면, 어느 정도 정돈된 반포식장.

이도, 백성들 봤다가 채윤 보고, 하늘을 한 번 본다. 그러고는…,

이도   (두루마리 보며) 나랏말싸미… 듕귁에 달아

         문자와로 서로 사맛디 아니할쎄…

채윤   (단상 아래서 지켜보고)

이도   이런 전차로… 어린 백성에 이르고자 할 빼 이셔도…

         마참내 제뜻을 시러펴디 못할 노미 하니라. 내 이를 위하야…,

까지 읽고 멈추는 이도. 그다음엔 아무것도 안 쓰여 있다.

이도가 멈추자 보는 채윤. 보는 정인지, 보는 대신들, 보는 백성들 컷.

이도, 멈춘 채로 아무것도 안 쓰여 있는 두루마리를 보는데… 그 위로

ins - 4부 41씬. 처음 죽은 허담을 발견한 이도.

ins - 8부 13씬. 경회루에 떠오른 장성수의 시신.

ins - 6부 31씬. '전하의 책임이 아니옵니다' 하던 소이.

ins - 14부 3씬. 이도를 죽이러 와서 절규하며 우는 채윤.

ins - 19부 57씬. 광평의 시신을 안고 있는 이도.

ins - 19부 11씬. 정기준, '사랑? 넌 백성을 조금도 사랑하지 않는다'

ins - 20부 3씬. 채윤, '사랑한 거라구요!! 진짜로 그걸 모르십니까?'

떠올리다가는… 아무것도 쓰여 있지 않은 두루마리를 보는 이도.

이도   (백성들을 바라보며) 내… 이를 위하야….

백성들   (이도가 다시 읽자 보고)

정인지·성삼문·박팽년   (이도가 다시 읽자 보고)

채윤   (다시 이도 보는데)

이도   내 이를 위하야… (백성들 보며 울컥) 어엿비 녀겨…….

하고 눈물이 흐르는 이도.

이도 새로 스물여덟 자를 맹가노니… 사람마다 해여 수비 읽혀 날로 쓰매…
편안케 하고져 할 따름이니라.

ins – 단상 아래. 채윤, 그런 이도를 보고…
ins – 백성 쪽. 백성들, 이도를 보는데…
ins – 백성들 사이에서 정기준, 그런 이도를 보고 있다.
다시 단상 위. 이도, 두루마리를 접으면 정인지가
소이의 제자해를 넘겨준다.

이도 (제자해를 큰 소리로 읽기 시작하며) ㄱ(그)는 어금닛소리니,
채윤 (그 모습 보고)
이도 *君*(군) 자의 첫소리와 같다.

하며 제자해를 읽는 이도의 소리. 그 위로…
ins – 13부 51씬. 모음을 함께 만들며 기뻐하는 이도와 소이.
ins – 13부 25씬. 처음으로 웃던 소이 모습.
ins – 12부 6씬. 소이 이름을 처음 써주던 이도.
ins – 9부 13씬. 성삼문·박팽년 손을 잡으며 판단해달라는 이도.
ins – 15부 72씬. 석삼의 이름 주며 충성 맹세하는 채윤. 웃는 광평.
ins – 23부 12씬. 소이와 약조하며 떠나보내는 이도.
이도, 소이가 완성한 제자해를 보며 설핏 미소 짓는 데서 dis.

#38. 광화문 / 단상 아래 백성 쪽(낮)
보고 있던 정기준, 절망적으로 눈을 감는 컷.
그러고는 어두운 얼굴로 돌아서 어딘가로 향하는 정기준 컷.
반포식 내내 매의 눈으로 살피고 있던 조말생,
가는 정기준의 뒷모습을 뭔가 날카롭게 보며 컷.

#39. 광화문 / 단상 위(낮)
이도, 계속 제자해를 읽으며, 반포식 이어지고…
단상 아래. 그런 이도와 백성들을 번갈아 보는 채윤.
ins – 17씬.

소이   (숨 가쁘게) 오라버니 눈을 통해… 꼭 볼 거야….

채윤   (눈물 그렁해서 하늘 보며 마음의 소리 E) 담아…, 보고 있지…?
        오라비가 똑똑히 보고 있다…. 너도 보이지, 담아…?

        이때, 카메라 팬하면 채윤의 옆구리에서 흐르는 피…
        옷이 다 젖어들어가고… 뚝뚝 떨어진 피는 신발로 다 흘러내렸다.
        단상 위. 이도, 제자해 마지막 장을 읽는다.

이도   … 어금니와 혀와 입술과 목소리의 글자는…
        중국의 소리와 통용하여 쓰나니라.

        하고 이도, 드디어 다 읽고는 백성들 보면…
        함성을 지르는 백성들.
        이도, 그런 백성들 보고.
        단상 아래. 채윤도 그런 이도와 백성들 모두 바라보는데…
        채윤 얼굴 위로 소이의 얼굴 오버랩 된다.
        희미하게 미소 짓는 채윤.
        그러고는 풀썩 무릎을 꿇자. 쿵 하는 효과음과 함께
        단상 위. 놀라서 채윤을 보는 이도. 컷. 순간 사방이 사일런트 상태.

#40. 광화문 / 단상 아래(낮)
피를 흘리며 무릎 꿇고 있는 채윤.
급히 다가오는 이도, 채윤의 옆구리에 흐르는 피를 본다. 경악한 이도.
이도, 얼른 채윤을 자신 쪽으로 기대게 하면
채윤, 이도 보는데…. 채윤의 시선으로 이도가 흐릿하게 보인다.

이도	대체… 대체 이런 상태로…! 어찌 서 있었단 말이냐…!
채윤	(희미하게 웃으며 힘겹게) 허면…… 이걸… 보지… 말란… 말입니까….
이도	(안타깝게 보면)
채윤	우리 담이가… 일생을 바친… 이 일을… 보지 말라구요…?
이도	(눈물 고이며 보고)
채윤	담이가… 제게… 꼭… 보라 했습니다…. 저를 통해… 담이도…
	지켜본다구요…. (하고 쿨럭 하며 피를 토하면)
이도	(괴로운 심정으로 보는데)
채윤	(다시 희미하게 웃으며) 전하…, 소이하고 저는… 책임졌습니다….
	다시는… 백성한테 책임 전가 운운하면서… 고민하시면 안 됩니다.

그런 채윤을 멍하니 보는 이도. 채윤 위로 눈물이 툭 떨어지는데….

채윤	아…, 거 뭐… 억울한 얘기라고… 울기까지 하십니까….
이도	(눈물 흘리며 보고)
채윤	(하고는 피식 웃으며) 좋은 날입니다.
이도	…….
채윤	… 웃으세요.

하며 채윤, 스르륵 눈을 감는데…
순간, 화면 하얗게 흐려지며….

#41. 초가집 마당(채윤의 꿈, 낮)
몽환적인 화면.
채윤이 아이들 서너 명과 흙바닥에 쪼그려 앉아 있고,
소이가 광주리를 들고 일하다 들어오며 뭐 하나 하고 본다.
채윤과 아이들을 지켜보는 소이의 행복한 표정.

#42. 광화문 / 단상 아래(낮)
앞 씬 환상에서 이어지며 채윤, 미소를 지은 채 죽어 있다.
이도, 품에 있는 채윤을 차갑고 슬픈 표정으로,

바닥에 곱게 눕힌다. 그리고 일어나는 이도.

살짝 미소를 띠고 죽어 있는 채윤을 본다.

망연자실한 이도. dis.

cut. to –

텅 빈 광화문. 백성들도 없고, 몇몇 군사만이 이도를 둘러싸고 있다.

이도 다시 멍하게 어딘가를 보고 있다.

터져나오지 않는 숨죽인 울음소리가 들린다.

박포와 초탁이 어깨로, 입술로 울고 있다.

채윤의 시신 옆에 놓여 있는 소이의 시신.

채윤·소이 모두 살짝 미소를 띤 느낌이다.

이도, 멍하니 보며 다가가더니,

채윤과 소이의 손을 맞잡아준다.

그리고 하늘을 바라보는 이도. 너무나 파랗다.

#43. 청계천 근처 길 일각(낮)
윤평이 정기준을 보호하며 맹렬히 싸우고 있다.
의금부 군사들 숫자가 많다. 부상을 입는 윤평.
정기준도 이미 부상을 입었다.

윤평   (정기준에게) 어르신! 어서 저쪽으로 피하십쇼!

정기준, 재빨리 그쪽으로 뛴다.

#44. 청계천 근처 일각 좁은 골목(낮)
정기준, 도주하는데, 의금부 군사들이 막아선다.

도사   역적 정기준은! 오라를 받으라!
정기준   (끝났다는 표정을 짓는데) …….

이때, 다시 지붕에서 내려와 군사들과 정기준 사이를 가로막는 윤평.
이미 부상이 심하다. 숨을 헉헉거리며 피를 흘린다.

윤평	(정기준에게) 어르신…, 소인은 여기가 (미소로) 죽을 자리인가 봅니다.
정기준	……!
윤평	(결연하게) 부디… 살아남으십쇼….

하고는, 의금부 군사들에게 돌진한다.
정기준, 눈물이 흐른다. 그러고는 결심한 듯 뒤로 도주한다.
좁은 골목을 막아내는 윤평.
그때 도사가 도망가는 정기준에게 화살을 날린다.
명중한다. 화살을 맞은 채, 모퉁이로 사라지는 정기준.
놀라는 윤평.
윤평이 놀란 틈을 타서, 옆구리에 들어오는 칼날.
그리고 여기저기서 창이 윤평의 몸을 찌른다.
윤평, 그대로 쓰러지고, 정기준이 간 쪽을 보며, 절명.

#45. 경복궁 일각(낮)
이도, 망연자실하여 허위허위 온다.
이때, 저쪽에서 정득룡이 나타난다.
이미 정득룡의 눈에 눈물이 그렁그렁하고 벌겋다.
불안한 이도. 정득룡이 다가오는 것이 무서운 이도.

이도	뭐… 냐…? (불안하게) 왜… (무섭다) … 울고 있는 게야…?
정득룡	내금위장께서… (터져나오듯 울며) 돌아가셨습니다….
이도	…… (비틀거리며) 모두… 아주 지랄들을 하고 있구나….
	(떨리는 목소리로) 다 죽어…. 이것들이…
	어명도 없이… 지들 맘대로… 다 죽어…. 지들 세상이야….

이도, 미치겠는 심정으로 하늘을 본다.

#46. 궁내 집무실(낮)
조말생이 놀란 얼굴로 정인지와 얘기하고 있다.

조말생	정기준을 놓쳤단 말인가?
정인지	예. 청계천 지류 백통교 부근까지 쫓았는데,
	거기서 갑자기 사라졌다고 합니다. 지금 수색 중입니다.
조말생	이런! (하다가 뭔가 떠오른 듯) ……!
	청계천… 지류 부근 백통교라 했는 가? 설마…?
정인지	왜 그러십니까?
조말생	서… 설마…?!!!

#47. 글자방 안(낮)
홀로 텅 빈 글자방에 들어오는 이도.
유난히 크고 어둡고 비어 보이는 글자방.
자리에 앉지도, 걷지도 못하고, 그냥 멍하니 빈방을 바라보는 이도.
그때, 뭔가 인기척이 느껴진다.
이도, 물끄러미 인기척이 난 쪽을 본다.

#48. 궁 복도(낮)
급히 가는 조말생과 정인지.

정인지	대감, 왜 그러십니까?
조말생	청계천 지류 백통교 부근에 궁내 경성전과 통하는
	비밀 통로가 있다는 애기…, 자네도 들어본 적이 있을 것 아닌가?
정인지	(놀라) ……! 설마…. 허나! 그 비상 탈출로는 전하와 내금위장,
	그리고 세자 저하 외에는 아무도 모른다 들었습니다.
	헌데 어찌 정기준이 그 통로를 알겠습니까?
조말생	(급히 걸어가다 멈추며) 그 비밀 통로는 물론이요…, 이 경복궁의 모든 것이!
정인지	…….
조말생	정도전이… 설계하고 만든 것이네….
정인지	……!

#49. 글자방(낮)
이도, 글자방 한구석을 물끄러미 보고 있다.

의자에 기대앉은 정기준이다.
부상을 입은 정기준이, 피를 흘리는 가슴을 움켜쥐고,
숨을 몰아쉬며 이도를 바라보고 있다.
그런 정기준을 어둡고 무표정하게 바라보는 이도.
천천히 다가간다. 그 앞에 의자를 가져다 놓고 비스듬히 앉는 이도.
이도, 정기준의 가슴을 본다. 출혈이 심하다.
그냥 그 출혈을 물끄러미 본다.
그 상처를 시료해줄 생각이 전혀 없는 듯 그냥 보는 이도.
죽어가는 정기준과, 죽어가는 사람을 대하는 태도로 볼 수 없는,
이도의 대화가 이어진다.

이도   … 전에 나한테 백성을 사랑하지 않는다고 했었지?
정기준   …… 그랬지….
이도   그땐… 정말 그런지도 모른다고 생각했어.
          근데 이제 알아…. 그게 사랑이야. (갑자기 열받는 듯)
          아니…, 이런 젠장할! 그게 사랑이 아니면, 뭐가 사랑이냐?

          정기준, 피식하다가 피를 토한다. 가슴에서 피가 더욱 흐른다.
          허나, 이도, 조금도 상관치 않고 자기 말을 그냥 이어간다.

이도   이렇게 (가슴을 움켜쥐며) 아픈데, 어떻게 사랑이 아닐 수가 있어?
정기준   (힘겹게) … 그래… 그래…. 당신은 그럴 거야….
이도   …….
정기준   헌데… 다른 위정자들은, 지배층들은 그러지 않을 테니까….
이도   …….
정기준   가끔 그런 생각을 하지. 집에서 기르는 개새끼를 보며,
          저 개새끼가… 내 말을 알아들으면 얼마나 좋을까… 얼마나 편할까….
이도   ……!
정기준   당신의 글자는 위정자와 지배층에게 그렇게 이용될지도 모른다….
          무릇 백성은 어리석어 보이나, 지혜로써 속일 수 없다 했어.
이도   …….

정기준   허나 그 말은 어쩌면… 오히려 어리석기 때문에
        속일 수 없는 것일지도 몰라….
        지혜가 없는 산이나, 바위를 속일 수 없는 것처럼….
        헌데 너의 글자로… 지혜를 갖게 된 백성은 속게 될 것이야….
이도   …….
정기준   더 많이 속게 되고, 이용당하게 되겠지….
        사람 말을 알아듣는 개새끼처럼….

        하고는 기침을 하며 피를 토한다. 피가 이도의 얼굴과 용포에 튄다.
        이때, 문이 열리며 정인지와 조말생이 들어온다.

조말생   (정기준 보고 놀라) 전하!
정인지   (경악하여) 여봐라! 밖에 있느냐!

        하는데, 이도가 손을 들어 제지시킨다. 그러곤 피를 쓰윽 닦으며,
        정기준에게 더욱 다가가 비장하게 이야기한다.

이도   그럴지도 모르지.
        허나… 그들은 결국 그들의 지혜로, 길을 모색해갈 것이다.
        그리고 매번 싸우고 또 싸워나갈 것이야.
        어떤 땐 이기고, 어떤 땐 속기도 하고 지기도 하겠지….
        지더라도 어쩔 수 없다. 그게 역사니까….
        지더라도 괜찮다. 수많은 왕조와 지배자가 명멸했으나,
        이 백성은 수만 년 동안 변치 않고 이 땅에 살아 있으니까.
        또… 싸우면 (차가운 미소로) 되니까.
정기준   (숨이 거의 넘어갈 듯하나 힘내어 피식) …… 이제…
        (피 뱉으며) 주상의 말이 맞길… 바라는 수밖에…. (피식)

        정기준, 그대로 앉은 채로 고개를 떨구며 절명.
        이도, 차가운 미소로 본다. 그러곤 일어선다.
        만감이 교차하는 표정으로 정기준을 본다.

망연한 정인지와 조말생.
그러곤 천천히 걸어서 글자방의 문을 열며 나간다.
문이 열리며 빛이 쏟아진다.
차갑고 무표정한 얼굴로 빛 속을 걸어나가는 이도. dis.

#50. 어느 폐사찰 전경(낮)
(자막, 1년 후)

#51. 폐사찰 안(낮)
한가놈과 반군 지도자 같은 복색을 한 심종수가 앞에 나와 있고,
젊은 유생들이 비장하게 그 앞에 있다.

한가놈   밀본 4대 본원 심종수 어르신이십니다.

심종수, 나서자 젊은 유생들 모두 무릎을 꿇어 예를 취한다.

심종수   (결연하게) 주상이 만든 글자가 결국 반포되어 퍼져나가고 있습니다.
          3대 본원이신 정기준 어르신께서 목숨을 다해 막으시려 하셨지만,
          실패하셨습니다.
유생들   …….
심종수   이제, 우리 밀본은 이 글자에 대해 다음과 같이 해야 합니다.
          성심을 다해… 온 성의를 다해 결사적으로!
          이 글자를… 천시하고 천대해야 합니다.
유생들   ……!
심종수   (결연하게) 계집들이나 쓰는 글자, 천한 것들이나 쓰는 글자,
          무식하고 막돼먹은 글자…. 하여, 이 글자가 조선을 혼란에 빠뜨리고,
          유학을 망치는 것을 최대한 늦출 수 있도록…!

#52. 다른 방 안(낮)
제대로 멋진 선비의 복색을 한 한가놈과 심종수가 있다.

심종수	각오는 되어 있는가?
한가놈	예, 본원. 물론입니다.
심종수	이치성 대감을 통해 어렵게 마련한 자리이니,
	한 치의 실수도 없이 잘해야 할 것이네.
한가놈	…….
심종수	반드시…, 수양대군… 그자의 마음을 사로잡아야 할 것이야.
한가놈	(결연하게) 예, 본원. 반드시 그리할 것입니다.
심종수	이제, 난… 비밀결사 밀본의 본원으로서 역사의 뒤편에 거할 것이나,
	자네는 역사의 전면에서 재상총재제의 길을 가야 하네.
	둘 다, 쉽지 않은 참혹한 길일 게야.

한가놈, 자리에서 일어나더니, 비장한 각오로 심종수에 절을 한다.
그러고는 예를 취한 뒤 나가려는데,

심종수	헌데… 생각해보니, 여지껏, 자네 본명을 모르네.
	한가놈이 이름은 아니지 않은가?
한가놈	(나가려다가 돌아서며) 아…, 제 이름이요….
	본원께서 물으시니, 답을 해야지요.
	(미소를 띠며) 한. 명. 회라고 합니다.

자막, 한명회(韓明澮), 성종 때의 재상, 훗날 영의정에 오른다.

#53. 길 일각(낮)
날씨가 추운 듯 움츠리고 걸어가는 한가놈.
길모퉁이를 돌다가, 성삼문·박팽년과 부딪친다.

한가놈	아이구우…, (예를 취하며) 죄송합니다. 제가 갈 길이 좀 바빠서….
	(하고는 간다)

한가놈, 가는데. 성삼문, 한가놈의 뒷모습을 멍하니 본다.

박팽년 뭐 보는 겐가? 아는 잔가?

성삼문 (약간 멍하게) 아니…, 그냥…. 저 사람…, 좀… 느낌이… 이상해서….

박팽년 느낌이 왜?

성삼문 글쎄…. 모르겠네….

하고는 갈 길 가는 성삼문과 박팽년.
가다가 돌아보는 한가놈. 가는 성삼문과 박팽년 보며,

한가놈 (마음의 소리 E) 정기준 본원 어르신….
내 반드시, 집현전은! 박살을 내줄 것이오.

#54. 향원정으로 가는 일각(낮)
1년밖에 안 지났는데, 좀 더 늙은 느낌의 병약해 보이는 이도.
그런 이도가 걷고 있다. 이도의 시선으로 황량한 궁의 겨울 풍경이
이곳저곳 보인다. 경치를 살피다 연못을 본다.
그러다 피어 있는 꽃 하나를 본다.

이도 이 계절에, 어찌 꽃이 피었는가? 무슨 꽃이지?

지밀 (보고는) 이름 없는 들꽃이옵니다.

이도 저게… 원래부터 있었던가…?

지밀 (이상하다는 듯) 예, 전하….

슬프고 장중한(꼭 장중한) 음악이 이도의 내레이션과 함께 깔린다.
(북소리나 첼로가 들어간 음악이었으면 합니다.)

이도 (N) 수십 년 동안… 수천 번을 바라보았을 텐데…
저런 꽃이 있는 줄도 몰랐다. (하늘을 보며)
궁의 하늘이 저렇게 파랗다는 생각도 해본 적이 없다.
여긴 너무… 넓다…. 너무 낯선… 곳이다….

하고는 계속 걷는다. 이도의 시선으로 궁의 이곳저곳이 비춰진다.

흐린 하늘, 파란 하늘, 구름이 낀 하늘 등도 보인다.

이도　(N) 여긴 무휼이 없는 곳이다.

여긴 소이가 없는 곳이다…. 여긴 똘복이도 없는 곳이다.

있었던 적이 있었나 싶을 정도로, 낯선 곳이다.

채윤은 소이 곁에 묻혔다고 들었다.

우리 글자로 된, 묘비가 세워졌다 들었다.

다 들은 이야기다. 가보진 않았다. 울지 않았다.

다만… 계속 나의 일을 했다.

ins. cut – 경연하는 이도. 책상에서 일하는 이도. (쓸쓸한 느낌 강조)

언문으로 된 상소. cut.

이도　(N) 정음청을 만들었다. 언문청을 만들었다.

우리글로 사서를 번역하게 한다.

우리글로 상소가 올라온다.

ins. cut – 거리, 한글로 된 낙서가 있고, 사람들이 보고, 또 낙서를 한다.

이도　(N) 우리글로, 욕도 하고, 놀기도 한다.

ins. cut – 파란 하늘.

이도　(N) 난 글자에 관심을 끊었다. 제도를 만들고 씨앗을 뿌렸다.

이제 글자는 세상의 것이고, 저들의 것이다.

그 글자가 어떤 세상을 만들지도, 저들의 책임이다.

그러고도 난 나의 일을 계속했다. 일이 없을 땐, 향원정에서 그 꽃을 본다.

#55. 향원정(낮)

연못을 바라보고 서는 이도. 4부에서 첫 등장한 그곳이다.

물고기가 없다.

ins. cut - 4부의 뛰놀던 물고기, 나비.
하지만 지금은 없다. 다만 들꽃이 피어 있다. (화려하지 않은 꽃으로)
들꽃을 바라보고 있는 이도. 그때,

지밀상궁　전하, 이제 곧 하례가 시작되옵니다.

이도　하례는…, 지랄….

상선　전하, 대신들이 하례 후, 오늘 경연은 어찌하실 것이온지….

이도　…….

지밀상궁　……. (눈치 살피며) 전하….

이도　(피식 웃고는 미소로 결연하게) 꼭… 한다… 전하거라.

하고는 미소 지으며 걸어가는 이도. (슬프고 장중한 음악과 함께)
이도가 걸어가는 위로 카메라 틸업하면 파란 하늘이 잡힌다.

#56. 초가집 마당(채윤의 꿈, 낮)
앞 씬의 파란 하늘에서 카메라 틸다운하면,
채윤의 꿈 연결이다.
채윤이 아이들 서너 명과 흙바닥에 쪼그려 앉아 있고,
약간 뒤의 평상에 소이가 일하다 들어와서 앉는다.
채윤과 아이들을 지켜보는 소이의 행복한 표정.

채윤　(나뭇가지 하나 들고) 야, 야…. 넌 몇 번을 얘기해.
　　　아이…, 진짜…. 애비는 이거 반나절 만에 다 배웠어.

아이　(심통 난 듯 본다) …….

채윤　아 얘는 누굴 닮은 거야.

소이　(황당하고 심통 난 듯) 그럼 날 닮았다고?

채윤　(당황) 아니…, 그게 아니구…. (서둘러 딴청 하며)
　　　(쓰면서) '깊은' 은 이렇게 '프'를 밑에 써야지.

소이　(일어나서) 아, 그만해. 밥 먹어.

하고 소이, 부엌 쪽으로 간다. 계속 가르치려는 채윤.

소이   (가다가 돌아서며) 아, 빨랑!
채윤   야, 혼나겠다. 가자!

하고는 채윤과 아이들 가면, 땅바닥에 쓰인 글씨가 보인다.
'그동안 뿌리 깊은 나무를 어엿비 녀겨주셔서
참으로 고마울 따름입니다'
END.

〈뿌리 깊은 나무〉는
아직도 우리와 숨 쉬고 있다

오늘 〈뿌리 깊은 나무〉 작가판 대본집을 위한 인터뷰 시간을 내주어 감사드린다. 드라마 작가로서 자신의 대본집이 나오는 데 대한 감상이 듣고 싶다.

박상연 전부터 우리 작품의 대본집을 갖고 싶었다. 드라마는 방영되고 나면 흘러가버리니까 대본집은 작가로서 큰 의미가 있는 것 같다. 〈선덕여왕〉을 쓸 때 대본집 제의가 들어오긴 했는데, 너무 바쁠 때였다. 출판 제안에 나도 모르게 좀 까칠하게 대응했나보다. 그 뒤로 연락이 안 오더라. (웃음)

김영현 〈대장금〉 대본집을 낸 적이 있는데, 그때 '대본을 보며 장면을 다시 떠올린다'는 감상을 많이 보았다. 하지만 책을 읽으며 독자들 각자의 머릿속에 떠오르는 장면들은 텔레비전에서 본 그 장면과는 또 다르지 않을까. 나름의 상상력과 해석을 거칠 테니 말이다. 독자들이 그런 상상을 즐기며 읽어주셨으면 좋겠다.

〈선덕여왕〉이 끝난 후, 차기작을 위해 많은 원작과 소재를 검토했을 텐데 한글 이야기, 세종 이야기를 선택한 이유가 있는지 궁금하다. '한글'이 드라마 소재로는 쉽게 떠오르지 않을 것 같은데.

김영현　오래전부터 세종에 관심이 많았다. 〈서동요〉 집필 때부터 세종 이야기에 대한 준비를 했지만, 그때는 시대가 태평성대라 갈등을 만들어내기 쉽지 않다는 판단을 내렸었다. 그런데 싸이더스 측에서 〈뿌리 깊은 나무〉 원작을 먼저 보여줬다. '글자'라는 소재에 초점을 맞추면 드라마화가 가능하겠다고 생각했다.

박상연　김 작가님이 먼저 원작을 읽고 같이 하자고 제안을 했다. 원작을 읽어보니 굉장히 재미있게 만들 수 있겠다고. 그런데 나는 아직도 원작을 안 읽었다. 원작을 읽지 않았다고 하면 건방지다고 생각하는 경우가 있던데, 그런 것이 아니라 역할 분담을 그렇게 한 거다. 나는 얽매이지 않고 자유롭게 상상을 하는 역할, 김 작가님은 원작에 기반해 이야기 줄기와 소스를 엮는 역할. 원작이 있어서 작업이 좀 더 수월할 줄 알았는데 전혀 그렇지 않았다. (웃음)

박 작가님의 소설이 영화화된 적도 있지 않나. 첫 소설인 《DMZ》가 영화 〈공동경비구역 JSA〉의 원작인 것으로 알고 있다. 원작을 쓰는 일과 원작을 각색하는 일이 많이 다른가보다. 서로 다른 일을 하던 두 작가가 공동 작업을 시작한 계기는 무엇이었는지 궁금하다.

박상연　2000년쯤에 만났다. 동호회에서 만난 방송작가 한 분이 계셨는데, 그분이 김 작가님 룸메이트여서 그분을 통해 알게 되었다. 그때 김 작가님 작업실은 여의도 작가들의 사랑방 같은 곳이었다. 작업실에 놀러 갔다가 보조 작가들과 하는 〈대장금〉 회의에 우연히 끼게 되었는데, 그 뒤 김 작가님이 일주일에 한 번씩 같이 회의를 하자고 제안했다. 그때 대화와 회의를 통해 이야기를 만들어내는 즐거움을 느끼게 되었다. 창작자들은 보통 혼자서 하려는 경향이 있어서 사실 쉽지는 않다. 하지만 그때 이미 미국 등에서는 드라마를 여러 작가가 공동 집필한다는 걸 들어서 알고 있었고, 우리도 그럴 수 있지 않을까 하는 가능성을 느꼈다. 〈서동요〉 때는 아예 보수를 받고 일주일에 한 번씩 아이디어맨 역할을 했고, 〈서동요〉 이후부터 정식으로 함께 드라마를 집필하게 되었다. 4, 5년 정도 서로 맞추고 살피는 과정이 있었던 거다. 옆에서 김 작가님을 지켜볼 때는 '나는 드라마 작가는 못하겠다'고 생각했다. 너무 힘들어 보여서. (웃음) 보통은 혼자 일주일에 두 편 분량을 써야 하는데, 우리는 나누어서 쓰니까 아무래도 부담이 덜하다. 〈뿌리 깊은 나무〉 방영 당시 시청자들이 '인물이 많이 죽고 분위기가 냉정한 부분은 박 작가, 따뜻하고 인간적인 부분은 김 작가가 쓴 것'이라고 추측하는 것을 많이 봤는데 억울하다. 그렇지 않다. (웃음) 스토리에 대한 치열한 회의를 거친 뒤 더 잘 풀어낼 수 있을 것 같은 부분을 맡아 쓴다.

김영현 맨날 옆에서 왜 이렇게 힘든 일을 하냐고 물어보는데 얄미웠다. 같이 쓰자고 하게 된 데는 분명, 박 작가를 고생의 구렁텅이에 끌어들이려는 마음도 있었을 거다. (웃음) 치열하게 의견을 나누다보면 싸울 때도 많고, 그러다보면 작가가 공동작업을 하는 건 불가능한 게 아닐까 하는 생각을 한 적도 있다. 그런데 결과적으로는 그런 과정을 잘 극복했다. 시간이 지날수록, 자신의 의견을 피력하는 것만큼 상대방이 무슨 이야기를 하는지 정확히 들어야 한다는 걸 알았다. 분명 회의를 하긴 하는데 머릿속에서는 자신의 생각을 발전시키느라 상대방의 얘기를 안 듣고 있는 경우가 많다. 그럼 이야기가 진전이 안 된다. 잘 들어야 서로에게 발전이 있다는 걸 어느 순간 깨달았고, 그러다보면 자신이 굽혀야 할 때와 주장해야 할 때도 쉽게 판단이 되는 것 같다. 지금은 이런 방식을 지속하려면 틀이 있어야 한다는 생각이 들어서, 케이피앤쇼라는 회사를 차려 더 지속적이고 안정적인 작업 환경을 만들었다. 집필 작가와 구성 작가들 여럿이 모여 함께 콘텐츠를 기획하고 쓰는 방식으로 일하고 있다.

그렇게 치열한 회의를 거치기 때문에 완성도 높은 작품이 나오는 것 같다. 〈뿌리 깊은 나무〉는 시청자 입장에서도 이야기의 치밀함이 와닿은 드라마였다. 이 작품을 집필하면서 특별히 힘든 점이 있었다면 어떤 부분이었나.

김영현 원작보다 등장인물들 간의 관계를 좀 더 긴밀하게 만들고, 주인공과 대치하는

작가는 하고 싶은 말이 있어야 한다.
그리고 그 말을 사람들이
듣고 싶어 하는 이야기로 바꿀 수 있어야 한다.

갈등 세력을 보강하려고 했다. 그러다보니 세 개의 라인이 생겼다. 이도·채윤·정기준. 드라마는 원톱으로 가는 것이 가장 명쾌하고, 투톱도 대결 구도가 이루어져서 괜찮다. 하지만 세 인물이 함께 가는 구조는 드라마에서는 많이 쓰지 않는 기법이다. 세 인물의 비중과 균형을 유지하기가 어렵기 때문이다. 〈선덕여왕〉의 경우는 훨씬 더 많은 인물이 등장하지만 결국에는 덕만·미실 두 입장의 이야기 아닌가.

박상연 정기준이 시청자들의 미움을 많이 받은 점도 의도와는 좀 다르게 간 부분이었다. 둘의 논리를 팽팽한 대결 구도로 가져가고 싶었는데, '대체 어떻게 한글을 반대할 수 있지?'라는 생각이 자꾸 들었다. 한글에 대한 반대 논리를 만드는 것이 어려운 부분이었다. 김 작가님과 내가 이도와 정기준으로 역할을 나누어 토론을 해보기도 하고, 그 반대로 해보기도 하고……. 하여간 참 힘들었다. 정륜암에서 벌어진 이도와의 토론에서 정기준이 한 말과, 마지막 회에 정기준이 죽어가면서 한 말이 우리가 개발한 한글 반대 논리다. 현대사회에서의 글자의 폐해랄까, 그런 것들을 표현해보려고 노력을 많이 했는데 의도처럼 되지 않은 부분이 있다. 이도에게 대항하는 존재라는 점에서 미움을 산 것도 있었고. 아무래도 세종대왕에게 반대하는 인물이니까 시청자들에게는 싫은 마음이 들었던 것도 같다.

그래서인지 한두 회라도 놓치면 이야기를 따라가기 힘들다는 불평도 있었다. 너무 어렵다는 말도 있었는데.

김영현 전체 스토리가 어려워서라기보다는 구조가 쉽지 않았기 때문이라고 생각한다. 이도·채윤·정기준의 이야기와 감정을 따라가면서 주변 인물들의 이야기도 따라가야 했다. 그 인물들에게도 각자의 이야기와 의지가 있었으니까.

박상연 어렵다는 반응이 있어도 방법이 없었다. 시청자 반응이나 다른 외부적 요인을 반영하기도 힘들었다. 인기 있는 인물의 비중을 늘리는 것도 불가능했고. 그랬다가는 힘껏 유지하고 있던 균형이 무너질 테니까.

후반부에서는 채윤과 이도가 의기투합하면서 양자 대결이 되었다. 둘을 어떻게 의기투합 시킬 것이냐에 대해서도 많이 고민했다. 눈물을 흘리게 하거나 여자를 이유로 할 수도 있었지만, 그렇게 하면 채윤이 이후에 보이는 행동의 동기가 많이 약해진다. 그것을 탄탄히 하려고 고민하다보니 둘이 한편이 되는 시기도 조금 늦어졌다.

〈뿌리 깊은 나무〉 이전부터 기억에 남는 사극을 많이 썼다. 사극과 다른 장르 드라마를 쓸 때의 차이점은? 사극 집필의 장점은 무엇이고 단점은 무엇인지도 궁금하다.

김영현 사극은 쓰는 사람이나 보는 사람이나 작품의 주제에 대해 생각을 안 하기 힘든 면이 있고, 우리도 그런 점에 대해 이야기하길 좋아해서, 드라마를 통해 전달하려는 주제에 대해 깊이 생각해야 한다. 관련 공부나 생각이 부족하면 드라마가 어설퍼진다.
　그래서 시대 고증이나 사실 관계 파악을 위해서 하는 공부도 중요하지만, 주제를 찾아내고 작가적인 시선을 보여주기 위해서도 많이 공부해야 한다. 시청자들도 사극을 볼 때는 그저 스토리가 재미있게 흘러가는 것만으로 만족하지 않고, 주제와 작가 의식이 느껴지기를 원하는 것 같다. 그런 점이 현대극보다는 다소 힘든 것 같다. 생각을 많이 해야 하니까.
박상연 사극은 갈등이 세다. 현대물에서 갈등이나 위기가 심화되면 인간관계가 끝난다든가, 회사에서 해고당한다든가 하는 전개로 간다. 그렇지만 사극에서 위기라 하면 대부분 인물의 죽음으로 이어진다. 현대극보다 극적인 상황을 만들 수 있으니 장점이라고 볼 수 있다.
　개인적으로 사극의 어려움은 핸드폰이 없다는 거다. (웃음) 핸드폰이 있고 없고가 이야기에 끼치는 영향이 생각보다 크다. 예를 들어 〈뿌리 깊은 나무〉에서도 일만 벌어졌다 하면 사람을 보내 연통을 하지 않나. 하지만 핸드폰이 있으면 전화를 걸어서 바로 사건을 해결할 수 있다. (웃음) 시대별 문명의 발전이 이야기에 영향을 끼친다. 예를 들어 자동차가 없던 시절을 배경으로 한 작품에서는 어떤 인물이 갑자기 퇴장하기가 힘들다. 병으로 죽는다고 하면 앞부분에 계속 병을 암시하는 복선이 있어야 한다. 전쟁에서 죽는다면, 전쟁이라는 배경이 필요하다. 낙마 사고로 죽는다면, 그 인물은 말을 탈 수 있고, 말을 탈 만한 재력이나 지위가 있어야 한다. 하지만 현대에선 그 누구라도 아무 복선 없이 교통사고로 퇴장시킬 수 있다.

숨은 이야기를 말하다

보통 사극에서 왕은 인간적인 면모를 드러내기보다는 위엄 있는 존재로만 그려진다. 세종이 욕을 하는 모습 등을 보여주는 등 파격적인 캐릭터로 주목받았다.

김영현 세종이 최만리의 반대 상소를 받았을 때, 조목조목 토론을 마친 뒤 최만리가 나가고 나서 혼자 분노를 터뜨렸다는 기록을 읽었다. 욕을 했다고 기록되어 있는 것은 아니지만 그런 성향을 조금만 확대하면 재미있을 것 같았다. 그러고 나서 이도라는 실존인물을 파악해보니, 아버지에 대한 트라우마와 콤플렉스가 있을 수 있고, 해야 할 일과 하고 싶은 일에 대한 압박감이 대단해 보였고, 다혈질인 성격이지만 그것을 그대로 드러낼 수 없는 환경에 대한 스트레스가 엄청나 보였다. 그것들을 말로 풀어내는 캐릭터로 만들었다. 그것이 인간적인 면으로 비친 것 같다.

박상연 세종이 남긴 업적을 보면 한 인간이 다 했다고 믿기 힘들 정도다. 그런 사람, 그런 세종의 시대를 어떻게 해석해야 하나 고민했다. 태평성대는 재미가 없으니까. 그래서 생각해낸 것이 '세상은 태평성대이지만 세종의 마음은 지옥이었다'는 것이다. 마음이 지옥인 사람이 그 스트레스와 강박관념 속에서 욕을 하는 것은 당연한 귀결이고, 캐릭터와 잘 맞을 것 같았다.

이도가 내뱉는 욕은 이도의 캐릭터를 강조하기도 했지만, 한글을 돋보이게 만드는 장치

드라마를 통해 전달하려는 주제에 대해 깊이 생각해야 한다.
관련 공부나 생각이 부족하면 드라마가 어설퍼진다.
주제를 찾아내고 작가적인 시선을 보여주기 위한 공부를 많이 해야 한다.

로도 느껴졌다. 욕의 역할이 더 있을 것 같은데.

박상연 어린 똘복이가 '지랄'이라고 하는 말을 듣고 이도는 처음으로 '지랄'이라는 욕을 배웠다. 젊은 이도가 "지랄. 참으로 적절한 말이 아니더냐"라고 하는 그 장면에서. 욕은 이도와 똘복이의 연결점이기도 하다. 똘복이는 '지랄'이라는 말만 가르쳐줬는데 욕이 원래 한 번 배우면 빨리 늘지 않나. (웃음) 우라질, 젠장할 같은 말은 알아서 배운 거지.

김영현 욕은 백성들의 언어라는 의미를 같이 가질 수 있다. 이도의 캐릭터를 보여주는 장치, 똘복이와 이도를 연결시켜주는 장치, 백성들의 언어, 한자로 표현할 수 없는 언어……. 이도의 욕은 여러 의미를 담고 있다. 왕이 습관처럼 욕을 하는 사극이 이제까지 없었기 때문에 보는 사람이 불쾌해하면 어쩌나 하는 고민은 했다. 그런데 한석규 씨의 연기가 정말 훌륭했다. 어떻게 해도 왕의 권위가 손상되는 느낌을 주지 않았다.

한석규 씨의 세종 연기는 방영 내내 화제였다. 장혁 씨, 신세경 씨 등 주연급을 포함해 배우들의 훌륭한 연기도 화제가 되었었다. 출연진이나 캐스팅에 얽힌 일화는 없나.

박상연 방영 전에 한석규 씨가 작업실을 한 번 방문했었다. 작업실에서 이야기하는데도 목소리가 목욕탕 같은 곳에서 말하는 것처럼 울리는 것이 굉장했다. 발음도 정말 정확하고. 당시에 우리는 세종대왕이 욕을 한다는 설정을 해놓고도 내심 괜찮을까 하며 불안해하고 있던 시기였다. 그런데 한석규 씨가 이런저런 사담을 나누다가 너무나 온화하고 자상한 어투로 감탄사처럼 짧은 욕을 섞어 했는데, 그때 비로소 확신을 했다. 된다! 이 캐릭터는 될 거다! 머리로만 상상하다가 실제로 어떤 느낌인지 확인한 셈이었다. 당시 한석규 씨가 시놉시스를 보셨기 때문에, 일부러 우리에게 힌트를 주기 위해 하신 것 같다.

김영현 윤제문 씨는 마지막으로 캐스팅이 되었다. 사극은 처음이라고 했는데, 대사가 너무 많다고 투덜거리셨다. (웃음) 가리온과 정기준이라는 상반되는 인물을 연기하기가 쉽지 않았을 텐데 두 역을 모두 훌륭하게 소화해냈다.

박상연 조진웅 씨는 내가 시나리오를 썼던 작품 〈고지전〉에 출연했었다. 그때 우리 작가 팀이 양수리 세트 촬영을 구경 갔는데, 여자 작가들이 모두 조진웅 씨를 보더니 '무휼 역할에 딱이다'라고 생각하더라. 무휼의 배역을 놓고 고민이 많던 시기였는데, 나도 그 말을 듣고 생각해보니 바로 동의가 되더라. 다만… 다이어트를 부탁드렸다. (웃음) 보시면 알겠지만 다이어트는 성공적이었다. (웃음)

김영현 장혁 씨는 같이 작업을 한 적은 없지만, 워낙 집요하고 성실한 배우로 방송가에 알려져 있었기 때문에 강채윤 캐릭터에 딱 맞았다. 더구나 제작사가 싸이더스라 부탁드렸다.

신세경 씨는 드라마 〈선덕여왕〉에서 천명공주의 아역으로 연기한 인연이 있다. 당시, 미실과의 기 싸움에서 눌리지를 않더라. 크게 성장할 거라고 생각하고 있었다. 송중기 씨의 경우는 싸이더스 측에 차마 말은 못하고 있었는데, 송중기 씨가 흔쾌히 청년 이도 역을 한다고 했다기에 그러냐고 하고는 조용히 작업실에 돌아왔다. 와서 만세 불렀다. (웃음)

주연들 외에도 뒷이야기가 있을 것 같은, 매력적인 인물들이 많았다. 천민인 도담댁과 대륙 제일검이라는 개파이가 정기준을 모시게 된 계기도 있을 것 같고, 냉철한 킬러 윤평이 소이에게만은 다소 누그러지는 모습을 보여주기도 했다.

김영현 정도전이 성균관 도제조로 있고 동생 정도복(드라마에서는 정도광이라는 가상 인물로 설정했다)이 성균관에서 유생들을 가르치던 시기에, 반촌에서는 어린 도담댁이 아버지와 함께 살고 있었다고 설정했다. 이성계와 정도전이 조선의 기틀을 잡을 때 조선은 여전히 고려의 수도 개성에 도읍을 두고 있었다. 도읍을 옮기면서 반촌도 개성에서 한양으로 옮겨온 것인데, 도담댁은 개성에 있을 때부터 정도전·정도광과 인연이 있었겠지. 초기 설정에서는 정도광과의 멜로가 있었고, 정인의 아들을 끝까지 보필하는 강인한 여성상을 표현하려고도 했다. 정기준을 도담댁의 아들로 할까 하는 의견도 있었다. (웃음)

박상연 개파이는 당시 북쪽으로 쫓겨난 원나라를 복위하려는 세력에 소속된 돌궐 용병부대의 패잔병이었고, 대륙에서 명나라 창위들과의 추격과 대결에서 경이로운 무술을 보여 전설이 된 인물이라는 설정이었는데, 이런 측면이 많이 드러나지는 않았다. 명나라 창위들에게 쫓기다 대혈전을 치르고 부상을 입고, 그때 중국에 있었던 정기준이 목숨을 구하게 되고……. 나름 긴 스토리를 가진 인물이었는데, 이야기의 중심에 있는 인물은 아니라서 살리는 데 한계가 있었다. 사연을 다 보여줄 수 없기 때문에 개파이는 신비주의로 가는 편이 더 효과적일 것이라 생각했다. 개파이와 연두의 관계가 〈레옹〉〈아저씨〉 등의 영화에 비유되는 것도 봤는데, 모티프가 된 작품은 〈프랑켄슈타인〉이다. 모두가 무서워하는 존재와 그를 무서워하지 않는 단 한 명의 소녀라는 점이 포인트였으니까. 그 부분에 주력해서 스토리를 풀었다.

김영현 윤평과 소이의 관계는 몇몇 장면에서 분위기만 살짝 보여줬다. (웃음) 50부작처럼 긴 드라마였으면 분명 삼각관계가 되었겠지. 첫 만남이 윤필을 죽인 주자소에서

회의와 집필작업이 이루어지는 작업실.

었는데, 그때 윤평은 소이를 죽이지 않는다. 원래 그런 인물은 목격자를 죽여야 한다. 채윤이 "왜 그 괴한이 목격한 나인을 죽이지 않았을까" 묻는 장면도 있지 않았나. 윤평과 소이의 관계를 발전시킬 장면은 몇 개 있었다. 멜로 설정이 있었던 것은 사실이다. 하지만 채윤·소이·윤평 사이의 멜로를 강조하면 주된 이야기가 흐려질 수 있어서 우리로서도 아쉽게 포기했다.

숨은 에피소드들이 많은 것 같아 모든 조연들의 사연이 궁금해진다. 인물 표현에 특히 아쉬움이 남는 등장인물을 꼽는다면 누구를 꼽겠는가?

박상연 개인적으로는 목야와 옥떨의 남매 설정을 살리지 못한 게 아쉽다. 코믹한 인물을 통해 한글 창제과정의 즐거운 일면을 보여주고 싶었다.

옥떨의 경우 세종이 소리에 대단히 예민했고, 한글 자체가 소리글자이기 때문에 '소리'를 강조하고 싶어 구희하는 캐릭터로 등장시켰다. 방방곡곡의 여러 소리들을 듣고 그것을 그대로 재연하는 거다. 소이가 눈으로 본 것을 외워 전하는 카메라라면, 옥떨은 들은 것을 외워 이도에게 전하는 녹음기 역할을 맡게 하고 싶었다. 전반적으로 한글 창제팀의 인물들을 마음껏 살리지 못한 것이 가장 아쉽다.

김영현 한글 창제과정, 한글의 우수함을 시각화해서 보여주고 싶은 욕심이 있었는데 그 부분도 많이 보여주지 못한 것 같다.

공부하면서 새삼 한글의 유용함과 우수함을 많이 느꼈다. '받침' 형식만 생각해봐도 초성을 그대로 종성에 가져다 쓰기 때문에, 쓸 수 있는 글자는 늘어나도 외워야 하는 글자는 줄어들지 않았나. 글자도 더 예뻐졌다.

또 우리도 드라마 하면서 깨달은 건데, 한글이 없다면 한자를 독학할 수 없다. 한글이 나오기 전에 한자는 스승이 없으면 배울 수 없는 글자였다. 그 많은 글자를 일일이 짚어가며 사람 대 사람으로 가르쳐야만 했던 것이다. 또 가르치는 사람마다 같은 한자도 다르게 읽었다고 한다. '동(東)' 자 하나를 가르쳐도 어떤 스승은 '동', 어떤 스승은

'덩' 이렇게 읽은 거다. 하지만 한글로 음과 훈을 달게 되면서 한자의 우리식 발음이 통일되었다. 처음에는 한글을 반대하던 사대부들도 나중에는 한자 배우기가 쉬워졌으니 고마워하지 않았을까. (웃음) 이런 부분은 드라마로 풀었으면 공감을 살 수 있었을 것 같다.

극중에서는 정기준이 한글을 반대하는 사대부의 대표다. 한글의 정체를 안 뒤 다른 모든 일을 젖혀놓고 의아할 정도로 한글 유포 반대에만 집중하는 정기준의 모습이 인상 깊었다. 극을 보고 있으면 정작 한글에 가장 매료당한 사람은 정기준으로 보였다. 한글 창제팀이나 이도 본인보다도 더. 어떻게 보면 약간의 광기마저 느껴질 정도였다.

김영현 어린 시절 처음 만났을 때 이도는 자신과 이방원을 거침없이 비판하는 정기준에게 열등감을 느꼈다. 이도는 그 열등감을 계속 껴안고 자라온 거다. 그리고 열등감을 회복하기 위해서 세월이 흐르는 동안 끊임없이 새로운 것을 만들었다.

그렇지만 정기준은 가진 것을 지키는 것이 최선이었다. 와해된 조직을 다시 일으키는 것이 당면한 목표였으니까. 다시 만났을 때도 이도는 한글을 만들었지만, 정기준은 아무것도 만들지 못했다. 정륜암에서 이도가 정도전의 생각을 확장시키려면 글자가 필요하다고 말했는데, 정기준은 그런 생각을 해보지도 못했던 것이다.

박상연 이도와 정기준이 조선의 양대 천재인 만큼, 한글의 우수함을 가장 크게 깨달은 사람도, 그 파급력을 가장 먼저 깨달은 사람도 정기준이다. 이도는 한글의 필요성을 다름 아닌 정도전의 사상에서 찾았다고 했다. 정도전의 사상을 가장 잘 알고 있다고 자부하는 사람이 누구겠는가? 바로 정기준이다. 그런데 이도는 그런 정기준 앞에서 정도전의 사상을 새롭게 해석한 것이다. 자존심이 상하지 않겠나.

그런 이도에게 열등감을 느끼는 정기준을 그려내려고도 했지만, 큰 이야기의 흐름에 곁가지가 될 것 같아 그런 모습은 나타내지 않았다. 이성적이고 냉정하게 한글을 반대해야 하는 정기준의 포지션과 열등감은 서로 모순되는 느낌이 있었다. 열등감을 드러내게 되면 이성적인 인물을 그려내기가 힘들어지니까.

사극 여주인공은 수동적이라는 이미지와 달리, 〈선덕여왕〉〈대장금〉〈뿌리 깊은 나무〉에 이르기까지 여성 인물들의 능력이 돋보인다. 여성 인물을 설정할 때 특별히 신경 쓰는 부분인지 궁금하다.

김영현 여자를 주인공으로 세웠는데 수동적이면 어떻게 드라마를 하나. (웃음) 여성 인물을 설정할 때 특별히 신경을 쓰는 부분이 있다기보다는 그냥 사람으로 생각하고, 주인공으로 생각하는 것이다.

박상연 〈대장금〉 같은 사극은 특별한 경우다. 여자가 활약할 수 있는 공간을 세팅하고 여자 주인공을 세웠으니까 적극적이고 진취적일 수밖에 없다. 하지만 보통 사극에서는 여성이 활약할 수 있는 폭이 넓지 않다. 위기에 빠지면 남자 주인공이 구해줘야 하고……. 그런 상황이 반복되다보니 시청자들이 '민폐녀'라는 별명을 만들어내는 등, 부정적으로 보기 시작한 것 같다. (웃음) 납치당한 소이가 빠져나오는 대목에서도 가장 쉽게 가는 법은 채윤이 구출해 주는 것이다. 하지만 우리는 소이가 무조건 혼자 탈출하는 걸로 정하고 회의를 했다. 별의별 아이디어가 다 나오다가, 나중에는 머릿속에 새겨진 지도 경로를 따라 탈출하는 '내비게이션'식 탈출로 결정했다. 사실 〈팔도지리지〉가 그렇게 정확한 지도책도 아니고, 다소 무리한 아이디어이긴 했다. 좀 무리한 전개더라도 소이에게 민폐녀라는 욕은 먹이기 싫더라. (웃음)

액션도 돋보였다. 특히 출상술은 중국 무협의 경공술과도 또 다른 참신한 설정이었던 것 같다. 경공술은 비행하듯이 가볍게 날아다니는 데 견주어, 출상술은 한 번에 이동할 수 있는 거리, 다리 힘을 이용한 도약 원리 등에 관해 자세한 설정이 있지 않았나. 그런데 나중에는 정작 위급한 상황에서도 등장하지 않았다.

박상연 출상술 비중이 낮아진 이유는, 첫째로 시청자 반응이 안 좋아서. (웃음) 작가로서 생각했던 출상술의 비주얼이 생각과 다르게 구현된 점도 있다. 그런데 출상술이라는 기술이 완전히 만들어낸 허구는 아니다. 우리나라 전통 무예인 '정도술'이라는 무예에 실제로 흔적이 남아 있는 기술이다.

둘째로 와이어를 써야 한다는 점. 이게 가장 큰 이유였다. 와이어 액션에는 정말 오랜 시간이 걸린다. 초반부의 출상술 장면들은 한 장면을 며칠씩 걸려 찍은 거다. 와이어를 걸고 세팅하는 것만으로도 긴 시간이 걸리니까, 후반부로 갈수록 촬영 시간이 빠듯하기 때문에 시간이 오래 걸리는 와이어 액션은 찍기 어렵다. 많은 드라마에서 뒤로 갈수록 액션이 줄어드는 데는 이런 현실적인 이유가 있다.

드라마 내용에 대한 질문은 역시 이 질문으로 마무리해야 할 것 같다. 마지막 회에 대한 논란이 많았다. 이도를 제외하면 거의 모든 주요 등장인물이 죽는 엔딩을 선택한 특별한 이유가 있나. 일부 등장인물들은 죽을 것이라고 예상했던 시청자들도, 이렇게 많은 등장인물들이 죽으며 끝날 거라고는 예측하지 못했을 것 같은데.

박상연 '가상의 인물은 모두 퇴장시키고, 이도는 냉엄한 현실, 차가운 역사 앞에 다시 선다.' 그런 의도였다. 그렇다고 가상 인물들이 모두 죽은 것은 아니다. 가상 인물 중 살아남은 것은 이신적인데, 이신적은 어느 시대에나 있는 인물의 상징이다. 언제나 살아남고 절대 죽지 않는다. 심종수는 죽지는 않았지만 역사의 뒤편으로 사라졌다. 한가놈은 한가놈이었다면 죽어야 했겠지만, 한명회라는 이름을 밝혔기 때문에 살아남았다.

이도가 마지막에 '채윤은 소이 곁에 묻혔다고 들었다. 우리 글자로 된 묘비가 세워졌다 들었다. 다 들은 이야기다. 가보진 않았다'고 내레이션을 하지 않나. 왜 안 가봤겠나. 묘비가 없겠지. 그런 묘비도 없고, 사실은 채윤과 소이도 없다. 그런 느낌을 주려고 했다. 그래서 모두를 퇴장시키고, 이도는 홀로 현실 속에서 왕의 일을 계속해야

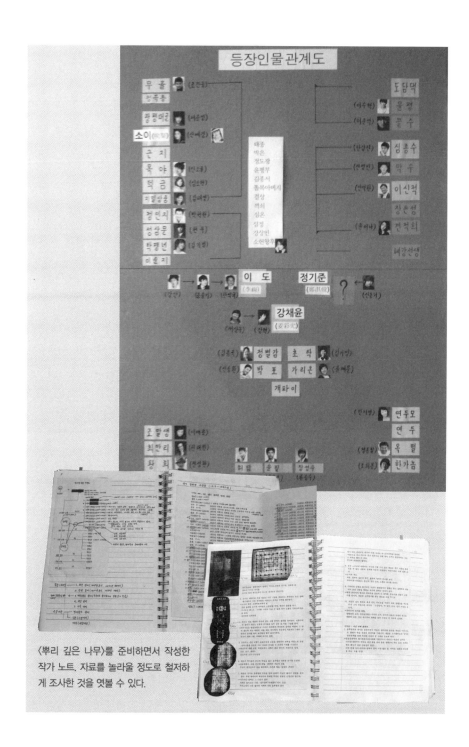

《뿌리 깊은 나무》를 준비하면서 작성한 작가 노트. 자료를 놀라울 정도로 철저하게 조사한 것을 엿볼 수 있다.

한다는 것을 강조했다.

젊은 시절 이야기가 끝나고, 본격적인 이야기가 향원정에서 시작되었지 않나. 똘복이와 소이·무휼 등의 이야기는 그 지옥 같은 마음, 한글을 창제하는 괴로운 과정 안에서 이도 내면에서 일어난 잠깐의 꿈이 형상화된 것일 수도 있다. 그리고 한글 창제가 끝나고 다시 현실에서 혼자가 된 이도는 향원정으로 돌아와 자신의 일을 계속해나간다. 그런 구도를 보여주고 싶었다. 모든 판타지를 걷어내려 했다. 굉장히 많은 비판을 받았다. (웃음) 그렇지만 비판받을 것을 감수하고 밀고 나갔다.

김영현 인물들은 죽었지만 한글이 살아남았고, 그 한글이 아직도 우리와 함께 호흡하고 있다. 아마도 우린 과거의 이야기보다는 글자의 현재성을 더 강조하고 싶었던 것 같다. 인물들의 희생과 노력 속에 남겨진 글자로 지금 우리는 무엇을 할 것인가? 무엇을 해야 하는가? 그런 의미로 엔딩에서 글자가 조선 산하를 넘어 넘어 지금 우리 시대에까지 이르는 장면을 CG로 연출하고 싶었다. 하지만 시간이 없었다. 편집 시간이 특히 부족해서 여러모로 아쉬운 부분이 있었다. 우리뿐만 아니라 감독님도.

드라마를 쓰는 사람으로 살아간다는 것

드라마 작가를 꿈꾸는 사람들이 많다. 드라마 작가가 되고 싶은 사람에게 들려주고 싶은 이야기가 있다면?

박상연 말리고 싶다. (웃음) 최선에 최선을 다해도 아무런 성과가 없을 수도 있는 일이라는 점을 기억해야 한다. 이 일을 하면서 죽어라 노력하지 않는 사람은 없다. 그런데도 성과에는 어마어마한 차이가 나지 않나. 재능도 필요하고, 운도 필요하고, 노력도 필요한 일이다.

드라마 작가가 '대중을 상대로 하는 일'이라는 것을 분명히 인식했으면 좋겠다. 드라마는 출판물과 다르다. 방송을 시작하면 많은 사람들의 생존권이 걸리고, 큰돈과 인력이 투입된다. 드라마를 성공시켜주는 것은 대중이다. 대중을 파악할 능력과 자신이 있어야 한다. 시대를 움직이는 힘이 무엇인가에 대한 관심을 두어야 한다.

작가는 하고 싶은 말이 있어야 한다. 그리고 그 말을 사람들이 듣고 싶어 하는 이야기로 바꿀 수 있어야 한다. 후자는 노력하면 배울 수 있다. 하지만 전자는 가르치고 배울 수 있는 종류가 아니다. 누가 "넌 이 말을 하고 싶은 걸로 해"라고 지시한다고 되는 게 아니지 않은가. 자기가 하고 싶은 말이 있는지, 세상을 향해 하고 싶은 말이 가슴에 있는지, 그 정도의 자기 검증은 필요하다고 본다. 글을 쓴다는 것은 나를 알아가고, 세상을 알아가는 과정인 것 같다. 아직도 사람들 반응을 보면서 깜짝깜짝 놀란다. 사람들이 이런 걸 좋아했구나, 싫어했구나. 그런 것을 늘 새롭게 깨닫는다.

'서태지와 아이들' 이전에 난 힙합 음악을 몰랐다. 그런데 들어보니까 좋더라. 서태지와 아이들이 내게 "넌 힙합을 좋아해"라고 알려준 거다. 천재는 대중이 좋아하는 것을 쓰지 않고, 대중이 좋아할 것을 쓴다. 대중은 자기가 뭘 좋아하게 될지 모른다. 나도 내년에 내가 뭘 좋아하게 될지 모른다. 그런데 천재들은 그것을 미리 알고 내놓는다. 하지만 그런 천재는 많지 않다. 나도 아니고, 김 작가님도 아니다. (웃음)

좀 더 방법론적인 이야기는 없을까. 많은 드라마 작가 지망생들은 드라마 작가가 되기 위해서 현실적으로 어떤 노력을 해야 하는지 궁금해할 것 같은데.

김영현 잘 쓰고 싶으니까 다른 사람 것을 보고, 연구하고, 분석하고, 필요한 것을 찾아서 자신의 소양을 채우고……. 다른 방법은 잘 모르겠다. 글을 쓰기 시작한 건, 직장을 다니면서 너무 재미가 없어서였다. 직장 근처에 한길사라는 출판사가 있었는데, 그곳의 한국문학학교에 등록한 것이 계기였다. 방송작가란 직업에 대해 알지도 못했고, 직업적으로 글을 쓰고 싶다고 생각한 적도 없었다.

처음에는 예능 작가로 시작했다. 예능국 바로 옆이 드라마국이었다. 예능 작가로 일하면서도 드라마 대본들을 가져다 보고, 드라마를 보고, 그러다보니 문득 '난 어릴 때부터 영화와 드라마를 정말 좋아했다'는 것을 깨달았다. 학생 때는 찾지도, 깨닫지도 못했던 적성을 그제야 깨달은 거다.

글을 쓸 생각도 없던 사람이 작가가 되었다고 하면 작가 지망생들에게는 부럽기만 한 이야기로 들릴 수도 있겠지만, 나는 이런 이야기가 오히려 희망이 된다고 생각한다. 늦은 나이에도 적성을 찾는 노력은 열심히 한 거니까. 또 사실 지금 생각하면 고등학교 때 자기 적성을 찾는다는 게 쉽지 않은 일이다.

박상연 훌륭한 작가가 되기 위해서는 많이 쓰고, 많이 읽고, 많이 생각하라는 다작·다독·다상량 세 가지를 지키라고 한다. 그게 사실은 자기가 하고 싶은 말을 만들어내기 위한 방법론이다. 그다음에 어떤 형식과 어떤 요소로 시청자들을 끌어들일 것인가는, 본인이 많은 작품을 보고 연구하고 분석해서 자신의 방식을 만들어내는 수밖에 없다.

그럼 현재 성공한 드라마 작가로서, 이제 막 이 일을 시작하려는 사람에게 해주고 싶은 말은 없는가.

김영현 먼저 환상을 걷어내라는 말을 하고 싶다. 드라마 작가가 되는 것도 쉽지는 않지만 되고 나서도 어려움이 사라지는 것은 아니다. 성공만 하면 내 인생이 크게 바뀔 것이라 생각하기 쉽다. 성공에 대한 환상이 있는 거다. 하지만 작품 하나가 성공했다 해서 인생이 바뀌지는 않는다. 〈대장금〉 이후로 많은 것이 변할 거라 생각했다. 나 역시 성공에 대한 환상이 있었다. 하지만 현실은 그렇지 않았고, 그래서인지 그전에 힘들었던 것까지 모두 몰아쳐서 그때 많이 우울했던 것 같다.

어디나 그렇지만 방송계 또한 현실적이고 냉철하게 판단한다. 한 작품을 히트 시킨 경험도 중요하지만, 크게 성과를 보이지 않은 작품을 끝까지 끌어가는 힘도 중요하게 보고, 200점짜리 한 회를 쓰는 것도 중요하게 보지만 70점짜리 50회를 꾸준히 쓸 수

이 손끝에서 무궁무진한 이야기가 만들어진다.

있는 능력도 중요하게 본다. 작품이 흥한 뒤에 작가가 어떻게 변화하는지도 보고, 작품이 망한 뒤에 작가가 어떻게 변화하는지도 본다. 일희일비하는 곳이지만 일희일비하지 않는 작가를 찾는다. 방송 관계자들에게도 시청자들에게도, 작가의 무게중심이 무너지지 않고 있는가를 늘 추적당하는 느낌이다. 작가란 정말 재미있는 일이지만 강한 자기중심이 필요한 일 같다.

정말 엄격하고 냉정한 세계 같다. 그래도 글을 쓰면서 느끼는 작가로서의 즐거움이 있을 것 같은데. 자기가 쓴 작품이 방영되는 것을 보면서 스스로 내용이나 대사 등에 감탄할 때는 없나.

박상연 나는 매번 그런다. (웃음) 나는 쓸 때도 신나서 쓰는 편이다. 나중에 보면 이상할 때가 많지만 어쨌든 쓸 때는 신나게 쓴다. 그런 재미라도 있어야 하지, 안 그러면 힘들다.

김영현 재미없는 회는 쓸 때부터 힘들다. 내가 쉽고 즐겁게 쓴 회가 드라마로 만들어도 재미있게 나온다. 그렇게 써질 때는 걱정이 안 된다. 고통스럽게 쓴 대본은 걱정이 된다.

연기나 연출도 중요하다. 작가의 생각과 연기자와 연출가의 생각이 딱 맞아떨어졌을 때는 마음이 통한 것 같고 즐겁다. 물론 작가의 생각과 연기자와 연출가의 생각이 달라서 좋을 때도 있다. 아주 신선하고, 새로운 해석 때문에 더 재미있어질 때도 있다. 미칠 것 같은 때도 있고.

　방영되기 전에는 감독님과 작품에 관한 이야기를 많이 한다. 방영되고 나면 시간이 없어서 거의 못한다. 하지만 말로 이야기할 때는 서로의 뜻을 완전히 이해하기 힘들지 않나. 연출가나 연기자가 우리 대본을 보고 나름의 해석과 유추를 통해 일을 하듯이, 우리는 방영이 된 결과물을 통해 연출가의 뜻을 알게 되고, 더 많은 의사소통을 하는 것 같다. 굳이 말로 하지 않아도.

소설이나 영화 집필과는 다른, 드라마 집필만의 매력이 있는지 궁금하다.

박상연　소통의 방식이 매력적이었다. 말이 아니라 결과물로 소통한다는 게. 우리는 대본을 주고, 연기자와 연출가가 그것을 어떻게 표현할 것인지 보여주고. 그것을 보고 또 다른 방식의 대본을 쓰고, 또 그에 대한 답이 온다. 예를 들면 우리가 멜로에 대한 지문을 쓰지 않았는데 멜로로 연출하거나 연기하는 경우가 있다. 그러면 따로 요청이 없어도 우리는 '멜로를 원하는구나' 하고 알아채고 대본에 그런 의견을 반영하기도 한다. 그래서 아무리 바빠도 방송은 반드시 모니터링해야 한다.

두 작가님에게는 소통이라는 말이 특히 중요한 키워드일 것 같다. 회의와 토론을 중심으로 한 작업 방식도 소통을 통한 것 아닌가. 두 작가님의 팀워크가 탄탄한 드라마를 만들어가고 있는 듯한데……. 솔직하게 물어본다. 일을 떠난 두 사람은 어떤 관계인가?

김영현　아직도 이런 질문을 받는 것이 놀랍다. 우리가 벌써 몇 년을 같이 작업해왔나. 무슨 일이 생길 거였으면 벌써 생겼을 것이다. 만일 우리가 정말 특별한 사이가 되었다면 숨길 이유도 없다. 불륜도 아닌데. 서로 이런 사람은 애인으로 두고 싶지 않다고 생각하고 있다. (웃음) 일하는 동료로서가 가장 좋다. 지금 이 상황과, 함께 일하며 얻는 상승효과가 아주 좋기 때문에, 굳이 이 상황이 변하기를 원하지 않는다.

박상연 김 작가님 말에 동의한다. 지금 일에서 현재 우리 관계가 베스트라 할 수 있다. 지금이 너무 좋아서 어떤 변화도 원치 않는다고 해야 할까. 참고로, 우리가 각자 이 나이까지 싱글인 것을 보면 짐작하겠지만 우리 둘 다 눈이 엄청나게 높다! (웃음)

소울메이트 같은 두 작가님을 보며 멜로의 가능성을 점쳐봤는데 아니었나보다. 그럼 마지막으로 다음 작품에 대한 귀띔을 부탁드린다.

박상연 지금 기획하는 작품은 회사 작품이다. 케이피앤쇼에서 기획한 작품이 〈최강칠우〉〈로열패밀리〉 등이 있다. 〈선덕여왕〉 때부터 같이해온 보조 작가들이 있는데 이번에는 그 작가들이 집필을 맡고 있다. 장르는 로맨틱 코미디다. 내년쯤에는 새로운 작품으로 시청자를 만날 수 있을 것 같다. 더 재미있는 작품으로 찾아가겠다.

두 번 다시 만나기 힘든 드라마

우연히 만났는데 도저히 손에서 놓을 수 없는 대본이 있다.

〈뿌리 깊은 나무〉는 분명 그런 드라마에 속한다.

원작 소설을 처음 읽었을 때 '재미는 있지만 이 이야기를 어떻게 드라마화할까?' 하는 고민이 들었다. 원작에는 드라마 속 이도나 정기준 같은 인물이 등장하지 않기 때문이다. 그러나 시간이 흐른 후, 모든 고민을 날려버린 강렬한 대본이 나왔다.

파격적인 군주 캐릭터와 독창적인 사건 전개는 숨 막히는 스릴과 긴장감을 안겨주었다. 흥미진진한 이야기 속에 빨려들어가 있을 때는, 드라마를 어떻게 찍을 것인가에 대한 두려움도 잠시 잊었다. 총 원고지 5,200여 장에 달하는 방대한 대본이지만, 매회 책장은 굉장한 속도로 넘어갔고, 쉴 새 없이 가슴 졸이고 보다보면 어느새 결말에 다다라 다음 회가 궁금해서 일주일을 참을 수가 없게 만들었다.

6년 전에 발간된 원작 소설 역시 다시 주목받기 시작해 베스트셀러 목록에 올라가며 신드롬에 가까운 열풍을 이끌어냈다.

이 작품은 내 짧은 연출 인생에 가장 깊은 인상을 남긴 만큼, 연출자로서 많은 숙제거리를 안겨주는 힘겨운 드라마이기도 했다. 〈여인천하〉나 〈바람의 화원〉을 만들 때 주인공의 갈등과 목표는 한 점을 향하였다. 하지만 이도는 과거의 그림자를 등에 지고 미래를 열어나가는 성장 군주로서, 숱한 상처에 너덜해진 감성적 내면과 이상 정치 실현을 향한 이성적 열망 사이의 균형점을 한글 창제라는 역사적 사건을 통해 보여주는 복합적인 인물이었다.

실제 제작에서도 기존의 다른 드라마보다 많은 준비가 필요했음은 두말할 나위도 없다. 궁과 반촌 오픈세트, 이도의 흥미진진한 경연을 위한 경복궁 촬영, 강채윤의 초인적인 출상술을 위한 와이어 액션과 CG, 연쇄 살인의 미스터리한 단서들, 밀본과 사대부들과의 관계를 보여줄 정륜암 씬, 가상 인물 정기준을 필두로 탄생한, 보수적인 사대부 정신을 상징하는 밀본 조직의 진정성 등등. 마치 마방진처럼 어느 하나 쉽게 넘어갈 수 없는 부분들의 총합이었다.

새 대본을 받을 때마다 내 속에서 일어나는 거대한 두려움을, 해내지 못하면 죽는다는 심정으로 애써 넘기며, 연출가로서 할 수 있는 모든 노력을 매일매일 다했다.

어떤 씬은 작가의 의도와 다르게 찍혀 재촬영을 하기도 했다. 더러는 편집까지 끝낸 후에야만 그 깊은 행간을 이해할 수 있는 시퀀스도 있었다.

어렵다는 말을 끊임없이 들으면서도 작가가 끝까지 밀어붙인 세종 이도와 사대부들의 힘겨운 논리 싸움은 결국, 선거철을 다시 맞이하는 모든 시청자들에게 한글이라는 화두로 이상적인 지도자상을 다시금 고민하게 만들었다. '언어와 권력에 대한 이야기를 하고 싶었다'는 작가들의 바람은 결국 완벽하게 충족된 듯하다. 이 드라마로 김영현·박상연 작가는 다시 한 번 드라마 거장의 명성을 확인시켜주었다.

두 번 다시 만나기 힘들 것 같은, 또 만나는 것이 두렵기까지 한 이러한 드라마를 집필해주신 김영현·박상연 작가를 비롯해 작가팀(김지운·김진희·박은미 작가) 모두에게 다시 한 번 깊이 감사드리며, 훌륭한 대본을 책으로 남기게 된 것을 축하드린다.

감독 장태유

한석규

〈뿌리 깊은 나무〉 출간을 진심으로 축하드립니다.

장혁

한 회 한 회 긴장된 마음으로 대본을 받아보며, 에피소드 하나씩을 힘겹게 채워나가던 기억이 떠오릅니다. 이제 그 모든 것이 끝난 지금, 대본집이 출간돼 편안한 마음으로 8개월이란 대장정을 새롭게 새길 수 있다니 감회가 새롭고 기쁩니다.

〈뿌리 깊은 나무〉는 한글이 생성된 과정과 많은 사람들의 이해, 충돌이 여러 시각에서 얽힌 덕분에 다양한 해석과 이해가 가능해 연기의 폭을 넓힐 수 있었습니다. 좋은 선배와 동료들이 있어 행복했던 촬영이었습니다.

신세경

〈뿌리 깊은 나무〉를 촬영하며, 대본을 받는 매 순간마다 설렘을 느꼈습니다. 이렇게 멋진 작품에 참여할 수 있게 해주셔서 진심으로 감사드립니다.

대본집 출간을 축하드리며, 앞으로도 많은 사람들에게 자랑스러운 작품으로 기억되길 바랍니다.

윤제문

안녕하세요. 〈뿌리 깊은 나무〉의 밀본 본원 정기준! 배우 윤제문입니다. 촬영하면서 굉장히 흥미롭게 봤던 대본이 책으로 출간된다고 하니 정말 감회가 새롭습니다. 축하드립니다. 추운 날씨에도 굴하지 않고 좋은 드라마를 만들 수 있었던 것은 그만큼 재미있는 각본이 있었기에 가능한 일이 아니었나 싶습니다.

드라마도 많은 사랑을 받았듯이 책도 많은 사랑 받으시길 기원합니다.

윤제문

송중기

배우 인생에서 아직 너무도 어린 저에게 〈뿌리 깊은 나무〉를 만난 건 아주 행복하고 설레는, 잊지 못할 경험이었습니다.

'이도'라는 훌륭한 캐릭터를 만나게 해주신 작가님께 진심으로 감사드립니다. 앞으로도 〈뿌리 깊은 나무〉처럼 전 국민을 설레게 하는 훌륭한 작품 만들어주시기를, 팬으로서, 후배로서, 응원하겠습니다.

뿌리깊은 나무를 촬영하며
대본을 받는 매 순간마다
설레임을 느꼈습니다 ♥
너와 멋진 작품에 참여할수 있게 해주셔서
진심으로 감사드려요.
                                        — 신세경

안녕하세요! 박혁거세@나라의 일본 보좌관 정기준! 배우 윤제문 입니다.

드라마 하면서 굉장히 즐거웁게 봤었던 대본이 책으로 출간된다고 하니
참말로 축하드리고 감회가 새롭네요.

우리 날씨에도 축하 안하고 좋은 드라마를 만들수 있었던 것도 그만큼
재미있는 각본이 있었기에 가능한 일이 아니었나 싶습니다.

드라마가 많은 사랑을 받았듯이 책도 많은 사랑받으시길 기원합니다. 대박나세요!
                                        — 윤제문

「뿌리깊은 나무」 출간을 진심으로 축하드립니다.
                                        — 한석규

배우 인생에게 아직 어린 저에게..
"뿌리깊은 나무"를 만난건
너무 행복하고. 설레이도 잊지 못할 경험이었습니다.
'이도' 라는 훌륭한 캐릭터를 만나게 해주신
작가님께 진심으로 감사드려요 ^^
앞으로도 '뿌리깊은 나무'처럼 전 국민을 설레게 하는
훌륭한 작품 만들어 가면서
때론이서. 뒤바래서 응원하겠습니다.
항상 건강하세요 ^_^
                                        — 송중기

"뿌리 깊은 나무 감독판 DVD"

본편 영상 재편집 및 부가 영상 장태유 감독 ALL 재편집 DVD

- 다시 찍은 씬들의 향연(감독님과 작가의 해설(Commentary) 포함)
- 특수 촬영과 효과를 보완한 특수영상기술(CG)을 활용하고 무술(Action) 장면을
  새롭게 넣고, 포스트 프로덕션 단계를 추가
- 작가와 감독이 꼽는 뿌나의 명장면(감독,작가 해설(Commentary) 및 무술(Action) 포함)
- 뿌리 깊은 나무 작품이 완성되기까지 역사를 한 번에 보여주는 장면
  (뿌리 깊은 나무의 역사 – 대본연습, 오디션, 촬영현장과 NG, 현장인터뷰 등이 포함 / 추가)
- 제작진과 뿌나의 음악에 관련된 스토리가 포함된 엔딩 스크롤을 추가.

- 팩키지 구성 특전
  뿌리 깊은 나무 가이드 북
  대본 8화
  2012~2013년 뿌리 깊은 나무 "캘린더"

- 5월초 발매예정 · 소비자가: 121,000원
- 주문 | http://www.yes24.com/24/goods/6365116

ene media
(주)이엔이미디어 | 이엔이미디어 | 문의전화 02.525.4045